M・J・アーリッジ
どっちが
殺す?
EENY MEENY
M. J. ARLIDGE
佐田千織［訳］
竹書房文庫

どっちが殺す？

主な登場人物

ヘレン・グレース……サウサンプトン中央警察署所属警部補
マーク・フラー……巡査部長。ヘレンの部下
シャーリーン・〝チャーリー〟・ブルックス……巡査。ヘレンの部下
マイケル・ウィテカー……警視。ヘレンの上司
エイミー・アンダーソン……大学生
サム・フィッシャー……大学生。エイミーの恋人。
ダイアン・アンダーソン……エイミーの母
マリー・ストーリー……シングルマザー
アンナ・ストーリー……マリーの娘
ベン・ホーランド……弁護士
ピーター・ブライトストン……弁護士。ベンの同僚
サラ・ブライトストン……ピーターの妻
マルティナ・ロビンス……娼婦
キャロライン……娼婦
ハンナ・ミッカリー……精神分析医
サンディ・モーテン……ハンナの顧問弁護士
エミリア・ガラニータ……サウサンプトン・イブニング・ニュースの記者

1

サムは眠ってる。いまなら殺せるだろう。顔はあっちを向いてるし――難しくはないはず。もしわたしが動いたら、目を覚ますだろうか？　そしてわたしを止めようとする？　それともこの悪夢が終わることを、喜ぶだけ？

　わたしにはそうは思えない。なにが現実か、なにが正しいかを忘れないようにしなくちゃ。でも監禁されていると、日々は果てしなく続くような気がするものだし、真っ先に死ぬのは希望だ。

　邪悪な考えを寄せつけないために幸せな記憶を絞り出そうとしているけれど、思い出すのがどんどん難しくなっている。

　ここにきてからたった十日（それとも十一日？）なのに、ふつうの暮らしは既に遠い思い出のようだ。あれが起こったとき、わたしたちはロンドンでのコンサートからヒッチハイクで帰ろうとしていた。土砂降りの雨で、通りかかる車は次々にこちらを振り返りもせずに走り去っていった。びしょ濡れになり、もうあきらめようかと思っていたとき、ようやく一台のバンが停《と》まってくれた。車のなかは暖かくて乾いていた。わたしたちは魔法瓶に入ったコーヒーを勧められた。その香りを嗅いだだけでも充分元気が出た。その味はいっそう素晴らしかった。それが最後の自由の味になるなんて、わたしたちは気づかなかった。

意識が戻ったときには頭がガンガンしていた。口は血でべったりと覆われていた。そこはもう暖かいバンのなかではなかった。寒くて暗い場所だ。これは夢？　後ろで物音がして、わたしはぎょっとした。でもそれは、サムがふらふらと立ち上がろうとしていただけだった。

わたしたちは強盗に遭っていた。強盗に遭って、投げ捨てられたのだ。わたしはまわりを取り囲んでいる壁を手探りしながら、急いでサムのほうへ進んだ。壁は冷たくかたいタイルだった。サムにぶつかったわたしは、ほんの一瞬彼を抱きしめて、大好きなあのにおいを吸いこんだ。それからすぐにふたりとも、自分たちが置かれている状況の恐ろしさに気づいた。わたしたちがいるのは使われなくなった飛び込みプールのなかだった。放置され、誰にも顧みられず、飛び込み板や表示板、階段まで取り外されている。回収できるものはすべて外してあった。外へ這《は》い出すことは不可能な、深くてつるつるした水槽を残して。

あの邪悪なくそったれはわたしたちの悲鳴を聞いていたんだろうか？　たぶんそうだ。とうとうわたしたちが叫ぶのをやめたときに、それが起こったんだから。携帯が鳴る音がして、わたしたちは誰かが助けにこようとしてくれているんだと思って、ほんの束の間素晴らしい気分になった。でもそれから、すぐそばでプールの底に落ちている携帯の画面が光っているのが見えた。サムが動かなかったので、わたしが走っていった。どうしてわたしでなくちゃいけなかったの？　どうしていつも、わたしでなくちゃいけないの？

「もしもし、エイミー」

電話の向こうの声は加工されていて、人工的だった。慈悲を請い、あなたたちは大変な人違いをしていると訴《う》えたかったけれど、相手がわたしの名前を知っていたことで、そんな気持ちはすっかり失せてしまった。こちらが黙っていると、声は情け容赦ない冷静な口調で続けた。

「おまえは生きたいか？」

「あなたは誰？　どうしてこんなことを――」

「おまえは生きたいか？」

一瞬、わたしは返事ができない。舌が動こうとしない。でもそれから――。

「はい」

「携帯のそばの床に銃がある。それには弾が一発入ってる。サムかおまえ自身のための。それがおまえたちの自由の代償だ。生きるためには殺さなくてはならない。おまえは生きたいか、エイミー？」

わたしはしゃべれない。吐き気がする。

「さあ、どうなんだ？」

それから電話が切れる。そのときサムがこう尋ねる。

「なんだって？」

サムはわたしの隣で眠ってる。いまならやれるだろう。

2

女が痛みに叫んだ。そして沈黙。女の背中には内出血の痕が筋となって一面に走っていた。ジェイクはふたたび鞭《むち》を上げると、ピシリと振り下ろした。女は背中を丸めて跳ね上がり、叫び声をあげてからいった。

「もう一度」

女はそれ以外の言葉はめったに口にしなかった。話し好きなタイプではない。ジェイクの一部のクライアントとは違って。セックスを伴わない関係にはまっている管理職や会計係、事務員たちは、しゃべりたくてうずうずしていた――金《かね》のために自分たちを打ちすえる男に気に入られようと躍起になっていた。この女は違った――閉じた本だ。彼女はどこでジェイクのことを知ったのかはいっさい語らなかった。なぜやってくるのかも。女は指示を――なにをしてほしいかを――はっきりと、きっぱりした口調で伝えると、さっさと取りかかるよう求めた。

ふたりはいつも、女の手首を固定することから取りかかった。鋲《びょう》で飾られた二本の革帯をぴんと引っ張り、腕を壁につなぐ。鉄の足枷《あしかせ》で足を床に固定する。服は用意された椅子の上にきちんと重ねて置かれ、女は下着姿で拘束されてそこに立ち、お仕置きを待つのだ。

ロールプレイはなし。「お願いだから痛いことはしないで、パパ」とか、「あたしはほんとうに悪い子です」はなし。女はジェイクに、ただ痛めつけるよう求めるだけだった。ある意味でそれは息抜きだった。どんな仕事でもしばらくすると単調でつまらなくなるし、ときには哀れな被害者になりたがるものたちの妄想に調子を合わせなくてすむのはありがたかった。それと同時に女が彼と適切な関係を結ぼうとしないことが、苛立《いらだ》たしくもあった。どんなSM体験においても、いちばん重要な要素は信頼だ。支配する側が彼女たちの人柄や欲求をよく知っていて、双方にとって心地よい条件で充実した経験を与えられるとわかっていることが必要なのだ。もしそうした信頼がなければ、行為はたちまち暴行に、あるいは虐待にさえなる――そしてそれはけっしてジェイクの趣味ではなかった。

だからジェイクは少しずつ相手のことを知ろうと試みた――ここでおかしな質問をし、そこで的外れな意見をいう。そして時がたつにつれ、ジェイクは基本的なことを見抜いていた。女はもともとサウサンプトンの人間ではなかった。家族はなし。もうじき四十代で、そのことを気にしていない。一緒に行ったセッションから、彼女が求めているのは痛みだということもわかっていた。そこにセックスが入りこんでくることはなかった。女はからかわれたりくすぐられたりすることを望まなかった。罰されることを望んだ。けっしてやり過ぎることはなかったが、鞭打ちは激しく絶え間なかった。女にはそれを受け止めるだけの肉体があり

――背が高く筋肉質で、ほんとうに引き締まったたくましい体つきをしていた――古傷の痕がこれまでにもＳＭの経験があることを示唆していた。

だがどれだけ探りを入れても、どれだけ慎重に言葉を選んで質問しても、ジェイクが女についていて確実に知っていることはひとつだけだった。一度、彼女が服を着ているときにジャケットのポケットから、写真付きの身分証が床に滑り落ちたことがあったのだ。女はそれをすばやく拾い上げた――見られていないと思っていたようだが、彼は見ていた。人間のことは多少わかっているつもりのジェイクだったが、これには驚かされた。もし身分証を見ていなければ、女が警察官だとはまったく思いもしなかっただろう。

3

エイミーがすぐそこでしゃがんでいる。もう気まずそうな素振りは見せず、平気で床に小便をしている。ぼくは小便の細い流れがタイルを打ち、跳ね返った細かいしずくが彼女の汚れたショーツにかかるのを見ている。何週間か前なら目を背けていただろうが、いまは違う。

エイミーの小便はうねうねとゆっくり斜面を下っていき、深いほうの端に溜まったごみに合流する。ぼくはそれが進んでいく様子に釘付《くぎづ》けになっているが、とうとう最後のしずくが消えると、お楽しみはおしまいだ。エイミーは定位置になっている隅に引っこんでいく。謝りもせず、こちらに気づいた様子も見せない。ぼくらは獣《けもの》になっている――自分自身やおたがいに対して無頓着《むとんちゃく》だ。

ずっとこんなふうだったわけじゃない。最初ぼくたちは怒り狂い、反抗的だった。ここで死ぬつもりはない、一緒に生きのびるんだと心に決めていた。エイミーがぼくの肩の上に立ち、爪が割れるのもかまわずタイルをひっかいてプールの縁に向かってのび上がった。それでうまくいかないと、ぼくの肩から飛び上がろうとした。でもプールの深さは四メートル半か、たぶんもっとあって、救いには永遠にあとちょっとで手が届かないようだ。

携帯を試してみたがＰＩＮロックがかかっていて、組み合わせコードをいくつか入力してみるうちに充電が切れてしまった。ぼくたちは声が枯れるまで叫び、悲鳴をあげた。それに応えて返ってきたのは、自分たちをあざ笑うこだまだけだった。ときどきここはよその惑星で、数キロ四方にほかの人間はいないような気分になる。もうじきクリスマスで、きっとみんながぼくらを捜しているはずだが、ここで恐ろしくずっと変わらない沈黙に囲まれていると、それを信じるのは難しい。

脱出するという選択肢はないから、いまはただ生きながらえているだけだ。ぼくたちは指から血が出るまで爪を噛《か》み、それからその血をむさぼるようにすすった。夜明けにはタイルについた結露を舐《な》めたが、相変わらず胃は痛んだ。服を食べようかという話もしたが……やはりやめておくことにした。夜になると凍えるほど寒く、低体温症で死なずに済んでいるのはわずかな衣服とおたがいの体から少しずつ集めている温もりのおかげだ。

これはぼくの気のせいだろうか、それとも抱き合っても前ほど暖かくなくなっているのだろうか？　前ほど安心できなくなっているのだろうか？　こんなことになってからぼくたちは昼も夜もくっつきあって、おたがいに相手が生きのびてくれるよう願っていた。こんな恐ろしい場所にひとりきりで取り残されるのは、なんとしても避けたかった。ぼくらは時間つぶしにゲームをし、騎兵隊がやってきたらなにをしようかと想像した――なにを食べようか、家族になんといおうか、クリスマスのためになにを買おうか。でも自分たちが意図的にここに連れてこられたことや、ふたりにとってハッピーエンドはないことに気づくにつれて、そうしたゲームをすることは次第に減っていった。

「エイミー？」

沈黙。

「エイミー、頼むからなにかいってくれよ」

エイミーはぼくを見ない。話しかけてこない。ぼくは永遠に彼女を失ってしまったんだろうか？　彼女がなにを考えているのか想像しようとするが、ぼくには無理だ。

ひょっとしたらもうしゃべることがないのかもしれない。脱出方法を求めてぼくたちはありとあらゆることを試し、この牢獄をくまなく調べてきた。触っていないのはあの銃だけだ。それはまだそこにあって、ぼくたちに呼びかけている。

頭を上げると、エイミーがそれを見ている。ぼくと視線が合うと、彼女は目を伏せる。彼女がそれを手にする可能性はあるだろうか？　二週間前なら、あり得ないといっていただろう。でもいまは？　信頼とはもろいものだ——得るのは難しく、失うのはたやすい。ぼくにはもうなにもはっきりとはいえない。

わかっているのは、ぼくらのうちのひとりが死ぬだろうということだけだ。

4

さわやかな夜気のなかに踏み出したヘレン・グレースは、くつろいだ幸せな気分だった。歩みを緩めつつ、この平穏なひとときを嚙《か》みしめながら、彼女は周囲の買い物客の群れに愉快そうに目を走らせた。

いまヘレンはサウサンプトンのクリスマスマーケットに向かっているところだった。ウエスト・キー・ショッピングセンターの南側に出店が並ぶマーケットは毎年恒例の風物詩で、アマゾンではけっして扱っていないような手作りされたオリジナルのプレゼントを買うチャンスだ。ヘレンはクリスマスが大嫌いだったが、毎年必ずアンナとマリーのためになにか買っていた。お祭り気分に浸るのはこのときだけで、いつもそれを存分に楽しんでいた。彼女はアクセサリーやいい香りのするキャンドル、それにほかのちょっとした飾り物を買ったが、食料品にも出し惜しみはせず、デーツやチョコレート、とんでもなく高価なクリスマスプディング、可愛《かわい》らしい包みに入ったペパーミントクリーム――マリーは特にこれが大好物だった――に飛びついた。

ヘレンはウエスト・キーの駐車場から自分のカワサキを出し、町の中心部を行き交う車の流れのなかを南東へ、ウエストン目指して突っ走った。彼女は興奮と豊かさをあとにして貧困と絶望に向かってスピードを上げていき、そのあたりでひときわ威容を誇る五棟の高層ビルのほうへ容赦なく引き寄せられていった。それらのビルは長年のあいだ、海からサウサンプトンに近づいてくるものたちを出迎えてきたし、未来を先取りしたような楽天的で堂々たる姿は、そのような名誉を担うにふさわしいものだった。だがいまはまるで話が違う。

　なかでもメルボルンタワーは、ほかとは比較にならないほど荒れ果てていた。四年前にその七階で、違法薬物工場が爆発したのだ。その被害は広範囲にわたり、建物の中心部がむしり取られてしまった。地方議会は再建を約束したが、不景気のせいで計画は頓挫《とんざ》していた。まだ厳密には改修予定になっていたが、もう誰もほんとうに実行されるとは思っていなかった。だからその建物はそのまま放置され、傷つき、愛されず、かつてそこで暮らしていた家族の大多数に見捨てられていた。いまではジャンキーや無断居住者、ほかに行き場のないものたちの縄張りになっている。そこは不快な忘れられた場所だった。

　ヘレンはその高層ビル群から安全な距離を取ってバイクを停《と》めると、そのまま歩いていった。ふつうは女性がそのあたりを夜間にひとりで歩くことはなかったが、ヘレンは身の安全にまったく不安を感じなかった。彼女はここでは知られた顔で人々から避けられがちだったし、それが性に合っていた。今夜は丸焼けになった車のまわりを犬が何匹か嗅ぎまわっているのを別にすれば実に静かなもので、ヘレンは落ちている注射針やコンドームをよけながら歩いていき、メルボルンタワーに足を踏み入れた。

建物の五階で、ヘレンは四〇八号室（イギリスでいう四階は日本では五階にあたる）の前に足を止めた。そこはかつてこぎれいで快適な公営アパートの一室だったが、いまではフォートノックス（米国ケンタッキー州のフォートノックス陸軍基地、またその敷地内にある金塊保管庫を指す）のようだった。玄関のドアは本締り錠だらけだが、さらに目につくのが金属製の格子で——南京錠がしっかりかかった——それが玄関を補強していた。部屋の外側を覆い尽くす下品な落書き——ばか、あほ、まぬけ——を見れば、この部屋がここまで厳重に守られている理由は見当がつく。

それがマリーとアンナ・ストーリーの住まいだった。アンナは重度の障碍者《しょうがいしゃ》で、しゃべることも自分で食べることもトイレにいくこともできなかった。アンナ（現在十四歳）にはなんでもやってくれる中年の母親が必要だったから、マリーはできるかぎりのことをしていた。給付金と施しに頼って生活し、リドル（ドイツ系のディスカウントスーパー）で食料を買い、暖房費を節約する。そんな暮らしでも親子は問題なくやっていただろう——それがふたりに配られた手札であり、マリーはそれを苦にするような人間ではなかった——地元のチンピラどもがいなければ。崩壊した家庭の出身でやることがない、というのは言い訳にはならなかった。あのガキどもは、か弱い女性と子どもを小ばかにし、いじめ、攻撃して楽しむ、ただの汚《けが》らわしい悪党だった。

ヘレンがそうしたことをすべて知っているのは、連中に目をつけていたからだった。その役立たずどものひとりでスティーブン・グリーンと呼ばれる、凶暴なニキビだらけのはみ出し者は、親子の住まいを丸焼けにしようとしていた。手遅れになる前に消防隊が到着し、被害は廊下と廊下に面した部屋で食い止められたが、マリーとアンナが受けた影響は深刻だった。ヘレンが話を聞いたとき、ふたりはすっかり怯《おび》えていた。これは殺人未遂事件であり、誰かが責任を問われる必要があった。ヘレンは最善を尽くしたが、目撃者がいなかったためにその件が裁判沙汰になることはなかった。ヘレンは引っ越すように強く勧めたが、マリーは頑なだった。この部屋は彼女たち家族の住まいであり、自由に動きまわれないアンナのために特別な設備がそなえられている——どうして彼女たちが引っ越さなくてはならないのか？　マリーは部屋の守りをかためるために、まだ持っていた金目のものを売った。それから四年後、ドラッグ工場が爆発した。それ以前はエレベーターがちゃんと動いていて、四〇八号室は基本的に楽しいわが家だった。いまやそこは牢獄だ。

社会福祉課の人間が立ち寄ってふたりに気を配ることになっていたが、彼らはこの場所を疫病のように避け、ちらっと顔を出すのがせいぜいだった。そんなわけで夜に家にいてもほとんどやることのないヘレンが、よく立ち寄っていたのだ。スティーブン・グリーンとその仲間がやりかけの仕事を仕上げに戻ってきたときにその場に居合わせたのは、そういう事情があったからだった。スティーブンはいつものようにハイになっていて、ガソリン缶をしっかりつかみ、手製の導火線で火をつけようとしていた。だがその機会は訪れなかった。ヘレンの警棒が彼の肘を、それから首をとらえ、スティーブンは床にばったり倒れた。突然警官が現れたことに不意を突かれたほかの連中は、ガソリン爆弾を取り落として逃げだした。逃げおおせたものもいたし、そうでないものもいた。逃げる容疑者の足をすくうやり方を、ヘレンはしっかり訓練していた。彼女はその襲撃を阻止し、それからほどなくしてスティーブン・グリーンと彼の親友三人が実刑判決を受けるのを見届けて、まぎれもない満足感を味わった。ときには務めがほんとうに報われる日もあるのだ。

ヘレンは身震いを抑えた。薄暗い廊下、崩壊した暮らし、落書きやちらばったごみは、あまりに彼女自身の生い立ちを思い出させ、とても平気ではいられなかった。なんとか苦労して抑えこんできて、いまも無理やり押し戻している数々の記憶がよみがえってきた。ヘレンがここにきたのはマリーとアンナのためだった――今日はなにがあろうと、暗い気分になるものか。

ヘレンがドアを三回ノックすると――彼女たちの特別な暗号だ――たくさんの錠前が開けられた末に、ドアが勢いよく開いた。

「食事の宅配はいかが?」ヘレンはわざといってみた。

「むかつく」予想どおりの答えが返ってきた。

彼女をなかへ通すためにマリーが外側の格子を開けると、ヘレンは笑顔になった。暗い考えはもう引っこみつつあった――マリーに「温かく」歓迎されると、いつもそうなるのだ。なかに入るとすぐにヘレンは持ってきた贈り物を渡し、ふたりからは受け取って、すっかり安らいだ気持ちになった。ほんの束の間、四〇八号室はヘレンにとって、暗く凶暴な世界からの避難所だった。

5

土砂降りの雨が涙を洗い流していた。洗い清められた気分になるはずなのに、そうは感じられない――この程度ではもうどうにもならなかった。彼女はただ闇雲に、もつれあった森の枝葉のなかを狂ったように突き進んでいた。とにかく進みつづけなくちゃ。遠くへ。遠くへ。遠くへ。

トゲが顔をひっかき、石が足を切り裂いた。だが彼女は進みつづけた。誰かいないか、なにかないかと必死で目を走らせていたが、見えるのは木だけだった。一瞬、恐ろしい考えが浮かんだ――そもそも、ここはイギリスなの？　助けを求めて叫んだが、その叫び声は弱々しく、すっかりかすれて役に立たなかった。

サンプソンズ・ウィンター・ワンダーランドでは、家族連れが辛抱強くサンタ小屋の順番待ちをしていた。どこから見ても泥だらけの農地にひと握りの大天幕が急ごしらえで建てられただけの代物だったが、子どもたちは気に入っているようだった。女の姿を目にしたとき、四人の子持ちのフレディ・ウィリアムズは今シーズン初めてのミンスパイにかぶりついたところだった。土砂降りの雨を透かして見ると、その女は亡霊のようだった。フレディのミンスパイが宙で動きを止めているあいだに、女は彼に目を据え、足を引きずりながらゆっくりと、しかし意図を持って敷地を横切りやってきた。さらによく見てみると女に亡霊めいたところはなく、痛ましい有様だった――びしょ濡れで血を流し、死人のように真っ青だ。フレディは関わりたくなかったが――女はイカれているようだった――どうしても脚が動かず、女の視線の荒々しさにかたまっていた。相手は予想よりすばやく最後の数メートルを進んでくると、急によろよろと後ずさりしだしたフレディに飛びついてきた。彼のミンスパイは宙返りをし、見事にべちゃっと水たまりに着地した。

　事務所で毛布にくるまれていても、その女がイカれて見えることに変わりはなかった。彼女はどこにいたのかも、どこからきたのかも話そうとしなかった。今日が何日かさえ知らないようだった。実際、聞き出せたのは女がエイミーと呼ばれていることと、その日の朝、ボーイフレンドを殺したということだけだった。

　ヘレンはサウサンプトン中央警察署の外で、ぐっとブレーキをかけた。頭上にそそり立つ未来的なガラスと石灰岩の建物は、市街地や港湾施設の素晴らしい景色を見下ろしていた。建ってからわずか一、二年の、どこから見ても印象的な警察署だ。最先端の拘留施設、検察庁支部、スマートウォーター（識別情報が組みこまれた透明な液体）の検査施設、現代の警官に必要なものがすべてそろっている。ヘレンはバイクを駐車すると、署内に入っていった。

「勤務中に居眠り、ジェリー？」

内勤の巡査部長がはっとわれに返り、できるだけ忙しそうに見せようとした。ヘレンが入っていくと、いつも彼らは少し背筋をのばして座りなおした。これは彼女が警部補だからというだけでなく、その振る舞いも関係していた。革のつなぎに身を包んで建物に入っていくヘレンは、身長百八十センチ余りの野心と活力にあふれた精力的な人物だった。遅刻することも、二日酔いになることも、病気になることもけっしてない。ヘレンは自分の仕事に、彼らには夢に見ることしかできない激しさで熱中していた。

ヘレンは重大犯罪課のオフィスにまっすぐ向かった。サウサンプトンの主要警察署は革新的なものかもしれないが、それが見渡す町のほうは相変わらずだった。報告が上がっている事件にざっと目を通したヘレンは、ありふれたおなじみの内容ばかりなのに少々うんざりした。家庭内の言い争いが最終的に殺人にまで発展したケース――ふたりの人生が台なしになり、幼い子どもがひとり保護されていた。アウェイのリーズ・ユナイテッドFCの応援団が起こした、セインツファンに対する殺人未遂事件。そしていちばん新しいのは荒っぽい路上強盗に八十二歳の老人が残忍に殺害された事件。老人を襲った犯人は現場から逃げるときに盗んだ財布を落とし、鮮明な指紋とすぐ身元を確認できるものを警察に提供していた。犯人はサウサンプトン警察によく知られた人物だった――クリスマス前にある家族を突然打ちのめした、どこにでもいるならず者だ。ヘレンは今朝、その詳しい経緯について検察庁に説明することになっていた。彼女はファイルを開き、このつまらない悪党に対する申し立ては一部の隙もないものにしようと心に決めた。

「あまり気を抜かないでください。勤務中ですよ」

ヘレンの部下の巡査部長《DS》、マーク・フラーが近づいてきた。ハンサムで優秀な警官のマークは、この五年間ヘレンと緊密に連携して働いていた。殺人、幼児誘拐、レイプ、性的人身売買――彼はヘレンが多くの不愉快な事件を解決するのに手を貸し、その献身、直感、勇気で信頼を置かれるようになっていた。しかし泥沼の離婚騒動の影響で、最近のマークは不安定で信頼できなくなっている。彼がまたしても酒のにおいをさせているのに気づき、ヘレンは憂鬱《ゆううつ》になった。

「若い女がボーイフレンドを殺したといっています」

マークが手にしたファイルから写真を抜き出し、ヘレンに渡した。その写真には右上の隅に、行方不明者を示す特徴的なスタンプが押されていた。

「被害者の名前はサム・フィッシャー」

ヘレンは若くて健康そうな顔立ちの若者のスナップ写真に目を落とした。目鼻立ちがはっきりし、楽天的で、どこか無邪気そうですらある。マークはヘレンがその写真をじっくり見られるように一瞬間《ま》を置いてから、もう一枚の写真を手渡した。

「そしてこれがおれたちの容疑者。エイミー・アンダーソンです」

その写真を目にしたとき、ヘレンは驚きを隠せなかった。きれいで自由奔放な娘――せいぜい二十一といったところだろう。緩やかに垂れた長い髪、印象的な濃い青色の目、優美な唇。若さと無邪気さを絵に描いたようだ。ヘレンは上着を取り上げた。

「それじゃあ、いきましょうか」

「運転はあなたが、それとも——」

「わたしがする」

ふたりは無言で駐車場に向かった。その途中でヘレンは、失踪人課との連絡係を務めている部下の巡査を引っ張り出した。快活ではつらつとしたシャーリーン・〝チャーリー〟・ブルックスは仕事熱心で気概のあるいい部下だったが、警官らしい服装をすることを頑なに拒否していた。今日はぴっちりした革のパンツ姿だ。彼女の服のセンスをとがめる権限はヘレンにはなかったが、それでもそうしたい思いに駆られた。

車のなかではマークの息の酒臭さがいっそう強くなった。ヘレンはちらっと横目で彼を見てから車の窓を開けた。

「それで、わかっていることは？」

チャーリーは既にファイルを開いていた。

「エイミー・アンダーソン。二週間ちょっと前に失踪が報告されています。最後に目撃されたのはロンドンのライブ会場。十二月二日の夜、母親にメールして、サムと一緒にヒッチハイクで帰っているところで真夜中までには戻る、と伝えています。それ以来どちらの影も形もなし。母親が電話で通報してきました」

「それで？」

「エイミーは今朝、サンプソンズにひょっこり現れています。ボーイフレンドを殺したといったあとは、黙りこんだまま。いまは誰にもいっさい口をきこうとしません」

「それで彼女は、いままでずっとどこに？」

マークとチャーリーが顔を見合わせ、結局マークが答えた。

「おれにもよくわかりません」


彼らはウィンター・ワンダーランドの駐車場に車を停めると、足早に事務所に向かった。くたびれたポータキャビン（プレハブ式の移動建物）に足を踏み入れたヘレンは、そこで目にした光景に衝撃を受けた。すり切れた毛布にくるまったその若い女は、狂気にとらわれ錯乱し、痛々しいほど痩《や》せて見えた。

「こんにちは、エイミー。わたしはヘレン・グレース警部補——ヘレンと呼んで。座ってもいい？」

反応はない。ヘレンは注意深く向かいの椅子にゆったりと腰を下ろした。

「あなたにサムのことで話があるの。かまわない？」

娘が目を上げ、そのやつれきった顔に恐怖が広がった。ヘレンは心のなかでさっき見た写真と比べながら、相手の顔をしげしげと眺めた。もし人を射貫くような青い目とあごの古傷がなければ、身元の確認には苦労していただろう。かつてつやつやしていた髪はだらしなくのびてもつれ、脂じみていた。指の爪は長く汚れている。顔や腕、脚はまるで錯乱して自傷行為に及んだようだ。そしてにおい。人の感覚に最初に訴えてくるのはにおいだ。甘く、鼻につんとくる、むかむかするにおい。

「わたしはサムを見つけなくてはならない。彼がどこか話せる？」

エイミーが目を閉じた。涙がひと粒目尻からこぼれて頰を伝い落ちた。

「彼はどこ、エイミー？」

長い沈黙のあと、ようやく彼女がささやいた。

「森よ」

エイミーがポータキャビンという避難所を離れることを断固として拒否したため、ヘレンは犬を使わなくてはならなかった。彼女はチャーリーをエイミーのお守りに残し、マークに一緒にくるよう指示した。レトリーバーのシンプソンはかつてエイミーの服だった血のついたぼろ布に鼻を埋めると、森のなかを駆け抜けていった。

エイミーがいた場所を見つけるのは難しくなかった。森のなかをひたすら闇雲に突き進んでいたため、生い茂った下生えが引きちぎられて大きな穴ができていたのだ。彼女が通ったあとを布の切れ端や皮膚片が飾っていた。シンプソンは茂みのなかを飛びまわり、掃除機をかけるようにそれらをかき集めていった。ヘレンは犬に遅れずについていき、マークも女に後れを取るまいと躍起になっていた。だが彼は酒臭い汗をかき、苦労していた。

ぽつんと建っている建物が見えてきた。取り壊されることになって久しい自治体のスイミングプールで、過ぎ去った楽しい時間の悲しい遺物だ。シンプソンが南京錠のかかったドアに取りつき、それからいきなり駆けだして建物をまわりこむと、最終的に壊れた窓のそばで止まった。ひび割れた窓ガラスに新しい血がべったりとついている。エイミーがこもっていた繭《まゆ》が見つかったのだ。

なかに入るのは大変だった。建物は放置されていたにもかかわらず、すべての出入口に保安対策が施されていた。誰の侵入を防ごうというのだろう？　このあたりには誰も住んでいなかった。結局錠前がこじ開けられて、滅菌カバーをかぶせた靴で床の上を滑っていく、いつものバレエがはじまった。

そして彼がいた。四メートル半ほど下の飛び込みプールの底に横たわっている。長い梯子を探すのにしばらく手間取ってから、ヘレンはプールの底に下りて、エイミーの「サム」と対面した。彼は弁護士を目指す真面目な坊やだったが、見た目ではそれとわからなかっただろう。まるで路上によくいる年老いたホームレスの死体のようだった。服は大小便で汚れ、指の爪はひび割れて汚らしかった。それにその顔ときたら。痩せこけた顔はゆがみ、ぞっとするような表情を浮かべている――そのゆがんだ顔には、怯え、苦痛、そして恐怖が刻まれていた。生きていたときのサムはハンサムで魅力的だった。死んだ彼はおぞましかった。

6

ここの人たちは、いつか苦しめるのをやめてくれるんだろうか？

エイミーはサウサンプトン総合病院にいけば安全だろうと思っていた。傷を癒やし悲しみに暮れられるように、そっとしておいてもらえるだろうと。でも彼らはエイミーを苦しめるのに躍起になっていた。たとえ彼女が懇願しても、食べ物や飲み物を摂らせてはくれなかった。舌はふくれあがり、胃は縮みすぎていて、もし固形物がなかを通れば腸が裂けてしまうかもしれないというのだ。だから彼らはエイミーを点滴につないだ。もしかしたらそれは正しいことなのかもしれないけれど、彼女の望みとは違っていた。いつ彼らが、二週間以上なにも食べずに過ごしたっていうの？　あの人たちがなにを知ってるって？

エイミーはモルヒネの点滴も受けていて、それは少し助けになったが、大量に入れられないように細心の注意が払われていた。痛みがあまりにひどくなると、エイミーは左手でボタンを押してそれを操作した。右手は手錠でベッドにつながれている。看護師たちはそれが気になってしかたないらしく、聞こえよがしにひそひそ声で、あの娘はなにをしたんだろうと憶測を巡らしていた。自分の赤ん坊を殺した？　夫を殺した？　彼らはほんとうに楽しんでいた。

それから——神よ、お助けください——それから母親が呼び入れられた。エイミーはそのことに逆上して、困惑した母親が医者の指示で引きさがらなくてはならなくなるまで叫び、金切り声を上げた。いったいこの人たちはなにを考えてるんだろう？　母さんに会うことはできなかった。いまは無理。こんな形では。

エイミーはただそっとしておいてほしかった。周囲にあるものに意識を集中し、枕カバーに使われている綿織物の込み入った模様をじっと見つめ、ベッドサイドのランプのなかで輝いているフィラメントを、催眠術にかかったように何時間も見つめる。そうすることで頭がぼうっとして、ものを考えずにいられた。そしてサムの幻がどこからともなく現れるとモルヒネの点滴のボタンを押し、ほんの束の間、もっと幸せな場所へと漂っていった。

だが長くそっとしておいてもらえないことは、心のなかではわかっていた。いまは悪魔がエイミーのまわりをぐるぐるまわり、後にしてきた生き地獄へと引きずり戻そうとしていた。警官が病室の外をうろうろし、なかに入ってエイミーに話を聞けるようになるのを待っているのが見えた。絶対にそういう質問には答えたくないのが、わからないの？　充分ひどい目に遭っていないとでも？

「わたしは会えないって、あの人たちにいって」

彼女のカルテを忙しく調べていた看護師が顔を上げた。

「熱があるっていって」エイミーは続けた。「眠ってるって……」

「わたしにはあの人たちを止めることはできないわ」看護師は淡々と答えた。「早く終わらせるのがいちばんじゃないかしら？」

いくら苦しんでもけっして充分ではないのだ。エイミーにはそのことがほんとうによくわかっていた。彼女は愛した人を殺してしまい、もう後戻りする術《すべ》はなかった。

7

「どうやってプールから出たのか教えて、エイミー」

「梯子で」

「プールに梯子はかかってなかったけど」

エイミーはしかめ面をして顔を背けた。病院の毛布をあごのあたりまで引っ張り上げて、いまいちど自分の殻に引きこもった。ヘレンは興味をそそられ、じっと相手を見た。もし嘘《うそ》をついているならたいした女優だ。彼女はマークにちらっと目をやってから、先を続けた。

「それはどんな梯子だった？」

「縄梯子よ。あのあとすぐに落ちてきて……」

目に涙がこみ上げてきて、エイミーは自分の胸に顔を埋めた。その両の掌《てのひら》には軽い火傷《やけど》の痕があった。もしかしたら急いで縄梯子を上ったという話と一致するのではないだろうか？ヘレンは心のなかで自分をひっぱたいた――そんな可能性は検討するまでもないはずだ。エイミーの話は常軌を逸していた。彼女によればふたりは高速道路で車に拾われ、薬を盛られて誘拐され、飢えさせられた――それから殺人を犯すよう強要された。いったい誰がそんなことをするだろう？　一見したところエイミーとサムはふたりともいい子のようだったが、この恐ろしい犯罪の答えは彼ら自身の人生のなかにあるにちがいない。

「あなたとサムの関係について教えて」

その言葉にエイミーがすすり泣きはじめた。

「そろそろ休憩にしてもいいいんじゃありませんか、警部補？」エイミーの母親の主張で同席していた事務弁護士がいった。

「まだ聴取は終わっていません」ヘレンはぴしゃりと言い返した。

「ですが彼女が疲れ切っていることは見ればわかるでしょう。きっとわれわれは――」

「わたしに見えるのは、サム・フィッシャーと呼ばれていた死んだ青年だけです。背中を撃たれた。至近距離から。あなたの依頼人によって」

「わたしの依頼人は引き金を引いたことを否定しては――」

「しかしその理由を話そうとはしない」

「理由は話したでしょう」エイミーが吐き捨てるように言い返した。

「そうね、面白い話だった。でもまったく筋が通っていない」

ヘレンはそれだけいって口を閉じた。彼女に指示されるまでもなく、それをきっかけにマークが徐々に圧力を強めていった。

「誰もきみたちを見てない。それにバンもだ、エイミー。トラックの運転手たちも見てない。交通警官たちも見てない。あのルートでヒッチハイクをしてたほかの子たちも見てない。そういうわけだからくだらない話はやめにして、どうしてボーイフレンドを殺したのかおれたちに話したらどうだ？　彼に殴られたのか？　脅されたのか？　どうして彼はあんなひどいところにきみを連れていったんだ？」

エイミーはなにもいわず、目を上げることさえ拒んだ。まるでマークがまったくなにもいわなかったかのように。ヘレンは口調をやわらげてバトンを受け取った。

「自分が初めてだとは思わないでほしいの、エイミー。好きになった素敵な男性が、実はサディストで暴力的だとわかったのは。それはあなたのせいではないし、誰もあなたを非難してない。それにもしなにがあったのか、どんな問題が起きたのかを話せるなら、わたしにはあなたを助けられると保証する。彼に暴力を振るわれた？　ほかに関わっていたものがいる？　なぜ彼はあなたをあそこへ連れていったの？」

相変わらず返事はなし。初めてヘレンの口調に苛立ちがにじんだ。

「二時間前、わたしはサムの母親に、彼が撃たれて死んだと話さなくてはならなかった。彼女は、そしていまサムの弟や妹たちは、この件に対して責任を問われるべき誰かを必要としている。そしていま現在、容疑をかけられている人間はあなただけ。だから彼らはもちろんあなた自身のためにも、でたらめをいうのはやめてほんとうのことを話しなさい。どうしてあなたはあんなことをしたの、エイミー？　なぜ？」

長い沈黙のあと、涙を浮かべた目に怒りの炎を燃やしてエイミーが顔を上げた。

「彼女にやらされたのよ」

8

「それで、どう思います、ボス？」

人生で初めて、ヘレンは答えに窮した。イエスかノーか、有罪か無罪か、ヘレン・グレースは常に答えを持っていた。だがいまは違う。この件はなにかが違った。彼女の経験すべてがエイミーは嘘をついているといっていた。誘拐されたという話も充分イカれているが、決定的なのは犯人がたったひとりの女だったという点だ。女の殺人犯が殺すのは夫や子ども、あるいは自分が世話をしている人たちだ。見知らぬ相手を誘拐したり、エイミーが語ったような被害者のほうが人数が多いハイリスクのシナリオを好むことはない。たとえこの犯人がそうだったとしても、ふたりの大人をバンから降ろして飛び込みプールに移動させるにはどれだけ力がいることか。ヘレンは無性にエイミーに調書を投げつけたい衝動に駆られた。殺人の嫌疑をかけられているのだから、ひょっとしたら最後には真実を白状するかもしれない。

だがもしあれが真実でないなら、なぜエイミーはそんな話をでっちあげるのだろう？　エイミーは頭がよく、しっかりした娘で、精神疾患の既往歴もない。その証言はずっと明確で一貫していた。「誘拐犯」の描写は詳細で——ベリーショートにしたくすんだブロンド、サングラス、短く汚れた爪——頑なにそれを曲げなかった。バンがローギアのときに、女がどれだけ回転速度を上げすぎたかといった細かい点にいたるまで。それにエイミーがサムを愛していて――本気で愛していて――その死に打ちのめされているのは明らかだった。誰もが彼らのことを、分かちがたい車の両輪のようだと語った。ブリストル大学で出会ったふたりはその後、一緒にいられるようにそれぞれウォリック大学の修士課程に出願し、社会に出て離ればなれになる可能性を先のばしにしていた。金《かね》はたいして持っていなかったが、一緒に過ごしているあいだは国じゅうをヒッチハイクしてまわり、ほかの誰かと一緒に休暇を過ごすことはめったになかった。

鑑識の結果、銃にエイミーの痕跡があったので彼女がやったのは間違いなかったが、ふたりが監禁されていたという証言も裏づけられていた。彼らの身体的状態――髪の毛、爪――に加え水槽内の排泄物すべてが、エイミーがサムを殺すまでにふたりは少なくとも二週間そこにいたことを示唆していた。彼らは希望を失ってくじ引きをしたのだろうか？　取引をしたのだろうか？

「どうして彼で、あなたではなかったの？」エイミーはふたたびベッドに倒れこんでいたが、ヘレンは質問を繰り返した。ついにエイミーが言葉を絞り出した。

「彼にそうしてくれっていわれたから」

すると愛ゆえの行為ということか。自己犠牲の行為。気がとがめるのも無理はない……もしそれがほんとうなら。そしてそのことがヘレンをしつこく悩ませていた――起こった出来事のせいでエイミーが壊れてしまったという明白な事実が。ただショックを受けているだけではない。罪の重さに彼女の心は壊れてしまっていた。それはヘレンがいやというほどよく知っている感情で、こんな状況下にもかかわらず彼女はいつのまにかエイミーに同情していた。もしかしたらこの傷つきやすい若い女性に、きつくあたりすぎていたかもしれない。

そんなことがあるはずはない。誰がそんなことをするだろう？　いったい彼ら――「彼女」――になんの得があるというのか？　エイミーの話では、女はその場で見張ってもいなかったという。だとすれば狙いはなんなのか？　そんなことがあるはずはなかったが、いかにもマークらしい率直な問いに対して、ヘレンはいつのまにかこう答えていた。

「彼女はほんとうのことをいってると思う」

9

ベン・ホーランドは週に一度のボーンマス行きがいやでしかたなかった。彼にとってそれは無意味で、一日の浪費だった。だが事務所は各地の事業所間で顔を合わせて対話する時間を取ることにひどくこだわっていたので、ポーツマス事業所のベンとピーターは週に一度、ボーンマス事業所のマルコムとエリナー、ロンドン事業所のヘリーとサラと一緒に、サンドウィッチとコーヒーのランチをとっていた。よく海事法や銀行訴訟、国際的な遺言検認の細かい点について話し合ったものだ——各々《おのおの》の依頼人の悪口に戻るまでは。それはときに有益といえないこともなく、楽しいと思うことさえあったが、ボーンマスまで往復することを計算に入れれば、すべてがとてつもない時間のむだにすぎなかった。

そして今回はふだんよりいっそうひどいことになりそうなのが、判明しつつあった。いつものようにベンはピーターを車に乗せて、会議が行われるボーンマスまで往復していた——年上の同僚がランチタイムにアルコールを飲めるように。ピーターはパートナー弁護士で、頭の回転が速く素晴らしい実績を上げていた。また、がさつで話がくどく、閉塞《B》性細気管《O》支炎を患ってもいた。ピーターと一緒に会議室にいるだけでも大変なのだ。それがいまは丸二時間、彼と一緒に車のなかに閉じこめられている。少なくともガス欠にならなければ、そうなっていたところだ。

ベンは小声で悪態をつきながら携帯を引っ張り出した。それからうろたえて目を見開いた。

「電波がない」

「なんだって？」ピーターがいった。

「電波がないんです。あなたのほうは？」

ピーターが自分の携帯を確認した。

「ないな」

長い沈黙。

ベンは懸命に怒りを抑えこもうとした。いったい憂さ晴らしに猫を何匹蹴飛ばせば、その呪いで日暮れどきにピーターと一緒にニューフォレスト（イギリス南部にある国立公園）の真ん中にいるはめになるんだ？　ベンはボーンマスを出てすぐのエッソのスタンドで――いちばんガソリンが安いので――満タンにしていた。それなのにまだ一時間もたたないうちに、タンクが空《から》になってしまったのだ。燃料残量警告灯がついたときには信じなかったが、とにかく少なくともサウサンプトンにたどり着くだけの量は間違いなくあると思っていた。だが最初の警告音が鳴ってすぐに、車はブスブスと音を立てて止まってしまった。生きていれば、ときには踏んだり蹴ったりの日に遭うことがあるものだ。ガソリンスタンドまで歩いていかなくてはならないのだろうか？　一緒に夜を過ごすのか！

「自動車協会のプラチナサービス、あれはこういうときに使うんじゃないのか？」ピーターが助け船を出すように提案した。

ベンは人気《ひとけ》のない森林地帯を走る道の前後に目をやった。ピーターは口にしなかったが、ニューフォレストを突っ切るのはベンの考えだった。彼はいつもそうやってサウサンプトンの周辺を走るM27を避け、カルモアに出る人目につかない近道を通っていたのだが、今日はそれがひどく裏目に出ていた。その件で責められそうな気がしたが、それはこの試練を乗り切ってからのことだ。ピーターは絶対につけこんでくるだろう。いまはじっと好機を待っているだけだ。

「きみが歩いていくかい？　それともわたしが？」ピーターが尋ねた。

それは形ばかりの質問だった。年功序列、おまけにピーターは膝が悪かった。要するにベンの責任だということだ。地図を見るとほんの二、三キロのところに休暇用のコテージが何軒かあった。急いでいけばあまり暗くならないうちにたどり着けるかもしれない。寒さに襟を立てながらピーターにうなずきかけると、ベンはとぼとぼと道を歩きはじめた。

「またあとでな……」ピーターが歌うようにいった。いやなやつめ、とベンは思った。

だがそのとき突然、思いがけない幸運が訪れた。黄昏《たそがれ》のなかにふたつのごく小さな光の点が見えたのだ。ベンは目を細めた。よし、間違いない。ヘッドライトだ。その日初めて、体の緊張がほぐれるのを感じた。なんだかんだいっても神はいたのだ。ベンは両手を高く上げて勢いよく振ったが、そのバンは既に手を貸そうとスピードを緩めているところだった。ありがたい、とベンは思った。救いの手だ。

10

ダイアン・アンダーソンは三週間以上、娘を見ていなかった。そしていま、たとえ息が詰まるほどぎゅっと胸に抱きしめていても、エイミーを見てはいなかった。病院で身ぎれいにしてもらってはいたが――シャワーを浴びさせ、髪を洗わせても――彼女はまだエイミーらしく見えなかった。

美人の警官――チャーリー――が帰宅するふたりに付き添っていた。エイミーを助けるため、安心して外の世界に戻れるようにするためだといっていたが、あの警官はスパイだ。ダイアンはそう確信していた。待機し、見張り、報告するためにいるのだ。娘はまだ窮地を脱していなかった。ふたりの制服警官が玄関の外に配置されているのを見れば明らかだ。彼らはエイミーを守るためにいるのか、それとも逃亡を防ぐためにそこにいるのだろうか？　それでも彼らは少なくとも、マスコミを追い払ってくれていた。地方の三流紙の記者が郵便受けごしに叫ぶ――エイミーがボーイフレンドを殺した理由を、それ以上は考えられないほど野卑な言葉で尋ねてきた――という手段に訴えてきたのだ。さらに悪いことには、その記者は若い女だった。ああいう連中はどうしてあんなまねをするんだろう？

「エイミーがサムを撃ったんです」あのいかめしい人――グレース警部補――はそんなふう

にいっていた。わけがわからない。エイミーはけっして誰も、間違ってもサムだけは撃つはずがない。銃を所持していたことさえ、いっさいなかった。ここはアメリカではないのだ。

夫のリチャードが警察の誤りを正し、問題を解決してくれるのを期待して振り返ってみたものの、その顔はダイアンの顔の映し鏡だった――ショックで呆然《ぼうぜん》としている。一瞬、怒りが体じゅうを駆け巡ったが――リチャードはほんとうに必要とされるときにその場にいためしがなかった――やがてダイアンは背筋をぴんとのばし、いま一度、苦い現実と向きあった。エイミーはサムを愛していた。ダイアンはふとした瞬間に、もしふたりが結婚したら――結婚するときは――どんな感じだろうとたびたび考えを巡らせていた。彼女はずっと、娘がいま風の慣習に従って結婚はせずに同棲《どうせい》するのだろうと思いこんでいた。だがエイミーから適当な時期がきたら絶対に結婚したいと打ち明けられて、驚いていた。そうはいってもエイミーのことだから、少し変わった式になるだろう。白いドレスは着るけれど、花婿《はなむこ》に引き渡す役は父親ではなくダイアンがやるべきだと心に決めていた。リチャードはそれを認めるだろうか？　ほかの人たちはそれを気に入るだろうか、それとも奇妙に思うだろうか？　はっとして、ダイアンはまた白昼夢に耽《ふけ》っていたことに気づいた。けっして行われることのない結婚式の白昼夢に。

わけのわからないことばかりだった。サムは乱暴でも攻撃的でもなかったから、正当防衛とは考えられなかった。グレース警部補は、なにが起こったのかについては腹立たしいほど口がかたかった――「心の準備ができたときにエイミーの口から話すほうがいいでしょう」と。だがエイミーは一言も発していなかった。彼女は押し黙っていた。ダイアンは娘の心を動かそうとした――モルトシェイクをつくってやり、フレンチ・ファンシー・ケーキ（子どもの頃に好きだった）を何箱か開け、いまでは共用にしている寝室に、エイミーが昔遊んでいたおもちゃや細々したものをすべて並べた。だがどれも効果はなかった。そんなわけで彼女たちはそこに座っていた。ぎこちない三人組だ。チャーリーはお茶をこぼさないように気をつけてソファの端にちょこんと座り、ダイアンは求められていないケーキをもっと皿に並べ、エイミーは宙を見つめているだけの、かつて活気に満ちていた若い娘の抜け殻だった。

11

それは待ち伏せだった。女はヘレンを待ちかまえていて、彼女が車から降りるなり飛び出してきた。

「ちょっといいですか、警部補？」

ヘレンの心は沈んだ。それは既にはじまっていた。

「会えて嬉しいわ、エミリア。でもおわかりのように、わたしはとても忙しいから」

ヘレンは立ち去りかけたが、いきなり腕がのびてきて引き止めた。ヘレンがにらみつけると——本気なの？——相手はその意図を察してゆっくりと手を離した。悪びれた様子もなく、エミリア・ガラニータは不意に満面の笑みを浮かべた。エミリアは人目を引く人物だった——若々しくすらりとしているが、傷ついて醜くもあった。十代の頃の彼女は男たちの心に火をつけたものだったが、わずか十八のときに残酷な酸攻撃の犠牲になっていた。左側からその横顔を見れば、きりっとして魅力的だ。右側から見れば、不憫《ふびん》としかいいようがない——その相貌はゆがみ、化粧でごまかした目は動かなかった。地元では「美女と野獣」として知られるエミリアは、サウサンプトン・イブニング・ニュースの主任事件記者だった。

「エイミー・アンダーソンの件です。われわれはエイミーが彼を殺したことは知っていますが、理由がわからない。彼はエイミーになにをしたんですか？」

ヘレンは軽蔑を隠そうとした――さっきアンダーソン家の郵便受けごしに叫んでいたのがエミリアだったのは間違いないだろうが、捜査のこれだけ早い段階でマスコミを敵にまわすのは賢い動きとはいえなかった。

「性的なことですか？　彼はエイミーを殴ったんですか？　警察は誰か別の人物を捜してるんでしょうか？」エミリアは畳みかけた。

「正規の手続きはわかってるでしょう、エミリア。なにか話せることができ次第、広報担当から連絡します。それでは、このへんで――」

「わたしがちょっと興味を持ったのは、エイミーが解放されたからです。保釈でさえない。ふだんなら警察は、もうちょっと長く絞りあげるんじゃありませんか？」

「わたしたちは誰も絞りあげたりしない。わたしは規則どおりにやるタイプだから――知ってるでしょう。だからマスコミとのやりとりはすべて通常のルートで行われることになる、いいわね？」

ヘレンはちらりと最高の笑みを浮かべると、そのまま歩きつづけた。これから長い戦いになることは間違いない最初の小競り合いに、ヘレンは勝利を収めていた。エミリアには犯罪者の血が流れていた。彼女は六人きょうだいのいちばん上で、麻薬の売人だった父親がわが子を運び屋に使った罪で十八年の刑を宣告されたときに有名になっていた。エミリアと五人のきょうだいは幼いときからずっと、頻繁にカリブへの船旅に連れていかれ、サウサンプトンのドックに帰る途中でコカイン入りのコンドームを無理やり飲まされていたのだ。ポルトガル人の父親が刑務所行きになると、彼の雇い主はエミリアに無理やりドラッグの運び屋としての人生を再開させて、自分たちの損を取り戻す手伝いをさせようとした。エミリアが拒否すると、彼らは罰を与えた——両方の足首を折り、顔に半リットルの硫酸をかけたのだ。彼女はそれについて本を書き、最終的にジャーナリズムの道へ進むことになった。いまだに足を引きずって歩いているにもかかわらず、エミリアは誰も恐れず、まったくの疲れ知らずでネタを追い求めていた。

「近いうちにまた」警察の死体安置所に招き入れられたヘレンに、エミリアが声をかけてきた。

ヘレンはたったいま人生がほんの少し難しくなったことを悟った。だがそのことについてじっくり考えている時間はなかった。

ヘレンには死体と会う約束があったのだ。

12

彼は幽霊のようだった。フェイスブックのページから笑いかけていた屈託のないハンサムな顔は、いまヘレンが向きあっている落ちくぼんだデスマスクとは似ても似つかなかった。目の前の解剖台に横たわったサムの痩せこけた遺体は、幸せで希望に満ちていたかつての彼をあざ笑っていた。それはほんとうに痛ましい光景だった。

ヘレンは後ろを振り返り、法医学者のジム・グリーブスの準備がどこまで整ったか確認することで気を紛らした。三十年間この仕事をしてきても、ジムは相変わらず解剖のためにじっくりと時間をかけて手を洗い、ローブを身につけた。際限なく手を洗いつづける様子は現代のマクベス夫人のようだったし（太りすぎではあったが）、両手にぴったりした無菌手袋を不器用にはめようとしている様子を見ていると、つかつかと歩いていってかわりにはめてやりたくなる。なかには実際にそうした警官もいた。ほかのものたちはジムの盛りは過ぎたと考えていたが、ヘレンはよくわきまえていて急かさなかった。彼には待つだけの値打ちがあったし、タトゥーをびっしり入れた屈強なでくの坊が、ヘレンのために多くの事件を解明する手助けをしてきた一人前の鋭敏な法医学者にゆっくりと変身していく様子には、なにか奇跡的なところがあった。

「またしても急かされているから、いつもの注意事項すべてと合わせて聞いてもらうことにするが……」

ヘレンは笑みを浮かべて――ジムが不平をこぼすのには慣れていた――そのままいわせておいた。いまは彼を急かしていたが、そうせずにはいられなかったのだ。サムの母親に息子の死を伝えるのはたまらない体験で、それは話せることがあまりに少ないせいでもあった。オリビア・フィッシャーは何年か前に夫を亡くしていたから、いまは支えてくれるパートナーはいなかった。彼女はどうにかひとりで、ほかの子どもたちが愛《いと》しい兄の死を受け入れられるよう助けてやらねばならず、ヘレンには彼女がそうするための手段を差し出す必要があった。だから早くエイミーの話を裏づけるか、嘘を暴かなくてはならなかったのだ。

ジムはぶつぶついうのをやめていた。彼はサムの遺体のほうを向くと、所見の要約をはじめた。

「背中を銃で一発。弾は右肩甲骨の下から入り、胸郭のなかにとどまった。専門用語を使っているから、なにかわからないことがあったらいってくれ、いいな？」

ヘレンはそのままいわせておいた。ジムの皮肉はこれまで立ち会ってきたすべての解剖における特徴だった。ジムは返事を待たずに続けた。

「死因は心停止。出血による可能性もあるが、撃たれた衝撃によるショックの可能性のほうが高いだろう。撃たれる前でさえ、彼は危険な状態だった。胴や四肢、顔が痩せ細っているのがその証拠だ——落ちくぼんだ眼窩《がんか》、歯茎周辺の出血、抜け毛を見たまえ。膀胱《ぼうこう》と腸は基本的に空で、胃には布や髪の毛、タイルの目地の断片、それに人間の肉もあった」

ジムは解剖台をまわりこみ、サムの右腕を持ち上げた。

「その肉は彼自身のもので、右の前腕から食いちぎられていた。この様子から見て、あきらめるまでにどうにか三、四口は食べたようだな」

ヘレンは目を閉じ——サムの最後の日々の恐怖が胸に染みてきた——それから無理にまた目を開けた。ジムは彼女によく見えるようにサムの損傷した前腕を持ち上げてみせると、またそっと下ろした。

「わたしの推定では、彼は少なくとも二週間、もしかしたらそれ以上まともに食べておらず、水分も摂っていなかった。その間、肉体は蓄えた脂肪に頼って生きながらえ、それが尽きると自身の内臓から栄養を濾《こ》し取りはじめたはずだ。殺されたときには、完全な臓器不全にいたる一歩手前だった。わたしが聞いているあの娘の健康状態からして、彼女も同様の道をたどっていた。あと二、三日もすれば、ふたりとも自然死していただろうな」

ジムが今度は書類をひっくり返して調べるために、また言葉を切った。

「血液。急激な臓器不全にいたる過程で極度の脱水症状に見舞われた人間の検査結果としては、こんなものだろうな。唯一変わった構成要素は、ベンゾジアゼピンの微量元素だ。おそらくきみたちも彼女の血液中に、そして彼らの排泄物にはよりはっきりと、その痕跡を見つけるだろう」

ヘレンはうなずいた——鑑識班は既に飛び込みプールから採取した排泄物のなかに、強力な鎮静剤の痕跡を確認していた。ヘレンはふくらんでいく不安を抑えつけたが、いまやこの件は完全にひとつの方向へ向かっていた。ジムの話はさらに十分間続き、それからヘレンがそろそろ終わりにしようと告げた。もう必要なことはすべてわかった。

あらゆる予想を覆して、エイミーの話はつじつまがあいはじめていた。鑑識班はプールの隅の近くでロープの繊維を見つけており、それは縄梯子で脱出したというエイミーの証言と一致した。さらに回収されたふたりの衣類には土汚れが染みこんでおり、エイミーとサムが車から放置されたプールまで地面を引きずっていかれた可能性を示唆していた。女ひとりでサムを引きずっていくことは——七十六キロもあったというのに——可能だろうか、それとも共犯者が必要だっただろうか？

サウサンプトン中央署に引き返しながら、ヘレンはこれからずっとこの件にすっかりかかりきりになることを悟った。この奇妙な犯罪を解決するまで休むつもりはなかった。捜査本部に入っていったヘレンは、既にマークがびしびし鞭を振るっているのを見て嬉しくなった。このように大がかりな捜査の場合、妨げになる恐れがある現実的、官僚的な問題は無数にあり、ヘレンは物事を予定どおりに進める必要があった。マークは古いタイプの巡査部長で

——気に障るところもあるが使える部下——全員を同じ方向に向かせるのがうまかった。彼は優秀な捜査員のチーム——巡査のブリッジズ、グラウンズ、サンダーソン、マッカンドルー——に加え、サポートスタッフも駆り集めており、既に捜査は目の前で動きだしつつあった。ヘレンが入ってくるのを見ると、マークは急いでやってきた。

「マスコミにはどう話しますか、ボス？」

いい質問だったし、ヘレンがジム・グリーブスのところを後にして以来じっくりと考えていたことだった。エミリア・ガラニータは立ち去るつもりはないだろうし、彼女に続いてほかの記者たちもやってくるだろう。若い娘が人気《ひとけ》のない場所でボーイフレンドを撃ち殺したのだ。ぞっとする話だし、それゆえいい新聞ネタになる。

「可能なかぎり少なく。わたしたちがこの件を掌握《しょうあく》するまでは、第三者を関わらせるわけにはいかない。だから恋人どうしのもめ事ということにするけど、詳細については徐々に。マスコミはサムのことや、エイミーが彼を殺した理由について、ありとあらゆる憶測をするでしょう……」

「しかしわれわれは彼の名前が不必要に汚されることは望まない」

「そのとおり。サムや彼の母親には、そんな仕打ちを受けるいわれはない」

「了解、いまのところは締めていきましょう」

マークは仕事に戻っていった。どう見ても洗練されているとはいえなかったが——ひょろりとして、無精髭《ぶしょうひげ》を生やし、無骨だ——調子のいいときにはチームにいてくれると助かる警官だ。ヘレンはその状態が続いてくれることを願った。

すべてが進行していることに満足したヘレンは、お茶を一杯飲むために五分間だけ休むことにした。彼女は疲れていた——エイミーの聴取はひどく大変だったし、遺体安置所への訪問はさらにきつかった。一瞬頭を切り替えたかったが、脳がそうさせてくれなかった。サムの恐ろしい死に様が心に応え、その生気のないゆがんだ顔のイメージを振り払うことができなかった。彼の母親はなんとむごいものを目にするはめになることか。

すっかり物思いに耽っていたため、ヘレンはほとんど見下ろされるまでチャーリーに気づかなかった。

「ボス。ちょっとこれを見てください」

その日は既にいやな驚きにあふれていたが、ヘレンはまたひとつ舞いこんでこようとしているのを感じた。

チャーリーが彼女に二枚の写真を渡した——ふたりともこぎれいな身なりをしたビジネスマンタイプで、ひとりは三十代、ひとりは少し年上だ。

「ベン・ホーランドとピーター・ブライトストン。三日前に失踪届けが出ています。彼らはボーンマスでの弁護士の会合から帰る途中でした。そして家に帰り着かなかった」

胸が悪くなるような感覚が、ヘレンに忍び寄ってきた。

「彼らの車がニューフォレストで発見されました。地元の警官と公園管理官が森をくまなく捜索しています。手がかりはなし」

「それで?」ヘレンはまだなにかあるのを感じた。

「コート、カバン、財布はまだ車のなかに。携帯は近くで見つかりました――ＳＩＭカードが故意に破壊された状態で」

ということは、また誘拐だ。そして今回は最初のケースよりもさらに妙だった。頭が切れて、力があり、自分の身は自分で守れる大人の男がふたり、忽然《こつぜん》と姿を消していたのだ。

13

夢を見ているときに目を覚ますにはどうすればいいのだろう？　悪夢の真《ま》っ只中《ただなか》にいるときに、その奈落の底からどうやって這い出せばいい？

ベン・ホーランドはそんなことを何度も繰り返し考えていた。これはきっと夢にちがいない。夢を見ているのだ。ひょっとすると彼とジェニーは仕事のあとでたまたま酒屋を見つけ、バイソングラスを一本手に入れたのだろうか？　もしかしたらいま彼は、ウォッカが見せる夢のなかにいるのだろうか？　いまにもガンガンする頭を抱えて目を覚まし、間の抜けた笑みを浮かべて……。

ベンは目を開けた。もちろん最初からわかっていた――そこのにおいは耐えがたいほどひどかった。どこか別の場所にいるなどと想像できるわけがない。それにたとえできたとしても、ピーターがひっきりなしにめそめそ泣く声で正気に引き戻されてしまうだろう。誘拐されて以来ずっと、ベンは怒りと信じられない思いを爆発させてきた。だがピーターは絶望するほうを選んでいた。

「ピーター、頼むから黙っててもらえませんか……」

「うるさい」吐き捨てるような言葉が返ってきた。あなたのリーダーシップはどこにいったんですか、とベンは意地悪く思った。

彼らは罠《わな》にかけられていた。理屈に合わないことだがほんとうだ。バンのなかでほっと胸をなで下ろしていたかと思ったら、次の瞬間にはここで目を覚ましていた。意識が朦朧《もうろう》とし、打ち身だらけで、全身に埃《ほこり》が分厚くまとわりついていた。ベンは薄暗がりを見通して周囲の状況を理解するために目を細めながら、信じられない思いでよろよろと立ち上がった。ふたりがいるのはある種の巨大な地下貯蔵庫か貯蔵施設で、床は石炭に覆われていた。彼らを覆っているのはこの炭塵《たんじん》で、耳や目に入りこみ、舌は厚ぼったく汚れていた。ベンは本能的に、急いで壁のほうへ移動した。足の下で石炭の表面が絶えず動くので進むのは大変だったが、ついにやり遂げた。冷たく滑らかな鋼鉄。その壁を頼りに、ベンはドアでもハッチでも、なにか脱出方法はないかと一縷《いちる》の望みにすがって、よろよろと歩きまわった。だが壁は滑らかで、二周するとあきらめた。目を上へ向けると、巨大なハッチの継ぎ目から光が漏れていた。彼らはそこから、この奇妙な地獄に落ちてきたのだ。

いまになってベンは、自分の顔や体が切り傷や打ち身だらけなのに気づいた。ハッチから優に六メートルは落下してきたわけで、圧縮された石炭は軟着陸の役には立たなかっただろう。突然どこもかしこも痛くなった。精神的打撃は徐々に薄れていき、ぼろぼろの肉体が抗議の声を上げていた。物音にベンは振り返った。ピーターがよろめきながらこちらに向かってくる——その顔には絵に描いたような、愚鈍な驚きの表情が浮かんでいた。彼は説明を探し求めていたが、ベンからはなにも得られはしない。そして彼らが疲れ果て、絶望してそこに立っていたとき、電話が鳴った。ふたりとも一瞬凍りつき、それからわれ先につかもうとして、ベンがわずかに早くそこに着いた。

致命的な最後通牒《つうちょう》を突きつけられたあと、彼らはどちらもまるでなにもかも非常識な冗談だといわんばかりに、気が触れたような笑い声を上げた。しかしゆっくりと笑い声はやんだ。

「オフィスに電話しましょう」不意にベンは、この穴から出なければという思いに駆られた。

「いい考えだ。キャロルに電話しろ。彼女ならどうすればいいかわかるだろう」ベンの勢いに力を得て、ピーターがいった。

ベンはなじみのある番号を入力した。だが携帯にはＰＩＮロックがかかっていた。わずか四桁の数字が、彼らが自由になるのを妨げていた。

「なにを入れてみますか？」

既にベンの目は、画面の右上で点滅している充電切れの警告表示に吸い寄せられていた。

「ふたつか三つしか試す時間はありませんよ。なんにします？」自分たちに課せられたのがどんなに不可能なことかがわかりはじめ、ベンの口調は切羽詰まっていた。

「さあな。１、２、３、４は」

ベンはばかにしたような目つきをした。

「ああ、わたしにはわからんさ」ピーターが腹を立てて応じた。「おまえは何年生まれだ？」

やけくそだったが、それよりましな案もなかった。ベンはピーターの生まれ年を、それから自分のを試した。三つ目の組み合わせ番号を入力しようとしていたとき、彼らの手のなかで携帯の充電が切れた。

「くそっ」

その言葉が地下貯蔵庫にこだました。

「今度はどうする？」

ふたりは頭上の閉まったハッチをむなしく見つめながら、無言で立っていた。継ぎ目から漏れる光が、ふたりのあいだの床に静かに横たわる銃を照らし出している。

「なにも。なにもありませんよ……」

その言葉はベンが向きを変えて闇のなかに引っこんでいくにつれ、次第にか細くなって消えた。石炭のなかにどさりと座りこみながら、不意に彼は絶望に圧倒された。どうしてぼくたちはこんな目に遭ってるんだ？　ぼくたちがなにをした？

ぶつぶつ独り言をいいながら行ったり来たりしているピーターのほうに、ベンはちらっと目をやった。ピーターのことは好きではなかったが、あの男を殺したくはなかった。とんでもない！　ひょっとするとあの銃は、本物ではないのでは？　たしかめようと腰を上げたが、ピーターの視線が飛んできて、またまっすぐ座りなおした。

ベンは自分にしかわからない地獄の苦しみのなかに座っていた。昔からずっと閉ざされた空間は苦手だった。どんな状況にあっても、常に逃げ道がどこにあるかを把握しておきたかった。だがいまは閉じこめられていて、さらに悪いことに閉じこめられた場所は地下だった。生き埋めだ。既に両手が震えだしていた。頭がくらくらして汗ばみ、目の前で光が踊っている。もう何年もパニック発作は起こしていなかったが、いまにも起こりそうになっているのがわかった。世界が迫ってきていた。

「外に出なくちゃ」ベンはよろよろと立ち上がった。ピーターが驚き、うろたえて振り向いた。「お願いだ、ピーター、ぼくは外に出なくちゃならないんです。助けて！　頼むから誰か助けてくれ！」

ベンは怒鳴《どな》り、悲鳴を上げて発作を防ごうとしたが、失神しそうになってやめなくてはならなかった。きっと誰かが彼らを見つけて救出してくれるのではないだろうか？　そうでなくては。別の手立ては想像もつかなかった。

14

マーク・フラーは、チャーリーが思いがけない知らせをもたらしていったすぐあとで署を出た。捜査はまったく新しい展開を見せていたが、いまのところそれを担うのはデータ解析班と制服警官たちだった。現在は大がかりな二重、三重の事実確認が行われている最中で、ふたりの男の失踪には不審な点があると確認されて初めて、犯罪捜査部《CID》の警官の出番となる。マークやチャーリー、それにチームの残りの捜査員にとって明日は長い一日になりそうだったので、ヘレンは少し眠らせるために彼らを帰宅させていた。だがマークは眠るつもりはなかった。

そのかわり町の反対側の郊外にあるシャーリーへ向かい、閑静な住宅街に車を停めた。マークは自分だということがばれないように、けっして自家用車は使わなかった。スモークガラスのおんぼろゴルフはその真の目的から注意をそらすために考えられたもので、効果的だった——通行人の目には、よくあるティーンエイジャーが改造を試みた古いおんぼろ車に見える。見とがめられずに見張りをするのにうってつけだ。

七歳の女の子が窓辺に現れ、マークはその子に目を釘付けにして座りなおした。女の子は外の通りを見渡すと、カーテンを引いて世界を締め出した。マークは己の不運を呪った——

日によっては、エルシーが二十分かそれ以上もそこに立っていることもあったのだ。少女の視線はいまはこちら、今度はあちらと動き、時がたつにつれてマークは、エルシーが彼を捜しているのだと自分に思いこませるようになった。空想ではあったが、それはマークの魂を満たしてくれた。

　歩道を歩くハイヒールの音に気づき、マークはシートの上で体を滑らせ身を低くした。誰にもなかは見えないのに、ほんとうにばかげている。だが羞恥心は人に奇妙な行動を取らせるものだ。こんなところを彼女に見つかるわけにはいかない。マークはすらりとした三十二歳の女が家に向かって足早に歩いていくのを見守った。鍵《かぎ》を鍵穴に差しこむ間もなくドアが開き、女は長身で筋骨たくましい男に抱きすくめられた。ふたりは長く激しいキスを交わした。

　つまりこういうことだ。彼の元妻は別の男に心を奪われた——マークを寒い外に置き去りにして。猛烈な怒りの波がマークを引き裂いた。彼はあの女になにもかも捧《ささ》げ、そのお返しに心を踏みにじられていた。ふたりの短い結婚生活の終わりを告げたとき、彼女はなんといった？　彼のことを充分愛していなかった。それは人を最も傷つける言葉だった。マークはなにも間違ったことはしていなかった。ただ、充分ではなかったのだ。

　ふたりは若すぎる結婚をして、あまりに早く赤ん坊ができていた。だがしばらくのあいだは初めて親になった混乱と感動が、ふたりを強く結びつけていた。もし放っておいたら赤ちゃんが息をしなくなるのではないかという恐怖、自分たちのやり方はまずいのではないかという睡眠不足からくるパラノイア、だが自分たちのちっちゃな女の子がすくすくと成長するのを見るという素晴らしい喜びも共有した。だがクリスティーナはゆっくりと親であることの厳しさに疲れていき――うんざりするような日々の雑事、不自由――また元の仕事に復帰していた。そのことが、ふたりの激しい親権審理のあいだにクリスティーナが行った主張を、いっそう許しがたいものにしていた。彼女は徹底的に母親のカードを使い、自らの愛情深い気質、きちんとした暮らしぶり、そして給料のいい仕事を、マークのサウサンプトンの警官としての先が読めない危険な生活と――慎重に選んだ彼の酒にまつわるエピソードをいくつか、おまけにつけるのも忘れずに――比較した。そしてエルシーの単独親権を手に入れると、クリスティーナはどうしたか？　まっすぐフルタイムの仕事に戻り、彼らの子どもの世話は同棲中の恋人にまかせていた。かつて心の底からマークを愛しているといっていた女は、人を惑わす執念深い性悪だったことが明らかになっていた。

　クリスティーナとスティーブンはもう家に入り、あたりはしんとしていた。エルシーは風呂に入って寝間着に着替えているだろう。いま頃はマークが買ってやったハローキティのドレッシングガウンにスリッパという格好でくつろぎ、テレビの前で丸くなってCBeebies（BBC制作の幼児向けチャンネル）のベッドタイムストーリーを見ているはずだ。ほんとうはもっと小さな子ども向けの番組なのだが、エルシーは感傷的な愛着を持っていてけっして見逃すことはなかった。不意にマークは怒りが徐々に静まって、なんともいえない悲しみに飲みこまれるのを感じた。彼も親であることの大変さは感じていたが――風呂、ベッド、お話、遊ぶ約束などの際限ない繰り返し――いまはあのただなかに戻れるものなら、なんでも差し出すだろう。

　ここにくるなんて、ばかなことをしたものだ。マークはエンジンを全開にし、悩みをここに置いていければと思いながら、猛スピードで走り去った。だが車を走らせているあいだ、そうした悩みはマークの頭のなかを猿のように這いまわり、犯した失敗、存在の無意味さ、孤独でこづきまわした。自宅に向かう途中でマークは突然向きを変え、キャッスルウェイを飛ばしていった。ドックの近くに時間外の違法営業をしているバーがあった。真夜中までに店に入りさえすれば、ひと晩じゅう飲んでいられる。それがまさに、彼がやろうと思っていることだった。

15

　ブライトストン家の住まいは裕福なイーストリーの町にある、堂々たるヴィクトリア朝の二軒一棟式の建物だった。ヘレンは腹を立てていらいらして、家の外を行ったり来たりしていた。マークとここで午前九時半に会う手はずになっていたのだ。いまは十時近くで、マークが現れる気配はまだなかった。ヘレンは携帯の留守電に三度目のメッセージを残すと、見切りをつけて呼び鈴を鳴らした。こんなへまをするとは、彼はどうしてしまったのだろう？

　ドアが開いた。開けたのはサラ・ブライトストン、四十代半ばの魅力的な女性だ。金のかかった服装に完璧なメイクをした彼女は、わが家の玄関先に警官がいるのを見てもなにも表情に出さず、ヘレンをなかに案内した。

「ご主人の失踪届を出されたのはいつですか？」

　儀礼的な挨拶は済んでいたので、ヘレンはすぐ本題に入った。

「二日前です」

「その前の晩に帰宅されなかったのに？」

「ピーターは人生を楽しんでいます。ときには度が過ぎるほどに。ボーンマス行きは楽しいひとときですし、チームのみんなと酔っ払い、地方のB&Bに泊まって酔いを覚ますのは、いかにもピーターがやりそうなことです。でもあの人は無神経ではありません。そういうことなら翌朝にはわたしと話すため、そして息子たちと話すために電話してきたはずです」

「それで、いまご主人がいそうな場所になにか心当たりは？」

「たぶんあのどうしようもない人たちは道に迷ったんでしょう。きっと車が故障して、ガソリンスタンドまで歩いていこうとしたんです。おおかた飲み過ぎて、足をくじいてしまったとか――いかにもあの人らしいわ。ピーターは昔からそれほど器用なほうではありませんでしたから」

その話しぶりは心からの確信に満ちていた――夫は生きて元気でいると確信している。ヘレンは彼女の不屈の精神に感心したが、同時に興味もそそられた。

「何人であの人たちを捜していただけるんですか？」サラが続けた。

「手が空いている捜査員、全員で」

ここまでは少なくとも嘘ではなかった。いままさに捜索の真っ最中だったがまだなにも見つかっておらず、一時間たつごとに彼らの身を案じるヘレンの思いは強くなっていた。ふたりの男がいた道をそのままいけば、カルモアで森から出ているはずだ――距離はあるが楽に歩けるだろう。気温は低いが天気はよかったから……。

エイミーの恐ろしい経験とピーターの失踪に関連があることは心のなかではわかっていた

が、ヘレンはほかの誰にもそれを仄《ほの》めかすことを禁じていた——この件はまだ、表向きは行方不明者の捜索なのだ。ヘレンは自分が殺人課の警官だということを、サラに話していなかった。それはまたあとでいい。

「ピーターにはなにか悩んでいることはありませんでしたか？　なにか困っていることは？」ヘレンは話を続けた。

サラはかぶりを振った。ヘレンの目が設備の整った室内をゆっくりと見渡した。ピーターは弁護士としてたっぷり稼いでいたし、サラは古美術商で働いていたから、彼らは金に困ってはいなかった。

「最近誰かがピーターに金の無心をしていませんでしたか？　最近あなたがたの財政事情になにか変化はありませんでしたか？　金回りがよくなったとか？　悪くなったとか？」

「いいえ、なにもかも……ふつうでした。わたしたちは暮らしに困ってはいません。ずっとそうでした」

「では、あなたがたの結婚生活を言葉で表すとしたら？」

「愛情深い。忠実な。揺るぎない」

そんな質問は心外だといわんばかりに、サラは最後の一言を強調した。

「仕事上でなにか問題は？」ヘレンは話の方向を変えた。

ピーターとベンが働いているのは、特に海洋法に強い関心を持っている有名な事務弁護士事務所だった。ことに海運業が関わっていると、長期にわたる案件には大金が絡んでくる。ふたりの失踪が誰かの利益になってもおかしくはなかった。

「ピーターはいずれかの案件に、なにか特別なプレッシャーを感じていませんでしたか？」

「わたしは聞いていません」

「ふだんより長時間働いていませんでしたか？」

サラは小さくかぶりを振った。

「彼は個別の案件についてあなたと話をしていましたか？」

どれだけの案件を扱っていたのかも知らないとサラがいったので、この件については引き続きピーターの事務所で確認しよう、とヘレンは心に留めた。だがそのあいだずっと、自分が藁《わら》にもすがろうとしているようないやな感じがしていた。閃《ひらめ》きを求めて壁に視線を走らせていると、よく晴れたビーチで撮られた、額に入ったピーターの写真に目が留まった。休暇を楽しむグループの中心で家長然として笑っている。ヘレンの視線に気づいたサラがその写真について詳しく説明し、続けてこの先の自分たちの予定をかいつまんで話した——イースターに家族でボストンへ旅行する計画なのだと。ピーターが帰ってきて、また日常が戻るだろうというサラの信念は揺るがなかった。それを信じたかったが、ヘレンには無理だった。心の底ではサラが夫に会うことは二度とないのではないか、と思っていた。

16

いまは真夜中で、ピーター・ブライトストンは骨の髄まで冷え切っていた。彼は汗をかきやすいたちで、冬でもいつも薄手のスーツを着ていた——いまはひどく後悔している習慣だ。ニューフォレストのどこかにベンの車があり、そのなかにはサラが誕生日に買ってくれた裏地付のコートがある。語気も荒く毒づきながら、ピーターはスーツの上着をさらにきつく体に巻きつけた。

荒い息を吐くと、目の前で白い息が踊った。見えるのはほぼそれだけだ——今夜の外は真っ暗闇だった。ベンがそばにいるのは感じたが、姿は見えない。いまなにをしているのだろう？　ベンは基本的にいいやつだが、狭い空間が苦手だった。さっきはパニック発作らしきものに襲われて気を失いかけていたし、寝言で悲鳴をあげていた。ふたりを閉じこめている鋼鉄の壁は夜驚症を起こしたベンの悲鳴を増幅し、その場の全体に悪夢のような雰囲気をもたらして、ピーターの腹の奥に鈍くしつこい恐怖心を引き起こした。手遅れになる前に誰かが見つけてくれるだろうか？　それとも自分たちはこんな惨《みじ》めな穴蔵で死んでいくのだろうか？

ピーターはベンがいるだいたいの方向にちらっと目をやると、暗闇に乗じてそっとポケットに手を入れた。彼は遠出をするときには必ずソフトミントキャンディをひと袋持ち歩いており——酒臭いにおいをぷんぷんさせて家に帰らないためだ——いま最後のキャンディを包み紙からゆっくりと慎重にはがした。そしてそれをすばやく口に放りこんだ。ふたりがここに投げ落とされたとき、ピーターのポケットのなかには中身が半分入った袋があった。彼はそのことをベンには黙って、少しずつ食べていた。ベンなら間違いなく同じことをしただろうし、かまわないじゃないか。どんな良心の呵責《かしやく》も、空腹にさいなまれてかき消されていた。ピーターは口のなかでキャンディを転がし、砂糖をゆっくり溶かして喉にしたたらせた。それは温かくて甘く、心が慰められた。

これからどうしたものだろう？　乏しい蓄えは尽きていた。それにピーターは眠れず、そのせいでよけいに飢えがひどくなるばかりだった。いったい彼は——彼らは——いま、なにを食べようというのだ？　石炭か？　ピーターは苦々しく笑い、それからその声を飲みこんだ。笑い声は不気味にこだまし、彼は既に充分弱っていた。落ち着かなくては。ピーターはこの五年間で二度の心臓発作を起こしており、また起こすのはごめんだった——こんなところで。

ピーターは最初、自分たちが監禁されたことにショックを受けていたが、それ以降はかなり積極的に、必死でなにか脱出方法を見つけようとした。サイロの側面はところどころ錆《さ》びていて、何度も引っ張った末に長さ五センチほどの金属の破片をはぎ取ることに成功していた。それはちょっとした道具になった。ピーターはそれで壁をガンガン叩き、穴を開けようとし、安全な場所まで登っていくためのアイゼンのようなものとして利用しようとさえした。だがなにをやってもむだで、打ちのめされた彼は床にへたりこんでしまった。

突然、涙が頰を伝い落ちた。息子たちから離れて風通しの悪い穴のなかで死ぬのだと思うと、癒やしがたい絶望で胸がいっぱいになった。ピーターは恵まれた生活を送ってきた。いい行いをしてきた。少なくとも、やろうとしてきた。こんな目に遭ういわれはない。誰だってそうだ。石炭を腹立たしげに脇へ押しのけながら、ピーターは小さなくぼみに体を沿わせて、夜を過ごすために身を落ち着けた。ベンはまだ眠っているのだろうか？　いまは静かになっていたから、なんともいえなかった。ベンが夜驚症を起こしていたとき、慰めてやるべきだったのだろうか？　そうしてやらなかったことを、ベンは根に持っているだろうか？　そのことが彼の思考に影響を与えて、自分たちがこういう状況にあるいま……ピーターは頭に浮かんだことがそのまま消えていくにまかせた――そんなことは考えたくなかった。だが実をいうとベンがなにを考え、なにを感じているのか見当もつかなかった。同僚としてのベンは知っていても、ひとりの人間としての彼は知らなかった。ベンは自らの過去について、ひどく秘密主義だった――あれはなぜだろう？　自分たちがここにいるのは彼のせいなのか？　そう考えたピーターは思わずベンに声をかけそうになり、それから不意にぐっとこらえた。なんにしても彼を責めないのがいちばんだ――どんな反応をするかわかったものではない。

凍てつくベッドに横たわりながら、ピーターは一度もあえてベンをよく知ろうとしなかった自分を責めた。だが有り体《てい》にいえば、他人をほんとうに知ることなどけっしてできないものだ。

そしてそう思うからこそ、ピーターはひと晩じゅう眠れないだろう。

17

捜査本部は活気にあふれていた。エイミーとサムの写真がボードに貼り出されているところで、その横にはロンドンからハンプシャーまでの彼らの移動ルートが確認できる地図、放置されたプールのおおまかな設計図と写真、友人や親戚のリスト等々が並んでいた。サンダーソンとマッカンドルー、それにブリッジズは引き続き目撃した可能性のある人物に電話であたっているところで、その間にコンピュータのオペレーターたちは関連項目をホームズ2に打ちこみ、この誘拐事件の特徴を膨大な警察のデータベースに蓄えられている何万件という犯罪と相互参照している。グラウンズ巡査はそれをそばで監督し、はじき出された結果をこつこつと精査していた。

マークはなかに入ることができず、戸口でうろうろしていた。頭がガンガンして、繰り返し吐き気が襲ってきた――ひどく慌ただしい部屋の様子に頭がくらくらした。くるりと背を向けて逃げ出したい衝動に駆られたが、潔く批判を受けなくてはならないことはわかっていた。彼はなかに入り、まっすぐチャーリーのデスクに向かった。

「ギリギリ間に合ったわね」彼女が明るくいった。「チームのブリーフィングが十分後にはじまるわ。はったりで乗り切るつもりだったけど、こうしてあなたが現れたことだし……」

マークはこんな日のチャーリーがほんとうに好きだった。情けない行動や全般的なプロ意識の欠如にもかかわらず、チャーリーはけっして彼を批判しなかった。いつも協力的で忠実だった。マークは彼女の期待を裏切ったことに、自責の念で胸がうずくのを感じた。

「ちょっとコーヒーを買ってきましょうか？　あなたは顔を洗って、チームをまとめる準備をすればいいわ」チャーリーはそう続けた。

そしてまさにそうしようと席を立ちかけたとき、ヘレンの声がはっきりと響き渡った。

「フラー巡査部長。ようこそ」

マークの心は沈んだ。刑の執行延期は束の間だった。彼はくるりと向きを変え、まわりの目を意識しながらヘレンのオフィスに向かった。チームの捜査員たちは忙しそうなふりをしていたが、全員が死刑宣告された男のことも気にしていた。

マークはオフィスに入ってドアを閉めると振り返り、ヘレンと向きあった。椅子は勧められなかったので、そのまま立っていた。ヘレンは明らかに、チームのほかのものたちに彼の姿を見せようとしていた。マークはまた一段と深く恥じ入った。

「申し訳ありません、ボス」

ヘレンが作業をしていた手元から目を上げた。

「なにに対する謝罪？」

「待ち合わせをすっぽかしたこと。プロらしくない行動を取ったこと。それから……」

マークは署に向かう途中でしゃべることを用意していたが、いまは思い出せなかった。なんとか思い出そうと頭を絞ったが、それはひらひらと手の届かないところへいってしまった。頭がますますガンガンして、めまいがひどくなった——ただこの場から離れたかった。

ヘレンはじっと彼を見ていたが、彼女の表情を読むのは難しかった。あれは怒り？　失望？　それとも退屈しているだけか？

長い沈黙。それからついに彼女が口を開いた。

「それで」

マークはじっと見た——相手がなにをいわせたがっているのかはっきりしなかった。

「いったいどうなっているのか話してくれるつもりはあるの？　あなたは遅刻した。お酒を飲んでる。若い男性にしてはひどい格好をしてる」

反論の余地はなかったから、マークは沈黙を守った。経験上、ヘレンが滔々《とうとう》とまくし立てているときには話を遮らないほうがいいとわかっていた。

「あなたがつらい時期を過ごしてきたことはわかってる。でも、いっておくけど、あなたはここでのキャリアを台なしにする瀬戸際にある。ウィテカーはあなたをお払い箱にする口実ができたら喜ぶでしょう、ほんとの話。そんなことにはなってほしくないから、どういうことになっているのかわたしに話しなさい。わたしたちは困難に直面してるし、わたしの副官には身も心もここにいてもらわないと困るの」

「ゆうべは出かけて、二、三杯飲んで——」

「やりなおし」

マークの頭はより速く、より激しくガンガン痛んだ。

「わかりました、かなり飲みましたが、連れが何人かいて……」

「やりなおし。もしもう一度嘘をついたら、受話器を取ってわたしからウィテカーに電話する」

マークはじっと床を見つめた。自分の飲酒問題に容赦なくスポットライトをあてられるのがいやでしかたなかったし、咎《とが》められているのを感じた。ヘレンがけっして酒を飲まないのは誰もが知っていることで、だとすればどうやって、自分が毎晩酔いつぶれていることをいかにも惨めったらしく見えないように認めればいいというのだ？

「どこの店に？」

「〈ユニコーン〉です」

「まったく。それで？」

「そこで夜の八時から朝の八時まで飲みました。ラガー、ウイスキー、ウォッカ」

それがあったのだ——テーブルの上一面に。

「いつから？」

「二カ月前。三カ月かもしれません」

「毎晩？」

マークは肩をすくめた。実際「はい」という気にはなれなかったが、それが答えなのは明らかだった。いまや――マークだけでなくヘレンにも――彼が確実にアルコール中毒への道を歩いているのは明らかだった。マークは彼女の後ろのガラス壁に映った己の姿をちらっと見た。心の目に映る姿はまだ、一年前のハンサムな男だったが――背が高くひょろりとして、豊かな巻き毛の――いまの彼は深い穴のなかにいて、ガラスに映った姿はそれを表していた。肌には生気がなく、目はどんよりしている。無精髭を生やし、ひどい有様だ。

「もうおれにはこの仕事が務まるとは思えません」

その言葉はふっと口をついて出てきた。そんなことをいうつもりはなかった。そんなことはいいたくなかった。だがマークはほんとうに誰かと話をするべきだった。ヘレンはずっとマークに対してフェアだった。彼女には正直になる義理がある。

「こんな状態をだらだらと長引かせるのは、あなたやチームのみんなに申し訳ないと……」

ヘレンがじっと彼を見た。今日初めて、マークは相手の表情が柔らかくなるのに気づいた。

「気持ちはわかるわ、マーク。それにもし少し休みを取りたいというのなら、それもいい。でもあなたはわたしを見捨てたりしない」

ヘレンの声には鋼のような決意があった。

「すべて投げ出してしまうのはもったいない。わたしがこれまで一緒に働いたなかで、あなたは最高の巡査部長なんだから」

マークはなんといえばいいかわからなかった。嘲笑されるものと思っていたのに、ヘレンの口調は優しく、手を貸したいという申し出は心からのものに思えた。たしかに彼らは数多くの事件をともにくぐり抜けてきたし――去年パジェットストリートの殺人事件を解決したのは、マークのキャリアの頂点だった――時がたつにつれてふたりのあいだには密接な職業上の絆が育っていた。多くの意味でヘレンの優しさは、厳しく叱責《しっせき》されるよりも応えた。

「わたしはあなたの力になりたい、マーク」ヘレンは続けた。「でもあなたには、ここでわたしと一緒に働いてもらわなくてはならない。いまわたしたちは殺人事件の捜査の真っ最中で、わたしがどこそこに午前九時半にきてほしいといえば、あなたは絶対にそうしたほうがいい。それができないなら――それともそうしたくないなら――わたしはあなたを異動させるか停職にする。いい？」

マークはうなずいた。

「もう朝食にウォッカは禁止」ヘレンはさらに続けた。「もうランチタイムにパブにいくのは禁止。嘘をつくのも。もしあなたが信頼してくれるならわたしは協力するし、わたしたちはこの件を乗り切れる。でもそれには、あなたに信じてもらう必要がある。わたしを信じる？」

マークは視線を上げて彼女と目を合わせた。

「もちろん信じます」

「よかった、では早速取りかかりましょう。五分後にチームのブリーフィングよ」

それだけいうとヘレンは自分の仕事に戻った。マークはまごついていたがほっとして、彼女のオフィスを出た。ヘレン・グレースにはいつも驚かされてばかりだった。

18

バイクで町の中心にある自宅に戻りながら、ヘレンは頭のなかでマークとのやりとりを思い返していた。あれでは厳しすぎただろうか？　優しすぎただろうか？　以前犯した過ちを繰り返しているのでは？　部屋に入って玄関のドアを閉めたときも、まだ考えこんでいた。さっとドアチェーンをかけると、ヘレンはまっすぐシャワールームに向かった。四十八時間ずっと寝ずにいたし、またさっぱりする必要があった。

ヘレンは正面から首と胸に湯を浴びせてから、後ろを向いた。湯気を立てる熱い湯が背中を打ち、たちまち痛みが体を駆け巡った。最初は苦痛だったがゆっくりとひりひりする程度に弱まって、ヘレンはふたたび穏やかな気分になった。

タオルで体を拭きながら、ヘレンは寝室に向かった。体が乾いたところでタオルを床に落とし、姿見に映った自分を見る。裸の彼女は魅力的だったが、こういう姿を目にしたものはほとんどいなかった。深い関係になることには慎重だったし、避けられない質問をされることを警戒して、ヘレンの情事はたいていが行きずりの一時的なものだった。もっとも男たちがそれを気にするわけではなかった——たいがい彼らは一緒にベッドに入ってくれて終わったあとはつきまとわない女を見つけると、とても喜ぶようだった。

クローゼットを開けると、ヘレンはずらりと並んだジーンズとシャツを避けてスウェットの上下を選んだ——ボディコンバットのレッスンの予定が入っていたし、向こうでまた着替える意味はほとんどなさそうだった。一瞬手を止めると、ヘレンはスーツ用の折りたたみバッグにきちんとしまわれた新品同然の警官の制服を取り出した。パトロール警官だった頃によく着ていたものだ。あの日々がいまの彼女を形づくっていた。髪を後ろでくくり防刃ベストを着けて初めて町に出た日は、人生で特別幸せな日のひとつだった。それまで生きてきて初めて、居場所ができたと感じたのだ。それはヘレンにとって大事なことだった。制服が自分の見かけも気分も変えてくれることに、彼女は夢中になった——制服という男女の別のない匿名性は、それがもたらす安心感と力に結びついていた。それは変装のようだが誰にでもそれとわかり、正しく認識された。心のどこかではまたあそこに戻りたいと強く望んでいたが、長いあいだ巡査の地位にとどまっているにはヘレンはあまりに野心家で、休むことを知らなかった。

郷愁を置き去りにして、ヘレンはお茶を一杯いれると居間に向かった。そこは広くて質素な部屋だった。壁に掛かった写真もたいしてなく、出しっ放しになっている雑誌は一冊もない。あらゆるものがあるべき場所にきちんと収まって、すっきり片づいている。

ヘレンは本を一冊選んで読みはじめた。本棚には本があふれていた。犯罪行動、連続犯罪、クワンティコの歴史に関する本の数々——どれも読みこまれている。フィクションはあまり読まなかったが――ハッピーエンドは信じていなかった――知識は重んじていた。お気に入りの犯罪心理学の分厚い本をパラパラめくりながら、ヘレンはタバコに火をつけた。たびたびやめたがってきたがいつも挫折していたので、もうすっかりあきらめていた。相変わらず不意に襲ってくる後ろめたい思いには耐えることができた。誰にでも悪癖のひとつやふたつはあるものだ、と彼女は自分に言い聞かせた。

不意にマークのことが頭に浮かんだ。ヘレンの言葉は望みどおりの効果をあげただろうか、それとも彼はいままさに〈ユニコーン〉にいて、悲しみを酒で紛らしているだろうか？　悪癖のせいでマークは仕事を、あるいは命さえ失う恐れがあった——ヘレンは心の底から彼に、その瀬戸際から引き返してほしいと願っていた。彼を失いたくなかった。

本に集中しようとしたが言葉の意味が頭に入ってこなくて、じきに論理の流れをつかむために読み返さなくてはならなくなった。彼女はもともとなにもせずにいるのが苦手なたちだった——これほど懸命に働く理由のひとつはそれだ。ヘレンはタバコの煙をさらに強く吸いこんだ——あのなじみのある不愉快な感覚がまた忍び寄ってくる気配がした。彼女はタバコをもみ消すと、本をコーヒーテーブルにドサリと置いてジム用のカバンをひっつかみ、バイクのところに急いだ。ジムにいく途中で捜査本部にちょっと顔を出してみたらどうだろう——もしかしたらなにかわかっているかもしれない。どちらにしても数時間は忙しくしているつもりだったし、そうすれば暗闇が勝つことはないだろう。

19

初めて父親が母親を殴るのを見たのがいつだったかは覚えていない。そもそも、自分が見たことをあまりよく覚えているわけではないのだが。いちばんはっきり覚えているのは音だ。拳が顔に当たる音。体がキッチンテーブルに激突する音。頭が壁にぶつかる音。めそめそ泣く声。怒鳴り声。絶え間ない罵倒。

人はけっしてそれに慣れることはない。だが予期するようになる。そして毎回、少しずつ怒りを募らせていく。そしてそれよりも少しよけいに無力感をおぼえる。

母さんはけっして抵抗しなかった。わたしがいらついたのはそこだった。彼女はただ受け入れた。そうされてもしかたがないといわんばかりに。ほんとうにそう思っていたんだろうか？　なんにせよ、本人に戦うつもりがないならわたしがやるまでだ。次に父さんが彼女を殴りはじめたら、わたしは黙っていないだろう。

長く待つ必要はなかった。いちばんの親友だったジョーがヘロインの過剰摂取で死に、その葬儀のあと、父さんは三十六時間ぶっ続けで酒を飲んだ。母さんがやめさせようとすると、あいつは頭突きを食らわせた——母さんの鼻が折れて血まみれになった。わたしはそれが許せなかった。だからむかつくげす野郎の股間を蹴飛ばした。

あの男はわたしの腕をへし折り、前歯を折り、ベルトで首を締めた。わたしは本気で殺されると思った。

一度セラピストに、わたしが男性と有意義な関係を築けない根本的な原因はそれではないか、といわれたことがある。わたしはおとなしくうなずいたが、ほんとうはその女の目に唾を吐きかけてやりたかった。

20

人が恐怖で死ぬことはあるのだろうか？　ピーターは何時間も動いていなかった。

「ピーター」

まだ動かない――突然ベンの胸に希望が湧いてきた。ひょっとしたらピーターの心臓は、芝居がかった自己憐憫《れんびん》に打ちのめされて止まってしまったのかもしれない。そう、まさにそういうことだ。最高じゃないか。完璧な解決策。適者生存だ。

ベンはたちまち暗澹《あんたん》たる気分になった。誰かの死を望むなんて。これまで彼が経験してきたことを思えば、そんなことを考えるのさえ情けない。それにそもそも、たとえピーターが死んでいるとしても、それは認められるのだろうか？　彼は解放されるのか？　結局ベンはピーターを殺してはいないのだ。

ベンの考えは脇道にそれて、誘拐犯のことに戻った。あの女には見覚えがなかったし――はっとするような長くて黒い巻き毛に、ふっくらしたピンク色の唇をした女だった――それならどうして彼らは選ばれたのだろう？　これはたちの悪いテレビのドッキリ番組かなにかなのか？　じきに誰かが飛び出してきて、銃に込められているのは全部空砲だと明かすのだろうか？　電話で聞いた女の口調からして、それはないだろう。あの女は血を求めていた。

ベンは泣きだした。彼の人生では既に大量の血が流れているというのに、こんなふうに一生が終わるとは、これ以上むごいことはないように思えた。

いまだ。いいじゃないか。ピーターが死んでいるのかどうかたしかめるだけだ。彼は死んでいるように見えるし、だったら別にかまわないいんじゃないか？

「ピーター？　……ピーター？」

ベンはゆっくりと立ち上がった。静かに立つのは無理だったから、これ見よがしに騒々しくやった。そしてのびをし、あくびをしながらいった。

「ぼくはくそをしなくちゃならないんですよ、ピーター。申し訳ない」

反応はなし。

ベンは一歩、銃に近づいた。さらに一歩。

「ぼくのいうことが聞こえましたか、ピーター？」

ベンはゆっくりと身を屈めた。足首の関節が鳴り、ポキッという音がサイロにこだました。

くそっ——彼は動きを止めた。それからそろそろと静かに銃を拾い上げた。ピーターが警戒して起き上がるのを予期してちらっと目をやったが、そうはならなかった。ベンは彼がそうしてくれることを願っていた。それなら少なくとも戦うことになる。

安全装置はすぐにわかったので、ベンはそれを解除した。それからピーターの背中に銃を向けた。いいや、こんなやり方ではだめだ。外してしまうかもしれない。それともけがをさせるだけになるかも。この金属缶のなかで跳ね返った弾がなにをするか、わかったものではない。ふたりとも殺す？　ああ、それは面白い冗談だ。

ごまかすのはやめだ。ベンは一歩近づいた。

「ピーター？」

彼はほんとうに死んでいた。それでも念のためにやったほうがいいだろう。確実に外へ出るために。そして突然、ジェニーのことがちらっと頭をよぎった。ベンの婚約者。ひどく取り乱すであろう人。彼がもうじき会う人。彼を許してくれる人。もちろんジェニーは許してくれるだろう。彼は必要なことをしたまでなのだ。誰でもしたはずのことを。

さらに一歩近づく。

ベンが銃を下げると、ほぼピーターの後頭部に銃身を預けるような形になった。これで最後だと思い、ベンは引き金を絞りはじめた。そのとき突然ピーターが起き上がり、金属片をベンの左目に突き立てた。

21

ヘレンは結局ジムにはたどり着けなかった。捜査本部に足を踏み入れたとたん、チャーリーにつかまったのだ。いつも明るい巡査は深刻な顔をしていた。ちょっとひそひそ話をしたあと、ふたりは連れだってまた足早にまっすぐ外へ向かった。「ジムでレズビアンナイトか」ブリッジズ巡査がからかった。本人は隠そうとしていたが、どこから見ても異性愛者のチャーリーに惚《ほ》れているのは隠せなかった。

ヘレンとチャーリーは慌ただしく町の中心部を抜けて、科学捜査研究所へと急いだ。ラッシュアワーで、おまけにクリスマスの買い物客やどんちゃん騒ぎをする人々があふれたサウサンプトンでは、五分の距離をいくのに二十五分かかることもあり、今日もそういう日になるはずだ。職場のパーティーシーズンはたけなわだった。ヘレンはバスレーンを渋滞させている長距離バスにいらいらしてうなった。パトカーをぴったり寄せると、バスがしぶしぶ道を開けた。車はできたばかりのゲロの池を猛スピードでまっすぐ突っ切った――びっくりしているゲロを吐いた張本人にしぶきを飛ばしながら。チャーリーは笑みを押し殺した。

ヘレンとチャーリーが科学捜査研究所に入っていったとき、ベン・ホーランドのシルバーのレクサスは台に乗せられ、調査されるのを待っていた。研究所の働きものサリー・スチュワートがふたりを待ちかまえていた。

「もう基本的なことはチャーリーからざっと聞いてるだろうけど、これはあんたが自分の目で見るべきだと思ってね」

三人は車の下まで歩いていって、上を見上げた。サリーが右後輪のホイールアーチをペンライトで照らした。

「毎週の走行距離を考えれば、かなり汚れているのは予想どおりだ。でもこのホイールアーチはほかの三つよりも汚れがひどいように見える――それに臭う。それはなぜか？　ガソリンに浸かっていたからだよ」

サリーはまた車体の下から出るようふたりに合図し、三人とも離れると、車をほぼ目の高さまで下ろした。

「ここにその原因がある」

助手に手伝ってもらって、サリーは慎重に車の右側面のフェンダーをゆっくりと外した。高級車の内部がよく見えるようになり、いまサリーのペンライトはガソリンタンクに狙いを定めていた。ヘレンが目を見開いた。

「燃料タンクに穴が開けられてる。大きな穴じゃないがタンクの底にあるから、時間がたてばすっかり空になるだろうね。ホイールアーチの付着物から判断して、例のふたり組がボーンマスを発《た》ったときにはタンクはほぼ満タンだったといってもいい。それがあっというまに減っていき――あたしの推定だと一分あたり約一・五リットルの速さで――だいたいニューフォレストの半ばあたりで燃料切れになったはずだ。どうしてそんな道を走っていたのかは、さっぱりわからないけどね」

ヘレンはなにもいわなかった。彼女の頭は既に回転して、この新しい展開を処理しようとしていた。

「あんたの次の質問は、それが偶然できたものかどうかだろう？　どんなことでも起こり得るが、あたしなら違うと答えるね。この小さな穴はあまりに滑らかで丸い――誰かがタンクの底に小さな釘を打ちこんだみたいに。もし破壊工作だったのなら、単純かつ効果的だったね」

それだけいうとサリーは立ち去った。なぜそうなったのかを推理するのは彼女の仕事ではなかった――事実を提供するためにそこにいただけなのだ。ヘレンとチャーリーは顔を見合わせた――ふたりが同じことを考えているのは明らかだった。タンクを満タンにしたばかりならベンは燃料計を見ていなかっただろうし、おそらく手遅れになるまで燃料が切れかかっていることに気づかなかったはずだ。たとえ燃料残量警告灯がついた時点でも、タンクが完全に空になるまで一、二分しかなかっただろう。

「きっと犯人は知っていたはず」ヘレンは声に出して考えた。「ベンとピーターが毎週そこを通ることを、知っていたにちがいない。ベンがいつも、エッソのスタンドでガソリンを満タンにすることを。きっといろいろ調べたでしょうね――タンクの大きさ、燃費、必要とされる穴の大きさ……」

「彼らの車がちょうど狙いどおりの場所で動かなくなるように」チャーリーがヘレンにかわって締めくくった。

「犯人はふたりのことを詳しく調べていた。それがわたしたちの出発点になる。エイミーの家族に確認して――変にじろじろ見られている気がしたとか、住居侵入の形跡があったとか、どんなことでもいいから心当たりはないか。ホーランド家とブライトストン家についてもね」

それが彼らの最初の一手だった。ヘレンはその手が実を結ぶことを期待していたが、今回のゲームは長く熾烈《しれつ》な、命を賭《か》けた戦いになりそうな予感がした。彼らの相手が、有能で知能が高く几帳面《きちょうめん》な人間であることは明らかだった。これらの犯罪の動機はいまだに謎だったが、この殺人犯の能力にはもはや疑う余地がなかった。いま最大の問題は、ベンとピーターがどこにいるか。そしてふたりのうちどちらかでも、生きてふたたび現れることがあるかどうかだった。

22

あのあと何時間もたっても、相変わらずアドレナリンは出つづけていた。怒りはまだ罪悪感に変わっていなかったから、ピーター・ブライトストンは己の餌食《えじき》をののしりながらうろうろと歩きまわっていた。この男は彼を撃とうと、彼の後頭部を撃とうとしていた——うまくいくとでも思ったのか？

ピーターはベンを事務所に雇ったことを——より適任の候補者を飛び越して——思い出し、苦々しく笑った。彼のガッツや意欲を気に入ったからだ。その恩返しがこれか？　こいつは躊躇《ちゅうちょ》なく、ピーターの頭をあっさり吹き飛ばそうとしていた。げす野郎め。それでもベンは当然の報いを受けていた——あの金属片を突き立てたときの苦痛にわめく声。

徐々にかたまりかけているベンの血がついた武器を、ピーターは握りしめた。たとえ最悪な部分はもう終わっていても、それを手放そうとはしなかった——手放せなかった。

あれは正当防衛だった。もちろんそうだ。ピーターは自分自身にそういいつづけなくてはならなかった。そうはいっても彼は、その武器をきわめて慎重に、できるだけ音を立てないようにこしらえていた。まさか計画的ではなかったと、自分をごまかしているんじゃないのか？　ベンに好かれていないのはわかっていた。軽く見られていること、陰で冗談のネタにされていることは。ベンがわが身を最優先に考えることに、疑問の余地はなかった。ピーターはそれがよくわかっていて、それにもとづいて計画を立てた。それが唯一の分別ある行動だった。彼には妻と子どもたちがいた。ベンにはなにがあっただろう？　頭が空っぽで欲深だと世間が認めた婚約者の女がひとり。ふたりの結婚式は、やぼったさではケイティ・プライス（イギリスのモデルでタレント）といい勝負になりそうだった――ピンクの馬車、メレンゲのようなウェディングドレス、ポニーにページボーイ、語り草になりそうな歓迎の趣向――

ベンは死んでいた。顔に開いた穴から血が染み出している。もう結婚式はないだろう。沈黙。これほど恐ろしく孤独な沈黙を、ピーターはこれまで経験したことがなかった。犠牲者とふたりっきりの殺人者。なんてことだ。

そのとき目がくらむような光が差した。ハッチが引き開けられ、真昼の日差しが流れこんできて、ピーターの目を焼いた。なにか重いものが頭の上から落ちてきた。

縄梯子だ。

肺が新鮮な空気、酸素で満たされ、全身が幸福感に震えた。自由だ、生きている。彼は生きのびていた。

ピーターは人気のない田舎道を足を引きずって歩いていった。こんな見捨てられたような場所で、助けてくれる人を見つけられる見込みはあるだろうか？　たとえ自由を手に入れたとはいえ、ピーターはまだなにもかもいたずらなのではないかと疑っていた。いうことを聞かない体を引きずって道を進んでいる彼を見て、あの女は笑っているのではないか。そしてつかまってしまうのではないか。ピーターはあの暗い穴のなかで死ぬことを甘んじて受け入れていた――まさかあの女に彼らとの約束をほんとうに守る気があるというのか？　ピーターは前方に人の気配があるのに気づき、足を早めた。

それを目にして、ピーターは声を上げて笑った。コンビニのドアの上に見える洒落《しやれ》た書体の「いらっしゃいませ」の文字。あまりに愛想のいい言葉に、ピーターは泣きだした。彼は店に突入し、ぎょっとした無数の顔――その異様な光景にショックを受けた年金生活者や小学生たち――に迎えられた。顔に血を飛び散らせ、小便の悪臭を放つピーターは、レジに駆け寄ろうとした。そしてそこにたどり着く前に失神し、ドリトスの販促用のディスプレイに激突した。誰もピーターを助けようとはしなかった。その姿はまるで死体のようだった。

23

ダンストン発電所はサウサンプトン・ウォーターの西の端に、その威容を誇っていた。この石炭火力発電所は、全盛期には南海岸やそのはるか向こうまで電気を供給していたものだ。しかし二〇一二年に操業休止に追いこまれていた。政府が決定した英国エネルギー供給再起動計画の犠牲になったのだ。ダンストンは古くて効率が悪く、国内の別の場所に建設中だった低炭素の代替施設には太刀打ちできなかった。所員は再就職し、敷地は立ち入り禁止になった。あと二年は閉鎖の予定はなかったから、いまのところそれは過去の栄光を称《たた》える空っぽの記念碑にすぎなかった。巨大な中央の煙突の長い影が犯罪現場にのびており、海風に激しくはためく警察の立入禁止のテープに向かって歩きながら、ヘレンは身震いした。

マークがヘレンに歩調を合わせ、ふたりは急ぎ足で敷地を横切った。マークは署からここまで自分が運転するといって譲らなかった。彼は素面《しらふ》で、前よりは少し元気を回復したように見えた。結局のところヘレンの言葉が効いたのかもしれない。ふたりで並んで歩きながらヘレンはあちらこちらにすばやく目をやって、考えられる可能性を検討していた。

敷地にはもともと警報装置が設置されていたが、銅線泥棒に何度も警報システムを壊されたあと、もうそのままにしておこうということになっていた。盗む値打ちのあるものは既に、全部とられてしまっていたのだ。要するに「彼女」は、中央ゲートのチェーンを外して車を乗り入れるだけでよかったことになる。タイヤ痕はあるだろうか？　足跡は？　地下の石炭サイロのてっぺんにあるハッチは、いったん敷地に入ってしまえば近づくのは容易だし、単独で持ち上げるには重すぎるとはいえ、チェーンを使ってバンで引っ張れば簡単に開けられるだろう。サイロのそばに残る深いタイヤ痕を見ると、まさにそのとおりのことが行われたらしい。これで犠牲者がなにで運ばれてきたかはわかったわけだ。

「犯人はどうやってふたりをバンから穴のなかへ移動させたんでしょう？」ヘレンの心を読み取って、マークがいった。

「ベンは百八十センチ近くあるけど痩せてる。どう思う？　七十五、六キロくらい？」

「そうですね。それだけの重さの荷物を女ひとりで引きずって運ぶことは可能かもしれませんが、ピーターのほうは……」

「きっと九十キロ近くあるはず。それ以上かもしれない」

ヘレンはもっとよく見ようと身を屈めた。たしかにハッチの開口部近くの地面はひどく乱れていたが、それはふたりの犠牲者が引きずりこまれた結果なのか、それとも怯えたピーターが這い出してきた結果なのだろうか？

これは明らかに悪しき習慣だった。ベテランの警官は犯罪の性質について、あるいは犯人が何者かについて、けっしていきなり本能的な判断を下してはならないとわかっているものだ。だがヘレンには、これが第二の殺人だとわかっていた。たとえベンの車に破壊工作が行われたという証拠を無視しても、ピーター・ブライトストンの証言はエイミーの話とあまりに似通っており、その関連性を否定することはできなかった。連行されたとき、ピーターの顔にはエイミーの顔にあったのと同じ苦痛や罪悪感、恐怖が刻まれていた。彼らは生きた名刺、ほかの何者かの加虐趣味を示す生身の証拠だった。今回のすべての狙いはそういうことなのか？

彼らが相手にしているのがシリアルキラーであることは、いまや明白だった。ヘレンは講座を受講し、事例研究を読んではいたが、それでもこのような事件を捜査する心の準備はできていなかった。通常は動機や被害者とのつながりを理解するのは簡単だが、この場合は違う。これは女性嫌悪絡みでも性犯罪でもなく、犠牲者の年齢、性別、社会的地位に相関関係はないようだった。ヘレンは長く暗いトンネルに吸いこまれていくような感覚をおぼえた。憂鬱の波に襲われて、気を取り直すために自分の体をつねらなくてはならなかった。ヘレンは責任を負うべき人物をつかまえるつもりだった。当然だ。

ヘレンとマークは穴の入口に近づいた。ヘレンが梯子を持ってくるよう声をかけた——彼女は早く下へおりたくてじりじりし、最悪の部分を知りたくてしかたなかった。ハッチは既に開いていたので、なかをじっとのぞきこんだ。すると薄暗がりに死体が横たわっているのが見えた。ピーターが殺害した男。ベン・ホーランドだ。

「ご自分で下りられますか、それともおれが？」

マークの問いは善意から出たもので、精いっぱい恩着せがましく聞こえないように努めていた。だがヘレンは自分の目でそれを見なくてはならなかった。

「大丈夫。すぐにすむ」

ヘレンは持ってこさせた梯子を使って慎重に、サイロの本体へと下りていった。下はにおいがきつかった。ガスのにおいが炭塵や排泄物のにおいと混じりあっている。鑑識班はサムとエイミーの排泄物から、強力な鎮静剤であるベンゾジアゼピンの強い痕跡を検出していた。おそらくここでもそれが見つかるだろう。ヘレンは注意を死体に向けた。彼はうつぶせに倒れ、頭のまわりにできた血だまりがかたまっていた。ヘレンは死体に触れないように気をつけて膝をつき、首をのばすと犠牲者の顔をのぞきこんだ。

嫌悪感、そして驚き。嫌悪感は、かつて左目があった場所に開いた血まみれの穴に対して。そして驚きは、それがベン・ホーランドではないとわかったことに対してだった。

24

　またこんなに早くその姿を見ることになり、ジェイクはショックを受けた。いままでは彼女がいつ頃現れるかは、比較的予想がつきやすかった。一カ月あたり一時間のセッション。ブザーが鳴ったとき、ジェイクはそれに応えないでおこうかと思った――時刻は午後十一時を過ぎていたし、あらゆる接触は安全上の理由から事前予約が必要な決まりになっていた。だがモニターに映った顔を見たとき、ジェイクは心配になった。心配になり、興味をそそられた。

　なにかあったのだ。部屋に入ってきた女はジェイクを見ず、こんな遅い時間にやってきたことについてもなにもいわなかった。ふつうはちらっと笑みを見せるか、少なくとも軽い挨拶くらいはした。だが今夜はなにもなかった。心ここにあらずといった様子で内にこもり、いつも以上に気安く話しかけられない雰囲気だ。女はテーブルに金を置くと、ジェイクを見ずに服を脱いだ。それからブラとショーツを取り、彼の前に裸で立った。これは受け入れられないことだった――この手のことは、たいていが性的な誘いにつながるものだ。ジェイクは支配者であって男娼《だんしょう》ではなかった。サービスを提供してはいるが、その手のサービスではない。

女が歩いてきたときにはそう伝えるつもりだったが、相手はそのまま通り過ぎ、魅力的な品々がそろったジェイクの兵器庫に向かった。またしてもルール違反だ——お仕置きの方法を選ぶことができるのは、彼だけなのだ。それはプレイの一環で、服従する側は自分たちがどんな罰を受けることになるのか、はっきりとは知らなかった。しかしジェイクはなにもいわなかった。今夜の女の振る舞いには、問答無用なところがあった。ジェイクは不安と興奮に少し身震いした。まるでゲームの攻守が入れ替わりつつあり、今回に限っては彼に主導権はないとでもいうように。

女は乗馬用の鞭は無視して、まっすぐ鋲のついた鞭のほうへ向かった。そしてそれらに指を走らせると、いちばんおぞましいものを選んだ。これは筋金入りのマゾヒスト専用であまり彼女向きではなかったが、女はそれをジェイクに渡すと壁のほうへつかつかと歩いていった。ジェイクは女を拘束した。まだ一言も言葉は発されていなかった。

ジェイクはまるで自分がなんのゲームをしているのかわからないような、妙にためらいがちな気分だった。だから最初の一打ちは少し弱かった。

「もっと強く」

ジェイクはいわれたとおりにしたが、まだ充分ではなかった。

「もっと強く」

そこでジェイクは力いっぱい女を打ち据えた。そして今回は血が流れた。女の体が痛みにひるみ、それから血が背中をしたたり落ちるにつれて緊張がほぐれていくようだった。

「もう一度」

これは最終的にどういうことになるのだろう？　ジェイクにはわからなかった。ただひとつわかっているのは、この女が血を流したがっているということだった。

25

「もう一度なにがあったのか話して」

エイミーは目を閉じてうなだれた。チャーリーはいい人そうだったし、これまで優しく接してくれていたのに、どうしてこんなことをしなくちゃいけないんだろう？　病院から解放されて以来、エイミーはあのことについていっさい考えるのをやめようとしてきた。初めのうちは母親がブラッドハウンドみたいにつきまとってきたが、エイミーがかんしゃくを起こしてからは引き下がっていた。母親の影からしばし逃れたエイミーは、パーティー用の酒の残りや母が隠している「秘密の」精神安定剤を漁《あさ》り、それでも効かなかったので父の睡眠薬に手を出した。それは大きな間違いだった。夢のなか、つまり悪夢のなかにはいつもサムがいた。彼女に微笑《ほほえ》みかけていた。声を上げて笑っていた。それは耐えがたく、エイミーは悲鳴を上げて目を覚ました――そして気がつくと玄関のドアのそばにいてチェーンをガチャガチャ鳴らし、必死で逃げようとしていた。即座にエイミーは、これから死ぬまで起きていようと――けっして眠りに負けまいと――そしてすべての人間との接触を避けようと決心した。

だがここにはまた警官がいて、エイミーの恐ろしい裏切りを思い出させていた。

「あなたたちはヒッチハイクをしてた。雨が降ってた。一台のバンが停まった」

エイミーは黙ってうなずいた。

「そのバンの特徴を教えて」

「もうそれは話したし、わたしは――」

「お願い」

重く息苦しいため息。息が詰まりそうな感覚。そして不意にまた、涙がこみ上げてきた――エイミーはそれを押し戻した。

「ライトバンだった」

「メーカーは？」

「フォード？　ボクスホール？　なにかそんなの。色は白」

「彼女はあなたたちになんて？　正確に一言一句教えて」

エイミーは間を置き、しぶしぶ記憶をさかのぼった。

「『あなたたち、助けが必要？』――そういったわ。『あなたたち、助けが必要？』って。それから助手席のドアを開けて、運転台には充分三人乗れるだけの場所があったから、わたしたちは乗りこんだ。ほんとに乗らなければよかった」

そして今度こそエイミーは泣きだした。チャーリーはちょっとのあいだ泣かせておいてから、ティッシュを差し出した。

「彼女にはなまりがあった？」

「南のほうの」

「もっと詳しくは？」

エイミーはかぶりを振った。

「それから彼女はなんていったの？」

エイミーはその一瞬一瞬を追体験した。女は暖房器具の修理人で、緊急呼び出しを受けた先から自宅に戻る途中だといっていた。バンにロゴや名前が書いてあるのを見た覚えはなかった。ひょっとしたら書いてあって、エイミーが見ていなかっただけかもしれない。女は夫――現実的なこととなるといっさい役に立たない――の話をし、ふたりいる子どもの話をした。寒い冬の夜にどこへいこうとしているのかと尋ねてから、女はふたりに飲み物を勧めた。

「どういう言葉を使ったの？」

「わたしが少し震えてるのに気づいて、いったの。『あなたたちは暖まらなくちゃね』、それだけ。それから魔法瓶を差し出した」

「その飲み物は温かかった？　どんなにおいがした？」

「見た目どおりのにおいだった。コーヒーの」

「それで味は？」

「おいしかった」

「女の見た目は?」

これはいつ終わるんだろう?

「ブロンドのショートヘアー。ミラーサングラスを頭にのせてた。服はつなぎ。スタッドピアスをしてたと思う。爪は短くて汚れてた。ハンドルにのせてるのが見えたの。汚い手だった。顔は横からしか見てないわ。大きな鼻、ふっくらした唇。化粧っ気はなし。身長は平均的。その辺にいそうな人に見えた。まるっきり、どこからどう見てもふつうだった、これでいい?」

これを潮にエイミーは居間を出ると、涙にむせび懸命に息をしようとしながらまっすぐ階段を上がっていった。これ以上ないほどすさまじい罪悪感に襲われたエイミーは、一瞬怒りに身をまかせた。サムはあっさりと安息を手に入れていた。サムは死んだ。彼の苦しみは終わった。でもエイミーの苦しみはずっと消えないだろう。けっして自分がしたことを忘れさせてはもらえないだろう。屋根裏の寝室の窓から敷石を見下ろしながら、もしサムのところへいくことに決めたら彼は歓迎してくれるだろうか、とエイミーは思った。不意にそうしたい思いに駆られて取っ手を引っ張ったが、窓には錠が下りていて、その鍵は消えていた。いまは家族までもが、エイミーをひどく苦しめていた。

26

「彼女の見た目はどんなふうでしたか？」

ピーター・ブライトストンは身震いした。連行してからずっと、がたがた震えている。自分が負ったトラウマのリズムをなにか不気味で原始的な形で刻みながら、全身を震わせているのだ。ヘレンは彼がいつ卒倒してもおかしくないと思っていた。しかし病院の医者たちからは話をしても差し支えないといわれていたので……。

ピーターは彼女を見ようとしなかった。自分の腕から触手のようにのびている点滴用のチューブを引っ張りながら、両手をじっと見下ろしているだけだ。

「彼女の見た目はどんなふうでしたか、ピーター？」

長い間があり、それから彼は無理やり言葉を絞り出した。

「いまいましいほどゴージャスだったよ」

それはヘレンの予想外の答えだった。

「特徴を教えてください」

ひとつ深呼吸をしてから、答える。

「背が高くて、筋肉質で……黒い髪……カラスみたいな黒い髪。長かった。肩の下まであった。ぴったりした白いTシャツ。いい胸をしてた」

「顔は？」

「化粧をしてた。ぽってりした唇。目は見えなかった。色つきの眼鏡《めがね》をかけてた――プラダだ」

「たしかにプラダでしたか？」

「気に入ったんだ。それで覚えておいた。結婚記念日のサラへのプレゼントにいいかもしれないと思って――」

それからピーターはすすり泣きはじめた。


最終的にヘレンたちは、ピーターからもう少し聞き出した。その女は夫が所有している赤いボクスホール・モヴァーノを運転していた。亭主と三人の子どもたちと一緒にソーンヒルで暮らしている。一家はボーンマスに引っ越そうとしているところで、自分たちで家財道具を運ぶことで現金を節約している。だからバンなのだ。女は話し好きで、陽気で、茶目っ気があった。そしてグローブボックスの道路地図の下に相変わらず雑に隠してあった、夫のヒップフラスコを勧めてきた。ピーターは当然受け取り、それからベンのほうに放った。こう供述したところで、ピーターはまた凍りついた。

ヘレンはチャーリーに彼のお守りをまかせた。チャーリーは男の扱いがうまかった。ヘレンよりもいわゆる美人で、物腰は柔らかく威圧的ではない――男たちが彼女のまわりに群がるのも不思議はなかった。ヘレンは退屈で面白みがないと感じることもあったが、たしかにチャーリーには役に立つところがあったし、いまにいい警官になるだろう。だがヘレンの相談相手はマークで、いま必要なのは彼だった。

〈ホワイトベアー〉は病院の裏手を抜ける脇道の奥まったところにあった。ヘレンはわざと――挑発するように――テストとしてその場所を選んでいた。いまのところマークはちゃんとやっていて、スリムライントニックをちびちびと飲んでいた。パブでの奇妙な会議はほとんどデートのようで、ふたりともそれを感じていた。だが彼らの頭はもっと大きな問題でいっぱいだった。

「それで、なんの話をするんですか？」マークが口火を切った。

最新の予期せぬ展開を理解しようとヘレンが頭を回転させているのが、マークにはわかった。

「ベン・ホーランドはベン・ホーランドじゃない。彼の本名はジェイムズ・ホーカー」

ジェイムズのことを考えると必ず、ヘレンの頭には同じイメージが浮かんできた――すっかり途方に暮れた様子の血まみれの若者。ショックでかたまっている。

「ジェイムズの父親はビジネスマンだった。それに夢想家で詐欺師でもあった。ジョエル・ホーカーは取引に失敗してなにもかも失い、その結果を潔く受け入れるかわりに、彼自身と家族にそろそろ潮時だと告げることにした……ジョエルはまず馬たちを、それから一家の飼い犬を殺し、馬小屋に火を放った。近所の人が消防に電話したけど、最初にそこに着いたのはわたしだった」

あの場面を思い出し、ヘレンの声がわずかに震えた。マークは熱心に彼女を見ていた。

「当時わたしはパトロール警官だった。煙が上がっていて家のなかから悲鳴が聞こえたので、押し入った。妻は死んでいた。いちばん上の娘とそのボーイフレンドも。そしてわたしが着いたとき、ジョエルはジェイムズを肉切り包丁で切りつけにかかっていた」

ヘレンは間を置いてから続けた。

「わたしは彼を殴り倒した。必要以上に長く、激しく殴った。その件で表彰されたけど、これからは気をつけるようにと注意も受けた」

ヘレンは無理に後悔しているような笑みを浮かべ、マークも同じように笑い返した。

「でもわたしは気にしなかった。もっと激しく殴ってやればよかったと思ってた」

「それでジェイムズは名前を変えたんですね？」

「あなたでもそうするでしょう？　彼は死ぬまでその手の悪評がついてまわることは望まなかった。少しのあいだセラピーを受けて折り合いをつけようとしてたけど、本心ではそんなことは起こらなかったことにしたかった。ジェイムズとは連絡を絶やさないように努めてたんだけど、殺人事件の一年か二年後に訪ねてきたの。もうあのことは思い出させてほしくないって。悲しかったけど気持ちはわかったし、わたしはジェイムズにうまくやってほしかった。そして彼はうまくやった」

それはほんとうだった。ジェイムズは教育を受け、いい職に就き、ついに彼との結婚を望む女の子——穏やかで無邪気な——を見つけた。あんな惨めでろくでもない過去があっても、自力で幸せな人生をつかむことに成功していた。何者かに無理強いされた同僚に、目を突き刺されるまでは。たしかにそれは正当防衛だったが、そのことがこの事件をいっそうつらいものにしていた。ジェイムズ／ベンは暴力を心底嫌っていた——その彼がピーターを殺そうとするとは、いったいどんなことがあったのか。

それは言葉が見当たらないほど、あまりにねじ曲がった不運な出来事だった。しかし彼らが扱っているのはそういう事件なのだ。

「ふたつの事件には関係があると思いますか？　ジョエル・ホーカーが犯した殺人と、べ……ジェイムズの死には？」マークが不意に口を挟み、ヘレンの物思いを遮った。

「もしかしたら。でもエイミーとサムはあの件とは無関係だった。彼らはどこにはまるのか」

沈黙がふたりに忍び寄ってきた。ひょっとすると関係はあったのかもしれないが、いまのところそれを見抜くのは困難だった。

そうなると残されているのは？　まったく関連がないように思える二件のサディスティッ

クで動機のない殺人事件、むさ苦しいブロンドの暖房器具の修理工、あるいはカラスのように真っ黒な長い髪と豊かな胸をした茶目っ気のある主婦という犯人像。残されているのは混乱で、ふたりともそれはわかっていた。

パブの店内を見まわすうちに、マークは無性に飲みたい気持ちが強くなってくるのを感じた。どちらを向いても笑い声を上げ、冗談を飛ばし、酒を飲んでいる男や女ばかりだ。ワイン、ビール、蒸留酒、カクテル、チェイサー――それらが思う存分、彼らの喉に流しこまれている。

「マーク、あなたはほんとうによくやってる」

ヘレンの言葉にマークははっとわれに返った。そして疑わしげに彼女を見つめた。なによりも同情されるのはごめんだった。

「つらいのはわかるけど、これは終わりのはじまり。わたしたちであなたを回復させる。ふたりで一緒にね。いい？」

マークは感謝を込めてうなずいた。

「わたしに引っこんでろといって断酒会にいくこともできるし、それでもかまわない。でも彼らにあなたのことがわかるとは思えない。わたしたちがどんな日々を送っているか、彼らは知らない。それがわたしたちにどういう影響を及ぼすか。だからわたしはあなたに力を貸そうと思ってる。あなたに話し相手が必要なとき、助けが必要なときはいつでも、わたしがそばにいる。ほんとうにどうしようもなく飲みたくなるときは——何度も——あるでしょう。それはかまわない——あなたが好むと好まざるとにかかわらず、そういうことは起こるはず。でもこうしましょう。あなたが飲むのはわたしと一緒のときだけ。そしてわたしがやめるようにいったらやめる。いい？」

マークは反対しなかった。

「そうやってわたしたちはこの問題を解決する。でもあなたがこのルールを破ったと、嘘をついたとわかったら、わたしはあなたを石ころみたいに見捨てる。いいわね？ よし」

ヘレンはカウンターのほうへ姿を消すと、手にラガーを一本持って戻ってきた。そしてテーブルの向こうからマークに押しやった。それを取り上げたとき、マークの手はかすかに震えていた。彼はそれを唇にあてた。冷たいラガーが喉を滑り落ちた。だがそれから、ヘレンがボトルを取り上げようとした。一瞬マークは彼女を殴りたくなった。そのときアルコールが胃に達した。そしてすべてが一時的に、またいい感じになった。マークはヘレンにまだ手を握られていることに気づいた。思わず親指で彼女の手を優しくなではじめる。ヘレンが手を引っこめた。

「ひとつ誤解のないようにいわせて、マーク。これは『わたしたち』の問題じゃない。あなたの問題よ」

マークは状況を読み誤っていた。そしていまはばつの悪い思いだった。上司の手をなでるなんて。とんだくそ野郎だ。ふたりはそのあとすぐに店を出た。ヘレンはマークが車で走り去るのを見送った——おそらくぶらぶらとパブに引き返さないかたしかめるためだろう。ラガーがもたらした午後の温かい楽天主義はいまでは消えかけていて、マークは空っぽで孤独な気分だった。

夕闇が下りる頃、マークのゴルフがかつて家族と暮らしていた家の外に停まった。いま頃エルシーは自分の寝室に上がって、羊のぬいぐるみと一緒に終夜灯の緑色の光に包まれているはずだ。その姿は見えなかったが、マークには娘がそこにいるとわかっていて、それを思うと胸に愛があふれた。それでは充分ではなかったが、しかたないだろう——いまのところは。

27

ヘレンがサウサンプトン中央署に戻ると、マイケル・ウィテカー警視が待っていた。四十五歳、カリスマ性があり――アウトドア好きで、日に焼け、魅力的――権力を持っている成功した独身男をつかまえることを夢みる女性事務職員の人気の的だ。またウィテカーには抜け目のないところもあって、自身のキャリアの役に立つ、あるいは妨げになるかもしれないどんなことにも目ざとかった。若い頃の彼は現場でも優秀だった――荒っぽい銀行強盗事件で、すさまじい銃撃戦の末に片肺の半分を失って内勤になるまでは。現場で捜査の指揮を執ることができないため、事態があまりに遅々として進んでいない、あるいは制御不能になっていると感じると、自らの権威をちらつかせる傾向があった。彼がこれだけ長く生きのびて――そして成功して――こられたのは、常に細かいことに目を光らせるのを忘れなかったからだった。

「犯人はどんなふうにやってるんだ?」ウィテカーは大声でヘレンにいった。「ひとりでやってるのか、それとも協力者がいるのか?」

「まだなんともいえません」ヘレンは答えた。「気づかれないように行動し、いっさい痕跡を残していないところを見ると、単独犯のようです。とても注意深く几帳面で、これほど慎重に練られた計画に他人を巻きこむことはなさそうに思います。被害者を大人しくさせるのに力ではなく薬を使っていますから、そのこともまた協力者を必要としていない、あるいは求めていないことを暗に示しているといえるでしょう。いうまでもないことですが次の疑問は、犯人がどうやって被害者を移動させているかです。彼らを目的地付近まで運ぶのには簡単に隠せて、大人しくさせておけるトランジットタイプのバンが使われています。犯人は被害者を監禁しておくのに辺鄙《へんぴ》な忘れられた場所を選んでいます——ですから彼らをバンから移動させているところを見つけられる恐れはほとんどありません。彼らを移動させるのに助けが必要か？　その可能性はありますが、被害者たちは四人とも足首のまわりに摩擦による火傷を負っています。これは彼らが両足首を結び合わされ、引きずられたことを示唆していると考えられます。また彼らの脚や胴、頭には擦り傷があり、そのことは荒れた地面を引きずられたことと合致する可能性がありますが、それは大変な作業になるでしょう。たとえひもかロープでピーター・ブライトストンの足首を縛ったとしても、九十キロ近い重荷を引きずることに変わりはありません。可能ではありますが、重労働です」

「バンについては？」ヘレンにほとんど息もつかせず、ウィテカーは応じた。

「具体的なことはなにも。エイミーは自分が乗せられたバンのメーカーをはっきり覚えていませんし、現場付近にはわれわれの助けになる防犯カメラはありません。ピーターは間違いなくボクスホール・モヴァーノで誘拐されたといっていますが、あの車はハンプシャーだけで毎月何十台も盗まれています。色が赤だったというのは少しは役に立ちますが、塗りなおされているかもしれない。彼らはニューフォレストで車に拾われ、田舎道を通ってダンストン発電所に連れていかれていますから、防犯カメラや監視カメラの映像などの手がかりはいっさい手に入っていません」

ウィテカーはため息をついた。

「きみを実力に見合わない地位に就けたのでなければいいんだがね、ヘレン」

その口調は落ち着いていた。

「いつかきみがわたしのあとを引き継いでくれるかもしれないと期待していたんだが……こういうケースはキャリアに傷をつける恐れがある。われわれには逮捕が必要だ、ヘレン」

「了解しました」

「例のガラニータとかいう女がいまいましいことにアトリウムに居座って、ほかの地元のへぼ記者どもを挑発している。今朝、全国紙のふたりが仲間に加わった。広報窓口のばかどもはタイムズが電話をかけてくるたびに脱腸になって、まっすぐわたしのところに走ってくる。連中にはなんといってやればいい？」

「サムの死は恋人どうしのもめ事として扱われています。われわれがほかの誰かやなにかを捜しているということはありません。ベンの死は事故の線で話がまとめられているところです。彼とピーター・ブライトストンは事務所の仕事でダンストンにいて、悲劇的な事故に見舞われたとかなんとか。マスコミはいまのところそれを信じているようです」

ウィテカーは黙っていた。上司になんとかしろとせっつかれていることはけっして認めようとしなかったが、ヘレンにはその辺の事情はよくわかっていた。こういうケースではくだらないことが一段と激しく上と下を行ったり来たりするものだ。

「おそらくそのうち話が漏れるでしょうから、もしそうするのが正しいと思えば公表することができます。第三者が関与していることをマスコミに伝えるんです。一般の人たちに協力を要請し――」

「まだ早い」ウィテカーが遮った。「われわれは充分なことをつかんでいない。能なしに見えてしまうだろう」

「わかりました」

相手が不安そうなのが――それに不機嫌なのが――感じられ、ヘレンは驚いた。ふだんのウィテカーはもっと冷静なのだ。不安をやわらげてやりたかったが――これまではいつもそうすることができた――いまは差し出せるものはなにもなかった。ウィテカーはプレッシャーがかかると反射的に反応しがちだった。そしてそれは、目下ヘレンにとって無用なことだった。そこでなんとか安心させようとした結果――殺人犯を追跡するために行われている幅広い取り組みをひと通り説明して――ウィテカーの張りつめた雰囲気は徐々にやわらぎはじめた。彼はずっとヘレンのことを信頼していたし、もし誰かに捜査を順調に進められるなら彼女にはやれるだろう。ウィテカーのような人間はけっして認めようとしないが、ヘレンはまさしく幹部受けのいい種類の警官だった。女性で、酒を一滴も飲まず、仕事中毒で、子どもを持つことに興味がない。アルコール中毒や賄賂《わいろ》の危険も、産休を取る心配も、そのほかどんな不愉快な問題を引き起こす恐れもヘレンにはなかった。発電機のように働き、独力で検挙率を押し上げた。だからたとえときおりばかげたことをいっても、上はそれを大目に見た。なぜなら特に優秀なほかの警官たちにひけをとらないからだ。

とても明るい見通しを語ったせいで、一瞬ヘレンは自分の言葉に励まされた。しかしバイクで自宅に向かうにつれて、その偽りの自信は徐々に失われはじめた。明日はクリスマスイブで、サウサンプトン全体がお祭り気分にとりつかれていた。まるでみながそろって、イブニング・ニュースのぞっとするような見出しは無視して、徹底的に祝うことにしようと決めたかのようだった。救世軍の楽隊がクリスマスの曲を次から次へと演奏し、商店の上のほうには派手な照明が愉快にきらめいて、いたるところに子どもたちの興奮した笑顔があふれていた。しかしヘレンは少しもクリスマス気分を感じなかった。彼女にはすべてがけばけばしくて場違いな野外劇のように思えた。このどこかに良心を持たず、けっして痕跡を残さない殺人犯がいるのだ。いま犯人は次の犠牲者の監視で忙しくしているのだろうか？　既に犠牲者たちが監禁されて、慈悲を請うているのだろうか？　これほど途方に暮れたのは初めてだった。今回の事件には確固たる根拠も無難な仮説もないように思えた。さらに血が流されるだろうし、いまのところへレンにできるのは次に誰が狙われるのか、成り行きを見守ることだけだった。

28

まったく、人の記憶というのはおかしなものだ。あのトナカイはどうしてわたしの頭から離れないんだろう？　あのときでさえ彼はかなりみすぼらしい、疲れ切った目をした薄汚いフェルトのようなトナカイだった。まるで死んでいるように見えた。でもわたしは長い列に並んで待っているあいだ、どうしてもそのトナカイから目を離せなかった。ひょっとするとわたしは絶望に引かれるのかもしれない。それとも別の理由なのか。この手のことはいくらでも分析できるものだ。

あの日はクリスマスで、そのときばかりは人生に問題はなかった。父さんは夜逃げしていたから――彼にはクリスマスを一緒に過ごす別の家族がいたのだろうか？　わたしはけっしてその答えを知ることはなかった――家には女しかいなかった。母さんはお酒を飲んでいたが、わたしには彼女をあまりひどく酔っ払わせないための計画があった。わたしは母さんのために自分がお酒を買ってこようといった。そして角の店まで跳ねていって缶を何本か買ったが、お腹に溜まるものも手に入れた。パン、ポテトチップス、なんでもよかった。家に戻ると、母さんが飲んでいるあいだ一緒に座っていた。わたしの目の前で飲むのは少しばつが悪かったのだろうし、けしかける父さんがいないので飲む量は少しずつ減って、ほとんど飲まなくなっていた。母さんとはけっして仲良くなかったけれど、あのクリスマスにはわたしたちの関係は良好だった。そんなわけで母さんはわたしたちを連れて、ショッピングモールに出かけたのだ。

BGM、安っぽいデコレーション、そして恐怖のにおい。目の届くかぎり親たちはパニック状態で、あまりにも早くまた巡ってきた祝祭のせいで窮地に追いこまれていた。わたしたちの買い物リストは短かったが——とても短かった——それでも長い時間がかかった。ブ《B》リティッシュホ《H》ームス《S》トアズの警備員がよそに気を取られているのをたしかめてから、母さんは服や趣味の悪い模造宝石のたぐいをわたしたちのセーターに詰めこんだ。わたしたちの「お楽しみ」は、あとでサンタを見にいくことだった。サンタをやっていたその男は地元のカトリック学校の教師だったから、おそらくすべて自腹だったのだろう。

わたしは彼の顔をほんとうにはっきりと覚えている。サンタはわたしを膝に座らせると、とっておきの「ヨーホーホー」で挨拶して、クリスマスにいちばんほしいものはなにかと尋ねた。わたしはにっこり笑い、彼の目を見てこういった。「父さんに死んでほしい」

そのあとわたしたちはかなり急ぎ足で立ち去った。サンタはぎょっとした母親たち——わたしたちのような貧乏な白人に侮蔑の言葉を浴びせるのが大好きなくそ女ども——と噂話をしていた。足早に通り過ぎざま、わたしはあのみすぼらしいトナカイに右フックを食らわせた。どんなダメージを与えたか見ることはなく——わたしたちは警備員につかまる前にドアを出た。

わたしは母さんにぶたれるか、少なくとも怒鳴られるだろうと思っていた。でもそうはならなかった。彼女はただ泣いていた。バスの待合所に座って泣いていた。ほんとうにかわいそうだった――これがわたしの特に幸せな思い出のひとつだ。

29

その女性が訪ねてきたのは思いがけない喜びだった。これまでほとんどお客がきたことはなかったし――まともな神経の持ち主なら、誰がこんなところにやってくるだろう？――やってきたものたちはたいていが、よからぬことをたくらんでいた。泥棒や悪党たちだ。ここで警官の姿を見かけることはめったになかったし、社会福祉課のことは忘れていい。社会福祉課が聞いてあきれる。

呼び鈴が鳴ったとき、母さんは飛び上がった。「ストリクトリー（BBCのダンスコンテスト番組）」に夢中になっていて、廊下をやってくる足音が聞こえていなかったのだ。でもアンナには聞こえていた。外で物音がするといつも、アンナの鼓動は少し速くなった。ほかの部屋に住人はいなかったから、空き部屋を探しているジャンキーかセックスの相手を探しているジプシーでなければ、それは彼女たちを目当てにやってくるとしか考えられなかった。足音がゆっくりになり、それから玄関のドアの外で止まった。アンナは母さんに警告したくてできるかぎりうなったが、ちょうどフラビアがフォックストロットを踊っているところで、マリーは画面に釘付けになっていた。それから呼び鈴が鳴った――はっきりと自信たっぷりに。マリーはちらっと娘に目をやり――一瞬のためらい――それから無視することにした。

アンナは嬉しかった。お客は好きではなかった。驚かされるのはいやだ。それでも好奇心はそそられた。なぜなら廊下をやってくる足音が軽やかでリズミカルだったからだ。ヒールを履いた誰かの足音みたいに。そう考えるとアンナは心のなかでくすくす笑った。娼婦たちが立ち去って以来、そういう足音を聞いたのは初めてだった。

呼び鈴がまた鳴った。一度だけ——礼儀正しいがしつこく。それからふたりの名前を呼び、話ができないかと尋ねる声がした。マリーはテレビの音量を絞った——ひょっとして部屋のなかの物音が聞こえなければ、留守だと思って帰るかもしれない。無意味もいいところだ——ふたりの部屋から漏れる灯りや物音は、暗闇のなかのかがり火のようだった。それから三度目の呼び鈴が鳴り、今回はマリーは立ち上がってそっと玄関に向かった。アンナは母親が歩いていくのを見守った——ひとりにされるのはいやだった。もし外でなにかあったら？

だがやがてマリーは戻ってきて、その後からビニール袋をいくつか抱えたきれいな女の人がついてきた。ソーシャルワーカーのたぐいのようだが、そのわりには陰気くさくないし、きれいな身なりをしている。その人は部屋を見まわすと、アンナのところに歩いてきて膝をつき、目線を合わせた。

「ハイ、アンナ。わたしはエラよ」

エラの微笑みはとても温かかった。アンナはたちまち彼女が好きになった。

「いまお母さんに話してたところだったんだけど、わたしは〈シューティング・スターズ〉っていう組織で働いてるの。地元の新聞で広告を見たことがあるかもしれないわね。お母さんがあなたに新聞を読んであげるのが好きなのは知ってるわ」

エラは素敵なにおいがした。バラみたいだ。

「毎年わたしたちは、あなたがたみたいに出歩くのが難しい家族にクリスマス用の食べ物を詰めたかごを届けてるの。どう？　素敵でしょう？」

「この家でお情けは受けないわ」マリーが不意にきつい調子で口を挟んだ。

「お情けじゃないわ、マリー」エラが声を大きくしていった。「ただの援助よ。それに無理して受け取る必要はないの。こういうごちそうを手に入れたがる人たちはほかにたくさんいるんだから、ほんとよ！」

その「ごちそう」という言葉が効いたようだった。マリーが静かに座ると、エラは袋から缶詰や包みを取り出した。それは本物の宝の山だった——数々の食料に加え、ターキッシュ・ディライトとチョコレートジンジャー。それにスープやスムージー、アンナのための液状のシャーベット。頭に浮かんでいたあれこれはそのなかに消えてしまった——誰かがわざわざこれだけのことをするほど自分たち親子を気にかけてくれたことに、アンナは驚いた。エラはこれ以上ないほど親切で、アンナについてマリーに山ほど質問をした——彼女はなにを読んでもらうのが好きか？　トレイシー・ビーカーのファンか？　なんのテレビを見たか？　アンナは注目の的だった。

今年、アンナたちはついていた。今年、親子は誰かのレーダーにひっかかったのだ。マリーはとても喜んで束の間パーティー気分になり、シェリー酒を探しにいった。アンナは訪問客を見た。エラは笑顔でうなずいていたが、いまは緊張しているようだった。ひょっとしたらスケジュールが詰まっているのかもしれないと思ったが、そんなはずはなかった。なぜならマリーが戻ってくると、エラはミンスパイを開けるよう言い張ったからだ。自分はひとつも食べなかったが、しきりにマリーにお腹いっぱい食べさせたがった。パイはできたてだった――セントメアリーズ・ロードのパン屋が発作的にクリスマス精神に駆られ、彼らのために何十個もただで焼いてくれたものだ。

マリーがあっというまにひとつ平らげると、エラの緊張はほぐれたようだった。そしておかしなことになりはじめた。マリーの気分が悪くなりだした――めまいと吐き気を訴えたのだ。立ち上がろうとしたが無理だった。エラが急いで助けにいったが、それから突然、マリーを床に押し倒した。エラはなにをやってるんだろう？　アンナは大声を上げ、叫び、戦いたかったが、うなり声を上げて泣くことしかできなかった。いまエラは、アンナの母親を床に釘付けにしていた。背中にまわした両手をおぞましい針金で乱暴に縛っているところだ。やめて、お願い、やめて。エラはマリーの口になにか押しこもうとしていて、マリーは相手に向かって叫んでいた。どうして？　母さんがどんな悪いことをしたっていうの？　そのとき「エラ」がアンナを見た。彼女はまるで別人のようだった。いまではその目は冷たく、微笑みはさらに冷たかった。彼女がアンナのほうに歩いてきた。アンナは心のなかでもがいたが、その役立たずの体は凍りつき、無力だった。それから女が少女の頭に袋をかぶせ、なにもかもが真っ暗になった。

30

サンドラ・ロートン。三十三歳。ストーカー。

ヘレンはファイルに目を走らせた。サンドラ・ロートンはロマンチックな妄想に駆られ、ふられると手に負えなくなった。ひとりの相手にいやがらせをして身の危険を感じさせたとして、既に三度の有罪判決を受けている。治療の効果は出ていないようで、頭がよくて教養のある権力を持つ立場の男は密《ひそ》かに自分と寝たがっているというその信念は、相変わらず揺るいでいなかった。

ヘレンは画面をスクロールして次に移った。サンドラはイカれていたが、暴力的ではなかった。

イソベル・スクリード。十八歳。サイバー・ストーカー。ヘレンは彼女も除外した。この娘はひょろっとしていて、携帯メールとツイッターでメロドラマ女優をののしることに人生を費やしていた。子宮を切り取ってやるとかなんとかいって脅していたが、けっして自分のワンルーム・マンションから出ないところを見ると、除外してもかまわないだろう。典型的なネット依存の卑怯《ひきょう》者だ。

アリソン・ステッドウェル。三十七歳。凶器の所持。身体への傷害《ABH》。複数の嫌がらせの容疑。これはまだ見込みがある。連続して法を犯した経験豊富な犯罪者。彼女はストーキングしていた職場の同僚をクロスボウで撃とうとし、逮捕されて精神病院に収容されていた。いまは保護観察を受けながら社会復帰しているらしく、数カ月間は法を犯していなかった。アリソンにはこの手の計画をまとめる能力があるだろうか？　ヘレンはぐったりと椅子に沈みこんだ。わたしはなにを考えているんだろう？　アリソンはどうしようもない人間かもしれないが、技術面では必ずしも巧妙とはいえず――彼女のストーカー行為は人目についたし、わざとそうしていた――美人でもない。ピーター・ブライトストンのカラスのような黒髪の美人という描写は、画面からヘレンを見つめ返しているすきっ歯の太っちょにはまったくあてはまらなかった。これまたリストから消される対象者だ。

ヘレンはもう何時間もホームズ2を使って、この十年間に有罪判決を受けたイギリス人の女性ストーカーをひとり残らず検索していた。しかし収穫はなかった。彼らが捜している人物は特別で、いまヘレンが見ている不器用なストーカーたちとは大違いだった。彼らが追っているストーカーは、被害者たちに何週間も影のようにつきまとっていたにちがいない。そうやってベンとピーターが毎週出かけているボーンマス行きの詳細はもちろん、エイミーとサムのヒッチハイク癖を知ったのだ。彼らを人里離れた道路で誘拐できるように、携帯の電波が入らない地域で実行する計画を立てたのはたいしたものだった。だが彼らが見つけられることはなく助けを求めても聞こえない、飢えと恐怖でゆっくりと狂っていくような監禁場所も探したとなると、これはまた別の話だ。本来ならこのような人物はホームズ２の奥深くにしまいこまれたりせず、既に生きた伝説となって警察のセミナーや文献で日常的に取り上げられているところだ。

ベンの車が発見されたあと、ヘレンとチャーリーはストーカー行為の証拠がなにかないかと、エイミーとピーター、それに彼らの家族から改めて話を聞いていた。エイミーとサムはのんきなたちで細かいことは気にしていなかったし、学生でごった返すキャンパスで生活していた。なにも――あるいは誰も――特に目立つことはなかった。ピーター・ブライトストンは自分をつけている魅力的な女性がいれば気づいていただろうといったが、その言葉は虚勢を張っているように聞こえた――ピーターには不審に思う理由も警戒する理由もなかった。ベンのほうはまったく違った。彼はもともと用心深く慎重なたちだったが、もういないので尋ねることはできなかったし、婚約者の主張によれば誘拐される前のベンには少しも不安そうなところはなかったという。

捜査陣にとってささやかな突破口は、ベンの車の調査結果という形で現れた。殺人犯がベンの燃料タンクに穴を開けることができた時間は、きわめて限られていた。あの日ボーンマスのオフィスでのグループミーティングはふだんよりも早く終わっていたので、せいぜい三、四時間といったところだ。ベンはたいていオフィスの駐車場に車を停めていたが、依頼人とのランチ会が行われていて満車だったため、角を曲がったところのＮＣＰ（イギリス最大の駐車サービス会社）に駐車していた。どんなことであれベンのふだんと違う行動は殺人犯にとって障害になった可能性があり、だから調査する価値はある、とヘレンの本能がいっていた。監視カメラには、ベンとピーターが五階のエレベーターから遠くない場所に駐車するところが映っていた。彼らが立ち去って五分後に、ライムグリーンのダウンジャケットを着てKappaのキャップをかぶった女がひとり、徒歩で通り過ぎた。現場の偵察をしていたのだろうか？　おそらくそうだろう。なぜなら間もなく防犯カメラの前に手袋をはめた手がいきなり現れ、スプレーで塗料を吹きつけて視野をふさいだからだ。ヘレンはその映像を解析し、もし可能なら画質を向上させるよう依頼してあり、ＮＣＰの近辺にある防犯カメラの映像をチェックして容疑者が建物に侵入したルートを割り出す仕事をサンダーソンに与えていたが、いまのところはつかんでいる材料で動かねばならなかった。それはたいした材料ではなかったが、追っている殺人犯の姿が一瞬とらえられており、エイミーとピーターが彼女について話していたことはすべて裏づけられたようだった。とりわけ、彼女がたしかに女だったという事実は。チームのなかには――特にグラウンズとブリッジズは――今回の件すべての背後にいるのがほんとうに女なのか、疑問に思っているものもいたのだ。だが、これで答えは出た。

ヘレンはホームズ2を閉じて外へ出ると、角を曲がって〈オウムとふたりの議長〉というパブに向かった。今日は署のクリスマス会で、実のところヘレンはこんな状況でそのようなイベントを行うのはまったく不適切だと思っていたのだが、顔を出さないわけにはいかなかった。それは管理職が避けられない行事だった――楽しくやりたいと思っているときに上司にうろうろされるのは平の警官が最も望まないことなのに、まったくどうかしている。

ヘレンは自分のチームを見つけ、人混みをかき分けてそちらに向かった。みんなまだやるべきことが山ほどあるときに仕事を離れているのが落ち着かない様子だったが、精いっぱい楽しもうとしていた。特にマークは上機嫌で、素面でいることのトロフィーのように低カロリーのトニックウォーターを得意げに見せびらかしていた。それでも彼は元気そうだった――骨張った顔は以前よりも血色がよく、目の輝きも増していた。彼はヘレンを温かく迎え、新年の悪夢やなにかについて軽口をたたきあっている話の輪にしきりに入れようとした。ヘレンにはその態度が少し大げさすぎるように思えたし、チャーリーが一度ならず訳知り顔でこちらを見ているのに気づいた。

「ヤドリギの下でキスしたい人は？」

ウィテカーだ。彼はオフィスの外では別人のようだった。不安や政治工作の色はなくなり、ごく自然で気さくな態度に変わっている。

「きれいな女はたくさんいるのに、時間は限られてるときてる」ウィテカーはそういいながら、集まった女性陣にわざとらしい挑発的な視線を投げた。

「もう充分」ヘレンは顔をしかめて応じた。「その件についてはは、わたしは特になにもいうつもりはありません」

「だったらチャーリーは？」ウィテカーが続けた。「わたしをクリスマス気分にしてくれよ」

ほろ酔いの警視のおどけたくどき文句にどう対処すればいいかわからず、チャーリーは真っ赤になった。

「彼女は既婚者です。事実上の」ヘレンは口を挟んだ。

「彼女はまだ同棲中だと聞いたし、それはきっと望みがあるという意味だろう」ウィテカーが悪びれた様子もなくいった。

「わたしならほかをあたりますね。海にはもっとたくさん魚がいますよ」

「それは残念。だが自分が後れを取ったときにはそれと気づかなくちゃな」ウィテカーの目は若くて魅力的なマッカンドルー巡査に向けられた。

「もしどうしてもとおっしゃるんなら、おれが喜んでお役に立ちますよ」マークが茶々を入れた。ヘレンはほかのものたちのように声を上げて笑ったが、ウィテカーは面白がらなかった。これまで彼が部下の男性警官たちに夢中になっているように見えたためしはなかった
——その関心の的は女たちだった。

「せっかくだが遠慮しておこう。では申し訳ないがこの辺で……」

そしてウィテカーはセクハラをする別の相手を見つけるために立ち去った。会話が再開され、サンダーソン巡査がみなにどこでクリスマスを過ごすのかと尋ねた。ヘレンはこれを潮に店を出ることにした。

驚いたことに、いつのまにか優に一時間以上もパブで過ごしていた。それは実際、大いに気分転換に――頭を休ませる機会に――なっていたが、いま冷たい夜気のなかを署に引き返していると、頭はふたたび事件のことでいっぱいになった。ヘレンはベンゾジアゼピンの線をたどりたかった。殺人犯はどこで必要なものを手に入れているのだろう？　その線が犯人につながる可能性はあるだろうか？

ヘレンは人気のない捜査本部に戻ると、つかまる気がない殺人犯の追跡を再開した。

31

彼女の怒りは頂点に達しかけていて、肺が張り裂けるまで絶叫したかった。この数日はアンナにとって恐ろしく理解しがたいものだったが、いまは母親が頑なに彼女と話そうとしないことが、すべてを百万倍も悪化させていた。

袋を頭にかぶせられたとき、最初にアンナが思ったのは窒息してしまうということだった——アンナは自力ではまったく頭を動かすことができなかったし、もし空気の通り道をふさがれればゆっくりと容赦ない死を迎えることになるだろう。だが幸いにも袋にはゆとりがあり、素材も天然繊維の一種だったので息をすることはできた。とりあえず命拾いしたアンナは、なにが起こっているのか知ろうと耳をそばだてていた。自分たちは強盗に入られたのだろうか？　母親は殺されたのだろうか？　だがなにも、玄関のドアが閉まる音と格子をガチャガチャやる音が続いている以外はなにも聞こえなかった。エラが出ていこうとしているのだろうか？　母親が出ていこうとしているのだろうか？　神様、お願いですから、こんなふうにここにひとりぼっちにしないでください、とアンナは祈った。だが誰もその祈りには答えてくれず、だからアンナはそこに座っていた。小さな女の子がたったひとり、恐ろしい暗闇に包まれて。

何時間もそんなふうに座っていたあとで、突然頭から袋が引き抜かれてまぶしさに目がくらんだ。アンナは痛みに目を閉じ、それからゆっくりと開けて、自由に慣れようとした。そこに座っていたあいだ、アンナはありとあらゆる恐ろしい事態を想像していたが——家のなかは引っかきまわされ、母親は殺され——いま見まわしてみると、なにもかもが比較的……ふつうに思えた。なにもなくなっていなかったし、部屋にはまたアンナと母親のふたりきりだった。最初アンナはほっとして、イカれた女がなにか盗んで出ていき、また自分たちは大丈夫になったとマリーが説明してくれるのを待っていた。だが母親はなにもいわなかった。アンナは注意を引こうとうなり喘《あえ》ぎながら、目をきょろきょろさせて必死で視線を合わせようとした。だがマリーは彼女を見ようとしなかった。どうして？　恥ずかしくて自分の娘を見られないような、どんなことがあったというのだろう？

アンナはまた泣きだした。彼女はほんの十四だった——いったいどういうことなのかわからなかった。しかし母親は目を上げず、娘を慰めようともしなかった。そうするかわりに部屋を出ていった。エラがやってきてから三日、ひょっとしたら四日がたち、そのあいだ母親はアンナに意味のある言葉を一言もかけていなかった。本を読んで聞かせ、トイレに連れていき、眠るよう促したが、話しかけることはなかった。アンナがこれほど愛されていないと感じたのは初めてだった。そしてこれほど真っ暗闇のなかにいると感じたことも。アンナはいつもお荷物だったし、そのことはよくわかっていた。そして無条件に忍耐と愛情と優しさを示してくれる母親をずっと愛していた。しかしいまは彼女を憎んでいた。いま受けているむごい仕打ちのせいで、心底から母親を憎んでいた。

アンナは腹ぺこどころではなかった。胃が絶えず痙攣し、頭がくらくらして、口は血の味がするほどカラカラだった。だが母親は食べ物をなにも与えてくれようとはしなかった。どうして？　それにどうして彼女自身、食べていないのだろう？　いったいどうなってるの！

廊下で音がした。恐ろしいガンガン叩く音と叫び声。拳をドンドン叩きつけ、母親が泣き叫んでいる。突然マリーが部屋に戻ってきた。彼女は正気を失い疲れ果てた様子で、まっすぐアンナの横を通り過ぎていった。

マリーは窓を開けようとしていた。ふたりが住んでいるのは高層ビルだったから、身投げができないように——住人の絶望を考えれば賢明な行動だ——窓の蝶番《ちょうつがい》は中央に取りつけられて、少ししか開かない仕組みになっていた。だがもしそうしたければ、顔にそよ風を少し感じることはできる。

いまマリーは助けを求めて叫んでいた。誰かに——誰でもいいから——助けにきてくれるよう、大声で求めていた。そしてそのとき、アンナは悟った。自分たちは囚人なのだ。母親が話してくれなかったのは、そういうことだったのだ。エラがふたりを閉じこめて監禁していた。親子は罠にかかっていた。

夜遅くに母親が叫んでいるのはそのためだった。誰かが通りかかってその声に気づいてくれることに、一縷の望みをかけて。誰かが気にかけてくれることに。だがアンナは経験上、他人の親切はあてにできないと知っていた。母親が床にへたりこんだとき、アンナはついに自分たちがわが家に埋葬されたことに気づいた。

32

クリスマスの予定はキャンセルするべきかしら？　それが病院からうちに連れて帰ったピーターに、サラが最初に尋ねたことだった。彼の健康状態については尋ねなかったし——ゆっくりと、しかし着実に回復しているのは見て取れた——事件の話はしたくなかった。誰もあの話はしたがらなかった。だがクリスマスをどうするかは知りたかった。ピーターは例年どおり、いとこたちと両親というふだんの顔ぶれで祝いたいだろうか？　人生は続くんだから、わたしたちはあなたが生きていてくれて嬉しいわ、的なクリスマスを。それとも自分たち夫婦は人生が突然真っ暗になってしまい、祝う理由などないことを認めたいのだろうか？

結局ふたりはふだんどおりにすることに決めた。ピーターは心底、友人や親戚たちを避けたいと思っていた。彼らが心配して優しく話しかけてくる言葉や、口には出さないがその頭をいっぱいにしている質問を思うと耐えられなかった。だがサラとふたりきりでクリスマスを過ごすことを考えると、いっそう恐ろしかった。ひとりにされる一秒はいつも、暗い考えやより暗い記憶が増殖しはじめるかもしれない一秒だった。いいことに集中して、頭をいっぱいにしておかなくては。たとえそれがひどい偽善や退屈、不安ばかりだったとしても。

最初ピーターは妻を憎みたい気分になった。サラは人殺しの夫をどう扱えばいいかわからず、明らかに途方に暮れていた。どういうことが起こったのか理解できなかったから、自分が心配していると示すためにつきまとい、数え切れないほど細々と世話を焼いた——そのすべてが、まったくの的外れだった。しかし日がたつにつれてピーターは、そうしたあらゆるちょっとした思いやりゆえに妻を愛しているのだと気づいた。それにサラは明らかに、起こったことで彼を責めていなかった。彼女が今年はクラッカーを禁止にしたことに気づいたとき、ピーターはどうにか笑みを浮かべることができた。サラはあの地獄の穴でなにがあったのかはっきりとはわかっていなかったが、今年は夫が大きな破裂音は聞きたくないだろうと本能的に感じていた。それは正しかったし、そのことで——そしてほかの多くのことで——ピーターは感謝していた。

その一団はいつものように現れ、しかも上機嫌だった。彼らは正面玄関を見張っている制服警官たちがまるで存在していないかのように、足取りも軽くその前を通り過ぎ、大いにクリスマス気分を振りまいていた。その様子は病的でもあり、無理をしているようでもあった。まるで強い酒が必要だとみなで決めたかのように、大量の酒が酌《く》み交わされた。そして一瞬でも段取りが滞れば命取りになるかもしれないといわんばかりに、次から次にプレゼントが贈られた。包装を解かれた贈り物の山はどんどん大きくなり、やがて部屋を埋め尽くしそうになった。

突然ピーターは閉所恐怖症に襲われた。彼はいきなり立ち上がり、部屋から抜け出した。キッチンに向かい裏口の鍵を開けようとしたが、手が思うように動かない。悪態をつきながらついに成功すると、ピーターは大股で凍えるような庭に出た。ひんやりした空気に気持ちが落ち着くと、タバコを一本吸うことにした。病院から戻って以来、数年前にやめていたこの習慣を再開していて、もちろん誰も批判はしなかった。

不意にアッシュがかたわらに現れた。いちばん年長の甥《おい》だ。ささやかな勝利だ。

「ひと息入れたくなってさ。そいつを一本恵んでもらえないかな？」アッシュはピーターのタバコを指しながらいった。

「いいとも、アッシュ。好きなだけやってくれ」ピーターはそう答えながら、タバコの箱とライターを渡した。

ピーターは彼が不器用な手つきでタバコに火をつけるのを見ていた。アッシュはたいしてタバコは吸わなかったし、役者としてはもっとたいしたことがなかった。彼がお目付役として送られてきたのはすぐにわかった。病院で医者たちはピーターの精神状態についてサラと一時間以上話し合い、既に不安でいっぱいの彼女の頭に数々の悪夢のようなシナリオを吹きこんでいた。つまりピーターは自殺の恐れありとして監視されているようなものだが、誰もそうはいわないということだった。まったくばからしい――そういう考えがもう充分頭をよぎったことは神様がご存じだが、いまのピーターにはそんなことをする元気はなかった。

アッシュはぺちゃくちゃしゃべりつづけ、ピーターはうなったり笑みを浮かべたりしたが、相手のいうことはまるでちんぷんかんぷんだった。アッシュがなにをしゃべっていようと、ピーターにはどうでもよかった。

「なかに戻ろうか?」

アッシュがほんとうに紙巻きタバコを楽しんでいるようには見えなかったので、ピーターは甥を苦しみから解放してやった。ふたりは陽気な議論に加わるために家のなかに戻った。料理は片づけられていて、いまはボードゲームが出してあった。これから逃れる術はなかったので、ピーターはさらにじわじわと苦しめられるために腰を下ろした。精いっぱい陽気に振る舞おうとしたが、上の空だった。町の向こうのどこかでは、ベン・ホーランドの婚約者が人生を――結婚式のわずか数週間前に愛する人を殺した男を――憎みながら、悲惨なクリスマスを過ごしていた。どうすれば彼女はこの先やっていくことができるだろう? 自分たちのうちの誰にしても、この先どうすればやっていくことができるだろう?

ピーターは笑みを浮かべてサイコロを振ったが、心のなかでは死にかけていた。手が血にまみれているときにクリスマスを楽しむのは、難しいものだ。

33

うっとりするようなスパイスの香りを、ヘレンは深々と吸いこんだ。ヘレンが積極的に楽しむクリスマスの唯一の要素は、世間の流れに逆らうことだった。七面鳥が好きだったことは一度もなかったし、クリスマスプディングはいままでに食べたなかでもっとも不愉快な食べ物のひとつだと思っていた。もし祝祭のシーズンが好きでなければその気持ちを受け入れて逆方向へいくべきだ、というのがヘレンの考え方だった。だからほかの人たちがおもちゃ屋でけんかをし、放し飼いの鳥一羽に八十ポンド使っている一方で、ヘレンは別の道を選び、できるだけ遠くまで逆方向へ進んでいった。そしてクリスマス当日に〈ムムターズ・タンドリー〉でテイクアウトをするのが、毎年の反乱のハイライトだった。

「ムルグ・ザフラニ、ペシュワリ・ナン、アル・ゴビ、ピラウ・ライス、ポパダムが二枚にコリアンダーのみじん切りを添えて」ヘレンが注文したものを包みながら、ザミール・カーンは淀《よど》みなくすらすらといった。彼は地元に欠かせない人物で、人気のレストランを二十年以上も経営していた。

「完璧」

「こうしようじゃないか、今日はクリスマスだったりするし、アフターエイト（イギリスのミントチョコ）

もふたつ入れとくよ。どうだい？」

「太っ腹じゃない」ヘレンはテイクアウトの料理を取り上げて、感謝の笑みを浮かべた。

それだけ大量に注文するといつも、結局はボクシング・デーに残り物を食べるはめになったが、クリスマス当日のお楽しみのひとつはキッチンテーブルにこのインドのごちそうを広げ、ゆっくりと慎重に取り皿に積み上げていくことだった。買いこんだ料理をしっかり抱え、ヘレンは自宅に帰っていった。家のなかには飾りもカードもなかった——実際、唯一新しく加わったものといえば、再検討のために持って帰ってきたエイミーとピーターの誘拐事件に関するファイルだった。ヘレンはその夜のほとんどをぶっ通しで資料を読みこむことに費やし、突然腹ぺこなのに気づいた。彼女はオーブンに火をつけると、皿を取って温めようと振り返った。その拍子にテイクアウト用の袋に腕があたり、調理台から払いのけてしまった。袋はあっというまにクォーリータイル張りの床にぶつかって、薄っぺらなボール紙の容器が破れ、ピリ辛の料理がいたるところに散らばった。

「くそっ、くそっ、くそっ」

今朝、床掃除をしたばかりで、レモンの香りのフロアクリーナーがインドの油と合わさって鼻につんとくる不快なにおいを発した。ヘレンは一瞬、呆然とそれを見つめていたが、不意に目が涙でちくちくしてきた。怒り狂い、動揺して、その頭にくるものを踏みつぶしたかったが、どうにか荒れ狂う気持ちを抑えこみ、かわりにバスルームに避難した。

タバコに火をつけながら、ヘレンは浴槽の冷たい縁に腰かけた。過剰反応した自分自身に腹を立て、タバコを強く吸いこんだ。いつもはニコチンが気持ちを落ち着かせてくれたが、今日はただ苦いばかりだった。ヘレンはいやになってタバコをトイレに投げこみ、火種が水のなかで消えていくのを見守った。それは彼女の精神状態にふさわしいイメージだった。毎年ヘレンはクリスマスをばかにして、毎年それに顔を殴りつけられた。暗い感情の渦がいま、邪悪なにわか雪のようにヘレンを取り巻いて、自分は愛されず価値のない存在だということを思い出させた。そうした考えはゆっくりとヘレンを支配しはじめ、絶望が脳を蝕《むしば》みだすと、彼女は浴室の薬戸棚にちらっと目をやった。そのなかには剃刀《かみそり》の刃がそっと隠してあった。

ナイフで七面鳥を切ると、澄んだ肉汁があふれ出した。紙の帽子を頭に乗せたチャーリーは、水を得た魚のようだった。彼女はクリスマスに関係するすべてを愛していた。木の葉が落ちはじめたとたん、興奮が高まりはじめる。チャーリーはいつも実に計画的で、十月のうちにプレゼントを全部買い、十一月に七面鳥を注文してあったから、ついに十二月がやってくるとその一秒一秒を楽しむことができた。カクテルパーティー、クリスマスキャロルを歌う人たち、炉端でプレゼントを包む作業、クリスマスの映画をやっているテレビの前で寄り添うこと——それは一年のハイライトだった。

「もうプレゼントを開けていい？」

チャーリーの姪《めい》のミミは、相変わらずせっかちだ。

「クリスマスランチが終わるまではだめよ。決まりは知ってるでしょう」

「だけど待ちきれないんだもん」

「我慢してやっとそのときがきたら、もっと嬉しいでしょう」チャーリーはこの点について主張を曲げるつもりはなかった――クリスマスというのは結局、独特な家族の儀式なのだ。

「冗談だろう？」スティーブが不意に口を挟んだ。「きみは避けられない拍子抜けを先のばしにしてるだけじゃないか」

「勝手にいってなさい」チャーリーはボーイフレンドを平手で軽く叩きながらいった。「わたしはクリスマスの買い物にさんざん手間をかけてるんですからね。もしあなたが同じことをしてないんなら、それはそっちの問題でしょ」

「そんなことをいってられるのもいまのうちだぞ。まあ見てろよ」というのがスティーブのうぬぼれた返事だった。

チャーリーは既にスティーブからなにをもらうことになるか知っていた――ランジェリーだ。スティーブは少し前からずっと仄《ほの》めかしていたし、そのうえ目下ふたりのセックスライフはきわめて活発だった。チャーリーはほかのなによりも赤ちゃんがほしかった。そろそろ自分の番だと感じていた――実のところチャーリーがほんとうにほしいプレゼントはそれだった。ふたりはしばらく試みていたが、まだそういうことにはなっておらず、チャーリーの不安は膨らみはじめていた。もし彼女のほうになにか問題があったら？　家族を持たないなんて考えられなかった――チャーリーはずっと、最低でもふたりか三人は子どもがほしいと思ってきたのだ。

今日はクリスマスで、いやなことを考えるときではなかったから、チャーリーは不安を胸の奥に押しこんだ。今日はクリスマス、一年でいちばん素晴らしい日だから、彼女はクリスマスの七面鳥を取り分けながら最高の笑みを満面に浮かべ、クリスマス気分をできるかぎり盛り上げることに最善を尽くした。

もうじきだ。またエルシーに会えると思うと、既にマークの気分は高揚しはじめていた。今年クリスティーナは、ボクシング・デーを彼に譲ってくれていた――明日はまず第一に幼い娘を車で迎えにいき、お楽しみがいっぱいの祭日を過ごすのだ。ほんとうにろくでもない一年だったが、少なくともいい終わり方をしようとしていた。マークはスケート場と映画のチケット、それにチーズバーガーを食べるためにバイロンに席を予約してあった――とんでもなく盛りだくさんな一日になるぞ。

エルシーとふたりで一日出かけることへの期待で、マークは過去三十六時間、おおむねしゃんとしていた。クリスマスイブにはいつものように、エルシーへのプレゼントをクリスティーナの家に届けてあった。エルシーは留守で――母親と一緒に地元の教会で行われる子ども向けの礼拝《クリスティングルサービス》に出かけていたので——うちにはかわりにスティーブンがいた。彼は礼儀正しくプレゼントを受け取ると、なかに入って一杯やらないかとマークに尋ねた。マークは相手の顔をぶん殴ってやりたかった——かつては彼のものだった家で、よく主人面ができるものだ。だいたいふたりでなんの話をすればいい？　サンタがクリスマスになにを持ってきてくれるか？　スティーブンがわざとやっているのかどうかはわからなかったが——彼はまあまあ誠実そうに見えたが、ひょっとしたらたいした役者なのかもしれない——マークはそれを突き止めるために長居はしなかった。目の前に赤い霧がかかったようになったときは立ち去るのがいちばんなのが、経験上わかっていた。マークの血はそれ以来ずっと沸騰《ふっとう》していて、ひどく動きの遅い時計の針を責めたことも一度や二度ではなかったが……ついに彼の番が近づいていた。待てば海路の日和あり。

今年のクリスマスはもう終わりだ。

34

マリーはベッドに横になって天井を見つめていた。これが最後に目にするものになるのだろうか？　この色がはげたでこぼこのお粗末な天井が。以前はまったく気にならなかったが、もう一週間以上見つめていると怒りが湧いてきて、それは激しいのと同様に滑稽《こっけい》でもあった。そもそも彼女がここにいるのがおかしいのだ——アンナと一緒に居間にいるべきなのに。こんなことになった瞬間から、娘にほんとうのことを話さなくてはならないのはわかっていたが、どうやって言葉を見つければいいというのだろう？　こんなに恐ろしくて、こんなに信じがたいことを、あの子になんといって伝えればいいというのか。だからマリーは黙っていた。くる日もくる日もたまらない思いで。娘は命に関わる最後通牒のことも、母親がベッドサイドテーブルに隠している銃のことも、なにも知らなかった。アンナは惨めさと戸惑いを爆発させていたし、マリーが真実を話そうとしない——話せない——ので、ずっとあの調子でいなくてはならないだろう。

マリーは悪い母親だった。悪い人間だった。こんな不運を呼びこんだのだから、そうにちがいない。彼女はろくでもない結婚相手を選び、重い障碍を持つ子どもを身ごもっていた。攻撃されるようなことはなにもしていないのに、果てしない虐待と数え切れない無差別な暴力行為を招いていた。そして今度はこれだ。過去最悪の打撃、ついに母娘《おやこ》の悲しい物語に終止符を打つことになるであろう事態を。マリーはもう、なぜ自分たちがこんな目に遭っているのだろうと思うことはあきらめていた——しかたない。戦うこともあきらめていた。エラが立ち去って以来電話は通じなくなり、ドアには外から鍵がかかっていて、マリーの叫びには誰も答えてくれなかった。一度人影が見えたと思った——子どもだったかもしれない——ときには、窓から金切り声で叫んでいた。だがその人影は足早に立ち去ってしまった。ひょっとしたら幻だったのかもしれない。永遠に続く悪夢から抜け出せずにいるときに、なにが現実でなにがそうでないかを知るのは難しいものだ。

アンナがまた泣いている。それは彼女にできる数少ないことのひとつで、マリーにはひどく応えた。娘は孤独で怯えていた——そのふたつは、マリーがけっしてそんな思いはさせないと誓っていたことだった。

マリーはいつのまにか立ち上がっていた。ドアに向かって歩いていき、立ち止まった。だめ。でもやらなくちゃ。マリーにはほんとうによくわかっていた。世界に対抗する自分たち親子の唯一の武器は愛と結束であり、マリーは自分自身の恐れと臆病さのせいで、愚かにもそれをぶち壊してしまっていた。惨めで哀れなことだ。自分たちが置かれた困難な状況についてアンナにはほんとうのことは話すまいと心に決めていたが、いまは話さねばならないとわかっていた。それがマリーの唯一の武器だった。彼女たちの唯一の希望だ。

まだマリーは立ち止まったままだった。自らの残酷な態度、自らの沈黙の言い訳をする言葉を見つけようとしていた。だがそんな言葉を見つけるのは無理だったので、勇気を奮い起こして寝室を出ると居間に入っていった。アンナに責めるような目でじっとにらまれるだろうと思っていたが、まったく奇跡的なことに少女は眠っていた。とうとう泣き疲れた十代の少女は、ほんの束の間、自分たちの悪夢から自由になっていた。アンナは安らいでいた。

もしこのままずっと目を覚まさなかったら？　そう考えると、不意にマリーの気持ちは高揚した。自分がけっして娘を撃ったりしないことはわかっていた――そんなことができるわけがない。だが方法はほかにもあった。アンナが診断を受けてからの数年間、マリーはわが子の深刻な障碍にうまく対処できずに命を奪ってしまった母親たちの事例をたくさん読んでいた。彼女たちはわが子の苦しみを終わらせるためだといっていたが、それは自身の苦しみを終わらせるためでもあった。世間はそんな母親たちを同情の目で見た。それならマリーの場合も同じなのではないだろうか？　どんな死に方だろうと、ここでゆっくり飢え死にするよりはましだろう。どのみちふたりの体はじきにいうことを聞かなくなるだろうし、だとすればどんな選択肢があるというのだろう？

マリーはいつのまにか自分の寝室に引き返していた。ベッドに向かうと薄い枕を取り上げ、手のなかでひっくり返した。いまマリーの頭には様々な思いが駆け巡っていた。自分にそんなことをする勇気があるだろうか？　それとも怖《お》じ気《け》づいてしまうだろうか？　突然吐き気がこみ上げてきた――マリーはがくりと膝をついて、ごみ箱に激しく嘔吐《おうと》した。立ち上がった彼女は、まだ両手にしっかりと枕をつかんでいた。

ためらわないのがいちばんだ。迷わないのがいちばんだ。だからマリーはすばやく寝室を出て、娘が安らかにまどろんでいる部屋に引き返した。

35

そんなことをするべきではなかったのに、気持ちを抑えることができなかった。わたしはあの男を傷つける方法をむなしく探していた。そんなことができるわけがないのに。するとそのときおあつらえ向きに、いきなりそいつが転がりこんできた……。

団地の外れでごみ箱を漁っていたそいつを、母親が見つけてきたのだ。片目のまわりに白いぶちがある、おかしなちびの雑種だ。少しみすぼらしいところはあるが可愛らしい。彼女はそれを夫に誕生日プレゼントとして贈った。なにか面倒を見るものがあれば暇つぶしになるかもしれないと思ったのだろう。単純な計画だったが、ある程度効果はあった。そう、たしかに父親は相変わらず一度出かけていけば何日も帰らず、酒を飲み、けんかをし、地元のふしだらな女たちとセックスをしたが、その雑種犬を溺愛《できあい》した。あの男は延々とそいつをかわいがっていて、そのあいだわたしたちは見向きもされず、じっと様子をうかがっていた。

妙なものだが、もうじき自分がなにか悪いことをするつもりだとわかっていると、あらゆることがたちまち楽に感じられるものだ。頭がくらくらし、幸福感に満たされて、自由な気分になる。ほかの人たちは誰も、自分がなにを企んでいるのか知らない。誰も止めることはできない。悪意あるささやかな秘密だ。それを実行に移す前の日々は、わたしの人生で特に幸せなものだった。

最終的にわたしは毒を使うことに決めた。わたしたちが住んでいるブロックの管理人は、ネズミのことで絶えず文句を――いくら大量に粉をまいても連中を駆除できないと――いっていた。だから中身が一センチほど入ったチューブをくすねるのは難しくなかった。わたしはそれがいちばんいい方法だと思った。その雑種犬は食い意地のはったちびで、食べ物の誘惑にはけっして抵抗できなかった。だからわたしはそいつのために、とっておきのごちそうをつくってやった。いちばん安い粗悪品のドッグフードに殺鼠剤《さっそざい》を少し加えたものを。犬はそれをがつがつと平らげた。

あとでそのひどい有様を見て、わたしは声を上げて笑った。犬はキッチンの床一面に糞《ふん》をし、吐いた。体の上と下から命がどっと流れ出し、数時間後には死んだ。母さんはひどく震えあがり、父さんが帰ってくる前に捨ててしまって、その雑種犬が逃げるかなにかしたふりをしたがった。でも仕事をさぼって早く帰ってきた父さんに、犬の死骸を捨てようとしているところをつかまってしまった。

父さんはカンカンに怒って、母さんをさんざん殴り、怒鳴りつけた。でも母さんは彼と同じくらい混乱していた。ついに父さんは家の外のごみ箱で空の殺鼠剤のチューブを見つけた。まったく愚かなミスをしたものだが、わたしはまだ子どもだったのだ。父さんがそのチューブをつかんでものすごい勢いで部屋に戻ってくると、ばかなわたしは笑みを浮かべた。ほんとうに効いたのはそれだった。

父さんはわたしの頭を踏みつけ、腹を蹴り、股ぐらに蹴りを入れた。それから首根っこをつかむと、電気ストーブに頭を押しつけた。押しつけては離し、押しつけては離し。どのくらいそうやっていたかはわからない。二十分後にわたしは意識を失ったそうだ。

36

クリスマスの飾りが片づけられているところで、ふだんの生活が戻りつつあった。クリスマスの行事が終わってもまだぴかぴか光る飾りに包まれているオフィスには、どこか妙にもの悲しく憂鬱な雰囲気が漂っていた。なかには一月までずっとそのままにしておきたがるものもいたが、ヘレンは彼らとは違い、素直な巡査のひとりに安ぴかものや飾りのリボンをひとつ残らず片づけさせていた。ヘレンは捜査本部をあるべき状態に戻したかった。集中しなおしたかったのだ。

思ったとおりウィテカーが最新の進捗状況を聞きたがったので、ヘレンはまっすぐ彼のオフィスに向かった。サムの殺害に関するマスコミ報道は少し落ち着いたようで——いまのところポーツマスの港でコカインが大量に押収された件が、地元の事件記者の気をそらしていた——ウィテカーは充分満足していたから、現状報告は珍しく短時間で済んだ。

捜査本部に戻ると、ヘレンはたちまちなにかあったのを悟った——空気がぴんと張り詰めて、誰ひとり彼女と目を合わせようとしない。チャーリーが急いでやってきて、それからどう切り出せばいいものかというようにためらった。彼女が口ごもるのをヘレンは初めて見た。

「なにがあった？」ヘレンは強い口調で尋ねた。

「ついさっきサンダーソンが制服警官から電話を受けました」

「それで？」

「彼らはメルボルンタワーにいます」

ああ、まさか、そんな。

「母と娘が自宅で死んでいるのが見つかりました。マリーとアンナ・ストーリー。ほんとうに残念です」

ヘレンは気はたしかかというような目で――まるで彼女が悪い冗談をいっているかのように――相手を見たが、チャーリーの顔は大まじめで苦痛にゆがんでおり、すぐにほんとうのことをいっているとわかった。

「いつ？」

「電話があったのは三十分前です。でも警部補は警視のところでしたし――」

「割りこんでくるべきだったのに。チャーリー、なぜわたしを呼びにこなかった？」

「先にもっと詳しいことを知りたかったんです」

「どんなことを？　どうして？」

「わたしは……わたしたちは、これが第三の誘拐かもしれないと考えています」

チームのものたちの視線を浴びて、ヘレンは精いっぱい平静を保とうとした。通常の手順で捜査を進めるよう指示したが、心は既に町の反対側に飛んでいた。もしそんなことがほんとうにあり得るなら、この目でたしかめるために現場に出向かなくては。バイクでメルボルンタワーに向かいながら、ヘレンはあのふたりがともに経験してきたあらゆること――いいことや悪いこと――を考えた。ほんとうにこれが彼女たちをずっと待っていた終わりなのだろうか？　これが長年苦労してきたふたりが受ける報いなのだろうか？

ときに人生は、ほんとうにこちらの喉に蹴りを入れてくる。チャーリーからそのニュースを聞いたときには気分が悪くなっていた。なんとか間違いであってほしいと思い、時間を巻き戻してなかったことにできればと心の底から願った。だがそれは無理だった――マリーとアンナは死んでいた。五階の窓から吊《つ》り下げられたシーツに書かれた奇妙なＳＯＳのメッセージが、団地を解体するための予備調査にきていた専門家の一団によって発見されていた。彼らは様子をたしかめにいったが、電気やテレビはまだついているのに誰も呼び出せなかったため、警察に通報したのだ。応対した巡査たちはうんざりしていた――鉄製の格子を外すには長い時間がかかったし、玄関のドアはあまりにも厳重に施錠されていたため、何度も体当たりを繰り返さなくてはならなかった。彼らはそのあいだずっと、すべては時間のむだだ――住人はわざと隠れているか、ドラッグかなにかでハイになっているのだ――と確信していた。だがなかに入ってみると、母と娘が一緒に居間の床に横たわっているのが見つかった。

警官たちが最初に考えたのは自殺だった。自ら閉じこもって決行したのだと。ただしさらに調べても、鍵は――本締り錠の鍵も、実のところ鉄格子を固定する南京錠の鍵も――ひとつも見つかっていなかった。さらに奇妙なのは、犠牲者たちが弾の入った銃を持っていたことだ。それは使われることなく、ふたりのかたわらの床に落ちていた。ひもも、空の薬瓶も、漂白剤の容器もなし——どこにもはっきりした自殺のしるしはなかった。部屋の外を調べても無理やり侵入した形跡はなく、なにも取られていないようだ。なにもかもがひどく奇妙で、親子はただ……死んでいた。ハエが死体のまわりを飛んでいる様子から見て、死後しばらくたっているようだった。

ヘレンは制服警官にそのブロックと周辺地域の捜索を指示して——「携帯電話を探して」——その間に自身は遺体を検分している鑑識班に加わった。これまで仲間の警官の前で冷静さを失ったことは一度もなかったが、今回ばかりはそうはいかなかった。こんなふうになったふたりを見るのは、あまりにショックが大きかった。あれだけの経験をしてきて、あれだけつらい目に遭ってきて、それでもまだそこにはいつも愛があった。日常的な堕落と悪習に取り囲まれていてもなお、いつも笑顔と笑い声があった。そのことだけとっても、ヘレンにはこれが自殺ではないという確信があったし、銃の存在がそれを疑う余地のないものにしていた。

ヘレンは落ち着きを取り戻すために、小さなキッチンに入っていった。なんの気なしに戸棚を、そして冷蔵庫をさっと開いた。食べ物はなかった。缶詰や保存食さえも。家じゅうから食べられる物はきれいさっぱりなくなっていたが……ごみ箱は空だった。包み紙やボトルも散らかっていない。そのことが頭にひっかかりはじめるにつれ、吐き気がこみ上げてきた。ヘレンはそれを無理に抑えこむと、足早に流しに向かった。蛇口をひねる。水は出ない。思ったとおりだ。受話器を上げる。なんの音もしない。ヘレンは手近な椅子に座りこんだ。

「あの女の仕業だと思うんですね？」マークがキッチンに入ってきていた。ヘレンはうなずいた。

「犯人はふたりを閉じこめた。食料を奪い、水道を止め、電話線を切り、銃を置いていった。本締り錠や南京錠の鍵はひとつも見つからないはず。彼女が持ち去ったから……」

母と娘はわが家に閉じこめられ、脱出することも、自分たちを気にかけてくれるかもしれない誰かの注意を引くこともできなかったのだ。これほど孤独な死に方があるだろうか。「彼女」は勝てなかった、マリーに娘を殺させることはできなかった、という事実にいくらかでも慰めがあるとしても、いまのヘレンはそれを感じなかった。

37

今日は最悪の一日だった。あのことがあって以来、最悪の日だ。今日はベンの葬儀の日だった。はじめのうちピーター・ブライトストンは、自らの犠牲者を疫病のように避けていた――ベンの婚約者や友人たちがどれほど苦しんでいるかも、なにを考えているかも知りたくなかった。だが日がたつにつれ、いつのまにかインターネットでベンの追悼ページや彼のフェイスブックに書きこまれたメッセージをチェックして、自分がめちゃめちゃにした人生に入りこむことにどんどん時間を費やすようになっていた。

三日前にはベンの親しい友人が投稿した葬儀の詳細を見ていた。それは盛大な式にはならないようで、いつのまにかピーターは事務所からは誰がいくのだろうと考えていた。共同経営者たち全員と、ベンのチームのほとんどはもちろん出席するだろう。だがパラリーガルたちもいくのだろうか？　その場にいないのはピーターだけになるのか？　一瞬なにを血迷ったのか自分も出席するべきだろうかと思い、即座に打ち消した。もしベンの友人たちに見られたら、八つ裂きにされてしまうだろう。そうなったとしても誰に彼らが責められるだろう？　だがピーターの心の大部分は出席したがっていた。お別れをいうために。謝るために。

ベンの婚約者に手紙を書くことも考えたが、サラに思いとどまるようにいわれていた。もちろん妻のいうとおりだった。腹立ち紛れに彼女を無視して、ジェニーに手紙を書こうと机に向かいはしたが――一言も書けなかった。ピーターがいいたかったことはすべて――わたしはやりたくなかった、時間を巻き戻すことができればいいのに――なにもかもがあまりに空虚で無意味に聞こえた。ピーターがなにを望みなにを感じようと、彼女にはどうでもいいことだった。ジェニーにとって重要なのは、ピーターがわが身かわいさに彼女の婚約者の顔を突き刺したという事実だった。

そんなことをした価値はあったのだろうか？　ピーターにはもうわからなかった。アドレナリンと衝撃が徐々に薄まったあとは、圧倒的なむなしさ以外なにも感じなくなっていた。まるで味覚、嗅覚、触覚を失って、いまは生きているというよりもたんに存在しているにすぎないかのように。

これから自分はどうやって生きていくのだろう？　仕事に戻ることはできるだろうか？　受け入れてもらえるだろうか？　家でゆっくりと狂っていくよりは、どんなことでもましだった。

もしベンが引き金を引いてさえいれば。やろうと思えばできたはずだ。時間はあった。彼がためらったのは意気地がなかったからか、それとも良心が許さなかったからか？　もしベンが引き金を引いていれば罪悪感の海で溺《おぼ》れているのは彼のほうで、ピーターは地下で安らかに眠っていただろうに。

身勝手なやつめ。

38

誰でもいつかはけじめをつけねばならないものだ。そしてジェイクにとってはいまがそのときだった。事態は心地よくも、楽しくも、もはや事務的ですらなく、手に負えないひどいことになりつつあった。女が現れたときはクライアントと一緒だったのだが、彼女には気にする様子はなかった。ジェイクがクライアントとのセッションを終えるあいだは、玄関の外でうつむいて座りこんでいた。だが雰囲気はすっかりぶち壊しになり、ジェイクは機嫌を損ねたクライアントに帰ってもらうためだけに無料のセッションを約束しなくてはならなかった。この手のことは商売に差し障りがある――南海岸のＳＭ業界は狭い世界で、噂はすぐに広まるのだ。

女は謝ったがうわべだけだった。話すことは支離滅裂で、感情的だった。飲んでいるのだろうかと思ったジェイクは、そう尋ねた。向こうはそれが気に入らず、彼は支配者であって医者ではないことをわざわざ指摘した。ジェイクは相手を刺激したくなくてそれを聞き流し、事態を落ち着かせる手段として、今日は短時間の軽いセッションにしてはどうかと提案した。それからひょっとしたら話ができるかもしれない。

だが女はいっさい耳を貸さなかった。そして丸々一時間の制限なしのセッションを求めた。

彼女はジェイクがかき集められるかぎりの苦痛を求めた。それ以上にののしりの言葉を求めた――彼女は邪悪で醜くて役立たずのくそったれで、殺されるかそれ以上にひどい目に遭うべきだ、といわせたがった。ジェイクに自分を壊させたがった。

拒むと女は腹を立てたが、ジェイクは正直でいなくてはならなかった。なかには頼まれれば喜んで貶《おとし》めるであろうクライアントもいたが――なんでもお好きにどうぞ――この場合は違った。彼女のことが好きだからというのもあったが、それだけではなく本能的に、相手が必要としていることとは違うのがわかっていたのだ。これまでもこの女はよそでセラピーを受けているのだろうか、と思うことがたびたびあった――もし受けていないなら、そうしてはどうかと勧めたい思いに駆られた。ふたりのセッションをさらにもう一段階極端なレベルに引き上げるよりも一線を引くときだと感じ、ジェイクは探るべき代替手段をいくつか提案した。

「冗談でしょう？」ヘレンは爆発した。「わたしに指図するなんて何様のつもり？」

ジェイクは相手の剣幕に面食らった。

「これはただの提案で、きみにその気がないならかまわない。だが、こういうのはどうにも居心地が悪くて――」

「居心地が悪い！　ろくでなしの男娼がよくいうわね。わたしがお金を払ってやらせることを、なんでも気持ちよくやるのがあなたの仕事でしょう」

女がつかつかとジェイクのほうに向かってきて、一瞬、襲われるのではないかと思った。彼女の怒りはそれほど激しかったのだ。ジェイクはいつも近くにテーザー銃を隠していたが、使うはめになったことは一度もなかった。もしいまそれを彼女に使わねばならないとしたら、なんという皮肉だろう。しかしありがたいことに、ジェイクがちょうどそれににじり寄っていたとき、女はきびすを返して足早に部屋を出ていき、表のドアを荒々しくバタンと閉めた。

ジェイクは後を追いかけたい衝動と戦った。女は友人ではなく、ただのクライアントだった。ジェイクは以前その一線を踏み越えてしまい、それを後悔するはめになっていた。いまは彼女との関係を断ち切って、振り返らないのがいちばんだ。女のことは好きだったが、のしってくれと頼まれたことはなかった。それを受け入れるにはジェイクは年を取り過ぎていた。ため息をひとつつきながら彼はブラインドを下ろし、彼女を自らの人生から永久に締め出した。

39

ヘレンは時速百六十キロまでスピードを上げ、うなりをあげて追い越し車線に入った。もう遅い時間で、環状道路はほぼ空だった。ヘレンは解放感に酔いしれながら、スロットルをどんどん開けていった。スピードは心を慰めてくれる――ここ数日のおぞましく胸が張り裂けそうな出来事が、一瞬頭から消えた。

走る距離はほんの数キロだ。行く手に待っていることを考えると集中できた。ヘレンにはやるべき仕事があった。それをうまくやらねばならない――人の命がかかっているのだ。三人の被害者、ベン、マリー、アンナは彼女の個人的な知り合いだった。たしかにとても偶然とは思えない。ヘレンが彼らを知っていたことが重要なのだろうか？　それとも彼らの過去のトラウマに、なにか殺人犯の注目に値することがあるのだろうか？

障害になるのはエイミーの存在だった。エイミーにはこれまで一度も会ったことがなかったし、ヘレンの知るかぎりでは彼女に犯罪歴はなかった。同じことはサムにもいえた。だとすると、もしヘレンとのつながりが重要なら、なぜ彼らは選ばれたのだろう？　もう夜も遅かったし、まだ訊《き》きたいことがあると訪ねていけばエイミーの母親はいい顔をしないだろうが、ほかに方法はなかった。

罵声を浴びせてやろうとドアを開けたのは、エイミーの父親だった。エミリア・ガラニータやその同僚たちはエイミーが自宅に戻って以来、一家の生活のあらゆる場面に絶えず首を突っこんできて、アンダーソン家の人々は限界に達しかけていたのだ。相手がヘレンだとわかると、彼は罵声を飲みこんでなかへ通した。

ヘレンは居間に案内され、ダイアン・アンダーソンが寝室にいる娘を連れてくるのを待った。ヘレンは閃きを求めて部屋の壁を見渡した。何枚かの幸せな家族写真――ママ、パパ、可愛い娘――が、彼女の無知をあざ笑うかのように見つめ返してきた。

エイミーは絵に描いたようにけんか腰で、自身の悪夢に無理やり引き戻されるのを明らかにいやがっていた。実際、それまでエイミーは眠っていて――めったにないことだった――その気持ちをほぐすために、ヘレンはひどく骨を折らねばならなかった。ゆっくりと、もしかしたら自分は悪者にされているわけではないのかもしれないとわかってくるにつれ、エイミーは気を取りなおし、ヘレンの質問に正直に包み隠さず答えはじめた。エイミーは一度も警察沙汰を起こしたことはなく、間違いなくそれまでヘレンに会ったことはなかった。サムは面倒を起こしたことがあるだろうか？　エイミーの知るかぎりではなかった。サムは弁護士になりたがっていたし、一度法に触れることをすれば自分が選んだ道を台なしにしてしまう可能性があることは、いつもはっきりと自覚していた。その結果として一部の人たちからは少し退屈なやつだと思われていたが、エイミーは恋人の堅実さと信頼性を重んじていた。

サムはいつも彼女のためにそこにいた——エイミーがその背中を撃つまでは。

エイミーはふたたび口を閉ざしつつあった——罪悪感がふたたび意識に割りこんできて、またどん底まで気分が落ちこんでしまったのだ。母親は寝室に戻る娘に付き添いたがったが、ヘレンは彼女と夫にどうしてもその場にとどまって質問に答えてくれるよう求めた。ダイアン・アンダーソンの対応はそっけなく、今回ばかりはしびれを切らしたヘレンは、座っていわれたとおりにしなければ逮捕すると脅した。ダイアンは従い、それから三十分間、ヘレンは夫婦の人生に関する質問を浴びせた。これまでに警察沙汰を起こしたことはないか？　どのような立場であれ、前にヘレンと会ったことはないか？　だが夫のリチャードが三年前に飲酒運転でつかまった以外には、なにもなかった。ベンとのつながりは？　あるいはアンナやマリーとは？　ヘレンは徹底的に探りを入れたが、見込みはないとわかった——彼らの背景はまったく異なり、生きている世界も違っていた。

リチャード・アンダーソンがヘレンを玄関まで案内した。彼女は夜遅く押しかけ、目に見える進展を得られずに評判を落としていた。被害者には必ず共通点があるはず——ヘレンはそう確信していた——だが、いまのところはまだつかみどころのないままだった。

40

ヘレンが署の駐車場でバイクにロックをかけていると、後ろから近づいてくる足音がした。肩に腕が置かれたときにはびくりとしたが、その必要はなかった。それが誰かは気配でわかった。

ヘレンの携帯にはマークからのメッセージが大量に残されていた。彼女のことを心配していたのだ。

「大丈夫ですか?」

答えるのは難しい質問だったので、ヘレンは単純にうなずいた。

「あっというまにマリーの部屋から飛び出していかれたので。話をする機会がなくて」

「わたしは元気だから、マーク。あのときは気が動転したけど、もう大丈夫。少しひとりの時間が必要だっただけ」

「ええ、そうでしょうね」

だがマークは本気にしていなかった。ヘレンの態度はあまりにつっけんどんで、おまけにひどくよそよそしかった。あの家では涙ぐみ、そのことにみなが衝撃を受けていたが、いまはいつものとらえどころのない彼女に戻っている。マークはヘレンが感情をむき出しにしてキーキーわめくタイプだとは思わなかったが、仕事一筋で、ボーイフレンドや夫、子どももいない。それでどうやってストレスを発散しているのだろう？　少なくともマークの場合ははっきりしていた――酒に走るのだ。ヘレンはまったくいまいましいくらい謎めいていて、自分自身のことはなにひとつ明かそうとしない。そのことがマークには歯がゆくてしかたなかった。

「ありがとう、マーク」

ヘレンは彼の腕に手を置き、ほんの一瞬ぎゅっと握ってから署に入っていった。ほんの束の間、マークはほんとうにちょっとしたことでばかみたいに舞い上がるティーンエイジャーに戻ったような気分だった。

「これまでにつかんだことを見なおしてみましょう」

ヘレンは証拠を精査するために捜査本部に集合するよう、チームの全員に声をかけていた。

「目撃者は？」

「これまでのところいません」ブリッジズ巡査が答えた。「まだ現地で聞きこみをしているところですが、たいていは報酬目当てのジャンキーか目立ちたがり屋です。黒っぽい車を見たもの、オートバイを見たもの、ほかにはＵＦＯを見たもの……直通電話にはたくさん通報がきてますが、基本的にばあさんと子どものいたずらです」

ヘレンはなにを期待していたのだろう？　マリーとアンナはきっと二週間近くあそこに閉じこめられていたにちがいない――そんなに前のことを覚えているものが誰かいるだろうか？

「わかった、病理報告のほうは？」

チャーリーが取りかかった――この件についてはうわべを取り繕ってもむだだった。

「被害者はどちらも痩せこけて、深刻な脱水状態でした。アンナ・ストーリーの死因は窒息。彼女の唾液と鼻水がついた枕が遺体のそばで見つかっています」

ヘレンは反応しないように努めた。結局マリーは娘を殺していたのだ――たとえ優しさからだったとしても。なぜかそのことが、事件をますますつらいものにした。チャーリーが続けた。

「マリー・ストーリーの死因は多臓器不全に続く心停止。飢餓と脱水の影響によって引き起こされたものです」

この単純な言葉がヘレンに――そしてチームのほかの全員に――及ぼしつつある影響を目にしたマークは、横から口を挟んでささやかないい知らせをもたらした。

「団地の近くにはどこにも防犯カメラはありませんでした――何年も前に破壊されていたんです。鑑識班は部屋の天井から床まで粉をはたいてもなにも得られていませんでしたが、建物の入口付近にある花壇の縁で足跡の一部を見つけました。推定二十五センチのハイヒールです。制服警官がライムグリーンのダウンジャケットにKappaのキャップをかぶった女の画像を持って巡回中――それでなにか思い出すものがいないかたしかめています」

「よし。銃については？」ヘレンは続けた。

「見つかったときにはまだ弾が入っていました。使用された形跡はなし」マッカンドルー巡査が話を引き継いだ。「スミス&ウェッソン、おそらく一九九〇年代はじめのものでしょう。ベン・ホーランドの銃はグロックで、サム・フィッシャーの命を奪ったのはトーラスを改造したものでした」

「その入手先は？」ヘレンはそう返した。「犯人は元軍人？　警官？　去年の不法所持の恩赦で回収された銃のなかに、なくなっているものがないか確認しましょう」

マッカンドルーはヘレンの指示どおりにするために急ぎ足で出ていった。たしかな証拠といえるほどのものはなく――使用された鎮静剤は処方箋なしで買えるもので、携帯は契約不要のプリペイド式――このカメレオンのような殺人犯の特徴についての目撃証言がほとんどない状況では、犯行パターンと動機の捜査を続けるしかなかった。なぜ「彼女」はこんなことをしているのか？　犯人は被害者たちに無理やり、イーニー・ミーニー・マイニー・モー（英語圏の子ども向けの数え歌。日本の「どちらにしようかな」にあたる）という残忍なゲームをさせていた。最終的には撃った側が、犠牲になった側よりもはるかに苦しむことになるのを確信して。生きのびたものたちがいま現在苦しんでいるトラウマが、犯人の狙いであり、喜びなのか？　ヘレンは捜査会議に出ているものたちに、その問いを投げかけた。もしそうなら殺人犯はそうしたトラウマに苦しむ被害者たちを観察するため、自身の勝利を味わうために戻ってくるだろうか？　ひょっとすると自分たちは追加の人員を投入して、エイミーやピーターたちに監視をつけるべきなのか？　経費は跳ね上がるだろうが、その価値はあるかもしれない。

「どうして犯人にはどちらが殺されるかわかったんでしょう？」チャーリーが尋ねた。

「いい質問ね。彼女はどちらが犠牲になるか予測できるほど、そのふたりについてほんとうによく知っていると思う？」ヘレンはそう返した。

「まさか犯人には予測できないでしょう」サンダーソン巡査が応じ、ヘレンはそれに同意した。

「まあ無理でしょうね。ああいったプレッシャーのかかる状況で人々がどういう反応をするかは、おそらく予想できなかったはず。だとしたら、被害者たちは完全に無作為に選ばれた？」

このほうがありそうだった。シリアルキラーのなかには身なりを整えて忍び寄るものもいるが、ほとんどは相手が誰かより、機会があるかどうかで犠牲者を選ぶものだ。フレッド・ウエストはヒッチハイカーを拾い、イアン・ブレイディは学校をずる休みした子どもたちをさらい、ヨークシャー・リッパーは無差別に襲いかかり……。

ただし。犠牲者のうち三人はヘレンの個人的な知り合いだった。そのことをみなに話したが、返ってきた反応は控えめだった。いったいなにを期待していたのだろう? 事件の責任はヘレンにあるという鋭い推理、それとも彼女が犠牲者を知っていることはまったく重要でもなんでもないという声。そのどちらも返ってこなかった。なぜならマークが指摘したように、ヘレンはそれまで一度もエイミーに会ったことがなかったからだ。もちろんマークは正しかった——それは興味深い推理ではあったが、きちんと積み上げられたものではなかった。

「犯人が彼らを選んだのは狙いやすかったからだとしたら、どうでしょう?」チャーリーが再度割りこんだ。「彼らが孤立していて襲いやすかったから、とは考えられませんか?」

チームのものたちから賛同のつぶやきが上がった。

「エイミーとサムはおとなしいカップルだった。エイミーはそれほど社交的なほうではないし、サムもそうだった。ふたりは人前に出たがらず、親しい友人はひと握り。ベン・ホーランドは人づきあいを避けていた。時がたつにつれて自信をつけ、婚約はしていたけれど、結婚式までわずか数週間になってもまだひとり暮らしだった。アンナとマリーは天涯孤独だった。ひょっとして殺人犯が彼らを狙うのは、それが可能だからじゃありませんか?」

ヘレンは思わずうなずいていたが、そうはいってもそれは絶対に確実な推理ではなかった。彼らを惜しむ人がいないわけではないのだ。エイミーは母親ととても仲がよかったし、サムの母親は息子の人生に積極的に関わっていた。ベンは結婚の約束をしていた——彼は間違いなく惜しまれていたはずだ。アンナとマリーはもちろん誰にも認識されていなかったが、最終的には社会福祉課の人間に発見されていただろう。捜査の鍵は犠牲者たちのつながりを見つけることだった。あるいは単純に、彼らがふたりでいたから誘拐されたのだと証明することか。

ヘレンは会議の終了を告げた。仕事は割り振られていたが――過去に有罪判決を受けていてヘレンに恨みを抱いている恐れのあるもの、あるいは凝った加虐趣味を持つか、ゲームを好む殺人犯をデータベースから徹底的に探す――内心ヘレンはそれでなにか出てくるとは期待していなかった。

これは難問だった――間違いなく。

41

ピーター・ブライトストンが突然仕事に復帰すると告げたときには、誰もが驚いた。事務所の共同経営者たちは三カ月間——彼が望むなら六カ月間——の休暇を取るよう強く勧めていたのだ。本人の身を案じてという側面もあったが、それよりもピーターを戻すことに世間がどう反応するかという懸念のほうが大きかった。ピーターはがさつな人間だったが、基本的に人々から好かれていた。たとえ法律を知り尽くしているからというだけの理由であったとしても。

しかしピーターはベンを刺していた。同僚を殺していた。そしてそれにどう対処するかについて、人事マニュアルにはなにも記されていなかった。どうやら彼が罪に問われることはなさそうだった——警察は秘密主義だったが、あれはある種の恐ろしい事故だったのだと仄めかしていた。そしてピーターはその方針に則り、みなが聞きたくてしかたないのだが恐れてもいることの詳細は、いっさい語っていなかった。

ピーターが数週間の休養を経《へ》て現れたのは、主治医やカウンセラーの忠告に反した行動だった。だが本人の決意はかたく——一月はいつも事務所の繁忙期だった——彼らにはどうすることもできなかった。なんの罪にも問われていないのに追い出す？　ひとつの事故のために二十年間やってきた仕事を取り上げ、お払い箱にする？　実のところ誰もどうすればいいかわからなかったので、案の定なにもしなかった。

ピーターは月曜の朝に誰よりも早く出勤した。いつもどおり時間きっかりに。その日のオフィスは妙にしんとしていて、ピーターはメールを何通か送り、ときどきコーヒーを淹れた。だが誰も彼とのミーティングは予定しておらず――「のんびり慌てずいこうや、ピーター」――じきに同僚たちは急いでボーンマスのオフィスに出かける口実を見つけ、あるいは顧客を長いランチに連れ出した。結局ピーターの帰還に向けて準備されてきた、彼の健康状態に関する礼儀正しい質問が三十分間続いただけで、それからは通常どおりに戻った。

空っぽの椅子をのぞけば。ベンのポストはまだ埋まっていなかったので――なにしろ葬儀が行われたばかりだった――彼の机と椅子は空いていた。身のまわりの品は袋に入れて婚約者に返却されていたから、その作業スペース全体がむき出しのように見えた。かつて命があった場所に開いた空っぽの穴のように。

それはピーターの目につくところにあった。全員の目につくところにあった。なにが起こったかをしつこく思い出させるもの。ピーターにはきついだろうと誰もが――上は経営陣から下は食堂で働いているものたちまで――予想していた。誰も予想していなかったのは、復帰初日の午後三時半にピーターがオフィスの屋上に上がり、妻の名を叫んでから安全柵を飛び越えて自殺することだった。

42

日本？　オーストラリア？　メキシコ？

子どもの頃、わたしたちは地球儀を持っていた。電気のつくやつだ。どうして持っていたのか、どこで手に入れたのかは神のみぞ知る。うちは教養のある一家ではなかったし、母親にとっての地理はいちばん近くの酒屋までがせいぜいだった。でもわたしはあの地球儀がお気に入りだった。それはわたしのあらゆる空想の中心だった。その滑らかな表面に手を走らせ、数秒で次々に大陸を飛び越えていると、自分が自由だと想像するのは簡単だった。

わたしはナップサックに食料を詰めこんで——ジャミー・ドジャーズ（ジャムを挟んだイギリスのビスケット）は必須——ヒッチハイクで港へ向かい、長い旅に出ることを想像した。人間と同じくらいの大きさの輪っかが連なった滑りやすい錨鎖《びょうさ》をよじ登り、いったん乗りこんだら救命ボートに滑りこんで身を隠す。巨大な乗り物が動いて陸から離れるのを感じると体は興奮に震え、それが海を渡り大陸を通り過ぎて旅するあいだ、わたしは小さな隠れ家で安全に居心地よく過ごすだろう。

そしてついに船は、どこかはるかかなたの風変わりな土地に接岸する。わたしは鎖を滑り下りて新しい土地に降り立つ。わたしの新天地に。なにからなにまで新しい冒険のはじまりだ。

ときに空想は道をそれ、危険なほど現実に近づいた。わたしは大きなビニール袋二枚に三角チーズとマクビティのクラブビスケット、それにカビの生えた寝袋を詰めこんだ。

そしてこっそり玄関を出ると、音を立てないようにドアを閉め、小便臭い歩道を表通りへ向かった。自由を目指して。

でもなにかが——いや誰かが——いつも、団地の敷地を離れる前にわたしを家に連れ戻した。

あんたがいつもわたしを連れ戻した。

43

野次馬たちは格好の標的ではないだろうか？　ああいう連中は他人の不幸を餌にする墓場荒らしだ。とはいえわたしたちのなかに、自分なら見ないといえるものが誰かいるだろうか？　高速道路の玉突き事故の現場をのろのろと通り過ぎ、あるいは警察の非常線のそばでぶらぶらしているときにそちらを見たことがない、といえるものが。わたしたちはなにを探しているのだろう？　命のしるし？　それとも死の気配か？

ピーター・ブライトストンはたしかに大観衆を引き寄せていた。九十キロ近い肉と骨が歩道にぶつかるとどうなるかを、見たくてしかたない連中だ。ヘレンと部下たちは救急隊員のわずか数分後に到着した。しかし彼の亡骸《なきがら》を回収するのが仕事の気の毒な人たちとは違って、ヘレン、チャーリー、それにマークは、ピーターには関心がなかった。ピーターが飛び降りるところは同僚たちに目撃されており――無理強いされたとはまったく考えられなかった――自殺であることはきわめて明白だった。いや、ヘレンの関心の的は野次馬たちだった。飛び散った血や肉を楽しみにやってきた連中だ。

なにかがヘレンに、例の殺人犯は被害者たちにいったんことをはじめさせたからには、彼らを放っておかないだろうといっていた。ピーターの自殺は間違いなく、犯人のあらゆる夢と希望の絶頂だった。いわば彼は、誘拐犯によって押しつけられた罪悪感にうまく対処できなかった、生きた名刺というわけだ。今回犯人はなにかをする必要さえなかった。のんびりと、自分が引き起こしたことを楽しむだけでいい。まさか見たくないとはいわないだろう。

ヘレンたちがカメラを持ってきたのはそのためだった。カメラは様々な目立たない位置から――あるものは高いところから、あるものは地上から――群衆を見渡し、ひとりの中年男の絶望に病的な関心を示している大勢の人々を記録していた。

あとで映像を見なおすのは気の滅入る作業だった。カメラはピーターの妻のサラが現れた瞬間をとらえていた。彼女は錯乱し、取り乱していた。サラはピーターの誘拐と常軌を逸した帰還の顚末を、まだよく飲みこめていなかった。あれ以来夫をすっぽりと覆っている陰鬱な空気を打ち破れていなかった――何人かカウンセラーにあたってみたものの、ピーターの鎧《よろい》はあまりに頑丈だった。そして今度はこれだ。サラの世界は――そしてそこでの彼女の居場所は――丸ごと、ほんの数週間のうちに破壊されてしまっていた。こんなことになる前の世界は快適で、習い事にスキー旅行、そして落ち着きと満ち足りた思いでできていた。いまの世界は悪と加虐趣味と危険に満ちた、暗い場所のようだった。

「少し早送りしましょう」ヘレンが提案し、誰も異議は唱えなかった。

映像の再生速度が少しのあいだ速くなり、それからまた通常の速度に落ち着いた。救急隊員と口をぽかんと開けて見つめている人々の果てしない行進。

「おれたちが探しているのは、身長百六十五から百七十五センチの中背で細身の女だ。鼻筋の通った鼻、厚みのある唇。中くらいから大きな胸。耳にピアス」マークがみなに、自分たちが探している対象を改めて思い出させた。

だが口ではそういいながらも、彼は自分たちが時間をむだにしているのではないかと思っていた。たとえその殺人犯を目にしても、それとわかるだろうか？　エイミーの証言から作成し、チャーリーがボードに貼り出したモンタージュ写真はあったが、それらは髪の色などを変えた程度の大ざっぱなものだった。その殺人犯の目をのぞきこんでも、自分たちには彼女だとわからないのではないだろうか？

じきに映像は終わりになった。

「今度はどうしますか、ボス？」チャーリーが尋ねた。

彼らはそれを二度見ていたが、誰も気になることは見つけられていなかった。だが全員をチェックするのは困難だったから――スクリーンには実に大勢の人間が映っていた――一瞬ためらったあとで、ヘレンは答えた。

「もう一度見てみましょう」

一同はまた見なおすために腰を据えた。マークが自分のオレオをまわした――みんな甘いものを一発決める必要があり、彼が隠してあったお菓子にありつく機会に感謝した。彼らはいま一度スクリーンをじっと見つめ、これまでよりもさらに集中しようとした。

「そこ」

チャーリーがあまりに大きな声を上げたので、マークとヘレンは飛び上がった。チャーリーが映像を巻き戻し、再生した。それから急に一時停止した。

「そこよ」

チャーリーは人混みに深く埋もれたひとりの女を指さしていた。女は遺体袋をストレッチャーに乗せている救急隊員たちを見ている。

「ちょっとだけ拡大すれば、もっとよく見えるかも——」

「何者なの？」ヘレンが口を挟んだ。

「前に見かけたことがあるんです。ベン・ホーランドの葬儀で。ひとりできていて、式が終わったとたんにいなくなりました。そのときは深く考えませんでしたが、彼女があそこで誰かに話しかけているのを見た覚えはありません」

その女の顔はいま、スクリーンに大きくぼんやりと映し出されていた。彼らはあのシリアルキラーを、初めて目にしているのだろうか？　ヘレンたちはその顔をじっくりと観察した。細面で鼻は高め、髪はブロンドのボブで、きちんとした洒落た身なりをしていた。彼女がモンタージュ写真の女である可能性はあった。そうしたことから判断するのはひどく難しいものだ——条件にぴったり合うことをあまり強く望んでいると、ときには目が狂うことがある。

車でアンダーソン家に向かいながら、ヘレンは心の底からほっとしていた。そしてなにかほかのもの――希望――も感じていた。ついに手がかりを見つけた。マークが運転しているあいだ、ヘレンはプリントされた容疑者の写真をしげしげと見つめていた――この女は何者だろう？

一行はいつものいやいやながらといった態度で、アンダーソン家に通された。警官が押しかけてくることに対して被害者が、たとえ警察の助けを必要としているときであっても反感を抱くようになるとは、まったくおかしなものだ。居間に落ち着くと、ヘレンはすぐさま用件に入った。

「容疑者の写真を持ってきたの、エイミー。あなたに見てもらいたくて」

いま、彼らの存在に関心が集まっていた。ヘレンはエイミーの両親が顔を見合わせるのに気づいた――彼らも希望を持ちはじめているのだろうか？　ヘレンはエイミーにプリントアウトした写真を渡した。エイミーはそれをじっくり見てから、自分をさらった相手の記憶が脳裏によみがえるよう願って目を閉じた。沈黙。エイミーがふたたび目を開けた。いま一度写真を見つめる。

長い長い沈黙、それから――

「彼女かもしれない」

かもしれない？

「それはどの程度たしかなの、エイミー？」

「なんともいえないわ。実物を見ないとはっきりしたことはいえないだろうけど、きっと彼女だと思う。髪、鼻……ええ、きっとそうよ」

完璧ではなかったが、いまのところはそれで充分だった。エイミーが両親にその写真を渡した。とにかくふたりは娘をさらったあばずれを、ひどく見たがっていた。ヘレンは彼らから写真をひったくりたかった——いまはプレゼント交換をしている場合ではない。

「この人なら知ってるわ」ダイアン・アンダーソンの声が歯切れよくはっきりと響き渡った。

一瞬、誰も口をきかなかった。それからヘレンがいった。

「前に見かけたことがある、ということですか？」

「会ったことがあるんです。話をしたことがあります。わたしは彼女が誰か知っています」

ヘレンはマークを見た——ついに犠牲者どうしがつながった。ここまでくるには長い時間が——あまりに長い時間が——かかっていた。しかしいまは第一容疑者がいた。ヘレンは全身にアドレナリンがみなぎって体が火照《ほて》るのを感じ、ほんの束の間、そもそも自分がどうして警官になったのかを思い出した。

44

興奮は長く続かなかった。アンダーソン家を後にしたヘレンは、エミリア・ガラニータのものとすぐにわかる赤いフィアットが私道に横向きに停車して、自分が車を出せないようにしているのに気づいた。そしていま、虫も殺さぬ笑みを顔に貼りつけたエミリアが近づいてくる。

「警察の仕事を妨害したらどうなるかわかっているの、エミリア？」

「でも、ほかのどんな手を使ってもあなたと話はできない、そうじゃありませんか？」エミリアは何食わぬ顔で答えた。「電話してもけっしてかけなおしてもらえないし、おたくの広報担当は事件についてわたしが知ってる程度のことも知らないとなれば、どうすればいいんでしょうね？」

「そいつをどけろ」マークは苛立ちを募らせていたが、いかにもばかにしたような目で見られただけだった。

「ピーター・ブライトストンの件でお話がしたいんです」エミリアは続けた。

「痛ましいことだった」

「ベンの事故があってからこんなに早く自殺するなんて、妙でしょう。あれはただの事故だったんですよね？」

「わたしたちはそう信じてる」

「ただし事務所の同僚の一部は、ピーターがベンを殺したという噂を広めてる。この点についてコメントをいただけますか、警部補？」

「人はいつも推測でものをいうの、エミリア、知ってるでしょう」ヘレンは誰か別の人間が決めたルールでゲームをしようとはしなかった。「もしなにか変化があれば知らせるけれど、その線はあまり動きがないし――」

「彼らはなにが原因で仲違《なかたが》いを？　愛情？　お金？　ふたりはゲイだったんですか？」

ヘレンは相手を押しのけた。

「あなたはわたしの時間をむだにしてるわ、エミリア。そしてこの前確認したときには、それは不法行為だった」

ヘレンとマークは覆面パトカーに乗りこんだ。マークがエミリアをにらみつけながら、これ見よがしにエンジンをスタートさせた。エミリアは見下したように彼を一瞥すると、ゆっくりと歩いて自分の車に戻った。ヘレンはアンナとマリーのことが話題に出なかったのにほっとし、喜んだ――その件は自然死と発表されていて、誰もそれに異論を唱えてはいないようだった――いまのところは。

車で走り去るとき、ヘレンはバックミラーにちらっと目をやり、エミリアが追ってきていないことを確認した。今回ばかりはエミリアは触らぬ神にたたりなしと判断して、追跡をあきらめていた。ヘレンはほっとため息をついた。いまからやろうとしていることは、とても人に見せるわけにはいかなかった。

45

ヘレンがその家の玄関先に着いたとき、ハンナ・ミッカリーはディナーパーティーの準備の真っ最中だった。彼女はウエブサイトで見たままの、上品で魅力的な人物だった。金があればなにができるかの好例だ。お客の到着に備えてデカンタに移されたクロ・ヴージョのボトルが、隅々にまで行き渡ったいかにも裕福そうな雰囲気をよりたしかなものにしていた。

これだけなんでも持っていれば、けっして男たちが放ってはおかないと思うのがふつうだろう。だが彼女はひとり暮らしだった。最初にヘレンがひっかかったのは、その点だった。後に取調室でハンナ・ミッカリーは、それは自身の仕事が原因だと主張した。クライアントにひじょうに多くを注ぎこんでいるため、人づきあいやデートのための時間はろくにないというのだ。ヘレンが台なしにしたディナーパーティーは、先が読めない彼女の仕事の都合で既に二度延期されたものだった。それを邪魔したヘレンに対する憤りは、取調室での彼女のとげとげしい口調に表れていた。

ミッカリーの隣には彼女の弁護士がいた。その弁護士にも金がかかっていた。ミッカリーは常に弁護士が口を挟むのを待ち、彼がそうしようとしなかったときだけ質問に答えた。ふたりは強力でよく考えられた、たしかなチームをつくっていた。もし裁判沙汰にでもなれば、その信用を傷つけるのは難しいだろう。

ピーターが亡くなった現場にいたのはたんにベンとつきあいがあったからだ、とミッカリーは主張した。彼女は子ども時代に恐ろしい経験をしたベンが、事件のあとで一緒に時を過ごしたセラピストだったのだ。そうした経験のなかでも殺人は最悪のケースで、自殺よりもなお悪かった――少なくとも後者の純然たるむなしさと絶望には、悲劇的な側面がある。だがひとりの若者をどう導いて、父親に家族を破壊された経験を乗り越えさせるというのか？　愛した誰かに人生を引き裂かれ、世界にひとりきりで取り残されたという事実に、人はどう対処するのだろう？

ミッカリーは若きベン――つまりその当時のジェイムズ――と一緒に前進したと感じた。そして三年後に彼女のところに通ってくるのをやめたとき、ベンは立ち直ったといってもいい状態になっていた。ちゃんとやっていける状態に。

「連絡は取っていたんですか？」回想するミッカリーの優しげな口調に既に苛立っていたヘレンは、口を挟んだ。

「いいえ、でも彼の暮らしぶりについては最新の情報を把握しておくことにしていました。フェイスブックやなにかを通じてね」

「どうして？」

「彼のことが好きだったからです。わたしは彼に生きのびてほしかった。結婚すると聞いたときには感動しました」

「そして彼が殺されたと『知った』ときには、どう感じましたか？」

「打ちのめされました。いうまでもなく」

淡々とした口調だ、とヘレンは感じた。

「そして友人から彼を殺した相手が自殺したと聞いたとき、わたしは……そう、わたしは信じられませんでした」

「だから自分の目でたしかめずにはいられなかった」

「ええ、そう思います。あまりいいことでも誉められたことでもありませんが、わたしは見たかったんです」

「ピーター・ブライトストンが監禁状態から逃れたあと、セラピーの申し出をしたというのは事実ですか？」

間があった。弁護士を横目でちらっと見てから、「はい」と答える。

「彼があなたの友だちのベンを殺したというのに？」

「ピーターは明らかに危険な状態でした。それに彼は起訴されることなく釈放されて――」

「彼が危険な状態だと、どうやって知ったんです？　解放されたあとで彼を見たんですか？」

今回はさらに長い間。ほんとうに長い間があり、それから――

「一度自宅を訪ねたんです。呼び鈴を鳴らして彼に会わせてほしいと頼みました。セラピーの申し出をしましたが、ピーターは興味を示しませんでした」

「彼がどこに住んでいるのか、どうやって知ったんです?」

「突き止めるのは難しくありませんでしたよ。新聞に書かれていることを参考にすれば」

「するとあなたはピーターを自宅までつけていったと?」

「その言い方はどうでしょうね、警部補」弁護士が口を挟んだ。

「おわびします、サンディ。あなたがそんなに神経質だったとは、少しも知りませんでした。ダイアン・アンダーソンのセラピーをしていた期間は?」ヘレンは容疑者に注意を戻しながらいった。

「二、三カ月。彼女の同僚の推薦でした。ほんとうに突然親友を亡くして、ダイアンは助けを必要としていました。でも実のところ、彼女は乗り気ではなかったんです。セラピストにかかるのは『弱い』ことだと感じていたんでしょうね」

「そのあいだにエイミーに会いましたか?」

「いいえ。当然彼女のことは知っていましたが」

「それならエイミーがあなたに見覚えがある理由は、存在しないことになりますね?」

「警部補……」弁護士が口を挟んだ。話の流れがどこに向かっているかを察したのだ。だがヘレンはとにかく彼女に、その質問に答えさせた。

「ええ、わたしたちは一度も会ったことはありません」

彼らはアリバイの話に移った。ミッカリーはエイミーが誘拐された夜は自宅にいたが――ひとりで書類仕事をしていたので目撃者はいない――ベンがいなくなったときにはクライアントと一緒だったと主張した。ミッカリーには秘書も助手もいなかったから、その証言は彼女のクライアントによって裏づけられるか否定されるかする必要がある。

「マリー・ストーリーのことを聞かせてください」

その話が出るとは、彼らは予想していなかった。

「数年前、彼女の夫が自殺したあとで診たでしょう」

このことはマークが突き止めていた。今度の件でチームがゆっくりとまとまっていくのは奇妙な感じがした。さらに弁護士とのやりとりがあり、それから――

「彼女の件は、ハンプシャー・ソーシャルサービスに委託されたんです。たしか彼女のご主人は漂白剤を使って自殺していました。人生に配られたカードにうまく対応できなかったんです。でも母親のほう、マリーはもっと強かった。アンナのために強くなくてはならなかった」

「よくふたりの名前を覚えていますね」

「記憶力はいいんです」

ヘレンはそういうことにしておいた。

「最近ふたりに会いましたか？」

「いいえ」

「話したことは？」

「いいえ。当然あのふたりが亡くなったことは読みましたよ。そして、結局マリーには荷が重すぎたのだと思っていました。新聞では詳しいことはかなりぼかされていましたから」

「どうして彼女を診るのをやめたんですか？」

「医療サービスの縮小です。わたしが決めたことではありません」

「あなたは自分のクライアントをどんなふうに見ているんですか？　ただの――クライアントとして？　それとも患者？　友人？」

「わたしは彼らをクライアントとして見ています。わたしが助けられる人たちです」

「彼らを嫌いになることはありますか？」

「まったく。いらいらさせられることはありますが、それは予想できることですから」

「ほんとうに彼らの弱さ、自己憐憫、彼らの『なんて不幸なわたし』的な振る舞いを嫌いになることは、まったくないと？」

「ありません」

ミッカリーはうまく受け流し――専門家らしく――それから間もなく弁護士が、そろそろ聴取を終わりにする頃だといった。彼らはミッカリーを解放しなくてはならなかった。彼女を告発する材料をなにもつかめないまま。しかしヘレンは気にしなかった。ヘレンが聴取を行っているあいだに、マークがミッカリーの自宅とオフィスの家宅捜索令状を請求し、手に入れていた。物事の解決方法はひとつではなかった。

ひとりの女性容疑者。まったく毛色の違う三人の被害者とつながりがあり、彼らのことを——そして彼らの弱みを——よく知っている誰か。いまヘレンたちに必要なのは証拠だけだった。捜査がはじまって以来初めて、ヘレンはついに自分たちが核心に近づきつつあるのを感じていた。

46

それは少々おかしな祝賀会だった。ヘレンはＪ２Ｏ（フルーツジュース）のボトルをしっかりつかみ、マークはゆっくりとぬるくなっていくトニックをちびちび飲んでいる。あまりロックンロールとはいえない。だがそれでもいい気分だった。ふたりともこういう事件に直面したのは初めてのことだった。被害者が複数の殺人事件はめったにないし、そういうことが起こったときにはだいたいが無差別殺人だった。すべてを破壊するがすぐに収まる、怒りの爆発だ。今回の殺人のために払われた注意や練られた計画のレベルは、それとは別物だった。認めようとする警官はいないだろうが、この種の犯罪はひどく不安をかき立てる。経験はなんの役にも立たず、直感は当たらず、話にならないほど訓練が足りていない気分にさせられる。こういう犯罪は、彼らの信じるものがそのまま通用する仕組みを壊してしまうのだ。

　しかしいま、ヘレンたちは手がかりをつかんでいた。まだなにもかたまっていないが、警官は強力な手がかりをつかんだときはいつも幸せだ。起訴するためのなにか——あるいは誰か——をつかんだときは。マークは事件について生き生きとしゃべる上司を見ていた。前からずっと魅力的だったが、いまのヘレンにはなにかそれ以上のものがあった。たいていは隠されていて見えない、温かみや楽天的な気分、それに希望。素晴らしいのはその笑顔だった。

めったに見られないが、簡単には忘れられない。

マークは彼女に引かれる気持ちが大きくなっていくのを感じ、それに抗おうと心に決めた。もうどんな女にも、二度とその手の支配力を与えるつもりはなかった。それでもヘレンがまとっている鎧を貫いて、もっと彼女のことを知りたかった。子どもの頃の夢は？　人気者だった？　裕福だった？　男子にもてた？

「ボスはこのあたりの育ちなんですか？」

おそまつな切り出し方だったが、マークは昔から話下手だった。ヘレンは首を横に振った。

「ロンドンのみなみ《サーフ》。わからない？」

彼の気を引いているのだろうか？

「なまりがありませんね」

「矯正したから。以前警察の親しい友だちに、より上流階級のしゃべり方をすればするほど出世が早くなるといわれて。ほんとにただの偏見だけど、みんなそのほうが知的だと思ってる」

「きっとおれはそこで間違えたんですね」

「あなたはそう悪くない」

ヘレンは彼の気を引いていた。

「ボスがそんな小細工をするなんて、まったく思いませんでしたよ」

「だって、あなたはわたしのことをまだそんなに知らないでしょう？」

いまのはけしかけてるのか、それともやめろといってるのか？　おれはほんとうに腕がなまってるな、とマークは思った。ヘレンがカウンターに歩いていき、一パイントのラガーを持って帰ってきた。マークは興奮し、そそられ、心乱れて――相手に対する欲望がアルコールに対する欲望と争っていた――彼女を見た。ヘレンがグラスを差し出した。

「今日はいい日だった。だから少し飲みなさい。決まりはわかってるでしょう――わたしがここにいるかぎりはかまわない」

マークはグラスを受け取った。そして飲んだ。だがふと――ちゃんと自制が効いていることと、自分が弱くないことを見せたいと思った。マークはもう長いあいだ自分自身が、そして自身の生活がいやでしかたなかった。いまはどん底から這い出しかけているところで、意志の強さを見せるつもりだった。マークは彼女にグラスを返した。ヘレンが笑いかけてきた――温かく、励ますように。

「あなたはどうして警察に、マーク？」

今度は向こうが質問する番だった。

「ほかには誰も引き受けてくれなかったからですよ」

その答えにヘレンは笑った。

「真面目な話、学校ではほんとうにめちゃくちゃやってましたから。いい学校だったんですが――グラマースクールだったし――とにかくなじめなくて。集中できなかったんです。教室から出たいと思うばっかりで」

「女の子を追いかけるため？」

「ほかにもいろいろと。二年間シンナーを吸ったり電話ボックスに火をつけたりした後で、親父に蹴り出されました。姉貴のところで三晩過ごして、それから『くそったれ』と思って。それで入ったんです」

「やるじゃない」

「親父はもう少しで心臓発作を起こすところでしたよ。冗談だって決めてかかってました。でもおれはみんなをびっくりさせてやった。気に入ったんですよ。一日一日が違うってことが気に入ったんです。なにがやってくるかけっしてわからないってことが。それに野郎どもとの楽しい時間も。当時は女性の上司はいませんでしたからね」

ヘレンは片方の眉を上げた。それからもう一杯ずつ買いに、滑るようにカウンターに向かった。するとこれは明らかに、たんなる仕事のあとの軽く一杯というやつではないわけだ。マークはどう対応するべきだろうと思ったものの、彼女が戻ってくるまでになにもいい考えは思いつかなかった。ヘレンが飲み物をテーブルに置いたとき、胸の谷間がちらりとのぞいた。偶然だったのか、そうでないのかはわからなかった。

「あなたはどうなんです？　どうして警察に？」

一瞬間があった。

「人々を助けるため」

簡潔で要を得ている。これで全部なのか？　いや、まだ続きがあるようだ。

「ベンの家に足を踏み入れたとき。あの惨殺現場を見た。そしてあの少年が同じ運命をたどらないようにするのに手を貸した。あれが決定的だったわ。わたしはやめられなかった。あのあとで立ち去るわけにはいかなかった」

「あなたは得意ですからね。ほら、人を助けるのが」

ヘレンがしげしげと彼を見た。マークはためらってから、さらに続けた。

「もしあなたがいなかったら、おれは今頃やめてたでしょう。話してませんでしたが、辞表を書いてあったんです。いつでも出せるように。あきらめるために。でもあなたがおれを救ってくれた。おれ自身から救ってくれたんです」

感情を込めて心の底からそういった——一瞬マークは己をすっかりさらけ出したことに恥ずかしさを感じた。だがそれは事実だった——ヘレンがいなければどうなっていたかは、誰にもわからないだろう。彼女が突然真剣な目でマークを見た。台なしにしてしまったのだろうか？　それから彼女がテーブルごしに身を乗り出してきて、マークにキスした。

店の外でマークは笑みを浮かべ、思いつくかぎりでいちばん安っぽい台詞《せりふ》を吐いた。

「あなたのところで、それともおれの——」

「あなたのところで」

47

マークの部屋はひどく散らかっていた。この日は上司を口説くつもりはなく、ゆうべの食事の名残がまだはっきりと残っていた。それでもシーツは今朝交換してあり、ふたりでその上に沈みこんだときには清潔でぱりっとしていた。

ヘレンはこれまで、けっしておしゃべりなたちではなかった。そしていまもそれは同じだった。こういう場面ではたいてい男がリードする——あるいはそうしようとする——ものだが、今回はそうならなかった。マークは自分のボスがどれほどしっかり主導権を握るかに驚き、興奮した。

「飲み物なら出しますけど……」

ヘレンはわざわざ返事はしなかった。ただ部屋を横切ってきて、彼にキスした。それから上着を床に落とし、寝室はどっちかと尋ねた。いったんなかに入るとヘレンは彼をベッドに押し倒し、ベルトに手をのばした。

マークは何度もセックスをしたことはあったが、セックスをされるのはこれが初めてだと気づいた。服従させられることに腹を立て、相手を仰向《あおむ》けにしようとした。いまや彼は興奮し、突然ヘレンを支配し——彼女を犯し、いじめ——たくなったが、強引に馬乗りになったヘレンにまた押さえつけられた。

彼女はマークに愛情を感じているのだろうか、それとも彼から快楽を得ているだけなのだろうか？　マークは不意に、それが自分にとって重要なのに気づいた。ヘレンが彼の上に身を沈め、ふたりの体に甘い震えのさざ波を引き起こしつつあるいまでさえ、これがただのちょっとしたお楽しみではなく、なにかを意味していてほしかった。男はセックスに関しては分裂していることになっている。感情のスイッチを切り、ペニスで考えられるということに。しかしマークは一度もそんなふうになったことはなかった。

マークは自分が上になれるようにいま一度ヘレンを誘導しようとしたが、また強引に押し倒された。明らかに彼女はまだそこまでいく準備ができていなかったので、マークはおとなしく従うことにした。その攻防が終わると、彼らのセックスはよりくつろいだ優しいものになった。ヘレンがペースを緩め、ついにふたりの体は調子を合わせて動くようになった。驚いたことに、彼女はそれを楽しんでいるようだった。彼を楽しんでいる。乳首でマークの唇に軽く触れながらヘレンは自分の脚のあいだに手を滑らせ、彼の上で前後に揺れて快楽に耽っていた。

いまマークは絶頂に達しそうになるのを必死でこらえていた。上司とセックスをするのと、彼女と下手なセックスをするのとはまったく別の話だ。あるいは早すぎるのとは。だからマークは抗い、興奮を抑えるためにありとあらゆる退屈でつまらないイメージを思い浮かべたが、ヘレンがふたたびペースを上げたときには（彼が達しそうになっているのを感じて）、なす術もなく終わりを迎えるしかなかった。

マークは謝りたかった。だがそれが正しいことなのかわからなかった。ヘレンが助け船を出してくれた。

「よかったわ」

マークはふたたび、自身の疑念がすっかり消え去るのを感じた。温かく抱き寄せると、驚いたことにヘレンは抵抗しなかった。彼女はマークのかたわらに寄り添い、情事のあとの満ち足りた気分に浸っていた。

ベッドに横たわったふたりの体はほとんどシーツに覆われておらず、マークは彼女の体に目を走らせた。激情に駆られている最中に相手の背中にひっかき傷があるのは感じていたが、気にも留めていなかった。さっきほど上の空ではなく好奇心が高まったいま、マークはそれをよりじっくり見た。そして衝撃を受けた。ほかの部分はこんなに柔らかくて、傷ひとつなく、こんなに……完璧なのに。

ヘレンはきっと彼の思いを感じ取ったにちがいない。なぜならシーツを引っ張り上げて背中を覆ったからだ。会話ははじまりもしないうちに終わっていた。ふたりはしばらく無言で一緒に横たわっていた。それからヘレンが彼のほうを向いていった。

「これはわたしたちふたりだけのこと。いいわね？」

それは命令ではなかったし、不安を訴えているのとも違った。いや、それはためらいがちといってもいい懇願だった。マークはここ数日でいちばんの思いがけない出来事に、ふたたび驚いた。

「ええ、もちろん」

それからヘレンはシャワーを浴びにいき、マークは疑問だらけであとに残された。

48

ヘレンは足早に通りを渡って自分のバイクのところに向かった。マークが上の窓から見ているのはわかっていたが、気づいたそぶりは見せなかった。別に駆け引きをしているわけではなかった——明るく手を振ったり投げキスをしたりする心の用意がまだできていなかっただけだ。それでも彼に見られているのはいい気分で、ヘレンはそれをもう少しだけ楽しむためにわざと足取りを緩めた。

彼女は自分のカワサキにまたがり、イグニッションキーをまわした。バイク用の革ジャンとヘルメットはヘレンにとって、また別の種類の鎧だった。ひとりきりでなんの邪魔もされずにいられる空間をつくる鎧だ。だが今日は何年かぶりに、それが必要ないと感じていた。世間から隠れる必要はないのだと。マークとのことは予期せぬ想定外の出来事だった——それがとても正しい感じがしたのは、おそらくそのせいだろう。考える時間があるときには、物事はしばしば複雑になりすぎて結局なにも起こらなかった。だが今日はちょうどよかった。いまマークはなにを考えているだろう、と彼女は思った。もしかしたらヘレンのことを変わり者だと思っているかもしれない——それはマークが初めてではないはずだ。それとも、ひょっとすると彼女に興味をそそられているかもしれない。いまの段階で望めるのはせいぜいそんなところだったし、ヘレンはそれで完全に満足だった。

いまは立ち去るときだ。イカれた愚か者がまだ見ていて、カーテンはその裸の体をぼんやりと隠しているだけだった。彼女だけでなくマークのためにも、もういったほうがいいだろう。だからヘレンはエンジンの回転速度を上げて、通りを疾走した。風に体を打たれながら彼女は、今日の自分が明らかにいつもと違う気分なのに気づいた。

ヘレンは幸せだった。

49

マルティナはブラを外し、むき出しになった胸をもうひとりの女の子のほうに突き出した。それに応えてキャロラインが――そんな名前だったっけ？――熱っぽく大げさな欲望をあらわにしてマルティナの乳首を舐めた。マルティナはうめきながら頭をのけぞらせた――すぐにバンの天井のへこみに目が留まった。どうしてあんなところがへこんだんだろう？

ほんとうに何度もこういうことをやっていたから、仕事に集中するのは無理だった。ほかの誰かを楽しませるために体ががくがく揺れたり跳ね上がったりしているあいだ頭のほうは上の空で、気がつけば閉店時間までにパブへいけるか、休暇にはエジプトへいくべきか、もうひとりの女の子はおっぱいの整形にいくら払ったんだろう、などと考えていた。実際、ありふれた考えがどれだけ浮かんでくるかは驚きだった。その女の子――ひょっとしたらキャロラインじゃなくて、キャロルだったかも――にオーラル・セックスをされている最中は特にそうだ。マルティナはぴったりのタイミングでうめいた。もちろんお客にはけっしてわからない。彼らは自分たちが見ているつもりでいるもの――ふたりの胸の大きな女がおたがいをむさぼりあっている――にひどく夢中で、隠しきれない退屈の気配には気づかなかった。まあ、気づかれてもかまわないけど。

それでもこれは、たいがいの仕事とは微妙に違っていた。たいていの場合マルティナたちがプレイしてみせるのは、自身のレズビアン幻想が現実になるのを見ながら自慰をしているひとりのビジネスマンの前、あるいはもっと金になる、自分たちも参加するのが待ちきれないふたりの裕福な男の前だった。ちょっとしたレズビアンショーは、彼らにとってはアミューズブーシュ（フランス料理のお通し）で——女の子たちに突っこむのが待ちきれず、無言で互いの富と想像力、そして堕落を祝いながら、同時にふたりにまたがってきた。そういう連中はひとり残らずまぬけだったが金払いはよかったから、その手のプレイはいつも歓迎だった。

ひとりの女がふたりの女の子を雇うのは、はるかに珍しいことだった。特にシンのように、こんないい身なりをした女が。さらに珍しいのは、この女がプレイに参加しないことだった。娼婦を雇うほとんどの女は、幸せな結婚をしているが性的に満たされていなかった。地位とふつうの家族の暮らしという虚飾を求めながらも、ほかの女に触れられることを望む女たち。彼女たちにとってはショーではなく、触れることが重要だった。だがシンは違った。今回が四度目だったが、彼女はこれまで一度もふたりに指一本触れたことさえなかった。シンが自分自身に触れることもなかった。会うときはいつも同じだった——ふたりを自分のバンで拾い、ニューフォレストまで連れ出すと、ふたりの女の子がペニスバンドやなにかで激しく責めあっているのを眺める。最初マルティナたちは少し疑っていたが——これって一種のドッギング（公共の場でのセックスを見物すること）もどきじゃないの？——実際には、シンはまったく無害だった。あの頭のなかでなにが起こっているのかと思うことは、しばしばあったが。なにが目的でこんなことをしてるんだろう?

決定的に変わっているのは支払方法だった。シンは早いうちからマルティナのことをパーティー好き、クラブ好きの女の子だと見定めていた。そしてそれ以来一度も、現金で支払いをしたことはなかった。そのかわりシンはマルティナにドラッグを提供していた。きっといつてがあるのだろう。それというのも彼女がくれるドラッグの末端価格は、プレイに対して現金で支払う額を優に上まわっていたからだ。なんとかして安く――それともただで――手に入れているにちがいない。運のいい女だ。

ふたりは達して――おたがいに激しい絶頂を迎えたふりをした――数秒後には、また服を着ていた。マルティナの体は運動選手のようでたくましく――女の子にしては長身だった――シンはその姿に目を走らせてからいった。

「今日は特別なものを持ってきたの」

シンが小さな透明の薬袋を差し出した。マルティナはそれをもっとよく見ようと受け取った。袋は鷲《わし》の印がついた大きな白い錠剤でいっぱいだった。

「オーデンセから入ったばかり。気に入ると思うわ。この小さなすぐれものがあれば覚醒剤は必要ない、ほんとよ」

マルティナは待ちかねたキャロラインが差し出した両手に半分わけ、それからふたりとも躊躇せずにぽんと一錠飲みこんだ。変わった味がして——アーモンドのような香りがして甘い——それからキャロラインが、今夜はどこへいこうかと尋ねた。

マルティナはその誘いをそっけなく断ろうとしていたが——今夜は姉を訪ねるのだといって——言葉が出てこなかった。急に頭がくらくらした。まるで早く立ち上がりすぎたかのようにバランスを崩し、体の動きがばらばらになった。マルティナは声を上げて笑い、起きなおった。シンが話しかけていたが——大丈夫かたしかめている——既にその声はくぐもって、遠くに聞こえた。腕に手が置かれ、それが不意にとても重く感じられた。実際には、突然どこもかしこも重くなった。いったいなにが起こってるんだろう？　それにキャロラインがバンの床にうつぶせに寝ていた。なんだってそんなところに？　いったい——

それから急になにもかもが暗くなった。

50

ヘレンは間違いなくオフィスに一番乗りするようにした。前日にすっかりわれを忘れてマークと一緒に過ごしたあと、疑念が湧きはじめていた。身に染みついた警戒心――他人を寄せつけまいとする思い――がふたたびヘレンを襲いつつあった。彼女はそれを振り払おうとしたが――今度ばかりは屈するまいと決心して――マークを見たときに自分がどんな顔をするかわからなかったので、心の準備をする時間を稼ぐために早く出てきたのだ。

マークは時間どおりに入ってきて、さっそく自分の仕事に取りかかった。いまはもうチームのほとんどが出勤していた。ヘレンはマークのほうをちらっと盗み見た――このところ彼の見た目がずいぶんましになっていることに、チームのほかの人間は気づいているだろうか。マークは以前より痩せて血色がよくなり、取り憑かれたような様子はすっかり消えていた。今日はふたりのあいだに起こったわずかな変化を見極めながら、礼儀正しくそろそろと過ごす一日になるのだろうか、とヘレンは思っていたが、じきにそんな思いはチャーリーによって吹き飛ばされた。彼女はこの日、ヘレンに最新情報を報告するために早く出勤していたのだ。

ヘレンはいつもの手――捜索令状の準備を整えるのに充分なだけ容疑者を拘束しておく

――を使っていたから、ハンナ・ミッカリーには自己弁護の用意をしたり証拠を処分したりする時間はなかった。彼らはミッカリーのコンピュータと――ヘレンは手元のそれをポンと叩いた――日記や日誌のたぐいをほとんど押収していた。当然カルテには手が出せなかったが――それらは極秘扱いだ――もしそうしたいと思えばクライアントの情報を手に入れる方法はある。だがそれはあとだ。

ひとつのことがすぐにはっきりした。ミッカリーは今回の殺しの数々について、恐ろしくよく知っていた。サムの死、ベンの死、マリーとアンナの死に関するあらゆる切り抜きばかりか、写真も持っていた。それも地元紙から収集したもの（フェイスブックや学校の卒業アルバム等から順番に掲載されていた）ばかりではない。事件のあとで彼女が撮った、エイミーとピーターの写真まであった。ヘレンはミッカリーの日誌にエイミーの携帯番号が走り書きされているのも見つけた。なぜ彼女がこの番号を知っているのだろう。エイミーに会ったこともなければ、供述書によると話をすることも認められなかったというのに？

ミッカリーはピーターの仕事の詳細、Eメールアドレス、そして最も興味深いことに仕事のスケジュールを知っていた。ただしそれは腹立たしいことにピーターが仕事に復帰したあとのものだったから、どうやっても彼の誘拐事件と結びつけることはできなかったが。

コンピュータはより難物だった。ミッカリーに進んでパスワードを教えるよう求めたが拒否されていたので、彼らはより手間のかかるやり方をしなくてはならなかった。パスワードがわからなければ安全だと思っている人は多いがそんなことはなく、厳密にいえば関係書類を待つべきではあったが、ヘレンは押し進めることに決め、ＩＴ担当の連中がすぐにミッカリーのシステムを開いていた。

チャーリーは足で稼ぐ仕事のほとんどを終えていたので、ミッカリーのMacBook Air上のファイルをあちこち閲覧しているヘレンの横に座っていた。ほとんどのファイルは退屈なもの――仕事や家の管理関係――だったが、そのなかには宝の山が潜んでいた。コンピュータのFinderの目につかないところに隠された鍵つきの、単純に「B」と名づけられたファイル。思わせぶりな……だが今回も、開くのに長くはかからなかった。

その中身を見ると、ヘレンははっと座りなおした。留置所でエイミーがヘレンに語った一字一句そのままの、正式な供述記録だ。ヘレンは信じられない思いで目を細めた。同じく「B」のファイルに入っていたRealPlayerのアイコンをクリックすると、最悪の不安が現実となった。そこに完璧な画質で保存されていたのは、心に傷を負ったエイミーがヘレンに供述している映像だった。ミッカリーが誰であれ――何者であれ――明らかに警官を味方につけていた。この映像を彼女に渡した警官を。だがなんのために？

チャーリーが大きな音を立てて息を吐いた。重要だが衝撃的なことになりかねない形で、捜査は不意に前進していた。これは汚職？　癒着？　それともこれらの殺しに警官がなんらかの形で関わっているのだろうか？

「シャットダウンして。他言は無用」

チャーリーがうなずいたのでヘレンは席を立ち、そっと目立たないように、上司に報告に向かった。

51

頭にすっかり霧がかかったようだった。彼女はふらふらしながらどうにか立ち上がり、身震いした。視界は相変わらずかすんでいたが、湿っぽいにおいがするのはわかり、全身に寒気が走った。ここはどこ？

ゆっくりと様々な光景が頭のなかに押し寄せてきた――だがそのひとつひとつが最悪の二日酔いがもたらす頭痛のように突き刺さり、ふたたび座りこまねばならなかった。床はかたくて座り心地が悪かった。あのバン、シン、キャロラインのことが記憶によみがえった……。腕時計に目をやり、はっとして見なおした。ほんとうに二十四時間以上も眠ってたの？

げえげえ吐く音がして、マルティナは目を上げた。するとキャロラインがいた。ちょうど吐き気に襲われたところで、いまは自分のゲロにまみれて泣いている。

しっかりして。目を覚ますの。でもこれは夢ではなかった。夢にしてもあまりに奇妙だった。シンが彼女をここに運んできたのだろうか？　シンはどこ？　マルティナは大声で叫んだが、鈍いこだまが返ってきただけだった。ふたりがいるのはある種の地下貯蔵庫のなかだった――古ぼけたランタンの明かりに、レンガづくりのアーチ形天井が照らし出されていた。狭苦しく、朽ちかけている――ひょっとしたらどこかの屋敷の忘れられた物置部屋かもしれない。そんなのは理屈に合わなかった。理屈に合わないことばかりだ。

ドアには外から鍵がかかっていた。どっしりした金属製のドアだったが、それでもマルティナはガンガン叩いた。両手がずきずきし、頭痛が耐えがたくなるまで叩いた——そして打ちのめされ、またすごすごと座りこんだ。

「キャロライン？」

呼びかけたが返事はなかった。そこでマルティナは立ち上がり、彼女のほうへ歩いていった。なにが起こっているにせよ、少なくともふたりはともにその渦中にいた。途中で足になにかかたいものがあたり、床の上を滑っていった。マルティナは痛みに声を上げ、それからすぐ足元になにか別のもの——携帯電話——があることに気づいた。

マルティナはその携帯を拾い上げた。彼女のものではなかったが、キャロラインのものでもなさそうだ。ボタンを押すと、どぎつい緑色の光が画面を照らした。新しいメッセージが一件あります。

とっさにマルティナはＯＫを押した。

この電話のそばにあるのは銃だ。それには弾が一発入っている。マルティナかキャロラインのために。おまえたちはどちらが生きてどちらが死ぬかを、ふたりで決めなくてはならない。死をくぐり抜けて初めて、おまえたちは解放される。犠牲なくして勝利はない。

それで終わりだった。マルティナはさっき自分が部屋の向こうへ蹴飛ばした物体に目をやった。銃。それはろくでもない銃だった。

「これはあんたの仕業？」マルティナはキャロラインに怒鳴った。「あんたが考えた冗談なの？」

だがキャロラインはしくしく泣いて、かぶりを振るばかりだった。

「どういう意味？　あたしにはなんのことだか――」

そういいかけた彼女に向かって、マルティナは携帯を放り投げた。

「ほら」

キャロラインがおそるおそる携帯を拾い上げた。メッセージを読むにつれてその両手が震えた。それから携帯が手から落ちて床にぶつかり派手な音を立て、キャロラインは深くうなだれてすすり泣いた。マルティナは気分が悪くなった――キャロラインはどう見てもなにも知らなかった。

吐いた息が目の前で霜が降りたように白くなるのが見えた。この墓穴のなかはもっと寒くなるのだろうか？　彼女たちは誰かに発見される前に凍死してしまうのだろうか？

マルティナの人生はこんなふうに終わるはずではなかった。あれだけのことを乗り切ってきたのに、この暗い穴のなかで死ぬなんてあり得ない。

ひびのようなかすかな光が差す薄暗がりのなかで、マルティナの視線がゆっくりと銃に留まった。

52

彼女は見張られていた。

一台のトランジットバンが、もう何日も同じ場所に停まっていた。だがそのまわりではなんの作業も行われている気配がなかった。車体には水道工事業者のロゴが描かれていたが、ひとりの配管工の姿も見当たらなかったし、その会社の名前をネットで調べてみたところ——そんな会社は存在しなかった。コンピュータはまだ警察に押収されているので、その作業は新しいスマートフォンでやらねばならなかった。

ハンナ・ミッカリーはカーテンの隙間から、そのバンを観察した。いま彼らは着色ガラスごしにハンナを見て、写真を撮っているのだろうか？　それともたんなる彼女の思い過ごしなのだろうか？

捜索中の家のなかにはほんとうに大勢の人間がいて、その全員を監視しているのは難しかった。彼らにはこの家に盗聴器を仕掛ける時間があっただろうか？　警官たちが立ち去ったあと、ハンナは仕掛けられそうな場所をすべて確認していた。なにも見つからなかった。ひょっとしたらただの警官相手に、少々冷戦じみた反応のしすぎかもしれない。

しかしこれだけ多くのことがかかっているとなれば、用心しても損はない。

いま頃はあの鼻持ちならないグレースとかいう女が、ハンナのコンピュータを調べているだろう。おそらく彼らにパスワードを教えてやるべきだったのだろうが、それを突き止めるために少しよけいに苦労させてやってもいいではないか？　とにかくいま頃はもう、彼らに知られているはずだ。職業上の関心事として片づけたり、おぞましいものをぽかんと眺める趣味があるのだと謝ることさえ難しいだろう。だが警察に彼女を告発する材料がなにかあるだろうか？　もちろんない。

しかしハンナは用心しなくてはならなかった。いまや賭け金は吊り上がり、たったひとつの失敗がすべてを台なしにしてしまいかねない。今回の件では、さんざん頭を絞り計画を練ってきた。いまそれを台なしにするなど、とんでもないことだ。

日が暮れかけていた。もう長くはかからないだろう。警察はハンナの携帯の通話を傍受できるのだろうか？　もしそれがニュース・オブ・ザ・ワールドにとって充分なネタなら……。

ハンナは彼らに通話を聞いていてほしかった。そうすれば彼女にとって、事はより簡単になるだろう。より簡単に逃げられる。ハンナは興奮でぞくぞくするのを感じた――ゲームがどう転ぶかわからないときには、あらゆる動きに興奮するものだ。

53

キャロラインは寒さを避けるために膝を胸に抱えこんだが、体の震えは止められなかった。震えているのは寒さのせい？　それとも恐怖のせい？　キャロラインにはもうわからなかった。判断力が鈍ってしまっていた……あらゆることに対して。いまが昼か夜かわからなかった。自分たちがどのくらい監禁されているのか、まったくわからなかった。自分たちがどんな悪いことをしたのかも、なぜここにいるのかもわからない。わかっているのはそれが苦痛だということだけだ。

キャロラインの胃は食べ物を求めてうずき、喉はからからで、骨の髄まで冷え切っていた。目を閉じると奇妙な形が闇のなかで踊った――色とりどりの模様が蝶や鳥、虹にさえ変化した。彼女は幻覚を見はじめていた。これは肉体が活動を停止しかけているしるしだろうか？　もし運がよければ。ひょっとすると精神が崩壊しかけていて、偏執病と狂気にゆっくりと陥りはじめているのかもしれない。どうかそうではありませんように。

当初ふたりはアリを食べて飢えをしのごうとした。キャロラインは生理になっていて、その経血が部屋の片隅の床にかたまっていた。その粘りけのある甘さが虫を引きつけ、マルティナと彼女は押し合いへし合いしながら吸いこむようにしてそれを食べた。一日かそこら前にはキャロラインはゴキブリを一匹つかまえて、そのぱりぱりした歯触りにぞくぞくしながら口のなかで嚙み砕いていた。だがもう食べる物はなかった。ふたりに残されたのはひどいにおいだけだった。それに猛烈な寒さ。そして孤独。

誰かが彼女たちを捜してくれているだろうか？　ふたり組のコールガールがいなくなったところで、誰も心配してはくれないだろう。マルティナは人づきあいを避けていたから、友だちがいるとしてもごくわずかのはずだ。キャロラインには同居人――マックルズフィールドからきたシャロンという女の子――がいたが、彼女を友だちとは呼べない。シャロンには警察に電話するだけの頭があるだろうか？　それとも新しいルームメイトを募集する広告を出すだけだろうか？　たぶんあとのほうだろう――シャロンはキャロラインが金のためにやっていることを快く思っていなかったから、厄介払いするいい機会だと喜んでいるだろう。たぶんいま頃はキャロラインの部屋をきれいに片づけているはずだ。くそ女が。

マルティナには姉がひとりいたが、仲はいいのだろうか？　キャロラインには見当もつかなかった。彼女は何年ぶりかで家族を恋しく思っていることに気づいた。家から逃げたのにはそれ相応の理由があったが――誰も認めてくれたことはなかったけれど――いまはそれをひどく後悔していた。母さんは無力だったが意地悪ではなかったし、父さんは――たしかに父親にも、実際のところ夫にも向いていなかったが――キャロラインの不幸を願いはしないだろう。どうしてまた連絡を取らなかったんだろう？　ふたりの六十歳の誕生日がやってきて過ぎ去り、クリスマス、イースター、溝を埋め和解する機会はたくさんあったのに、キャロラインは一度もその努力をしてこなかった。もし連絡していたら、ふたりはどうして夜逃げしたのか話してほしいといってきただろうか？　いまの娘の生き方に嫌悪感を抱いただろうか？

心に怒りがこみ上げてきた。けっしてまた連絡を取らなかった理由は、キャロラインにははっきりとわかっていた。両親を責めていたからだ。気づいてくれなかったことに。守ってくれなかったことに。彼らに放置されていたことに対してキャロラインはいまだに激しい怒りを抱いていて、そのせいでこの世にひとりきりになっていた。そのせいで、いまは誰も彼女を捜していなかった。彼女やマルティナにはなにか――それとも誰か――生きる理由になるものがあるだろうか？　マルティナは姉さんとどのくらい仲がいいんだろう？　尋ねてみたい気がしたが、そんなことをしてなんになるだろう。競争じゃないんだから。

そうでしょう？

54

いうまでもなく、ウィテカー警視がその知らせを平静に受け止めることはなかった。

「いったいなにをいってるんだ？　警官がこれを提供しただと？」

一連の殺人事件のおぞましい性質については、箝口令《かんこうれい》が敷かれていた。イブニング・ニュースや二、三の全国紙が地方の死亡事件の急増を察知して、さらに情報を得ようと嗅ぎまわっていたが、まだどこもこれらの恐ろしい犯罪を陰で操っている黒幕の存在を見抜いてはいなかった。鑑識係やほかの補助職員は、犠牲者たちに突きつけられた致命的な最後通牒のことは知らなかった。それに関する情報――携帯電話の番号、事情聴取の映像、調書――へのアクセスは、厳しく制限されている。当然ウィテカーとヘレンは知っていたし、マークとチャーリー、それに捜査チームの中核を担うほかの警官数人も知っていたが、だいたいそんなところだ。だからデータ解析の担当者がこっそり耳打ちされたか、偶然見つけでもしないかぎり、どこから情報が漏れたのかを突き止めるためにはチーム内に目を向けなくてはならないだろう。ウィテカーは遠まわしな言い方はしなかった。捜査チームの全員を、収賄か共謀の可能性を示す証拠がないか調べなくてはならない。調査は感情に左右されず、迅速《じんそく》に行われる必要がある。

ヘレンの動きはすばやかった。最近は取り調べのテープもミニディスクも存在しない――そういう時代遅れの代物はすべて、とうの昔になくなっていた。いまでは取り調べの映像は、安全なデジタルネットワークに直接記録されていた。いったん取り調べが終わるとデジタルファイルは暗号化され、安全なサーバーにアップロードされる。保存された記録や調書にアクセスできるのは、許可を受けているユーザーだけだ。情報源はひとつ、つまりサーバーだけで、誰であろうとそれにアクセスすれば履歴が残るはずだ。

事情聴取の映像は捜査の一環として数え切れないほど視聴されており、ヘレンがそうした検索履歴を精査するにつれ、長い視聴リストがスクロールされて画面から消えていった。しかし三回だけ、実際の映像がダウンロードされ、あるいはディスクかメモリースティックにコピーされていた。そしてそのうちの二回にはヘレンが立ち会っていた――しかもそのダウンロードされたものは、まだ彼女の手元にあった。残りの一回は未認可のダウンロードだった。サーバーを丸ごと破壊しないかぎりそうした痕跡を覆い隠すのは不可能で、履歴がはっきりと残っていた。「二月十一日水曜日、午後四時十五分」

その日データ解析の担当者たちはストライキに参加していたから彼らがやったとは考えにくかったが、ひょっとすると盗人《ぬすっと》があえてその日を選んだのはそれが理由かもしれない。ウィテカーは休暇中で、ヘレンは午後いっぱい科学捜査研究所にいた。チームの警官のなかで下のものたちは、あの日は戸別の聞きこみにあたっていたから（これはダブルチェックの必要があるだろう）、建物のなかにいて安全性の高いサーバーにアクセス権のある、内情に通じた残りの警官はふたり。マークとチャーリーだ。

ヘレンはいま後悔していた。マークとの夕食の約束はなにか口実をつくってキャンセルするべきだったのに、不意を突かれてしまったのだ。マークの気分を害さず、疑念を抱かせるような振る舞いもせずに夕食の約束を取り消すことはできなかったので、ヘレンは彼につきあっていた。マークが冗談めかしていうには彼女にいいところを見せるためにかなり頑張ったようで、いまふたりが黙々とエビのブカティーニを腹に詰めこんでいるのはそのためだった。マークの失望と気まずさは充分わかっていたが——彼が思い描いていた情熱的なセックスの夜は、ずたずたになっていた——あのことを考えずにはいられなかった。ヘレンがまったくの見当違いをしていないかぎり、おそらくチャーリーかマークがチームを手ひどく裏切って、いつのまにか捜査状況を外部の人間に明かしていたことになる。もし金が目当てなら、堕落した警官はマスコミに漏らすだろう。だからこれにはなにか別の事情があるにちがいない。脅迫。色恋。それとももっと悪いなにか。

ヘレンはふたつに引き裂かれていた。マークに率直に話したかったが、そうすれば自身の首を危険にさらすことになるだろう。この件はいまや内部調査であり、もし「容疑者」と情報を共有すれば、自らも不正を犯すことになる。だからヘレンはいいたいことを我慢して、儀礼的な会話をした。

ふたりはほんとうにさっさと食事を終えて、居間に移った。ヘレンはぶらぶらとマントルピースのほうへ歩いていった。幸せな家族や別れた元妻の写真はとうに片づけられていた。残っている無数の写真はどれも、ブロンドの髪を可愛いボブにして満面の笑みを浮かべた幼い少女のものだ。

「エルシーです」

「いくつ？」

「七歳です。母親と一緒に暮らしてます。それほど遠くないところに」

だが明らかにマークにとっては遠すぎる。ヘレンはさらにいくつか関心のあることを質問し、マークはわが子を誇りに思う親にしかできないような返事をした。エルシーがいままでにどんなことをやり遂げ、興味を持ってきたか。おかしな癖や夢中になっていることにまつわる微笑ましいエピソード。それに耳を傾けるのはつらかった——娘と離ればなれになっているマークのわびしさは、傍目《はため》にも明らかだった。一年前のマークは勝ち組の警官で、彼のことしか目に入らない愛する妻と小さな天使がいた。それがいまは、なにもかもほかの男——妻の恋人のスティーブン——に奪われていた。結婚を終わらせた原因は彼らの不倫だったのに、のけものにされたのはマークだった。彼は傷ついていた——深く深く傷ついていた。ふたりの結婚の誓いに無頓着だった誰かのせいで。結局なにもかも元妻のものになり、マークのほうは賃貸の部屋に住んで、二週間に一度の週末に訪ねていくはめになっていた。

ヘレンは精いっぱいマークを慰めたが、そのあいだずっと心のなかでは小さな声が、立ち去れといっていた。明らかに彼女にのめりこみかけているこの男から離れろと。しばらくしてようやくマークは落ち着いた。とりとめのない話を聞いてもらったことに感謝しながら、マークはヘレンの頰をなでた――優しい無言の感謝だ。それからキスしようとした。

ヘレンは気がつくと玄関に向かって歩いていた。マークが謝りながら追いかけてきた。帰ろうとしてドアを開けたとき、マークに腕をつかまれて引き戻された。ヘレンはまるで火傷でもしたようにくるりと背を向けた。

「お願いだ、ヘレン、もし気を悪くしたんなら……」マークは口ごもった。

「そんなまねはよして。あなたには似合わない」

「いまなにが起きてるのかわからないんですよ」

「なにも起きてない」

「おれはてっきり、あなたとおれは……おれたちは……」

「あなたは勘違いした。わたしたちはセックスをした。それだけ」

「おれは捨てられようとしてるんですか？」

「大人げないことをいわないで」

「そうだな、だったらなんていえば？　あなたはおれのことが好きなんだと思ってましたよ」

ヘレンは慎重に言葉を選ぼうとして間をおいた。

「マーク、一度しかいうつもりはないから、どうかよく聞いて。わたしに恋をしないで、いい？　わたしはそれを望まないし、あなたもそう」

「でもどうして？」

「どうしても」

そういうとヘレンは立ち去った。途中で彼女は己の愚かさを悔やんだ。最初の直感は正しかったのだ——けっしてここにくるべきではなかった。

55

チャーリー・ブルックスはあくびをし、両腕をいっぱいにのばした。関節がポキッと大きな音を立てた――あまりに長時間、同じ姿勢で座りすぎだった。彼女はもっと頻繁に動きまわり、のびをして、体を動かそうと決め……それからすぐに低い金属製の天井に頭をぶつけた。

チャーリーは見張りが嫌いだった。閉ざされた空間、ジャンクフード、彼女に気があるか衛生観念が低い、あるいはその両方の男性警官のそばにいること。ときには成果があがることもあったが、いつだって楽しい本物の警察活動がどこかよそで起こっているような気がするものだ。ヘレンはこの仕事をやらせる下っ端を、ほかに見つけられなかったのだろうか？人目を気にせずにきびをつぶしているグラウンズ巡査のほうを見ると、チャーリーの気分はさらに沈んだ。

チャーリーは自分が罰されているという印象をはっきりと受けていた――なにが原因かはわからなかったが。彼女はこのところ間違いなく、ヘレンに「避けられて」いた。なにがいけないのか率直に尋ねたいという誘惑に何度か駆られたが、被害妄想のように思われるのが心配で、結局ぎりぎりのところで引き下がっていた。だがその感覚は依然として消えなかった。なぜかヘレンの機嫌を損ねてしまい、ひょっとするとミッカリーの家を見張る仕事はそれを償う苦行なのではないかという感覚は。

ハンナ・ミッカリーは勾留を解かれて以来、ほとんど外出していなかった。食料雑貨店と新聞販売店に二度出かけたが、せいぜいその程度だ。固定電話はいっさい使わず、携帯電話の通話は短くありふれたものだった。疑惑の雲のせいで職業人生を中断するつもりは明らかにないらしく、ひとりのクライアントが訪れていた。ふたりはもう一時間、部屋にこもっていた——どんな悩み事や不安、あるいはちょっとした過ちが話題になっているのだろう、とチャーリーは思わずにいられなかった。

そのとき不意に動きがあった。チャーリーははっと身を起こしてカメラを構えた。だが、がっかりしただけだった。セッションを終えたクライアントが帰ろうとしているだけで、その女性客は土砂降りの雨をしのぐために明るい黄色の傘を差していた。チャーリーは不機嫌に座りなおし、女が立ち去るのを見守った。

あんな服装をするなんて本物の変人にならないと無理でしょうね、とチャーリーは意地悪く考えた。紫のベレー帽に赤いレインコート——プリンスのミュージックビデオから出てきたばかりのつもり？　それにヒール。あれはまさにストリッパーが履くような——

たったいま家をあとにした女性がヒールを履いていないことに気づいたのは、そのときだった。女はフラット・シューズを履いていた。

チャーリーはグラウンズに、ミッカリーの家に向かうよう指示しながらすぐにバンから飛び出し、そのクライアントを追いかけはじめた。早足だが静かに、次第に女に迫っていったが、あとほんの四十メートル弱というところで、相手が半分振り向いた。ちらっと見ただけだったが、それが客の服を着たミッカリーだと確信するには充分だった。ミッカリーがいきなり全速力で走りだし、チャーリーは追いかけた——もし見失ったらヘレンになんといわれるだろうという思いに背中を押されながら。

追跡は簡単だろうと思っていたのだが、ミッカリーは巧みだった。高速で走っている車の流れにどうにかして隙間を見つけると、迷いなく突進して車通りの激しい道を横切った。チャーリーは絶対に逃がすまいと追いかけたが、方向転換のたびにブレーキをかける車に邪魔された。

ふたりは一本の脇道に走りこんだ。両者のあいだの距離はいま九十メートルほどで、この静かな道には人通りがなかったため、チャーリーは獲物に追いつきはじめた。七十メートル、六十メートル、五十メートル。どんどん近づいていく。

交通量の多い通りが前方にぼんやりと見えてきた。ハンナ・ミッカリーは先にそこにたどり着くと、通りに飛び出して横切った。いまではベレー帽は吹き飛んで、長い赤褐色の髪が後ろになびいている。通りを渡りきった彼女は躊躇なく、マーランズ・ショッピングセンターのお客を歓迎している入口に飛びこんだ。何秒か遅れてチャーリーが後に続いた。

退屈してまわりにちょっかいを出している大勢の小中学生。歯の隙間をほじっている警備員。セインツのシャツを着たふたりの不格好な若者。だがミッカリーの気配はない。

そのとき赤褐色のものがちらっと見えた。遠くのエスカレーターの上だ。チャーリーは追跡を再開し、鉢植えやよちよち歩きの幼児を飛び越えながらスピードを上げていった。速く、速く、速く、チャーリーは疾走した——酷使された肺が焼けるようだ。のんびり歩いている中年客を押しのけて、中二階へ突進する。

赤いコートだ。トップショップの店舗に消えていく。そこから出る道はない。チャーリーがあらかじめ身分証を提示しながら全速力で駆けこむと、警備員たちが体を起こしはじめた。これでようやくヘレンの目をまともに見られるだろう——生きのいい獲物を引き渡せる。

ただし。それは赤いコート違いだった。色は合っていたが、着ている人間が違う。それはデートのための買い物をしていた独り者で、汗まみれの女性巡査に手荒に扱われているのに気づいて少し驚いている。

「いったいなんなんですか？」

「くそっ！」チャーリーは既に、驚いた犠牲者から離れかけていた。そしていちばん近くにいた警備員をつかまえた。

「赤いコートの女がここを走っていくのを見なかった？　誰か赤いコートの女を見なかった？」

既に望みがないことはわかっていながら、チャーリーはぽかんとしている無数の顔に目をやった。

ミッカリーは逃げ失《う》せていた。

56

ふたりはもう何日も動いていなかった。絶望に打ちのめされ、押しつぶされていた。飢えが解放してくれるだろう――逃げる手段がないことははっきりしていた。

最初のうち、キャロラインの見た目はホームレスのようだった。いまは飢饉《ききん》の犠牲者のようで、肋骨《ろっこつ》がいたるところで皮膚を突き破りそうになっている。マルティナのほうがまだ余力があり、くる日もくる日も飢えに苦しめられながら、いまもなんとか立ち上がろうとしていた。

「もう一度やってみようよ」

マルティナは自分の声に活力と希望を込めようとしたが、キャロラインはうめいただけだった。

「お願い、キャロライン、あたしたちもう一度やってみなくちゃ」

今度は、キャロラインはマルティナが本気でいっているのかたしかめようと頭を上げた。見込みがないのに、どうして自分に鞭打つようなことをするの？　ふたりで力いっぱい体当たりしたのに、ドアはびくともしていなかった。彼女たちの肩にはあざができ、爪が割れていた。それ以上できることはなかった。

「誰かの耳に届くかもしれないでしょう」

「外には誰もいないわ」

「やってみなくちゃ。お願い、キャロライン、あたしはまだ死ぬ用意ができてないの」

長い間を置くと、キャロラインはゆっくりといやいやながら、疲れ切った体を引きずるようにして床から起こした。絶望するのは希望を持つよりも楽だった。希望は残酷だ——それは二度と経験できないのではないかと思うものを、キャロラインに約束した。愛、温もり、安らぎ、幸せ。そうしたものは、この墓に生き埋めになっているあいだはどれひとつあり得なかった——夢だ。いまキャロラインが望んでいるのは絶望に浸れるようにそっとしておいてもらうことで、もし数分間むだにドアに体当たりすることでマルティナを黙らせられるならそれでよかった。

やけになったキャロラインは全速力でドアに体当たりした。痛みは強烈だった——肩に焼けつくような激しい痛みが走り、それがゆっくりと残酷な鈍い痛みに変化した。彼女は腹を立てて振り向いた。

「いったい手伝う気は——」

マルティナが自分に銃を向けているのを見て、キャロラインは声を失った。彼女はだまされていた。この悪賢いあばずれにだまされていたのだ。

「ほんとうにごめん」マルティナはそうつぶやき、恐ろしい光景を見ずにすむように目をつぶって引き金を引いた。銃声がレンガづくりの部屋に響き渡った。

だが悲鳴は上がらなかった。肉が裂ける音はしなかった。銃弾がドアにめりこむ鈍い音がしただけだ。マルティナは撃ち損じていた。

繰り返し引き金を引いたが、弾が一発しか入っていなかったのはわかっていた。救済の一発。

キャロラインが飛びかかり、マルティナを突き倒した。ふたりは埃まみれになって激しくもみ合ったが、マルティナは劣勢で、じきにキャロラインが上になった。彼女の両膝がマルティナの胸をしっかりと押さえつけ、それから横に開いて相手の腕を胴体に固定した。そしていまキャロラインの血にまみれ皮のむけた指が、マルティナの喉に巻きついていた。

キャロラインは頭に血が上り、錯乱していた。だが勝ち誇っていた。そして大きな喜びの金切り声を上げて、若い娼婦を絞め殺した。

彼女の勝ちだった。

57

「彼女はどこ？」チャーリーは怒鳴った。ミッカリーのガウンを羽織ったマーサ・リーブスは、居間の椅子に静かに座っていた。警察に告発される危機に直面しているにもかかわらず、まったく後悔している様子はない。警察の勘違いで罪もない女性が不当に嫌がらせを受けているのだから、もし手を貸すことができるならなぜそうしてはいけないのか、と思っているらしい。

「彼女は殺人の容疑で捜査対象になってるの。そしてあなたのやってることは、その共犯よ。どれくらいの罪になるかわかってるの？　十年。ホロウェイ女子刑務所で毛深い女たちをかわしながら過ごす十年よ」

冷ややかでむき出しの反抗的態度。

「そもそも、ここにはなんのために？」

「もう放っておいて。絶対にあなたには――」

「あなたはなんなの？　変態？　ヤク中？　いったいどんなちょっとした過ちを犯せば、あのいかさま師に一時間三百ポンドも払って解決しなくちゃならなくなるっていうの？」

グラウンズ巡査はこれを潮に家の外に出た。大騒ぎをするのは好きではなかったし、ブルックスのやり方は度を越しつつあるようだった。それが誰のためになるのか、彼にはよくわからなかった。どんな事情があるにせよ、あれではなんの成果も得られないだろうから、グラウンズはこの機会をとらえて無線連絡をした——ほかの誰かが少しでも幸運をつかんでいないかたしかめるために。

召集がかけられて手の空いている部隊はすべて、その地域に緊急出動していたが、ミッカリーの気配はなかった。鋭い観察眼を持った警察補助員のひとりが、マーランズ・ショッピングセンターを出てすぐの車輪付のごみ箱に捨てられた赤いコートを見つけていたが、それだけだった。ミッカリーは跡形もなく消え失せていた。悪態をつきながら、グラウンズは家のなかに戻った。

「彼女にはこんなことをする権限があるの？」部屋に入ったグラウンズに、マーサが怒鳴った。チャーリーは彼女のハンドバッグを忙しくかきまわしている最中だった。

「ええ、そうですよ。彼女がこんなふうになってるときは、ただ辛抱して待つのがいちばんです」

ふたりの女はそろって彼をにらみつけた。携帯電話、口紅、ブラックベリーのスマートフォン、コンドームがひとつ、ティッシュ、安物のプラスチックケースに笑顔の家族写真を入れたキーリングに通した鍵、お菓子、またコンドーム……。

「結婚してるの？」

初めてマーサが一瞬ためらいを見せた。だがチャーリーは既に、マーサの携帯にある連絡先をスクロールしていた。

「アダム？　違う？　だったら、クリス？　コリン？　デイビッド？　グラハム？　グラハムを試してみましょう……」

そして通話ボタンを押した……。

「トム。彼の名前は……トムよ」

チャーリーは電話を切った。

「あなたがここにいることを彼は知ってるの？」

マーサが足元に視線を落とした。

「だと思った。いいわ、それじゃあ彼にあなたを迎えにきてもらって、うちまで――」

「もうたくさん」

「呼び出し音が鳴ってるわよ」

「もうたくさんっていったでしょう！」

「さあ、トム、出て！」

「バレー」

「いまなんて？」

「彼女がいくつもりだっていってたの……バレーに」

そろそろ困惑したトムの声がスピーカーから聞こえてきてもおかしくなかったが、チャーリーは電話を切った。

「続けて」

「正確な場所は知らない――でも、ビーベス・バレーにいくつもりだっていってた。まっすぐ行って戻ってくる。一時間以上はかからないだろうって」

チャーリーは玄関を出ると、自分の車に向かって走った。グラウンズは彼女のやり方が気に食わないかもしれないが、効果がないとは誰にもいえないだろう。いまや追跡は再開され、クライマックスに向かっていた。ミッカリーはビーベス・バレーに向かっていた――サウサンプトンの悪名高い風俗街、エンプレス・ロードがある場所に。

58

キャロラインは地獄に向かってどんどん沈んでいた。そしてマルティナの生気を失った亡骸が、彼女の道案内をするお付きの悪魔だった。いくら目をつぶっても、背を向けても、悲鳴を上げても、叫んでも、涙を流しむせび泣いても、マルティナの無言の非難を遮ることはできなかった。

さらに悪いのは笑い声だった。このすべてを仕組んだ邪悪なあばずれの笑い声。あの女はふたりに約束していた。こういったのだ。もしふたりのうちひとりが……。キャロラインはさらに少し泣いたが、もう涙は涸れていた。もはや差し出せるものはなかった。

すべてはペテンだったのだ。あの女はとうにいなくなっていた。そしてキャロラインは？　キャロラインは女の子をひとり殺していた。罪もない女の子を殺し、その報酬は？　死だ。

もしかして自殺するべきなのだろうか？　異様な高揚感が心を貫いた。キャロラインは命を絶つ手段を求め、地下貯蔵庫を歩きまわった。マルティナの服で首を吊ることはできるが……それを吊るせる場所がなかった。天井は滑らかだったし、その場に調度品はなかった。鋭い角はなく、凶器に改造できそうなものもない。じきにキャロラインは、自分が銃弾で開いた穴を狂ったようにひっかいているのに気づいて——出てきなさいよ、くそったれが！

――あきらめ、いまいちど絶望に陥った。

そのときいきなり鍵穴のなかで鍵がまわり、ドアが勢いよく開いた。

「よくやったわ、キャロライン」

女の声は聞こえたが、姿は見えなかった。一瞬キャロラインはその場に凍りついた。自分を責めさいなむ存在がふたたび現れたことで、すっかり恐怖にとらえられてしまったのだ。だがなにも起こらなかった。あの女はまだそこにいるのだろうか？　そんなふうには見えなかったし、音も聞こえなかった。突然キャロラインは立ち上がり、ドアに向かった。もしあの女がまだそこにいたら、そのいまいましい首をへし折ってやる。かかってきなさいよ！　だがそれから、自由に向かって突進していたキャロラインは立ち止まった。そして振り返った。

マルティナ。そこには死んでじっと動かない彼女がいた。ふたりで入れられて、いまはひとりだけが出ていこうとしている。キャロラインは敷居の上に立っていた。なかにとどまっているあいだは、彼女は犠牲者だった。いったん外へ踏み出せば、殺人犯だ。

だが、ほかにどんな選択肢があっただろう？　生きるためには己の罪を抱きしめなくてはならない。だからキャロラインはよろめきながら戸口をくぐった。

そこはひと続きの階段のいちばん下だった。上から光が降り注ぎ――ある種のはね上げ戸を通って——一時的に目がくらんだ。ふたたびキャロラインは躊躇した。誘拐犯が上で待ってるんじゃないの？　ゆっくりと着実に、彼女はきしむ階段を上っていった。そして光の海のなかに出た。

キャロラインはひとりきりだった。朽ちかけた家にひとりきり。大きな家だ。ちょうどキャロラインがずっとそうだったように、愛されず、求められていない。だがまさにこの瞬間、彼女はこの家を愛していた。その明るさ、人気がないところ、自身の自由を。キャロラインは恐怖を感じることも強制されることもなく、どの方向へでも歩いていくことができた。ふたたび自らの運命の主人になっていた。

キャロラインはくすくす笑いだした。やがて腹を抱えて笑っていた——荒々しく、しわがれて、気が触れたような笑い声。生きのびたのだ！

まだ笑いながら、キャロラインは足早に正面のドアに向かった。それをこじ開け、どうにか庭の短い小道を進んでいくと、賑《にぎ》やかな町の通りに面した門を抜けた。

59

チャーリーは十五分きっかりでビーベス・バレーに到着した。パトカーなら十分でいけただろうが、それは問題外だった。ミッカリーを警戒させたくない。グラウンズ巡査は、すっかり頭にきたマーサ・リーブスのお守りに置いてきた——彼女がミッカリーに接触して警告する可能性を軽視するわけにはいかなかったのだ。

ミッカリーの特徴は巡回中の制服警官に伝えられていて、チャーリーは即座に彼らの捜索活動を調整しにかかった。ビーベス・バレーは安っぽいスーパーに工業団地、それに倉庫のみすぼらしい集まりだった。狭い土地で、通りの美観を損なう多数の不法占拠された建物や廃屋を利用して住みついている娼婦やジャンキーとは、地元の警官の多くが顔見知りの間柄だった。この閉ざされた共同体ではニュースは驚くほど速く伝わり、噂になる。今回は有用な情報が事件を解決してくれるかもしれない。彼らはミッカリーを現行犯でつかまえられるだろうか？　チャーリーは脈が速くなるのを感じた——いままで追跡のスリルに心臓がドキドキしたことは一度もなかった。だが今回はたんにそれだけではない。これは個人的な問題だった——ミッカリーを二度も取り逃がすつもりはなかった。

五分。十分。十五分。まだなんの気配もない。ガレージや自動車修理工場の内外。スーパーや小型タクシーの事務所。しかしどこへいっても反応は同じだった――写真を見て、礼儀正しく首を振る。

そのとき通りで騒ぎが起こった。助けを呼ぶ声がする。ひとりの女性が地面にうつぶせに倒れていた。チャーリーはそこまで数秒で駆けつけ、彼女がとてもひどい状態なのを知った。正気を失った目、顔の切り傷から流れる血。だがあの女とは無関係だった。暴力的なボーイフレンドの鬱憤晴らしの的にされた、ひどく酔った地元の女の子だ。制服警官が抗議する犯罪者を連れ去り、チャーリーは狩りに戻った。

二十分。三十分。いまだに無線は沈黙していた。チャーリーは己の不運を呪った。跡形もなく消えることができるなんて、いったいあの女はどうなってるの？　マーサ・リーブスがミッカリーの居場所について嘘をついていないのはたしかだった――この情報は無理やり引き出さなくてはならなかったのだ。それならあの女はいったいどこに？　あと三十分、場合によってはもっと待ってみよう。なにかわかるにちがいない。

また雨が降りだした。最初はしとしとと、やがて大粒の重たい滴が落ちてきて、それからいきなり雹《ひょう》が降りだした。濡れそぼった髪に氷が跳ね返り、チャーリーはまた己の不運を呪った。だが事態はさらにずっとまずいことになろうとしていた。

「捜索を中止しなさい」

チャーリーはくるりと振り向いた。ヘレンが到着していたのだ。そして彼女は機嫌がよさそうには見えなかった。

署に戻る途中、ふたりは口をきかなかった。捜索が中止された理由の説明も、重要参考人を取り逃がした（二度も）ことに対する予想された訓戒もなし。なにが起こっているのかわからず、チャーリーはそのことが気に入らなかった。生まれて初めて彼女は、警察に連行されるのがどんな気分か実感した。容疑者になるのがどんな気分かを。チャーリーはなんとか話をし、緊張感を払いのけて、なにが起こっているのか突き止めたかった。だが明らかにその選択肢はなかった。だからチャーリーはシートに座り、無数の不吉な筋書きを黙って想像しながら苦しんでいた。

ふたりは無言で警察署のなかを歩いていった。ヘレンは取調室を占領し、自身の携帯の電源を切った。ふたりの女はじっと見つめあった。

「どうしてあなたは警官になったの、チャーリー？」

くそっ、これはまずい。もしこれが最初の質問なら、明らかにチャーリーは深刻なことになっていた。

「本分を尽くすため。悪いやつらをつかまえるためです」

「それであなたは自分がいい警官だと思う？」

「もちろん」

長い沈黙があった。

「ハンナ・ミッカリーのことを聞かせて。そしてあなたがどんなふうに彼女を取り逃がしたかを」

チャーリーはその質問に対して感情的になるつもりはなかった。どんな質問を投げかけられても、落ち着いていなくてはならない。すべてがそれにかかっているかもしれないのだ。そこでチャーリーは、どんなふうにミッカリーに出し抜かれたかを話した。自分たちがミッカリーを取り逃がしてしまった顚末を。どう見ても既に深刻な事態に陥っているときに、あれこれ取り繕ってもむだだ。

「ハンナ・ミッカリーのことはどのくらい前から知ってる?」

「知ってるとは?」

「どのくらい?」

「彼女とは知り合いじゃありません。わたしたちは彼女を連行して、取り調べをし、コンピュータの中身を漁って……それだけです。わたしが彼女について知っていることは、ボスと変わりません」

さらに沈黙。

「あなたは彼女の犯罪に興奮する?」

このやりとりは妙なことになっていくばかりだ。

「もちろんしません。今度の犯罪は卑劣です。ぞっとします。もしミッカリーが有罪なら、二度と牢から出てこられないよう願います」

「それにはまず彼女を見つけないとね」

ローブローだ。でも、たぶんそういわれてもしかたないだろう。チャーリーはミッカリーの件で、間違いなくドジを踏んでいた。さらに死人が出るだろうか？　そして今回は、彼女が、罪悪感を抱くことになるのだろうか？

「ピーター・ブライトストンが自殺したと聞いたとき、あなたはどう感じた？」

「わたしがどう『感じた』か、とは？」

「彼のことを弱い人間だと思った？」

「いいえ。もちろんそんなことはありません。わたしはあの人を気の毒に思いました。わたしたちはみんなもっと――」

「だったらアンナとマリーのことは？　彼女たちを気の毒に思った？　それともああなって当然だと？　あのふたりは間違いなく弱かった。地元の連中の呼び方だと……能なし？」

「いいえ。絶対にそんなことは思いません。あんな死に方をして当然の人間なんて、誰もいません。それに出すぎたことをいうようですが――」

「あなたはお金に困ってる、チャーリー？　借金がある？」

「いいえ」

「もっと広い家が必要？　もっといい車が？」

「いいえ。わたしはお金には困ってません」

「誰にだってお金は必要でしょう、チャーリー。あなたはどこが違うの？　あなたはギャンブルをやる？　お酒は？　まずい相手から借金をしてる？」

「いいえ！　絶対にそんなことはありません」

「だったらどうしてあんなことを？」

打ちのめされて、チャーリーはついに顔を上げた。

「あんなこと？」

「いま話してくれれば、あなたを助けられる」

「すみません、あなたがなにをいわせたいのかわたしには――」

「なぜあなたがこんな形で彼女に自分を利用させたのか、わかっているふりはしない。いちばんましなシナリオは、弱みを握られていたというもの。最悪のシナリオは、あなたが彼女と同じくらいねじ曲がっているというもの。でもこれはわかって、チャーリー。もしいまわたしにほんとうのことを――なにからなにまで――話さなければ、あなたは死ぬまで牢屋行きになるでしょう。不正をした警官の身に刑務所でなにが起こるか知ってる？」

そしてすぐに、なにもかもが腑《ふ》に落ちた。

「わたしはやってません」

沈黙。

「誰かが彼女に協力していると考えておられるのは知っています。この署の人間が。チームの誰かが。でもそれは、わたしじゃありません」

「でも、あなただってことはもうわかってる」

「そんなはずはありません。わたしにはアリバイがあります。わたしにアリバイがあることはご存じでしょう。たしかに署にはいましたが、その時間には失踪人課でジャッキー・タイラーと話をしていました。少なくとも四十分間、あそこで行方不明になったカップルについて調べて——」

「ジャッキーは、あなたはいなかったといってる」

「そんな、まさか、それは間違いです。彼女は供述で——」

「彼女は取り消した。時間を勘違いしてたといって」

重く途方に暮れた沈黙。初めてチャーリーの目に涙が浮かんだ。ヘレンは続けた。

「最初はたいしたことだとは思ってなかったけど、いまはあなたがきたのは昼過ぎだったと——」

「いいえ、違います、彼女は嘘をついてるんです。わたしはあそこにいて、ジャッキーと一緒に過ごしました。彼女と調べたカップルの名前をすべてお話しでき——」

「あなたにはがっかりしたわ、チャーリー。それにあなたはわたしたち全員を裏切った。もしあなたに良識か誠実さのかけらでもあるなら助けてあげられただろうけど、もう汚職対策班にまかせることにする。彼らは五分後にここにやってくるから、あなたの話を整理して——」

チャーリーはさっと手をのばしてヘレンの手をつかんだ。

「わたしじゃありません」

長い間。

「あなたに好かれていないのはわかってます。あなたに評価されていないのはわかってます。でも誓ってわたしじゃありません。わたしは……」

いまや涙はとめどなく流れていた。

「わたしはけっして……わたしにはできません。まさかわたしがあんなことをするなんて、どうして思えるんですか?」

激昂《げきこう》してそういった。それからチャーリーは泣き崩れた——低くしわがれたむせび泣き。

「わたしじゃありません」

ヘレンは彼女を見ていたが、ようやく口を開いた。

「いいでしょう、チャーリー。あなたを信じます」

チャーリーは信じられない思いで顔を上げた。

「でも……」

「汚職対策班はこない。それにジャッキーはけっして供述を取り消していない——彼女はあなたに確固たるアリバイを与えてる。こんな方法を取らざるをえなかったのは残念だけど、ほかに選択肢がなかった。わたしは誰がこんなことをしているのか知る必要がある」

「それなら？」

「あなたの疑いは晴れた。わたしたちがこの会話をしたことは誰にも知られる必要はないし、あなたの勤務評定に書かれることもない。顔を洗って仕事に戻りなさい」

そういうとヘレンは出ていった。チャーリーは両手で頭を抱えた。ほっとした思いと極度の疲労が嫌悪感と混じりあった——彼女はこの瞬間ほどヘレン・グレースを嫌いだったことはなかった。

部屋の外で、ヘレンはひとつ息をした。胃のあたりがむかむかした。チャーリーを厳しく追いこんだせいではなく、彼女の無実が意味することのせいで。もう容疑者はひとりしか残っていなかった——マークだ。

60

キャロラインは全身をこわばらせ、人が動く気配をとらえようと耳をそば立てていた。解放されてから四日間、ほぼ一睡もしていなかった。マルティナの幻が頭にちらついていたせいもあるが――苦しそうにあえぎ、目が飛び出している――ほんとうにずっとキャロラインを眠らせてくれないのは、恐怖だった。生きのびた幸福感は徐々に、消えることのない恐怖に変わっていた。どうして自分は解放されたのだろう？　人を殺す能力があることを示したいま、どんな恐ろしい運命が待っているのだろう？

キャロラインは許可が出るとすぐに病院を出て、急いで自分の部屋に戻っていた。どこかなじみのある場所、安全な場所にいたかったのだ。だがルームメイトのシャロンはキャロラインをひと目見るなり、いかないでほしいという彼女の懇願を無視して両親の元に逃げ帰ってしまった。あとで鏡を見て、ルームメイトが逃げていった理由がわかった。キャロラインの姿は気が触れ人間離れした、ゾンビのようだった。生気がすべて吸い出されてしまっている――血の気が失せ、亡霊のようで、しゃべることは支離滅裂。キャロラインは自身の恐ろしい体験を表現する言葉を見つけられずにいた――延々と続く悪態や脈絡のない言葉は、ほとんど意味をなしていなかった。

ひとりきりで取り残されると、キャロラインの疑念と恐怖はふくれあがりはじめた。頭を絞った末に、望みのものはなんでも手配してくれる男のことを思い出すと、彼女は五秒ごとに熱に浮かされたような目をして肩ごしに振り返りながら、男が無断で住みついている空き家に急いだ。ATMを使うときには手が震えていたが、必要なものは手に入った。五百ポンドあれば、銃を一丁と弾を六発手に入れるには充分だった。銃をカバンに入れて家路につきながら、キャロラインは安らぎをおぼえた。もし――いつか――危険が訪れても、そのときには少なくとも武装して、備えができているわけだ。

日々はゆっくりと、しかし何事もなく過ぎていき、やがてキャロラインはひとりでいるとあまりに気が変になりそうだったので、仕事に戻ろうとした。彼女を見た客たちは明らかに警戒し、いままでどこにいたのか、どうしてそんなに痩せ細り、気もそぞろになっているのかと知りたがったが、キャロラインはでたらめをいってごまかした。彼らにちょっとしたつまらない嘘を吹きこんで、目の前の仕事に集中しようとした。彼女はひっきりなしに飲んでいた。そして飲んだ。ウォッカ、ウイスキー、ビール、なんでもいい。震える手で誰かをイカせるのは難しかった。

キャロラインはもうたいして罪の意識は感じておらず、ただ怖いだけだった。シンはまだどこかその辺にいた。キャロラインの命をもてあそび、彼女を人殺しにした神のようなシンは、まだそのあたりをうろついていた。床板がきしみドアがバタンと音を立てるたびに、キャロラインは飛び上がった。ゆうべは爆竹が破裂した音にひどく驚いて、客の前で泣きだした。急いで出ていく相手の顔に浮かんだ戸惑いの表情を見て彼女は心を決め、足早に家に帰った――こんなに早く仕事に戻ったのは間違いだった。

そんなわけでキャロラインはいま自分の部屋に戻り、上掛けを首まで引っ張り上げて、かたわらのテーブルに置いてある銃に手をのばしていた。誰かが部屋に入ってこようとしていた。時間は午前五時で、外はまだ真っ暗だ。これがシンの計画なのだろうか？　闇に紛れて彼女のところにやってくるための？　キャロラインはベッドからそっと抜け出した――じっとしているほうが実際になにかするよりも恐ろしかった。向こう側でシンが待ちかまえているのを半ば予期しながらドアを開けたが、廊下には誰もいなかった。

キャロラインは床板がきしむたびに悪態をつきながら、寝室をそっと抜け出した。居間には誰もおらず、玄関も問題なかった……。だがまた聞こえた。まるで誰かが錠前をこじ開けようとしているか、なんとかなかに入ろうとしているような、そっとひっかく音が。キャロラインは銃をさらに少し強く握りしめた。物音はキッチンから聞こえてくる。覚悟を決めて忍び足でキッチンに向かい、足でドアをつついて開けた。

キッチンは空っぽだったが、そのとき突然窓のところで物音がした。バン。キャロラインは躊躇なく発射した。一度、二度、三度。それから気がつけば割れた窓に駆け寄っていた。彼女は自分を苦しめている相手をきっぱり片づけてしまおうとかたく決心して通りを見下ろした……。しかし見えたのは、ものすごい速さで逃げていく隣の飼い猫だけだった。さっきの音は猫だったのだ。ばかないまいましい猫め。

　キャロラインは床にくずおれ、自身が置かれた状況の救いのなさと絶望を身に染みて感じ、胸を波打たせた。彼女が生きているのは形ばかりにすぎなかった――キャロラインの命はもはや彼女自身のものではなかった。彼女は際限のない恐怖にがっちりととらえられ、マルティナに対して収めた勝利はむなしく価値のないものになってしまった。銃をごみ箱に投げ捨てたキャロラインは警察に電話して、犯した罪を告白した。


　ヘレンは言葉につかえながら正式な自白をするキャロラインを、テーブルを挟んでじっと見ていた。キャロラインは罰を受けることを覚悟していた。罰を受けることを望んでいた。だからヘレンが、告発されることはまずないだろう――もちろん彼女の話のつじつまが合い、そのつらい体験について黙っていると約束すればだが――と請けあったときには、がっかりしているようにさえ見えた。

　キャロラインはヘレンたちを、現場となった家に案内した。買い主の起業家がその後不況で破産し、朽ちるにまかせていた建物だ。既にネズミやハエを引きつけているマルティナのように。その悪臭に――じめじめした地下貯蔵庫で腐りかけている死体の――吐き気がしたが、ヘレンは死体を見なくてはならなかった。

いったいなにを期待していたのだろう？　突然の閃きか？　いまの捜査方針に勢いを与えるため、ヘレンはその犠牲者が知り合いであることを期待すると同時に恐れてもいたが、その若い娘にはこれまで一度も会ったことがなかった。正直なところ、のたれ死にするはめになったどこにでもいるシリコンで胸を膨らませた娼婦のように見えた。殺人犯はなぜ彼女を選んだのだろう？

キャロラインはシンに関する情報を提供した。いまは赤褐色の髪をしているようだ。彼女はシンを喜ばせるためにマルティナとふたりでやってみせていたパフォーマンスを、生々しく詳細に説明した。肉体的な接触はいっさいなく、会うのはいつも犯人のバンのなかだった。

「彼女はどうやってあなたたちに接触してきたの？」

「ネットで。マルティナがサイトを開いてて。そこにメールを寄こしたんです」

データ解析班がそのサイトを調べていた――ＥメールからＩＰアドレスまでたどっていけないかたしかめようというのだ。しかしヘレンは期待していなかった。あの女の鎧はあまりにも完璧で、そんなミスを犯す余地はなさそうだった。だからヘレンは犠牲者たちに注意を戻した。

キャロラインの経歴は特に珍しいものではなかった。彼女は十六のときに、いやだといっても聞く耳を持たない祖父から逃れるために家出していた。まずは信じやすい客をだまして、品物を届けずに金をまきあげることからはじめた――自分よりも足の速い相手に出くわすまでは。そのあとは何日も歩けなかったが、いったん歩けるようになるとマンチェスターに背を向けて南を目指した。最初はバーミンガム、それからロンドン。そしてついにサウサンプトンにやってきた。残念ながらキャロラインはありふれた娼婦だった。家族に裏切られ、人生に痛い目に遭わされ、小才を利かせて生きのびている。気が滅入るがよくある話だ。

それならこのゲームで重要なのは、マルティナのほうなのだろうか？　それとも彼女たちはでたらめに選ばれただけなのか？　ふたりのうちではマルティナのほうが興味深かった。少なくとも、もし彼女についてなにかわかっていればそうだっただろう。マルティナがサウサンプトンにやってきたのはわずか二カ月前だった。彼女は姉と連絡を取り合うぐらいで友人もおらず、社会保障番号も持っていなかった。マルティナは白紙だった。それ自体が興味深い。

ヘレンはひとりで取り調べを行った。規則では誰かが同席することになっていたが、いまは気にしていなかった。これ以上の情報漏れは許されない。しかしちょうど調べを終えようとしていたときに入ってきた知らせで、すべてが変わった。ついに彼らを裏切っていた人間を確実に見つけ出す好機がきた。

ミッカリーがふたたび姿を現していた。

61

マークは一杯やらずにはいられない気分だった。ここ数日は拷問《ごうもん》のようで、彼の体、脳、魂はアルコールによる解放を渇望していた。最初の一口はいつも最高で――別にアル中にならなくてもわかることだ――いまは近所の酒屋にいきたい気持ちを全力で抑えこんでいた。

マークはのけ者にされており、その理由はさっぱりわからなかった。彼が弱いからだろうか？　ヘレンに悩みを打ち明けたときにはそうすることが――包み隠さず、正直に、偽りなく――自然に思えたが、もしかしたらいまはそのもろさのせいで軽蔑されているのかもしれない。ヘレンは彼と寝たことを後悔しているのだろうか？　それともなにか別の理由があるのか？

チャーリーともヘレンとも、何日も顔を合わせていなかった。ふたりは外出しているか、一緒に取調室に閉じこもっているかだった。ふたりのあいだの雰囲気はふだんよりもはるかに険悪で――いちばんいいときでもヘレンはチャーリーに対して無愛想だった――なにかが起こっていた。だが少なくともチャーリーはヘレンの世界に存在していて、その点ではマークよりもましだった。

もう遅い時間だったが、チャーリーが警察のジムでのボクシングのクラスをけっしてさぼらないことはわかっていた。なにがあろうと彼女はクラスに出るだろうし、いまマークがジムの駐車場でぶらぶらし、通り過ぎる人たちから好奇の目で見られているのはそのせいだった。

そしてチャーリーが現れた。マークは名前を呼びながら急いでそちらに向かった。彼女は――数秒前にはジムに向かって足早に駐車場を横切っていた――少し足取りを緩めたようだった。いまはうろたえながら彼にどう接するかを考えるため、少しだけ時間稼ぎをしているのだろうか？　かまうものかと思い、マークは単刀直入に切りだした。

「きみに気まずい思いをさせたくないんだが、おれはなにが起きてるのか知らなくちゃならないんだ、チャーリー。おれがなにをしたっていうんだ？」

少し間があった。

「わたしは知らないの、マーク。いまあの人はわたしたちみんなに対して、いやなやつになってる。もしなにか知ってたら、間違いなくあなたに教えてるわ」

チャーリーはしどろもどろだった――言葉数は多いが内容はほとんどない。マークには彼女が嘘をついているのがわかった。これまでもチャーリーが名女優ぶりを発揮したことは一度もなかった。でもなぜだ？　彼らはずっとうまくやってきたし、いつも仲間だった。ヘレンになにをいわれたのだろう？

「頼むよ、チャーリー。どんなに気まずいことでも、それとも悪いことでも、おれは自分がなにをやらかしたのか知らなくちゃいけないんだ。おれにはもうこの仕事しかない。もしそれを失ったら、おれはエルシーとの面会も人生の楽しみも全部なくすことになる。だからもし少しでもなにか知ってるんなら……」

チャーリーはふたたび嘘をつき、彼の疑いの視線から目をそらしながらなにも知らないと言い張った。マークは彼女を解放した――こみ上げてきた怒りをいったん鎮めるにはそうしたほうがいい。彼はひどく落ちこんで署に戻った。いまはどこへいってもふさぎこんでいたが、署にいるほうがマークにとって安全だった。誘惑が少ない。そして頭のなかで履歴書の下書きをしながらデスクにつこうとしていたとき、その電話がかかってきた。それはジム・グリーブスからだった。

「彼女は彼だったってことを、ちょっと知らせておこうと思ってな」

「なんの話です？」

「マルティナだよ、娼婦の。いい胸やなにかを持っていたかもしれんが、彼女が男だったのは間違いない。おそらくここ数年以内に手術を受けたんだろう。尻の様子から見て、たとえ客筋は違っても、あの道に入ってからかなりになるのかもしれん。もしわたしがきみなら、そこから手をつけるだろうな」

するとマルティナは男の子として生まれたわけだ。たちまちマークは活気づいた――ささやかな情報だが、もしそこからなにかわかればヘレンの冷たい態度を溶かすきっかけになるかもしれない。突然マークはゲームに復帰した。

62

「マールボロ・ゴールドを二十箱ちょうだい」

ヘレンはタバコを吸いすぎていた――それはわかっている。だがミッカリーの向かいに座る前に考えをまとめたかったし、タバコはいつも心を落ち着かせてくれた。だから署を抜け出して、地元の新聞販売店にきていたのだ。店主は後ろに手をのばし、頼もしい白と金の包みを引っ張り出した。そしてそれをカウンターに放り投げた。その澄ました顔から見て、とんでもない金額をふっかけてくるだろう。

「わたしにおごらせてくださいよ」

エミリア・ガラニータ。また待ち伏せだ。ほんとにもっと用心しないと、とヘレンは心のなかでつぶやいた。こうしょっちゅう見つけられているようでは、相手を図に乗らせるだけだ。

「いいえ、けっこう」ヘレンはそういって、差し出された手に十ポンド札を一枚乗せた。店主はエミリアを露骨にじろじろ見ていた。新聞からエミリアだと気づいたのだろうか、それともめちゃめちゃにされた顔のせいだろうか？　一瞬ヘレンは少しだけ敵に同情した。

「調子はどう、エミリア？　元気そうね」

「絶好調ですよ。わたしが心配なのはあなたのほうです。あなたは三件の殺人事件の捜査に、どう対応しておられるんですか？」

「前にもいったように、ベン・ホーランドの死は事故――」

「サム・フィッシャー、ベン・ホーランド、マルティナ・ロビンス。全員殺された。これはサウサンプトンでは前代未聞の事態です。現場はすべて辺鄙な場所で、殺人事件は似合わない。わたしたちはいま、なにを相手にしているんでしょう？」

エミリアの手にはレコーダーが見えていて、ヘレンの不愉快そうな反応を記録したがっているのは明らかだった。それとも恥をかかせたいのか？　ヘレンは緊張感を楽しみながら相手をじろじろ見ると、こう答えた。

「それは憶測でしょう、エミリア。でも、もうすぐあなたに話せる材料がもっと手に入るよう願ってる。いままさにわたしたちはある人物を勾留して、こちらの捜査に協力してもらっているところだから。もしそうしたければ記事にしてもかまわない。これは憶測じゃない。事実よ。あなたたちはまだ事実を記事にしてるんでしょうね？」

そういうとヘレンは立ち去った。署に引き返すヘレンの足取りは軽かった。今回ばかりは主導権を握っているのがいい気分だった。彼女はこれから起こるはずのことを胸の内で嚙みしめながら、深々とタバコの煙を吸いこんだ。

63

ミッカリーは黙りこんでいた。取調室のテーブルを挟んでもう一時間以上もヘレンとにらみあっていたが、相変わらずどこにいたのか明かそうとはしない。

「すべてはまったく罪のないことだったんです」ほとんど笑みを押し殺しているような顔で、ミッカリーがいった。

「だったらなぜ変装を？　あの追いかけっこは？　警官に止まるよう命じられたのに、あなたは従わなかった。そのことだけ取っても、牢屋に放りこむべきね」

「わたしはクライアントと会っていたんです」ミッカリーが言い返した。「そして地元警察を引き連れて彼らのところにいくのは適当ではないと感じた。あの人たちはもう既に充分問題を抱えているんです、信じてください」

「だけど、まさにそこなの――わたしは信じない」

ミッカリーは肩をすくめただけだった――明らかにヘレンの考えには、ろくに関心が持てないようだ。隣に座っている弁護士も、同様にとり澄ましていた。時計が刻々と時を刻んでいた。沈黙の一分間。二分間。そして沈黙が破られた。

「また一からはじめましょう。昨日の午後、あなたはどこにいたの？　誰と、どういう理由で会っていたの？」ヘレンは大声を出した。

「話すつもりのあることはもうすべて話しました。職業上の信頼を裏切ることはできないし、そうするつもりもありません」

いまやヘレンは本気で腹を立てていた。

「これがどれだけ深刻なことか、あなたはわかってる？」

ふたりの女は見つめあった。

「あなたは複数殺人の第一容疑者なの。あなたを逮捕して告発するときには、五回の終身刑を強く求めようと考えてる。仮釈放も減刑の可能性もなし。死ぬまで牢のなかで過ごすことになる。そしてあなたが手に入れるどんなつまらない束の間の譲歩も、いまどう振る舞うか次第でしょう。まさにこの取調室で。なぜあんなことをしたのか――なぜマルティナやほかの人たちを殺したのか――話せば、わたしはあなたの力になれる」

「マルティナ？」ミッカリーが尋ねた。

「とぼけないで。わたしがほしいのは答えで、質問じゃない。そしていまから五秒以内にならにかしゃべりはじめなければ、わたしはあなたを五件の殺人容疑で逮捕する」

「いいえ、それはないわね」

「どういう意味？」

「あなたがわたしを逮捕することはないでしょう。あなたがわたしを告発することはない。

わたしがいっさいなにも話すつもりがないのはそのためよ」

ヘレンはじっと相手を見つめた——この女は本気なのだろうか？

「ほかに誰も容疑者はいないの、ハンナ。あなたは第一容疑者。そして告発されることになる。今回は逃げられない」

「あなたはポーカーをやらないんでしょうね、警部補。そうでなければもっとましなはったりを利かせられたでしょうに。わたしにお手伝いさせてちょうだい」

ヘレンは相手の眉間《みけん》に一発お見舞いしたい気分で、ミッカリーのほうはそれを察していた。彼女は続けた。

「現在あなたがたはシリアルキラーを探している。なにか別のことみたいに取り繕うのはやめましょう。そればかりか、あなたがたはきわめて珍しい種類のシリアルキラーを探している。女性のね。女のシリアルキラーの名前をいくつ挙げられるかしら？　アイリーン・ウォーノス、ローズ・ウェスト、マイラ・ヒンドリー。たいした人数じゃないわね。だから彼女たちは興行的に儲《もう》かる。みんな女シリアルキラーが大好きなの。タブロイド紙、映画製作者、世間の男たち——みんな殺しを繰り返す女たちに魅了される。でも今度のは……」

ミッカリーは効果を狙って間をおいた。「……今度の犯人はほんとうに人を引きつける。なぜかって？　それは彼女がとてもずるがしこくて、とても手際がいいけれど、ひどくとらえどころがないからよ。どうやって犠牲者を選んでいるの？　それにどんな理由で？　誘拐した人たちをどちらも、それともひとりだけ憎んでいたの？　どうすれば結果を予測できるの？　誰が生きのび誰が死ぬかを気にしているの？　それになぜ彼らなの？　被害者たちが彼女になにをしたの？　この犯人は史上初の、己の犯罪によって命を落とす側よりも生きのびる側の被害者に興奮するシリアルキラーなのかしら？　彼女は異色の、ほかに例のない存在よ。そして大評判になるでしょう」

ヘレンはなにもいわなかった。ミッカリーにからかわれているのはわかっていたから、反応して満足させるつもりはなかった。ミッカリーは笑みを浮かべて続けた。

「この特別な物語にはいくつかの結末がある。でもいちばんいいのは――そしてすべてのタブロイド紙の三流記者や読者が望むのは――粘り強い警官が最後には犯人をつかまえる、というものでしょう。それからわたしたちはみんな犯人の顔写真をしげしげと眺め、事件のむごたらしい詳細や『専門家』の見解、それにのぞき見根性が透けて見える記事が詰まった、十二ページの特別版を読んで楽しむことができる」

ミッカリーは自分が話している内容に興奮していた。

「誰も――特にあなたがたが――望まない結末は、大失敗からはじまる。評判のいい無実のエキスパートの逮捕」――ミッカリーはその言葉を強調した――「これは殺人犯がつかまる前にこの件が発覚するという結果を招くわ。タブロイド紙はいきり立ち、世間の人たちは怯え、突然無数の目が無数の顔に注がれるようになり、山のような偽の手がかりで取調室があふれかえっているあいだに、殺人犯を地下に潜らせることになる。犯人は姿を消して、あなたがたは困難な状況に直面し、わたしはとびきり高額の賠償金を手に入れてずっとほしかったボートを買う」

またもやミッカリーは効果を狙って間をおいた。

「だからあなたが自分の胸に尋ねなくてはならない質問はこうよ、警部補」ミッカリーは続けた。「あなたにはわたしがやったという絶対的な確信があるの？　そしてそれを証明できるの？　もしそうでなければ、もし自分が犯そうとしているとんでもない大失敗が見えるなら、まだ踏みとどまる時間はあるわ。正しい行動を取るため、わたしを解放して自分の捜査に戻るためのね。わたしは無実よ、ヘレン」

ヘレンの名前がこれほど「くそったれ」とよく似た響きで発せられたのは、初めてのことだった。それは間違いなくいいスピーチだった。そしてそれは関連するいくつかの疑問を生じさせた。ほんとうに病的にひどくゆがんだ心を抱えた人間が、同時にこれほど説得力を持って自身の考えを明確に述べられるだろうか？　他人がなにを考えどう感じているかをこれだけしっかり把握している人間が、ほんとうに異常な社会病質者だということがあり得るだろうか？

「もう帰ってかまわないでしょうね？」ミッカリーはたたみかけずにはいられなかった。

ヘレンはしばらくじっと相手を見てから、こういった。

「わたしはこの部屋で話し合った問題について、まだ無理に正式な告発へ持っていくつもりはない――わざわざいうまでもないでしょうけど、捜査の継続中はあなたが秘密にしておくべき問題についてね」

ミッカリーは笑みを浮かべると、帰り支度をはじめた。

「でもあなたは警官に止まるよう求められたときに従わなかったし、それは少なくとも留置所でひと晩過ごす充分な理由になると思うんだけど？」

ヘレンはそういうと、今度ばかりは言葉を失ったミッカリーを残して部屋を出た。

64

無数の疑問にヘレンの頭はくらくらした。ミッカリーはほんとうのことを語っていたのだろうか？　もしかしたらミッカリーは殺人犯ではないのかもしれない――もしかしたら彼女がこれらの殺人に執着するのには、なにかまったく別の理由があるのかもしれない。金か。ミッカリーにはこの件が明らかになれば世界じゅうを騒がす大事件になるのがわかっていて、ひょっとすると一歩先をいくために自分がつかんだ事件に関する内部情報を利用したくて躍起になっているのかもしれない。

考えれば考えるほど、つじつまが合ってきた。おそらくミッカリーは既に、殺人犯のものの見方に関する心理学的な洞察や警察の捜査から得た本物の証拠を網羅した、殺人に関する権威ある報告書の草稿を書きかけているのだろう。運良く犠牲者のうちふたりとつながりがあったために事件を嗅ぎつけていたが、ミッカリーは野心的な女性でさらに多くを求めた。彼女が初めてマークに近づいたのはいつだったのだろう？　それになぜ彼だったのか？　進行中の捜査について事細かに教えてもらうために現役の警察官に賄賂を贈るような図々しさを、どこで身につけたのだろう？　もしあの女が及ぼした不健全な影響が殺人犯を捕らえようとする警察の活動を妨げてきたことが明らかになれば、そのときは懲役を食らうことになるだろう。少なくともそう考えればいくらか慰めになる、とヘレンは苦々しく思った。

ミッカリーが留置所で指をくわえて待っているあいだ、ヘレンには行動する時間があった。しかし慎重に、規則に則ってやらねばならないだろう。だからヘレンのひとつ目の計画は、ウィテカーに会いにいくことだった。彼女が自身の主張の要点を述べるあいだ、ウィテカーは険しい表情でそこに座っていた。明らかに彼らはマークを捜査から外さねばならないが、本人やほかの捜査員たちに不審を抱かせずにやれるだろうか？　いや――もちろん無理だ。彼らはマークを停職にし、告発する必要がある。そうすればもちろんマークは復讐《ふくしゅう》のため、そして利益を得るためにまっすぐマスコミに向かうかもしれない。しかしウィテカーはかなりの額の退職勧奨金、ひょっとすると警察年金と服務金を維持するだけで、彼を口止めできるかもしれないと考えた。以前効果があったやり方だったし、マークは裕福な生まれではなかった。マークの裏切りにそんなふうに報いることを考えるとヘレンはどうにも納得がいかなかったが、ウィテカーのほうはもっと現実主義者だった。

「わたしに処理してほしいかね？」彼は尋ねた。

「いいえ、わたしがやります」

「懲戒処分を下すときに管理職が主導するのは慣例に――」

「ええ、なぜこのケースがそれにあたるのかは知っていますし、理解もしていますが、わたしは彼がなにを誰に漏らしたのか知る必要があります。もしわたしひとりで立ち向かえば、それをつかめる可能性が高くなると思います」

ウィテカーはじっと彼女を見た。

「きみは彼に対してなにか特別な強みを持っているのか?」

「いいえ、ですが彼はわたしを尊敬しています」ヘレンはすばやくいった。「わたしはでたらめはいわないし、もし取引を持ちかければ、それは偽りではなく誠意ある申し出だとわかるでしょう」

ウィテカーはこの説明に満足したようだった。そこでヘレンはその場を離れた。彼のオフィスから出るのがこれほど嬉しかったのは初めてだった。とはいえ、これは楽な部分だ。難しいのはマークと向きあうところだろう。

ヘレンは車に乗りこんでドアを閉めた。一瞬世間の物音が、それが抱えるすべての心配事とともにくぐもった。世界から切り離された束の間の平穏は、ヘレンの上に石の雨を降らせつづけた。どうしてマークにあそこまで近づくことを許してしまったのだろう? どうして話の聞き役に彼を選んでしまったのだろう? 明らかにマークはヘレンの捜査の詳細を余さず漏らしていたというのに。パブで、捜査本部で、マークとしたおしゃべりを思い出し、ヘレンは顔をしかめた。繰り返した推理、容疑者の検討。ひょっとするとミッカリーの本のなかでは既に、醜悪で誇張されたヘレンの姿——へまばかりしている無力な警官——がつくりあげられているのかもしれない。そして不運にも無知な警官たちに追われる、機知に富んだ殺人犯の幻が。

痛みに声をあげて下を見ると、掌に爪が食いこんでいた。ヘレンは苛立ちと怒りに駆られるあまり、血を流していたのだ。己の愚かさに毒づきながら、彼女はふたたび集中しようとした。いまはひょっとすると、などと考えているときではなかった。想像上の戦いをしても意味がない。それはこれまでに充分やってきた。いまは心を落ち着け、強く毅然《きぜん》としているべきときだ。いまは行動のときだった。

65

マークが最初に感じたのはある種の安堵《あんど》だった。彼は一日じゅうマルティナに関する進展について話すためにヘレンをつかまえようとして、果たせずにいたのだ。いまヘレンはそこにいて、マークの家の玄関ドアにもたれかかっている。満ち足りた思いが湧き起こり、なにかそれ以上のもの――希望？　興奮？――になった。ヘレンはオフィスで呼び止めるのではなく、ここに、マークのもとに戻ってきていた。もしかしたら彼女は謎めいた、気分屋の、扱いにくい女でいたいのかもしれない。だがヘレンの表情のなにかが、それは違うと告げていた。

マークがドアを開けてなかに通すあいだ、ヘレンはなにもいわなかった。ゲームをはじめるよりしかたなかった。ほんとうにどれだけまずいことなのか見てやろう。そこでマークは椅子を引き寄せると、ヘレンの向かいに座った。最初に動くのはどちらだろう？

「わたしたちがこういう形で会うのはこれが最後かもしれない。わたしたちは友だちだったし、それ以上の関係だったから、わめいたり怒鳴ったり非難したり嘘をついたりして、この話し合いが必要以上につらいものにならないようにしましょう」

話をしているあいだヘレンは、目を光らせてマークの反応をじっと観察していた。

「マーク、あなたはわたしたちを裏切っていた。ほかに表現のしようはない。あなたはわたしを、チームのみんなを、いまのあなたをつくった警察を裏切っていた。さらに悪いことには、あの邪悪なろくでもない犯人に殺されてきたなんの罪もない男女を裏切って――」

「おれにはなんのことだか――」

「ウィテカーと話した」ヘレンは遮った。「だから嘘をついて逃れようとしてもむだ。いまは正式な手続きにかかろうとしているところで、あなたは十中八九警察から追放されることになる。あなたのデスクは片づけられ、立ち入りを制限された区域に近づくことはいっさい許されない。この話し合いが終わったら、あなたの身分証を預からなくてはならない」

マークはじっとヘレンを見つめた。

「こういうことになったほかのものたちを見てきて、どれだけ不快なことになる可能性があるかはわかってるでしょう。でもマーク、あなたは自身の処分を寛大なものにすることができる。わたしはあなたが邪悪な人間だとは思わないし、心底腐っているとも思わない。きっと理由が――しかるべき理由が――あったにちがいない。こんなとんでもないことをするような理由が。もしその理由を洗いざらい打ち明けて、わたしが求めるあらゆる形で協力する用意があるなら、いまここで取引しましょう。あなたにもなんらかの見返りはある」

長い沈黙があった。

「なぜここに？」

マークの反応にヘレンは不意を突かれた。かっとなって否定するのではなく、たんなるゲームの一手。その口調には本物の苦々しい響きがあったが、いまここで起こっているのはなにか別のことだった。どういう魂胆なのだろう？

「どうしておれに話しにきたんですか……そんなことを？」最後の一言は吐き捨てられた。挑戦だ。ヘレンはマークをじっと見てから答えた。

「ほかの誰よりも先に、この耳で聞きたいから。あなたがレコーダーに向かって供述することになる前に、なぜあんなことをしたのかわたしに話してほしい。あなたからわたしに、話してほしいの」

ヘレンの口調が不意に感情的になった——個人的に裏切られたという本音が、ついにあふれ出したのだ。マークはただ彼女を見つめるばかりだった。まるでヘレンがギリシャ語をしゃべってでもいるかのように、面食らった様子だ。

「おれがなにをしたと思ってるんですか、ヘレン？」当たり障りのない言い方だったが、その口調にはばかにしたような響きがあった。

「よしなさい、マーク。たとえこんな状況でも、あなたにそんな態度は似合わない」

「教えてくださいよ。いったいおれがなにをしたのか」

怒りが戻ってきて、ヘレンの顔は険しくなった。どうしてこの傲慢《ごうまん》な男を近づけたりしたのだろう？

「あなたはミッカリーにわたしたちの捜査情報を流した。わたしたちを裏切った」

さあ——とうとう全部さらけ出したわ。

「そしてわたしはその理由を知りたい」

「くそったれ」

ヘレンはつくり笑いを浮かべたが、自分でもその理由はよくわからなかった。マークが一瞬怒りの表情を見せ、まるで彼女に向かってこようとするかのように立ち上がった。ヘレンはひるんだが、マークのほうは既に背を向けていて、いまは無言で部屋のなかを行ったり来たりしていた。ヘレンはこれまで一度も彼が荒っぽい反応を示すかもしれない、危険な存在になるかもしれないと考えたことはなかった。この男はどれだけおかしくなってしまったのだろう？　ひょっとしたらマークのことを、まったくわかっていなかったのかもしれない。

口を開いたとき、マークは明らかに必死で怒りをこらえようとしていた。

「おれがそんなことをするなんて、どうして思うんですか？」

「ほかには誰もいないから」

「あなたにはアクセス権があった。それにウィテカー、チャーリー、データ解析の担当者……」

「データが盗まれたとき、署にいたのはチャーリーとあなただけだった。解析班はストライキ中で、ウィテカーは休暇、わたしは現場に出てた」

「だからおれにちがいないって？　チャーリーはどうなんです？　そうかもしれないと考えたことは――」

「彼女じゃない」

「どうしてわかるんです？」

「チャーリーにはアリバイがある。それに彼女はわたしの目を見て、自分じゃないといった。どうしてあなたはそうしなかったの、マーク？　のらりくらりとどっちつかずの態度を取るかわりに、どうしてわたしの目を見て自分はやってないといわないの？」

　短い間があった。

「あなたが信じてくれないからですよ」

　その声に込められた悲しみは圧倒的だった。どういうわけかヘレンは、立ち上がって彼を慰めてやりたくなった――ヘレンは傷ついた手に爪を食いこませ、その衝動と戦った。痛みが全身を巡り、心が落ち着いた。

　目を上げると、マークが自分のために大きなグラスにワインを注いでいるところだった。

「どうしてなんです、ええ？」そういってマークはグラスを空けると、ヘレンの前のテーブルに叩きつけるように置いた。彼女をにらみつけながら、グラスをふたたび叩きつける。もう一度、さらにもう一度、とうとう脚がポキンと折れてグラスが粉々になるまで。手のなかに残ったものを部屋の向こうに投げ捨ててから、マークは血まみれの手で髪をかきむしった。

ぱっと燃え上がった怒りは、いまは消えてしまったようだった。

「どうしてまず尋ねてくれなかったんですか？　動きだす前に」

「理由はわかってるでしょう。もしあなたをえこひいきしたと取られるようなことがあれば……わたしが……わたしたちが……」

「自分の身がかわいかった、そうなんですね？」

「そういうことじゃない。それはわかってるでしょう」

「いいですか、おれは長いあいだ自分がなにかまずいことをしたんじゃないかと、心底思ってたんです。あなたを怒らせたんじゃないか。なにかふたりの関係のことでひどい失敗をやらかしたんじゃないかって。それから、これは階級の違いの問題じゃないかと思った。あなたが考えなおしたんだって。でも本気でそう信じたわけじゃなかったから、もしかしたらあなたはただの変人なのかもしれないと思った。きれいで気紛れな変人だって。そして、いいですか？　そういうことならおれは満足してたでしょう。そういうことならやっていけたはずだ」

　驚いたことに、マークは声を上げて笑った。だがそれは一瞬の、苦い思いがにじんだ笑いだった。ヘレンはもう少しで言い返しかけたが、マークがそれにかぶせるようにいった。

「でもまさかこんなことになるなんて、思いもしませんでしたよ。あなたがおれを締め出した理由がこんなことだったなんて。なんだってあなたはそこまで確信を持って、そこまで本気で思うんですか？　おれが賄賂のために自分の仕事を、自分の将来を、いい父親になる機会を、それに——くそっ——また恋をする機会を投げ捨てるなんて」

「誰も賄賂のことなんていってないでしょう？」

「とぼけないでください」

「わたしは一度も報酬のことには触れてない」

マークは大きく息を吐いた。それから血まみれの自分の手に目を落とした。

「彼女にお金をもらったの、マーク？」

またもや長い沈黙があった。

「あなたはいま、大きな間違いを犯してますよ」

「彼女にお金をもらったの？」

「それにおれは昼も夜もずっとここに座って、なぜ自分がけっしてあの女に話していないか、なぜ自分がけっして彼女と共謀していないか、賄賂をもらっていないか、なぜおれがなにも間違ったことはしていないかを、あなたにはっきりと話すことができる。だけどそんなことをしたってむだでしょう？　列車は駅を出発してしまって、もう引き返せない。そしておそらくおれには、あなたがどうしてこんな仕打ちをするのかけっしてわからないでしょう。警官の性《さが》か、上からのお達しか、それとも……なんだか知りませんが、具体的な証拠もまったくなしに。でもひとついっておきます。おれは自分の家で弁護士の立ち会いもなしに、ここに座ってあなたに尋問されるつもりはありません。あなたはこれまで規則どおりにやってきた。もちろん規則どおりにやってきましたよ。だからあなたはウィテカーのところへいき、チャーリーと話して、おぞましい黄色い書式を汚職対策班に送るでしょう。そういうわけでおれは、規則どおりにやるつもりです。どこかのくそみたいな……犯罪者のように絞られるつもりはありません。弁護士や組合代表と一緒に取調室に座って、なんだか知りませんがあなたがおれにかけている嫌疑のあら探しを、じっくりと慎重にしてやりますよ。自分の潔白を証明し、あなたが大ばかに見えるようにするためにね」

マークは椅子をすばやく後ろに押しやると足早に玄関に向かい、荒々しくドアを開けた。ヘレンは従うしかなかった――とにかくここにいるのは危険な状況だった。

「おれたちが寝たことは話すべきですかね？」マークが攻撃した。「それで『旗色』がよくなるかな？　なぜあなたがおれのキャリアをぶちこわそうとしているかの説明になるかもしれない。ひょっとしたらおれはベッドでよくなかったのかもしれない。ひょっとしたらあなたは自分自身を裏切ったと感じたのかもしれない。それがわが身に跳ね返ってくるかもしれないとね。そう、いまが間違いなくそのときですよ」

ヘレンはいま、玄関まできていた。とにかく外に出たかったが、マークの話はまだ終わっていなかった。

「おれはあなたを憎むべきなんでしょうね。でも憎んでない。気の毒に思ってますよ」

ヘレンは乱暴に戸口を抜けると、急いで階段を下って立ち去った。どうしてマークに気の毒に思われて傷つくんだろう？　彼は堕落した警官、腐ったリンゴだ――彼のいうことなんか、誰が気にするものか。ヘレンはそう自分に言い聞かせたが、少しも効き目はなかった。たとえ腹を立て傷ついている最中でも、マークに自信をくじかれてしまったのはわかっていた。彼はとても頭にきて、ひどく憤慨し、自身の潔白をずいぶんと確信しているようだった。証拠はすべてマークを指していた。ヘレンがそんなひどい勘違いをすることはあり得なかった。

それとも？

66

あの日のことはとてもはっきりと覚えている。そのあとのこと――惨めさ、暴力、わびしさ――はなにもかも、あの日からはじまった。たしかにあれ以前も状況は厳しかったけれど、それは予想のつくことだった。あんなことは、わたしは予想していなかった。

わたしたちの家でパーティーのようなものが開かれていた――ジミーおじさんの誕生日だ。彼らは一日じゅう酒盛りをしていて――誰かがノミ屋で勝ったので――みんながいつも以上に酔っ払っていた。近所の人たちが既に二度やってきて、騒音のことで卑猥《ひわい》な言葉をわめいていったが、うちの連中は気にしなかった。また一段とボリュームを上げただけだ――ザ・スペシャルズの「エンジョイ・ユアセルフ」が最大音量で流れていた。わたしたちはタバコや缶詰の余り物をたかろうとうろついたが、歓迎されなかった。最後には、踊ったりグラインドダンスをしたりしている中年のろくでなしどもより気の滅入るものはなかったので、わたしは頭にきてベッドに向かった。母さんはその頃には酔いつぶれていて、父さんとその「仲間」は彼女が正体をなくしているのをいいことに、よくばかないたずらをすることがあった。一度父さんが眠っている母さんに小便を引っかけたことがあり――連中はみんなやった――そんなものを見ているのはいやだったから、仲間はずれにされるほうがましだった。

最初は父さんが部屋を間違えたのだと思った。あまり酔っ払いすぎて、どっちが上かもわからないのだと。それでわたしは頭にきた——こっちはただでさえ一睡もしていないというのに。こんなふうに隣で正体をなくされていては、どう考えても眠れるはずがない。でも父さんは眠っていなかった。それに眠る気もなかった。

最初わたしはじっとしていた。あまりのショックに動けなかったのだ。父さんの右手がわたしの右のおっぱいをぐいとつかんだ。それからわたしはその手を払いのけようとしたが、無理だった。父さんが手に力を入れた。さらに強くつかまれて、それがほんとうに痛かったのを覚えている。わたしはもがいていた。ただの悪い冗談ならいいと願ったが、そうではないことはもうわかっていたのだと思う。あいつはわたしに馬乗りになり、狭いベッドに押さえつけていた。

わたしはやめてくれるよう必死に訴え、哀願しはじめていたと思うが、父さんの指は既にわたしの寝間着の上のほうにあり、合わせ目を探っていた。その手はざらざらして毛深く、拳を突っこまれて痛みにたじろいだのを覚えている。わたしはまだ処女で——ほんの十三だったのだ——彼のような男の相手をするようにはできていなかった。父さんの反対側の手が、わたしの頭を枕に押しつけた。わたしは目を閉じて、自分が死んでしまうことを願った。それが止まってくれることを。だがそうはならなかった——あいつはひたすら容赦なく続け、そのあいだずっとうめいていた。

ついに父さんは飽きたのか、それとも息が続かなくなったのかもしれない。手をジーンズで拭きながらベッドから出ると、戸口へ引き返していった。ほんとうに出ていくかたしかめようと向きを変えたとき、初めて見物人がいたことに気づいた。ジミーと二、三人の仲間が一緒に眺め、にやにや笑い、声を上げて笑っていたのだ。父さんはふらつきながら連中の横を通り過ぎて廊下に出た。ジミーが彼をそのままいかせて、ベルトのバックルを外しはじめた。

そしてわたしは、今度はジミーの番で、これははじまりにすぎないのだと悟った。

67

「ごめんなさい。あなたにあんなことをいうべきじゃなかった。本気じゃなかったの。あなたを傷つけるつもりはなかったし、申し訳ないことをしたと思ってる」

そんな言葉が女の口からあふれ出し、ジェイクは優雅に優しくうなずいて相手の謝罪を受け入れた。彼女が現れたとき、ジェイクはなかに入れることに二の足を踏んだが、一瞬ためらったあとで態度をやわらげていた。理屈の上では誰かを自分の人生から排除するのは大いにけっこうなことだが、その相手が玄関先にいて助けを求めているときに追い返すのは難しいものだ。

「わたしたち、またふつうに戻れる？」

その言葉は雄弁ではなかったが心の底から出たもので、その瞬間ジェイクは、誰もがその人自身の「ふつう」の概念を持っていることにはっとした。ひとりひとりのふつうの定義は、ほかのみなのそれと同様、奇妙で混乱している。ジェイクは彼女のことをあまりに拙速に判断するという間違いを犯していた。たとえ相手の怒りや暴言が、ひどく不快で不当なものだったとしても。女がつらい経験をしているのは明らかだったし――それがいつのことだったのかも、なぜなのかも、ジェイクにはわからなかった――もし彼が気分をましにしてやれるなら、それはいいことだ。いま送っている人生にいたるまでの彼自身の旅は、予測のつかない変わったものだった。子どもをまったく望んでいなかった両親のもとに生まれたジェイクは、数え切れないほどのおばあちゃんやおばちゃんたち――みな一様に無関心な――のあいだでたらいまわしにされた挙げ句、里親制度というメリーゴーラウンドに乗ることになった。その過程で苦労はしていたが――それほど深刻ではないにせよ――愛されず、そのことに痛みを感じないというのは難しいものだ。その痛みを制御して利用する術を学んだことが、ジェイクを形づくっていた。そうやって彼は不安とうまくつきあい、自分やほかのものたちを興奮させるやり方で己の苦しみをあがなったのだ。ジェイクは従順な路線を試し、最初の恐怖を乗り越えたあとは充分楽しんだが、心の奥では支配する側でいたかった。内心ではその選択をさせたのは己の自信のなさだとわかっていたが、ジェイクはそれを受け入れることができた。いま彼には責任があり、重要なのはそこだった。

ジェイクは生きていくなかで、物事が秩序立ったいい場所にたどり着いていた。また彼女を受け入れることになるのがわかっているのは、そのためだ。女はジェイクを傷つけたが後悔していた。彼女にはほかに誰かいるのだろうか？　ジェイクはいないだろうと思い、初めて自分が必要とされていることに気づいた。彼女を拒絶するのは残酷だし、危険だろう。

「ああ、またふつうに戻れるさ。だが五時にひとりクライアントがくることになってるから……」

女はジェイクの意図を察して帰ろうとしたが、部屋を横切る前に彼をハグした。これもルール違反だったが、気持ちよかったのでジェイクはそのままにしておいた。立ち去る彼女を見送りながら、ジェイクは自分がひどくほっとしていることに驚いていた。女が彼を必要としているのはたしかだったが、ことによるといまジェイクは、自らが彼女を必要としていることに気づきはじめているのかもしれなかった。

68

ハンナ・ミッカリーはいい夜を過ごしたとはいえなかった。これまでたびたび専門家の立場で刑務所を訪ねたことがあり、そのたびに不快な気分になってきた。だから一夜を過ごすために監房に向かったときは、ほんとうに不安だった。そして、そう、なにも悪いことは起こっていなかった。だがそれは長くて寒い陰気な夜で、一緒にいたのは十七歳のジャンキーひとりだけだった——夜中に恐怖で漏らしてしまうジャンキーだ。彼女が漏らした小便は房の隅へ流れていってそこに溜まり、夜が明けるまでずっと悪臭を放っていた。

ハンナはとにかく家に帰り、シャワーを浴びて眠りたかった。これまでずっと平静を保ってきたが、いまはくたびれて虐げられた気分だった。だから顧問弁護士のサンディが車で迎えにきてくれたときには、深い安堵のため息をついた。ハンナは彼にキスし——これまで一度もしなかったことだ——うちに連れて帰ってほしいと頼んだ。だがサンディには別の考えがあった。

「きみが会うべき人がいるんだ」

「そう、それが誰にしても、待ってもらわなくてはね。わたしはまっすぐうちに帰ってベッドに入るわ」

「一度かぎりの申し出なんだよ、ハンナ。この件に関しては、わたしの助言を聞き入れるべきだと思う」

ハンナは歩みを緩めてサンディを振り返った。

「きみの時間を一時間、それだけでいい。着替えはきみのところから持ってきてある。手早く済ませるなら、わたしのところでシャワーを浴びてもかまわない。面会は一時間足らずのうちにはじまる。信じてくれ、ハンナ、これはきみがずっと待ちわびていたことなんだ」

サンディの家で勢いよく流れる水を浴び、ハンナはたちまち元気になった。ほんとうならさっぱりして気持ちが落ち着いているはずなのだが、それには興奮しすぎていた。頭は疑問でいっぱいだったが、なにより強く感じているのは少女じみた興奮の一種だった。ハンナは幸運をつかんでいた。彼女とサンディはやってのけたのだ。

車で移動する途中で、サンディから申し出の概略は聞かされていた。それはハンナにとって願ってもないほど気前のいいものだった。当然向こうはそのかわりに多くを求めていたが、ハンナは細心の注意を払って準備をしてきて、必要な材料はすべてそろっていた。新聞との取引のあとは出版契約をまとめることになるだろうし、それがテレビ出演につながり、ほかにもありとあらゆることが考えられる。ハンナは名声を得、金持ちになり、それから？　ひょっとしたらアメリカに引っ越すことになるかもしれない。向こうには彼女が一生忙しくしているのに充分なだけの、悪質な犯罪行為がある。

相手が女性だったのは予想外だった。それもこんなに魅力的な女性だとは。まったく、これぞ先入観だ——タブロイド紙の記者といえば男だろうと思う。それでもその女性は信じられないほどの情報通で、相手の調査手腕と、ここまで踏みこんだ厚かましさの両方にハンナは感銘を受けた。要するに競争に勝つことが重要なのだ。取引はすみやかに、惜しみなく成立し、三人はその場ですぐに手を打った。それを受けて女は、持参していた——念のために——シャンパンのボトルを取り出した。ハンナはまたしても相手の厚かましさに驚いた。

しかしそれは上物だった。そして効果てきめんだった。ハンナは酒に弱くはなかったから、頭がくらくらするのは首尾よくいったことでどっとアドレナリンが出たせいにちがいない。この様子だとサンディも同じように感じているだろう。

69

ヘレンは非行に走った女子生徒のように、ウィテカーのデスクの前に立っていた。自分が呼び出された理由はわかっていた。そして彼のほうはヘレンがわかっていると知っていた。だがそれでもウィテカーはじっくり時間をかけてイブニング・ニュースを一ページずつパラパラとめくってから閉じると、第一面を上にして注意深くテーブルに置いた。

「お手上げ！」

見出しがヘレンに向かって叫んでいた。今朝いちばんにエミリア・ガラニータの記事を読んだ彼女は、それが一連の出来事のあちこちにさざ波を立てるだろうとすぐに悟った。そこにはエイミーとサム、それにベンとピーターに関するいくつかのめぼしい事柄の詳細と、マルティナに関するおおざっぱなヒントが二、三書かれていた。しかしそれは前置きで、その続きに書かれていたのはミッカリーの放免と、「目下捜査を担当しているひとりの巡査長」の停職だった。まずいことになったようだ。ウィテカーは既に上司からさんざん絞られたようで、そのことはヘレンが入っていったときに見せた激しい非難の表情に表れていた。

「彼女に電話します」気がつくとヘレンはそういっていた。「非難や攻撃をやめさせられないかたしかめてみましょう」

「少々遅いんじゃないかね？　それにその必要もない。彼女にはわたしが直接電話してある。あと五分でここにやってくるだろう」

エミリアが満足げに部屋に入ってきた。彼女は軽いおしゃべりやらなにやらを楽しみながら、時間をかけてお茶にするかコーヒーにするかを決めた。指名を受けて呼び出されたことを明らかに楽しむつもりのようだ。

「なにかつけ足すことはおありですか、警視？　あなたはまだグレース警部補に捜査を率いる資質があると信じておられますか？　なにか進展はありましたか？」

「わたしがここにいるのは事件のことを話すためではない。きみのことを話すためだ」ウィテカーはすぐさまぶっきらぼうに言い返した。

「わたしにはどういうことだか――」

「きみはこの件から手を引くときだ。きみの介入は誤解を招きやすいし、助けにならない。わたしはそれをやめてもらいたいのだ。なにかほんとうに伝えるべきことが出てくるまで、もう記事はなし。わかったかね？」

ヘレンはウィテカーの大胆なやり方を面白がった――誰にも昇進の邪魔はさせないというわけだ。

「あなたがマスコミに指図しようとしておられるのではないことを願い――」

「まさしくわたしはそうしているんだ。そしてもしわたしがきみなら、自分がいわれていることを真剣に受け止めるだろうな」

エミリアは珍しく言葉に詰まったが、すぐ反撃に出た。

「敬意を込めて申し上げますが――」

「きみが敬意のなにを知っているというんだ？」ウィテカーはエミリアを怒鳴りつけた。「きみはつらい思いをしているアンダーソン家の人たちにどんな敬意を表した？　郵便受けごしに叫び、夜も昼も関係なしに電話をかけ、何時間も家の外に居座り、ゴミ箱を漁った」

「それはいいすぎです。わたしには仕事が――」

「いいすぎだと？　ここに登録番号ＢＤ５０ＪＫＲのきみの赤いフィアットが、彼らの家の外に駐車したのを毎回詳しく記録したものがあるんだがね。この記録はエイミーの父親が作成したもので、二ページにわたっている。これによるときみは、夜中の二時、三時にそこにいたことになるな。それが延々と続いている。これは嫌がらせだ。ストーキングだよ。わたしにレベソン委員会のことをいわせる気かね？　それに全国紙であれ、地方紙であれ」――ウィテカーは最後の言葉を心からの軽蔑を込めて口にした――「全ジャーナリストが守ると同意している行動規範のことを」

今回ばかりはエミリアは反論しなかった。そこでウィテカーは続けた。

「わたしには一面にあの家族への謝罪記事を掲載するよう要求することができる。きみに罰金を科すことができる。くそっ、もしわたしが本気でそうしたいと思えば、おそらくきみをくびにさせることもできるだろう。だがわたしは親切な男だから、慈悲をかけてやるつもりだ。しかし事実にもとづかない意見は胸にしまっておくことだな。さもないといつのまにか地元のマスコミ業界から追い出されているだろうし、いいか、そうなったら引き返す方法はないだろう、ええ？」

エミリアはそれからしばらくして息巻きながら、しかしなす術もなく出ていった。ヘレンは口がきけなかった——そして感銘を受けていた。

「ほんとうに彼女の訪問記録を持っておられるんですか？」

「もちろんないさ」というのが答えだった。「さあ、仕事に戻るんだ。そして頼むから、なにかめざましい進展を見せてくれよ、ヘレン。わたしが少し時間を稼いでおいた。それを利用するんだ」

これを潮にヘレンは退出した。ヘレンはウィテカーの厚かましさに驚嘆し、チームに対する——そして彼女に対する——上司の忠誠心に胸を打たれた。だが廊下を引き返していると、険しい顔をして心を決めたジャーナリストに対するこのあからさまな攻撃は、いずれ自分たちに跳ね返ってくるだろうという気がしてならなかった。エミリアは過去にこれよりもはるかにひどい状況を生きのびて、常に戦場に戻っていた。

70

捜査本部に入ったとたん、チャーリーはその雰囲気に気づいた。総がかりで捜査が行われているときの捜査本部は、騒々しく精力的で活気がある。しかし今日は静かで、陰気ですらあり、その理由はすぐにわかった。マークのデスクが片づけられ、ボードに貼ってあった私的な写真や記念の品がなくなっていたのだ。まるで彼がまったく存在しなかったかのように。

だがマークはチームの人気者で、みなが彼の不在を感じていた。彼は傷つきやすく、へまもしたが、それは特に女たちにとっては魅力の一部だった。迷子の男の子のようなところが。それにマークは快活で面白くて、仕事に打ちこんでいるときはいい警官だった。だがいまはみなが密《ひそ》かに、自分たちが知っていたマークはほんとうの彼だったのだろうかと自問していた。彼は自分たちを裏切ったのだろうか？　自分たちの仕事はすべてむだになり、情報が漏れていたのか？　こんな形で彼らを裏切るほど、マークはほんとうにそこまで金に困っていたのか？　チャーリーの心は波立ち――ずっと基本的にマークのことは好きだった――彼の私物がどうなったのかあとでたしかめようと心に留めた。チャーリーはさっさと仕事にかかったが、その視界の片隅には常に空っぽの椅子があった。

ヘレンが午前九時を過ぎた頃に現れると、誰もがまるでなにも変わったことは起こっていないとでもいわんばかりに、明るく振る舞おうと超人的な努力をした。ヘレンはいつものように、ぐずぐずせず最新の進捗状況を知ろうとチャーリーを呼んだ。ヘレンはピリピリして、ニュースを待ちわびているようだった。

「マルティナについて教えて」

「彼女は彼として生まれ、おそらくこの三年から五年のあいだに手術を受けていました。傷口の組織からみて、それより前ということはないようです」

「手術済みの性転換者というのを売りにしていた？」

「いいえ。趣味はパーティーに出かけることで、喜ばせ方を知っているとありました。愉快な尻軽女、みたいなことです」

「なぜ？　性転換者でいれば必ず、客からたくさん払ってもらえるのに。よりエキゾチック、より専門的でいるほうが。どうしてそのことを売りにしなかった？」

「もしかして、それに惹かれてやってくる連中が嫌いだったんでしょうか？」

「それともなにか隠したいことがあったとか？」

その問いかけは宙に浮いた。

「彼女は地元の人間だったの？」ヘレンが続けた。

「そうではなさそうです。ほかの女の子たちの話では、マルティナがここで仕事をはじめたのは二、三カ月前だったそうです。マルティナのサイトがそれを裏づけています――彼女が地元のＩＰアドレスを取得してサイトを開設したのは、八週間前でした」

「実際の住所《アドレス》のほうは？」

チャーリーは首を横に振った。

「いままでのところなにも。マルティナはほかの女の子たちにとっては少し謎めいた存在で、人づきあいを避けていました」

「金の流れは？」

「地元の銀行に問い合わせているところですが、いまのところ彼女名義の口座はありません」

ヘレンは息を吐いた。今回の事件に関して楽なことはなかった。

「となると、いちばん確実なのはクリニックにあたることか。その手の手術をしているクリニックは、地元にいくつある？」

「十五軒です。いまそのすべてに問い合わせているところですが、ほとんどは顧客についてあまり話したがりません」

「わかった、彼らの口を軽くしてやりましょう。マルティナの身に起こったことを話して、写真を見せる。わたしたちは彼女が何者だったのかを知る必要がある。彼がね」

チャーリーは苦笑いを抑えられず、今回ばかりはヘレンも同じだった。チャーリーは自分をごまかしているのだろうか？　それともヘレンに試練を与えられて以降、ふたりの関係は改善しつつあるのだろうか？　チャーリーは例の対決以来ひどく腹を立てていて――自分の誠実さをあんなふうに疑われたことに――異動を願い出ることさえ考えていた。しかしまだヘレンに気に入られたかったし、敬意を払ってもらいたかった。実際のところ、警察にいるほとんどの女性はヘレンのようになりたいと思っていた。ヘレンはハンプシャー州警察で最年少の女性警部補で、その出世ぶりはめざましいものだった。ヘレンには夫も家族もなく、そのことが多くの女性の目には不公平な強みになっていると映ったが、それでも彼女は驚くほどうまくやっていた。ヘレンは彼女たち全員のお手本だった。

ヘレンがチームの面々のほうを振り返った。

「今日はブルックス巡査に指揮を執ってもらいます。最優先事項はクリニック。いまはひとり足りないし、みんながそれについて疑問を持っていることはわかってる。そのときがきたら詳しく話します。でもいまのところは、あなたたち全員に集中してもらわなくてはならない。わたしたちにはつかまえなくてはいけない殺人犯がいる」

それだけいうと、ヘレンは出ていった、チャーリーはすぐにサンダーソン、マッカンドルー、そして残りのものたちに仕事を割り振りにかかり、その多くはチャーリーと同じ階級であるにもかかわらず、文句をいわずに受け入れた。懸命にしかつめらしい顔をしてプロらしく見せようと、チャーリーはきびきびと要領よく作業をこなしていたが、内心では笑みをこぼしていた。ヘレン・グレースが誰か別の人間に舵取《かじと》りをまかせたのは、みなの記憶にあるかぎりでは初めてのことだった。

71

結局クリスティーナは警察に電話しなくてはならなかった――そんなことはしたくなかったが、ほかにどうしようもなかったのだ。最初は怯えていたが――スティーブンは今夜は留守で、彼女は酔っ払った不良どもが玄関のドアをドンドン叩くのにひどく怯えていた――ほんとうはなにが起こっているのかがわかると、怖いというよりもうんざりした。

ここ数カ月はマークの酔った姿は見ていなかった。こぎれいにしていたし、落ち着いたものと思っていた。だがいまはひどい有様だった。服は汚れ、髪はぼさぼさで、呂律《ろれつ》がまわっていない。己の不運に怒り狂った彼の口からは聞いていられないような悪口雑言が吐き出され、通りの全住人に向かってクリスティーナは股を閉じていられない女で、スティーブンは頭が空っぽの歩くディルドだと訴えていた。ドアをドンドン叩く音が次第に大きくなっていたので――きっとじきにエルシーが起きてしまうだろう――クリスティーナはなにか手を打たなくてはならなかった。

マークをなだめようとチェーンをしたままドアを少し開けたが、それは彼をますます怒らせただけだった。どんな権利があってなかに入るのを邪魔するんだ、とマークは怒鳴った。ただ娘に会いたいだけなのに。クリスティーナに盗まれた娘に。ドアを押して閉めようとしたが、マークは巧みに腕をなかに入れてクリスティーナを払いのけ、引きちぎるようにチェーンを外した。

マークは押し入ってくると、エルシーの部屋がある二階へ足早に向かった。クリスティーナは電話をつかみ、９９９にかけた。彼女は離婚後にわが子を殺した錯乱した男たちについて読んだことがあった。マークにそんなことができるだろうか？　そうは思わなかったが大事をとることにした。オペレーターに状況を説明して住所を伝えると、クリスティーナは階段を駆け上がった。

部屋に入ったときになにを目にするかわかっていたわけではないが、それは多くの意味で想像以上にひどい光景だった。エルシーが自分のベッドの上に立ち上がっていた。恐怖に震え、ショックと恐ろしさで声を出さずに泣いている。そしてマークは床にへたりこみ、身を震わせてすすり泣いていた。クリスティーナがはじめたことを、エルシーが終わらせていた。娘の顔に浮かんだ恐怖の表情は、マークの心臓を止めるのに充分だった。ついに酒がマークを打ちのめし、すべての喜びを奪い去っていた。

マークはまさに絵に描いたような失意の人だった――もう一生、自己憐憫と自責の念しか期待できない人間だ。そしてクリスティーナは久しぶりに、ずっと抑えこんできた感情を抱いた。

罪悪感を。

72

ヘレンには確信が必要だった。既に彼女はマークのキャリアを、それにおそらくそれ以外のこともめちゃめちゃにしていた。論理的に考えれば彼にかけられた嫌疑はたしかなものだったが……ヘレンの心は疑念でいっぱいだった。マークはひどく傷つき、憤慨して、挑戦的に見えた――あれがすべて芝居だったとは思えなかった。最初ヘレンはチームのなかにスパイが存在することに動転していたが、後にはそのネズミが自分たちを殺人犯のところへまっすぐ案内してくれることを期待するようになっていた。ところがネズミは彼らを脇道へ誘導し、本命の獲物から気をそらさせていた。ヘレンはそれを放っておきたい誘惑に駆られた。回れ右をして取調室に引き返したかったが、いまはもう手遅れだった。既に死刑囚には刑の執行令状を渡してあり、従うべき手順がある。しかし斧《おの》が振り上げられている状態でも、ヘレンには確信が必要だった。

それに人事部のファイルを見なおしているあいだに、興味深いものが見つかっていた。エイミーの供述映像が違法にダウンロードされた日、ヘレンは科学捜査研究所にいて、ウィテカーはプール（イギリス南岸の港湾都市）でヨット遊びをし、チャーリーのアリバイは説明されていた――少なくともヘレンの頭のなかでは。残ったのはマークとデータ解析の担当者たち――ピーター・ジョンソン、サイモン・アシュワース、ジェレミー・ラングだ。三人ともあの日はストライキをしていたから、そのなかのひとりであるはずはない。……しかしサイモン・アシュワースに関しては気になることがあった。ヘレンが以前は見落としていたことが。アシュワースはロンドンの国家犯罪部からハンプシャー州警察に異動してきていた。あちらで新しいデータベースの構築に協力し、昇進の結果としてここにやってきたのだ。彼はうまく溶けこんでいて優秀な人材だったが、いままたロンドンに異動させられようとしていた。こちらには四カ月いただけで。これは横滑りの人事で、特にアシュワースがポーツマスに十二カ月契約で部屋を借りていることを考えると、奇妙なものだった。なにかが起こっていた。だが公にはなっていない。なにか目に見えないおかしなことのせいで、サイモン・アシュワースは大急ぎでロンドンに送り返されることになっていた。

ヘレンはいま手がかりをつかんでおり、アシュワースの姿がどこにも見えないことがさらに疑念をかき立てていた。病欠というが――誰も彼がどうしたのか知っている様子はなかった。いや、それは正確ではない。みんな彼がどうしたのかは知っていて、病気かそうでないかを知らないだけだった。ピーター・ジョンソンの口を開かせるのには――彼をつかまえて同僚について話をさせるのには――かなり長くかかったが、話を聞くとすぐに、サイモン・アシュワースが人気者ではないことがわかった。

彼はスト破りをしていたのだ。ジョンソンがそういったとき、ヘレンはうなじの毛が逆立つのを感じた。アシュワースは組合員ではなかったが、それでも上司や同僚にならって一日のストライキの取り決めを遵守することを期待されていた。だがそうしなかった。アシュワースはもともと孤独を好むタイプで、社会に適応しておらず、よく周囲の人間の神経を逆なでしていた。そのせいでまわりから浮いて、潜在的にミッカリーのような人間に目をつけられやすくなったのだろうか？　ピーター・ジョンソンはアシュワースに対する反感をかなりあらわにしたが、彼を異動させたことは否定した。ジョンソンや同僚たちが、アシュワースを歓迎していないという印象を与えていた可能性はかなり高そうだったが——非組合員に対するいつもの扱いだ——ジョンソンは嫌がらせで、それどころかいじめで訴えられるのを恐れ、それ以上は話そうとしなかった。異動はきっとアシュワース自身の考えだったにちがいない。

「でもそれは、あなたがご自身で彼に尋ねてみるしかないでしょう」ジョンソンはそう締めくくった。

ヘレンはまさにそうするつもりだった。だが、まずは彼を見つけなくてはならないだろう。何週間ものあいだ、誰ひとりアシュワースの影も形も見ていなかった。

73

口のなかは嘔吐物の味しかしなかった。嘔吐物と乾いた血。口はからから、喉はがさがさ、頭はしつこい鈍痛にずきずきした。もう何日も食べておらず、胃に潰瘍ができるのが感じられた。だがそれは苦にならなかった――ほんとうにほしいもの、必要なものは、水だった。ふだんは一日に何リットルも飲んでいて、その生活必需品を切らしていることに気づいたときには、かすかに苛立ちを覚えたものだ。ほんとうに渇き死にしかけているいまは、そうした些《さ》細《さい》な不自由など冗談もいいところだ。これまで渇き死にという言葉について考えたことは一度もなかったが、いまはそれがなにを意味し、どんな感じがするか知っていた。絶望が胸に広がりつつあった――ハンナには本能的に、逃げる手段はないだろうとわかっていた。

　サンディはひょっとしたら眠ったまま逝けるかもしれないと、向こうで力なく横たわっていた。この悪夢を終わらせるための安らかな死。いくばくかの希望。ふたりははめられた。それだけのことだ。ハンナの目がさっと左を向き、隅にたまった汚水の上をぐるぐる飛んでいるハエをとらえた。ハエたちは最初からそこにいたわけではなかった。それならどうやって入ってきたのだろう？　このブリキ缶のどのひび割れから入りこんだのか？　おそらくあのいまいましい小さな連中は、好きなように出入りできるのだろう。

人事不省の状態から初めて目覚めたときには頭がぼうっとし、混乱していた。まわりはとても暗く、何時頃なのかも自分がどこにいてなにが起きたのかもわからなかった。サンディが身動きする音が聞こえたときには、死ぬほどびっくりした。その時点まではきっと夢を見ているのだと思いこんでいたのだが、ひどく取り乱したサンディの様子に、自分たちが置かれた状況の厳しい現実が骨身に染みた。

すぐさま監禁場所の調査にとりかかったふたりは、壁をドンドン叩き金属の継ぎ目をなぞっているうちにゆっくりと、自分たちがなんらかの巨大な金属の箱のなかにいるという押しつぶされそうな結論に達した。貨物のコンテナだろうか？　おそらくそうだろうが、それがわかったとしてどうだというのだ。頑丈で、鍵がしっかりかかっていて、外に出る術はない。それだけわかればあとはどうでもよかった。それから少しして、ふたりは銃と携帯を見つけた。そしてこのとき、否定しようとするハンナの勇敢な試みはついにくじけた。

「彼女につかまってしまったわ、サンディ」

「まさか。いや、いや、いや。きっとほかに説明がつくさ。きっとそうだ」

「いまいましい携帯のメッセージを読んでみなさいよ。わたしたちは彼女につかまったの」

サンディは携帯を見ようとしなかった。まったく話に乗ってこようとしない。だがよく考えてみれば、なにか話すことがあるだろうか？　外へ出る楽な道がないのは明らかだった――選べるのは餓死か殺人か。このふたつの恐ろしい選択肢をテーブルに乗せたのは、ハンナだった。サンディは自分たちが置かれた状況を直視したがらない意気地なしの臆病者だということが、はっきりしつつあった。だが彼をそんなふうにしたのはハンナだ。

ふたりは行動を起こすことにした。待つのはあまりに耐えがたかった。絶望はあまりに圧倒的だった。生きていることはいまや緩やかな拷問で、それをどうにかするときだった。だから彼らはくじを――というよりも、それしか見つけられなかったのでハエを――引くことにした。そんなわけでハンナはいま、いつのまにか両腕をサンディに向かってのばしていた。片方の手のなかには死んだハエが入っていた。もう片方は空だ。もしハエを選べばサンディは生きる。もし選べなければ殺されることになる。

サンディは迷い、ハンナの手の皮膚を通してそのなかにあるお宝が見えるよう祈っていた。左か右か？　生か死か？

「ほら、サンディ。お願いだから、片をつけてちょうだい」

ハンナの口調は切羽詰まり、懇願するようだった。だがサンディは少しも哀れみを感じなかった。感じることができなかった。その瞬間、彼は凍りつき、まったく筋肉を動かすことができなかった。

「わたしには無理だ」

「さっさとやるの、サンディ。さもないと神に誓って、わたしがあなたのかわりに決めるわよ」

その容赦ない口ぶりにぎょっとしたサンディは、麻痺《まひ》状態から抜け出した。そして主の祈りをつぶやきながらゆっくりと腕をのばし、ハンナの左手をしっかり叩いた。長く恐ろしい瞬間。それからハンナはゆっくりと手をひっくり返し、ふたりとも見られるように開いた。

74

今日はまったく奇妙な一日だった。最高で最悪の一日だ。チャーリーはベッドに横になり、すべてを頭のなかで整理しようとしていた。

ヘレンが出ていったあと、チームはチャーリーの活力と熱意に突き動かされて、すぐに仕事に取りかかった。患者情報の守秘義務を盾に曖昧な態度を取るクリニックの経営者たちに対して、厳しくあたるよう発破をかけられた捜査員たちは、リストに載っているクリニックを着実につぶしていき、ハンプシャー地区で性別適合手術を引き受ける専門技術を持った外科医を訪ねまわり、順調に捜査を進めていた。しかし結局は空振りだった。全員に話を聞いたが誰もマルティナに見覚えはなく、彼だった頃の彼女かもしれない人物に少しも光明を投げかけることはできなかった。

いまは捜査の範囲を広げるときだった。この手のことをやっているクリニックは全国に数十軒あり、そのすべてに問い合わせなくてはならないだろう。どうかマルティナが国外で手術を受けていませんように――もしそんなことになれば自分たちの限られた人員では手に負えないだろうし、彼らは手がかりが、捜査をふたたび軌道に乗せてくれるなにかが喉から手が出るほどほしかった。チャーリーはみなに後をまかせて署を出た。疲れて気分が悪く、束の間の休息が必要だった。自宅に向かって車を走らせながら、ボーイフレンドや猫と少しだけ貴重な時間を過ごし、まともな物を食べ、なんといってもしばらく眠れると思うと、元気が湧いてきた。

道路工事。そしてまわり道。気には障るが、それだけのことだ。しかしそうなると、ふだんとは違う道を通って帰宅しなければならないことになる。マークの家の前を通る道を。不意に罪悪感で胸がうずき、チャーリーはちょっとのあいだマークのことを忘れていたのに気づいた。彼女はチームを率いる力があることを自分自身に（そして当然ヘレンに）示そうと、躍起になっていた。そしてそうするうちに自分が悪いリーダーであり、友だち甲《が》斐《い》のない人間だということを証明してしまっていた——戦闘に勝とうと躍起になるあまり、歩ける負傷兵のことを忘れるべきではない。

己の無神経さを悔やみながら、チャーリーは車を停めて外へ出た。これはいい考えだろうか？　おそらくそうではなかったが、彼女は今夜眠りたかったし、自らの良心を黙らせるためにはマークの様子をたしかめるしかなかった。警察の人間はほかに誰もそうしないのはたしかだった。

まったくなにを期待していたんだろう？　マークが驚くほどよく耐えているだろうと？　彼はひどい有様だった——汗と酒のにおいをぷんぷんさせている。

「彼女を信じるのか？」

ぶっきらぼうな問いに、チャーリーは不意を突かれた。

「信じるって、誰を？」

「彼女だよ。きみはおれがきみたちを裏切ったと思うのか？」

長い沈黙。建前の答えと本音の答えがあった。結局は後者が勝利を収めた。

「いいえ」

マークはまるで実際に息を止めていたかのように、大きく息を吐いた。そして感情を隠すために床に視線を落とした。

「ありがとう」そう目を伏せたままつぶやいたが、その声には思いの強さが表れていた。

チャーリーは思わず彼のところへいった。そして隣に座り、片手で抱きしめた。マークはその支えをありがたく受け入れ、寄りかかった。

「悲しいのは、自分が彼女に惚れてると思ってたことなんだ」

わお。まさかそんな話になるなんて。

「あなたが……？」

マークはうなずいた。

「そしてばかなおれは、それがなにかいいことなのかもしれないと思ってた。それがいまじゃ……」

「もしかしたらあの人はほかにどうしようもなかったのかも。ひょっとすると本心では……」

チャーリーはためらった。いいかけたことを締めくくるうまい言葉はなかった。警官に投げつけるのに、汚職の告発以上にひどいことはない。

「署の連中がこの件についてなんといってるかは想像がつくよ。でもおれは無実なんだ、チャーリー。なにも悪いことはしてない。それに戻りたいと思ってる。ほんとうになんとしても戻りたいんだ……だから……もしきみになにかできることがあれば……彼女に働きかけて、こんなことをやめさせられる方法がなにかあれば……」

マークの声は次第に小さくなって消えた。チャーリーはなにをいうべきか思いつかなかった。もはや戻る術がないことは、ふたりともわかっていた。たとえマークの無実が証明されたとしても、出だしのつまずきや起こしてきた問題を考えれば、受け入れてくれるものはまずいないだろう。この就職難の時代に、人は才能に賭けることはしない。少しでも信頼性に欠けたり不誠実だったりする気配があればなおさらだ。ほんとうのこと以外に、マークをなだめるどんなことがいえるだろう?

「あなたは乗り越えられるわ、マーク。わたしにはわかる」

チャーリーは自分がそう信じているのかわからなかった。そしてマークが信じたのかもわからなかった。

チャーリーは近いうちにまた立ち寄ると約束して、彼の家を後にした。マークはふたたび自分の殻に引きこもり、チャーリーが帰るのに気づいている様子はなかった。

　自宅に向かって車を走らせながら、チャーリーの頭は疑問でいっぱいだった。マークはなにかばかなことをしでかすタイプじゃない、そうでしょう？　そう思いはしたが、誰にそんなことがいえるだろう？　マークは明らかにひどく落ちこんでいた。家には妻も子どももいないし、出かけるべき仕事もない、酒に溺れがちで……突然そうした考えが一気に押し寄せてきた。頭痛がして胃がむかむかする。吐き気の波に襲われたチャーリーは、道路の待機所にハンドルを切り、ギリギリのところでドアを開けて昼に食べたものをターマック舗装の上に吐いた。一度、二度と激しくもどし、それから吐き気は治まった。

　そのあとうちに帰って、ボーイフレンドのスティーブの腕にぬくぬくと抱かれていたチャーリーの胸に、別の種類の疑念が湧いてきた。抱き合ってまどろんでいた恋人の腕のなかから静かに抜け出すと、足音を忍ばせてバスルームに入り、戸棚を開けた。小さな紙筒を開けるときには期待と不安が入り混じっていた。

　五分後、結果が出た。チャーリーは妊娠していた。ふたりで何年も試してきて一度もいい結果が出ていなかったのに、ほら。小さな青い十字が。二回目の検査結果も同じだった。こんな小さなものが、これほど大きく人生を変えるなんて。スティーブがなにも気づかず眠りこけていたとき、チャーリーはまだ少し呆然として便座に腰かけていた。今日、目に涙が浮かんできたのは初めてではなかった。だがそれは悲しみの涙ではなかった——喜びの涙だ。

75

一瞬、彼女は相手の目玉を見つめていた。そしてそれは見えなくなった。ヘレンは町の中心にあるサイモン・アシュワースのアパートを突き止め、礼儀正しく呼び鈴を鳴らしていた――ドアをドンドン叩きたいという衝動を考えれば、控えめなやり方だった。長い間《ま》、人が動く気配はなし。そこでふたたび呼び鈴を鳴らした。さらにもう一度。それから手を止めて、耳を澄ました。いまのは床板がきしむ音、ごくかすかな足音だろうか？　それからのぞき穴に目玉が現れた。ヘレンはそうなることを予期して――期待して――いたから、自分ものぞき穴をじっとのぞいていた。目玉はたちまちぎょっとして見えなくなった。足音を立てないように離れていく隠しきれない気配に、ヘレンは頬を緩めた――もうばれているのに、どうして忍び足で歩いたりするのか？

こういう状況で、警官は多くの選択肢に直面する。公式の手順に則って令状の請求やらなにやらをすることはできるが、ひとりで行動しているときにこれをやるとほぼ必ず、よそでせっせと書類に必要事項を記入しているあいだに獲物に逃げられてしまうことになる。辛抱強いやり方を選び、立ち去ったふりをして通りに見張り場所を設けることもできる。この方法は、逃亡犯が部屋を離れようと必死なのがわかっているときにはたいてい有効で、一時間以内に通りに出てくることも多い。だがヘレンはけっしてそれほど辛抱強いほうではなかった。だから管理人事務所に乗りこんで——午前の休憩中だった管理人を驚かせ——二一号室のドアを開けるよう要求した。

本来なら管理人には捜索令状の提示を求める——要求する——権利が充分あるところだが、面白いことに警官の身分証を見せられると実に多くの人間は思考停止してしまう。咎められることを恐れ、あるいはその瞬間の劇的状況に興奮して、たいていの場合は従うのだ。それは今回も同様で、慌てた管理人は躊躇なく二一号室のドアを開けた。ヘレンに目の前でドアを閉められたとき、管理人は少し驚き、がっかりしているようだった——骨折りに対して彼が受け取ったのは、短い感謝の笑みだけだった。

アシュワースは高飛びの準備をしている最中だった。荷造りしたカバン、車のキー——彼はひとところにじっとしていない人間だった。しかしいまはヘレンが部屋を横切って近づくあいだ、じっと突っ立っていた。怯えているようだが、ヘレンがやっていることの違法性について怒鳴り散らしていた——しかしそれは説得力も身の危険も感じるようなものではなかった。身分証をしまうと、ヘレンは空いている金属製の椅子を指さした。やや間があり、アシュワースはヘレンを品定めして自分が置かれている状況を判断したようで、指示に従った。

「どうしてあんなことをしたの、サイモン？」

ヘレンはもともと遠まわしに攻めるのがそれほど得意ではなかったので、全面攻撃を選んだ。彼女は容疑を並べてみせた――機密情報の違法ダウンロード、金銭的利益のために捜査中の情報を漏らしたこと。相手に言い訳や口実をでっちあげる時間的な余裕を与えまいとして、手短にきっぱりと。驚いたことにアシュワースは、自身の行動を激しい口調で弁明した。

「そいつはどう考えたっておれじゃない」

「なぜそういえる?」

「こういうことに関わる技術顧問はみんな、それぞれ固有のアクセスコードを持ってるからだよ。おれたちが出入りする方法はそれしかないし、いつシステムにアクセスしたか、それをどんなふうに利用したかは常にわかるようになってる」

「きっと抜け道があるんでしょう」

「おれたちにはない。技術支援スタッフは頻繁に異動する。ときには警察勤務、ときには外部勤務。捜査情報を漏らさないため、それに技術スタッフの離職に対処するために、アクセスシステムはつくられたんだ。調べてもらえれば――」

「だったらどうして嘘を?」ヘレンは口を挟んだ。講義を受ける気分ではなかった。

「嘘って、どういう意味だ?」

「わたしは捜査情報にアクセスできた全員にあの日の行動を説明するよう求め、あなたはほかの技術スタッフみんなと一緒にストライキに参加していたと主張した。でもあなたは参加していなかった。あなたはスト破りをした」

「だからなんだって？　おれはストに賛成じゃなかったから仕事をするために少しのあいだなかに入った。長くはいなかったし、そのことを訊かれたとき、ほかの連中にばれないようにちょっとした嘘をついたほうがいいと思ったんだよ」

「あまりうまくいかなかったようね。誰が彼らにばらしたと？」

初めてアシュワースは動揺したようだった。ようやく話が前に進みだした、とヘレンは密かに思った。

「どうして連中にばれたのかはわからない」アシュワースは自分の足元を見つめてつぶやいた。

「あなたは野心的、サイモン？」

「そうだろうな」

「そうだろう？　あなたはとても若くしていまの給与等級に達し、素晴らしい評価を受けてきてる。ほんとうに成功できる可能性がある。実際ハンプシャー州警察への異動は、大変な昇進だったのでは？」

アシュワースはうなずいた。

「でも派手な新しい仕事に就いてたった四カ月で、元の仕事に戻ろうとしてる。あなたがハンプシャー勤務を志望した動機を信じるなら、もう新しく覚えることはなにもないと感じて退屈していた仕事に」

「みんな面接ではそういうことをいうんだ」アシュワースは足元に視線を落としたままだった。

「なにがあったの?」

長い沈黙が落ちた。

「気が変わったんだよ。おれはあまりサウサンプトンになじめてなかった。話をする友だちもいなかったし、それに……組合のいいなりにならないからってのけ者にされはじめたとき、出ていったほうがいいと思ったんだ」

「でもあなたが異動願いを書いたのは、大義に対する裏切りがほかのみんなにばれる前だった。この点について、ほかの人たちの証言はとてもはっきりしてる。あなたがスト破りをしたことを無理やり認めさせられたのは、十八日に〈ラム・アンド・フラッグ〉で開かれた部局の飲み会の席だった。あなたは十六日に元の仕事に戻りたいと申し出てる」

「きっと連中の勘違い……」

「パブでの会話を聞いていたものが何人かいた。全員が嘘をついているとは考えられない」

さらに長い沈黙。

「ほんとうは……ほんとうは、ここが好きじゃないだけなんだ。ここのやつらが好きじゃない、仕事が好きじゃない。出ていきたいんだよ」

「それは興味深いわね、サイモン。三カ月目の評価面談では、自分がどんなに幸せ者かといっていたのに。重くなった責任をどんなに気に入っているかとね。それにあなたは仕事で最高点を取り、もしいまの調子が一年かそれ以上続けば昇進に値する、と仄めかされてさえいる。もし読みたければ、ここにあなたの査定のコピーがある」

ヘレンはそれを差し出したが、アシュワースは無言だった。ほんとうに心底惨めそうだ。その様子にヘレンは満足した。ひびが見えはじめている。彼女は追い打ちをかけることにした。

「サイモン、あなたは警官になる訓練を受けている。だから、もし殺人事件の捜査中の警官に嘘をついていたと認めるはめになればキャリアにどんな影響が及ぶ可能性があるかを、えらそうにいちいち説明するつもりはない。もし警察の機密資料を漏らす見返りに金を受け取っていたと認めるはめになればね」

アシュワースは身じろぎもせずに座っていたが、その両手は震えていた。

「あなたのキャリアは終わりでしょう。おしまいよ。そしてそれがあなたにとってどれほど重要なことか、わたしにはよくわかる」

ここでヘレンは口調をやわらげた。

「あなたに才能があるのは知ってるわ、サイモン。あなたなら出世できるとわかってる。でも、もしいまわたしに嘘をついたら、あなたを破滅させるつもり。後戻りはできないでしょうね」

アシュワースの背中が丸くなり、震えはじめた。泣いているのだろうか？

「どうしてこんなことをするんだ？」

「ほんとうのことを知る必要があるから。あなたは供述調書の内容をミッカリーに漏らしたの？　もしそうなら、その理由は？　そちらが協力してくれて初めて、わたしはあなたを助けられる」

何度目かの長い間があった。

「あんたは知ってるんだと思ってたよ」

アシュワースの声は押し殺され、かすれていた。

「あの人があんたは知ってるといったんだ」

「誰があなたに？」

「ウィテカーだよ」

ウィテカー。その言葉は宙に漂っていたが、ヘレンはまだ完全に信じたわけではなかった。

「彼があなたになにをいったの？　わたしがなにを知ってるって？」

アシュワースがかぶりを振ったが、ヘレンはこのままで済ませるつもりはなかった。

「教えなさい。いますぐ。さもないと猟奇殺人に荷担した罪で逮捕――」

「ウィテカーが映像をダウンロードしたんだ」

「でも彼はあの日、休暇中だった」

「おれは見たんだ。おれはオフィスに入っていった。ストライキのせいで誰もいなかった。でも、そこにウィテカーがいた。ひとりきりで。彼は事件の資料を調べているんだといって、あとで見たら映像をダウンロードしてた。おれはなんとも思わなかった。彼は責任者なんだから問題ないだろう？　でもあとになってあんたがみんなの行動を尋ねてると知ったとき、ウィテカーがミスを犯したことに気づいた。一生に関わるようなミスを。おれはウィテカーに会いにいった。単純なミスのために彼が非難を浴びるようなことになってほしくなかったんだ」

「点数稼ぎのつもりだった」

「そんなところだ。ウィテカーはおれのことを気に入って、将来性を買ってくれていた。だからおれはちょっと仄めかしただけだった――転ばぬ先の杖《つえ》ってやつさ。ところがあの人はそれが気に入らなかった。まったくな。向こうはおれの勘違いだと否定したが、そうじゃないのはわかってた」

アシュワースはもうそれ以上話すのが不安で言葉を切った。

「続けて。それからどうなった？」

「ウィテカーは電話一本でおれのキャリアを台なしにできるといった。自分がなにに巻きこまれているのか、おれにはわかってないってね。おれたちは……彼はその場ですぐに、可能なかぎり早くおれをロンドンに戻すことに決めた。ストライキのことを漏らしたのはウィテカーだろうな。おれの離任の理由として。あの人はおれに、あんたは全部知ってるといってた。あれはあんたの考えだったんだって」

胸の奥で怒りが燃え上がり、ヘレンはそれをぐっと抑えこんだ。落ち着いていなくては、集中していなくてはならない。これはすべて事実なのだろうか？

「ウィテカーはわたしが関与していると？」

「ああ、あんたが指揮をしてる、だからあんたになにをいってもむだだって」

「それであなたは？」

「そのままやっていこうとしたけど、仕事を続けていくのもまわりから目の敵《かたき》にされるのも無理だった。だから病欠届けにサインしたんだ。それ以来ずっとここに隠れて、異動の時機を待って……」

現実に自分がどういう状況に置かれているかにはたと気づき、アシュワースの声は次第に小さくなっていった。その日初めて、ヘレンはなだめるような口調になった。

「別にこの件は必ず悪い結果に終わるわけではないの、サイモン。もし今日あなたが話してきたことが事実なら、わたしにはあなたのためにこの件を正すことができる。あなたは転勤し、教訓を得て、経歴が傷つくことなしにまたやりなおすことができる。あなたは自分がやるはずだったことができて、成し遂げたいことを成し遂げられる」

心のなかで不信と希望が争っている様子で、アシュワースが目を上げた。

「でもそのかわり、わたしのためにひとつやってもらいたい。あなたはいまからわたしの家にくる。そして向こうに着いたら、いまわたしに話したことをすべて書き留めた供述書を作成する。それから待つ。かかってきた電話に出てはいけないし、電話をかけてもいけない。メール、テキスト、ツイートも禁止。大人しく静かに座って、わたしがもういいというまで、世間のほかの人たちにいまふたりで話したことをけっして知られてはいけない。わかった？」

アシュワースはうなずいた。いまならへレンにいわれればなんでもするだろう。

「よし。それじゃあいきましょう」

76

もう後には引けない。取引は成立していた。好むと好まざるとにかかわらず、最後までやり通すときだ。

それが空なのは充分承知の上でハンナが左手を開くと、サンディはうめきながら崩れ落ちた。それを見守るハンナの心には、様々な感情が渦巻いていた。高揚した気分もあれば、恐怖もあり、だが全体としては……安堵。彼女は生きのびるだろう。

それから間もなくサンディが懇願しはじめた。本気じゃなかったんだ、と彼はいった。こんなのはどうかしてる、わたしたちは協力しなくては、あの女に勝たせるべきじゃない。

「もしあなたが勝っていたらどうしてたかしらね？　わたしを助けた？」ハンナはそう言い返した。サンディは答えられなかった――そのことが多くを物語っていた。彼は引き金を引いて、わが身を救っていただろう。心底身勝手なつまらないやつ。

「お願いだ、ハンナ。わたしには妻がいる。ふたりの娘がいる。きみはあの三人を知ってる、会ったことがある。どうか彼女たちにこんな仕打ちをしないでくれ」

「わたしたちに選択の余地はないわ、サンディ」

「もちろんあるさ。わたしたちにはいつだって選択の余地がある」

「飢え死にするということ？　それがあなたの望みなの？」

「もしかしたらわたしたちは出られるかもしれない。なんとかドアを……」

「サンディ、後生だからこの件を、もうこれ以上悲惨なものにしないで。外に出る方法はない。脱出するのは無理。そういうことよ。ほかに方法はないわ」

この時点でサンディはおいおい泣きはじめた。だがハンナはもう、哀れみを感じなかった。もしサンディが勝っていたら、いま頃彼女は死んでいたところだ。それは間違いない。突然憎しみが心に沸き上がり——自分は与えなかったはずの慈悲を請うなんて厚かましい——つかみかかってきた相手を荒々しく押しのけた。サンディはつんのめって、汚れた金属の床にばたりと倒れこんだ。

「お願いだ、ハンナ、どうかこんなことは……」

だがハンナは既に銃を拾い上げていた。これまで銃を撃った経験はなかったし、誰かを傷つけようと考えたこともなかったが、かつて友と呼んでいた人間を処刑する用意をしているいま、彼女は冷静で落ち着いていた。

「ほんとうに残念だわ、サンディ」

そういって引き金を引いた。

カチッ。

空撃ち。くそっ。両腕を荒々しく前に投げ出して、きたるべき痛みから身を守ろうとむだな努力をしていたサンディが、手を振りまわすのをやめた。いきなり立ち上がろうとしている。

カチッ。カチッ。

さらに二度の空撃ち――この銃はきっと、いつのまにか調子が狂ってしまったにちがいない。サンディが突進してくる。

カチッ。カチッ。サンディが組みついてきて、彼女の手から冷たい銃を叩き落とした。ハンナは後ろに吹っ飛ばされて、かたい床に頭をしたたか打ちつけた。目を上げると、サンディが銃を手にしていた。その顔には憎しみが浮かんでいるものと思っていたが、彼はまさしく信じられないという表情をしていた。

「空だ。こいつは空っぽだ」サンディが銃を放って寄こした。彼はなんていったの？　ハンナの頭は事の成り行きについていけていなかった。だがサンディのいうとおりだ。薬室は空だった。最初から弾は一発も入っていなかったのだ。

左のほうでばかにしたような笑い声が上がり、ハンナはぎょっとした。だがそれはサンディが床の上を転げまわり、涙を流してゲラゲラ笑っていただけだった。正気をなくしてしまったような笑い方だ。異常に幸せそうな。まったくなにもかも、なんて面白い冗談なんだろう。

ハンナは叫んだ。血が凍り喉が張り裂けるような叫び。長くけたたましい苦悶の叫び。すべて水の泡だ。あの女はふたりをだまし、獣《けだもの》にしたが、ハンナの勝ちは認めなかった。これではゲームにならない。こんなことになるはずではなかった。ハンナは生きのびることになっていたのだ。彼女は生きたかった。

気力が失せていき、ハンナは床に膝をついた。彼女は打ちのめされ、打ちひしがれていた。サンディの人をばかにした忌まわしい笑い声が、弔鐘《ちょうしょう》のように響き渡った。

77

翌朝、チャーリーが捜査本部に入っていくと、ヘレンがまた指揮を執っていた。チャーリーはかすかに苛立ちをおぼえたが――チームリーダーとしての彼女の役割はたった一日しか続かなかった――それからすぐに部屋が興奮でざわついているのを感じて、腹立たしい思いはすっかり消え去った。なにかが起こっていた。

実際にはふたつのことが。ひとつはいいことで、ひとつは悪いことだった。チームは「マルティナ」を見つけていた――エセックスの性別適合クリニックが、該当する人物を手術したと証言したのだ。だが彼らはハンナ・ミッカリーを見失っていた。彼女と顧問弁護士のサンディ・モーテンは、数日前から行方不明になっていた。

「どうしてわたしに報告しなかった？」ヘレンが腹立たしげに尋ねた。

「わたしたちは知らなかったんです」チャーリーは答えた。「モーテンの失踪は数日前に届けられていましたが、ミッカリーの失踪は誰も届けていませんでした。モーテンのEメールを細かく調べて初めて、彼が自分とミッカリー、それにキャサリン・コンスタブルと呼ばれる女性との三者会談を設定していたことに気づいたんです。その女性はサンデー・サンの記者を名乗っていましたが、会社に確認したところ雇用者名簿にその名前はありませんでした」

「巡査《コンスタブル》？　わたしたちをおちょくってるわけか」

ヘレンは頭にきていた。彼女自身に、そしてその状況に対して。スパイの追跡、情報を漏らしている犯人をつかまえることに夢中になるあまり、ヘレンはミッカリーから目を離していた。もしそばに張りついていれば、ひょっとしたらついに自分たちが追っている殺人犯と顔を合わせていたかもしれないのに。

彼女はチャーリーとチームのほかのものたちをモーテン家に向かわせた。おそらく多すぎるだろうが、「キャサリン」がミッカリーとモーテンに会った現場はそこだった――もし彼らが全員で向かえば、ひょっとするとそこで糸口が、法医学的証拠や目撃証言等が手に入るかもしれない。その間にヘレンは、エセックスを目指して東へ急いだ。

狩りに戻るのはいいものだった。そしてサウサンプトン署から離れるのも――ヘレンには考える時間が必要だった。アシュワースはいま、安全なヘレンの部屋に身を潜めており、彼の署名入りの供述書は完成していた。あの衝撃的な尋問以来、ヘレンはさらに少し確認作業を行っていた。以前はウィテカーのアリバイにはまったく疑問を持っておらず、彼女はそのことを後悔した。というのも詳しく調べてみると、ウィテカーのアリバイはそれほど完璧ではなかったのだ。あの日、プールからセーリングに出る条件はよかったにもかかわらず――天気がよくてほとんどのプレジャーボートは港から外洋に出ていた――なかにはとどまっているものもあり、〈グリーン・ペッパー〉もそれに含まれていた。ウィテカーが惜しみなく手をかけ愛情を注《そそ》いでいる八メートル級の船だ。

　つまりウィテカーは自身の居場所についてヘレンに嘘をついており、彼が犯行現場にいたと、別の現役警察官が証言していた。その上アシュワースは脅しや威圧、それに捜査を妨害したことでウィテカーを激しく非難した。ウィテカーはずっと己の利益を守っていたのだ。エミリアを黙らせたのは、彼女にシリアルキラーの話を漏らさせないためだった――ヘレンやチームを守ろうとする意図はいっさいなかったのだ。

　これは衝撃的で、ほんとうにきわめて慎重に扱わねばならない状況だった。捜査の成功は――ヘレンのキャリアの将来はいうまでもなく――彼女が正しい手を打つかどうかにかかっていた。

　ラフトンのポーターハウス・クリニックは豪華で専門的な施設だった。なかに入るとロビーにはちりひとつなく、職員の身なりは清潔で、明らかに心安まる雰囲気が全体に漂っていた。そのクリニックは数多くの種類の手術を行っていたが、性同一性障害関係の問題解決を専門にしていた。治療の第一段階はセラピーで、たいていは手術で完全な性転換を行うことで終わった。

　マルティナの捜索を行う際に、捜査チームは詳細な情報を送っていた。対象となる期間は調査が充分困難になるだけの幅があった――彼らはその手術が三年から五年前に行われたと考えており、大勢の候補者が産み出されていた。それでも性転換手術はそれほど一般的なことではなかった。それに身長、血液型、目の色、わかるかぎりの「彼女」の既往歴を提供できたことを考えれば、一致する公算は大きかった。それでもクリニックの院長のところに案内されるとき、ヘレンは神経質になっていた。この件には多くがかかっていた。

院長はびっくりするほど毛深い手をした人あたりのいい外科医で、その言葉を借りれば「この売春婦殺し」との関連でクリニックがどのような不愉快な評判も立てられる側にはならないという保証を求めてきた。その口を開かせるのには骨が折れたが、これだけ重大なケースでは強制的に警察に協力させられることもあり得ると優しく思い出させてやると、相手の態度は変わった。

「われわれがお役に立てるかもしれません」院長はファイルを引っ張り出しながらいった。「二十代半ばの若い男性が、五年前に当院を訪れていました。彼は明らかに肉体的にも精神的にもつらい時間を過ごしてきたようでした。われわれは性別適合に取り組む前に彼の置かれた状況に対処するためのカウンセリングを受けるよう助言し、せめて追加治療のリストを減らしてみてはどうかと提案しました。結局ふたつの手術をやめさせましたが、そこまででした。その患者はどうあっても広範囲にわたる整形手術を受けると心に決めていたのです。性別適合術に加えて、彼は臀部《でんぶ》を豊かにする処置を少しと、脚と腕の調整、それから顔には多くの処置を受けました」

「どういった種類の処置を？」

「頬骨の形を変え、唇をもっとふっくらさせ、鼻は流線型に、皮膚の色を染め……」

「いくらかかったんですか？」

「大金です」

「彼がそこまでして自分の外見を変えようとしていた理由に心当たりは？」

「当然、われわれは尋ねました。当院では常に、すべての処置が……必要かどうかたしかめるために話し合っています。ですがその患者は話そうとしませんでした。そしてわれわれには無理強いすることはできなかったのです」

相手が言い訳じみた口調になりかけていたので、ヘレンはさっさと本題に入ることにした。彼女はファイルを指し示した。

「拝見しても？」

院長がファイルを寄こした。患者の名前を見たとたん、いやな予感がした。彼の写真が——若く、希望に満ち、生き生きとした——それを裏づけた。最も恐れていたことが現実となった。

今回の事件はヘレンの事件だった。これは最初からずっと彼女の事件だったのだ。

78

彼女は死んでいた。きっと死んでいるにちがいない。ここには人間はもちろん、ハエが呼吸するだけの酸素もなかった。体力も生命力も残っていなかったし、もはや周囲のことはほとんどわからなかった。彼女は闇に圧倒されていた。暑さが耐えがたかった。空気がなかった。

ハンナは自分を納得させようとしたが、死んでいないことはわかっていた……いまはまだ。死はこのゆっくりした拷問からの甘い解放になるだろう。そしてこの苦しみは、やわらぐこともやむこともなかった。彼女は獣同然にまで成り下がり、自身の惨めさと汚物に浸っていた。

最後にサンディの声を聞いてからどのくらいたっただろう？　ハンナには思い出せなかった。なんてこと、もし彼が死んだらここはどんなにおいがするんだろう？　腐敗臭を放つ排泄物はともかく、腐乱した死体ですって？　もし少しでも涙が残っていれば、いま頃はそれを流しているところだ。だがとうに涙は涸《か》れていた。ハンナは抜け殻だった。だからそこに横たわり、死が迎えにきてくれることを願っていた。

そのとき突然、それが起こった。なんの前触れもなく差しこんだまばゆいばかりの光に、目が燃えるように痛んだ。ハンナは苦痛のうめき声を上げ——それはまるでレーザー光線を脳に撃ちこまれたような感覚だった——両手を顔に押しつけた。不意に凍りつくようだが至福をもたらすひんやりした空気が、体に浴びせられた。だがひと息つけたのも束の間だった。

ハンナは引きずられていた。その感覚がどういうことか理解できるまでにはしばらくかかったが、間違いなく引きずられていた。誰かに万力のような力で腕をつかまれ、床の上を引きずられて光のなかへ出ていくところだった。ハンナは救出されようとしているのだろうか？　これはグレース？

なにか金属製のものにぶつかり、ハンナは悲鳴を上げた。いまその誰かの手は体の下にあり、彼女を引っ張り上げようとしていた。ハンナは本能的に、これは救出されているのではないと悟った。ここに救いの手が現れることはないだろう。彼女は狭く閉ざされた空間にどすんと落ちた。両手でまわりを探り、ゆっくりとおそるおそる目を開けはじめた。

光は相変わらず猛烈にまぶしかったが、いまは誰かの陰になって横たわっていたから、ちらっと見るくらいならなんとか耐えられた。ハンナは車のトランクのなかにいた。車のトランクのなかで、なすすべもなく手足を投げ出していた。

「こんにちは、ハンナ。わたしを見て驚いたかしら？」

それはキャサリン——彼女の拷問係兼看守——の声だった。

「驚くことはないわ。わたしにはサディストの気はないから、あなたを助けてあげることに決めたの」

ハンナは自分が聞いていることが理解できず、相手を見上げた。

「でもあなたにはまず、わたしのためにちょっとしたことをやってもらいたい」

ハンナは待った。混乱しながらも、キャサリンに頼まれたことはなんでもするだろうとすぐにわかった。かつてこれほどなにかを望んだことはないほど、生きたかった。

車が走りだしたとき、ハンナは自分が笑みを浮かべているのに気づいた。なにかが――なにかはわからなかった――起こっていた。そして彼女は煉獄《れんごく》から解放されていた。そのためならどんな代償も――どんなものでも――支払う価値がある。

サンディはどうなったのだろうとは、まったく考えもしなかった。ハンナにとって、彼はもはや存在していなかった。

79

いつか犯人は警察をあざ笑うのをやめるだろうか？　ミッカリーとモーテンが五件目の拉致被害者となり、殺人犯はまだミスを犯していなかった。サンダーソン、グラウンズ、マッカンドルーはこの最新の誘拐事件の目撃者が見つかることを期待して、丹念な戸別の聞きこみを指揮していた。ウィテカーは彼らに追加の制服警官を割り当てていた――しかしその効果は上がっていなかった。チャーリーとブリッジズはモーテン家で丸一日かけて犯行現場の捜査を指揮していたが、法医学的証拠はかけらも見つかっていなかった。三人は明らかにシャンパンを飲んでいたが――鎮静剤が混入されたフルート・グラスがふたつ、床に落ちたままになっていて、コーヒー・テーブルに鑑識用の粉をかけるともうひとつのグラスの跡が現れた――三つ目のグラスとボトルは消えていた。チャーリーはウィテカーからの腹立たしげな電話に答え、報告できる前向きな進展はないことを認めざるをえなかった。

犠牲者の自宅で犯行に及ぶとは大胆すぎる。サンディの妻は外国の親戚を訪ねて留守だったが、それにしても。この殺人犯は手の届かない存在なのだろうか？　そんなふうに思えてきた。モーテン家は騒々しくて、精神的に疲れる――サーカスのような鑑識作業が繰り広げられ、その背景には妻のシーラの姿があった――場所だった。シーラは自宅を離れて友人たちと一緒にいることを拒んでいた。きっと遅ればせながらその場にいることで、あるいはせめて家を空けるのを拒むことで、どういうわけか夫の無事な帰宅が保証されると感じているのだろう。チャーリーにはそうはならないとわかっていたが、当然なにもいえなかった。彼女の夫は遺体袋に入って、あるいは心に傷を負ってわけのわからないことをまくしたてる廃人同然になって、帰ってくるだろう。その場の雰囲気全体が重苦しく、またもや吐き気の波に襲われたチャーリーは急いで外に出た。

チャーリーはなんとか人目につかないところにたどり着き、朝食を盛大にもどした。いろいろな意味で、一日じゅう気分が悪かった。新しい命をこの暗い世界に生み出すことを思うと、どこかひどく奇妙で不安な気分をかき立てられた。彼女とスティーブは子どもを持つことをほんとうに楽しみにしてきたが、いまチャーリーは疑念でいっぱいだった。いったいどんな権利があって、自分はひとりの赤ん坊をこの世の中に生み出そうというのだろう？　どちらを向いてもこうした暴力やむごい仕打ち、害悪ばかりだというのに。そう考えるとひどく気が滅入り、チャーリーはふたたび吐き気を催した。

吐いた物をきれいにぬぐっていると、携帯が鳴った。陽気で場違いな音だ。チャーリーは急いで出た。

「シャーリーン・ブルックス」

「助けて」

「誰？」

長い沈黙があり、電話の相手がしゃべる気力を奮い起こしているかのように息を吸いこむ音がした。

「わたし……ハンナ・ミッカリーよ」

チャーリーははっと立ち上がった。たしかに少し彼女の声に似ていた気がした。ほんとうにそんなことがあるだろうか？

「どこにいるの、ハンナ？」

「サットン・ストリートにあるファイヤー・ステーション・ダイナーの外。お願い、すぐきて」

そういって相手は電話を切った。

チャーリーはものの数分で通りに出ていた。ブリッジズ、サンダーソン、グラウンズも出てくるところで、そのすぐ後からは戦術支援部隊が続いていた。これが罠かもしれないことは誰の目にも明らかだった。しかし身ごもっていようといまいと、チャーリーはそこに足を踏み入れるつもりだった。サットン・ストリートが近づくにつれてパトカーは離れていき、支援部隊がいつもどおりさりげなく見張るために、そのブロックを密かに巡回した。

ミッカリーはまるで立っているのがやっとという有様だった。髪はもつれ、赤いコートが死人のような青ざめた肌にけばけばしく目立ち、壁によりかかって体を支えているようだ。

チャーリーはその変わりように衝撃を受けた。そしてなにか危険の気配はないかと左右にすばやく視線を向けながら、ミッカリーのほうへ急いだ。奇妙なことにいまこうやってミッカリーと向きあっていると、予想していた以上に自分が弱い存在に思えた。お腹のなかで育っている赤ん坊の姿が頭にちらつき、それからまた押し戻された。チャーリーは集中しなくてはならなかった。

ミッカリーが腕のなかに倒れこんできた。チャーリーは一瞬彼女を抱きとめて、その全身に目を走らせた。ミッカリーは痛々しい状態だった。こんなに痩せ細るなんて、どんな目に遭ってきたのだろう？

チャーリーは救急車を呼び、その到着を待つあいだに怯えたセラピストから聞き出せる情報を収集しようと試みた。しかし彼女はチャーリーと話そうとはしなかった。まるで指示を受けていて、それに完璧に従おうと躍起になっているかのようだ。かつてはあれだけ高慢ちきに見えたミッカリーが、いまは怯えているようだった。

「グレース」ミッカリーの声はかすれて小さかった。

「なんて？」

「わたしはヘレン・グレースとしか話さない」

そして会話は終わった。

80

携帯の電源を切り、ドアをロックして、ヘレンは完全にひとりきりになっていた。このような重要な捜査の最中に管理職の捜査官がチームとの連絡を絶つのは通常の手順からは外れていたが、しばらくひとりきりになる必要があったのだ。彼女は考えなくてはならなかった。人事から自身のファイルを引き出してあり、いまはその経歴に目を通しているところだった。同時にサウサンプトン・イブニング・ニュースとハンプシャー州警察が月一回発行しているフロントラインの両方のアーカイブも、ネットで調べていた。彼女は失われた環《ミッシングリンク》を探していた——殺人犯の狙いが自分だということをはっきり証明する手がかりを。

犯人がヘレンの警察官としての過去の成功にもとづいて犠牲者を選んでいることには、もはや疑問の余地がなかった。ヘレンはジェイムズ・ホーカー（後のベン・ホーランド）を、そのイカれた父親をぶちのめすことで絶体絶命の状況から救っていた。しかし犯人は、ジェイムズ／ベンにけっして幸せな最期を迎えさせないようにしていた。ヘレンはアンナとマリーを十代の放火犯から救っていたが、殺人犯は彼女たちも始末していた。マルティナはマティ・アームストロングとして生まれ、その人生が悪いほうへそれたときにはブライトンで男娼をしていた。ヘレンと同僚が運良く悲鳴を聞きつけてドアを破り恐ろしい経験を終わらせるまで、彼は地下室に閉じこめられ、男たちになぶりものにされ痛めつけられていた。殺人犯はふたたび、彼を確実に生きのびさせないようにした。ミッカリーはおそらくただのおまけ、ヘレンをだしにしたちょっとした冗談で――その点についてはときがたてばわかるだろう――残るはエイミーとサムだけだ。彼らが失われた環だった。あのふたりはどんな形でヘレンと結びついているのだろう？　彼らは殺人犯の注意を引くような、なにをしたのだろう？

ヘレンはジェイムズとマルティナの件に関する行動で表彰されていた。賞状を受け取る彼女の写真がフロントライン――コンピュータを使えば誰でも簡単にアクセスできる――に載っていた。アンナとマリーを助けたことでは表彰されていなかったが、その事件はサウサンプトン・エコーで記事になり、そこにヘレンの名前が書かれていた。これも、誰でも簡単にネットで見つけられる。でもエイミーとサムはどこで？　自分の経歴に彼らの年頃の人間が関わった重要事件は思いつかなかった。これではまったく筋が通らない。

ヘレンはほかに二、三回表彰されていて、そのうちで特に目を引くのは大規模な交通事故の際に機転を利かせた結果だった。しかしそれは二十年以上前のことだった――エイミーとサムが生まれる前のことだ。苛立ったヘレンは画面をスクロールして、フロントラインを事故が起きた年の号までさかのぼった。事故の詳細はまだ鮮明に頭に残っていたが、いま彼女はその記事から記憶を新たにした。ソープ・パーク（イギリスのサリーにある遊園地）から帰る途中の長距離バスの運転手が居眠りをしていた。彼が運転するバスは、ポーツマス近くの中央分離帯のある高速道路で道をそれて中央の障壁を突き破り、対向車の列に突っこんだ。運転手はほかの車に乗っていた数人の運転手や乗客と同様に即死した。その結果として起きた玉突き事故から火災が発生し、最初に現場に駆けつけたふたりの交通警官の勇敢な行動がなければ、さらに多くの負傷したドライバーたちが命を落としていただろう。その警官のひとりが、若き日のヘレンだった。事故が起きたとき、彼女は交通警官になって三カ月だった。その仕事が嫌いで、異動したいと遠慮なくいっていたが、決まりは決まりで自分の順番は務めなくてはならなかった。だからヘレンは救出作業の過程で恐ろしい光景を目にしながら、己の能力を最大限に発揮した。そして自らの技術や勇敢さを証明してみせるには、その事故現場はまさにうってつけだった。同僚のルイーズ・タナーと一緒に、ヘレンは炎が広がるなかでショックを受けたり負傷したりしている大勢の人たちを車の残骸から引っ張り出した。間もなく消防隊がサイレンを鳴らして駆けつけ、火は消し止められた。だがヘレンと同僚のルイーズのすばやい判断が数十人の命を救ったことは、その場の誰の目にも明らかだった。

ヘレンとルイーズはフロントラインで取り上げられ、地元の犠牲者名のリストはサウサンプトン・イブニング・ニュースとポーツマス・エコーに掲載されていたが、生きのびた人たちの詳細は載っていなかった。みんな死んだ人たちの悲劇のほうに興味があったのだ。ヘレンは背を椅子に預けた。こちらも行き止まりだ。エイミーとサムは無作為に選ばれた犠牲者にすぎなかったのだろうか？　ひょっとしたらそうだったのかもしれないが、殺人犯があれだけ骨を折ってほかの犠牲者たちを見つけ出しているからには、ヘレンとなんらかのつながりがあるにちがいない。

ヘレンは全国紙のアーカイブをネットで調べることにした。玉突き事故に巻きこまれたものたちの多くが、休暇を過ごそうとポーツマスに旅行にきていたフェリーの乗客だったことを考慮に入れたのだ。ガーディアン、タイムズ、メール、エクスプレス、サン、ミラー、スターの記事をスクロールしていったが……興味を引くものはなにもなかった。

もうこれで最後だと思ったとき、ヘレンはあきらめそうになっていた。トゥデイは洒落たタブロイド紙で、全国紙として経営されていた短い期間、その手のネタを好んで載せていた。そこでヘレンはあの恐ろしい日の記事をスクロールすることにした。

そのとき、それが見つかった。その大事故を報じる見開き記事の真ん中に、若い交通警官がひとりの女性を安全な場所へ誘導している写真があった。きっと野次馬が撮って新聞社に売った写真なのだろう。写真の下に正式なクレジットはなかった。ほかの新聞がその写真を載せていなかったのはそのためで、だからヘレンはこれまで見逃していたのだ。

それはよく撮れた写真で、なにもかも照らし出して見せていた。ヘレンの顔は明らかにはっきりわかったし、彼女が車の残骸から助け出している若い女性の顔も同様だった。突然すべてがつながった。

81

ヘレンは呼び鈴を押しっぱなしにした。もう遅い時間で、歓迎されることはないだろう――だが辛抱しなくてはならない。最初はとげとげしい態度だったダイアン・アンダーソンも、ヘレンが立ち去るつもりはないと悟るとなかに案内した。彼女は――アンダーソン一家は――わが家で繰り広げられる奇妙な光景をじろじろ眺める隣人に、もう飽き飽きしていた。そしてこれ以上彼らに楽しむ材料を与えたくなかったのだ。

「リチャードを呼んできます」ダイアンは肩ごしにいって、階段へ向かった。自分ひとりでまた一から繰り返される質問を受けるのには、耐えられなかった。

「その前にこれを見ていただけますか」

ヘレンはさっき署で印刷したトゥデイの写真のコピーを差し出した。ダイアンは足を止め、苛立った様子で居間に引き返してくると、ヘレンの手から紙をひったくった。それを目にしたとき、苛立ちは衝撃に変わった。

「この写真に写っている人たちのなかに知っている人はいますか？」ヘレンは尋ねた――もう遠まわしな言い方をしている時間はなかった。

ダイアンの口からはなにも出てこなかった。衝撃は不安に変わりつつあった。リチャードはすぐそこの二階にいて、いつ現れてもおかしくない。

「どうです？」

「これはわたしです」つぶやくような返事があった。

「するとあなたとわたしは前に会っていたわけですね」

ダイアンはうなずいたが、床を見つめていた。

「あなたは知っていたんですか？　エイミーがサムを……サムが死んだあとでわたしと会ったとき、前にも会ったことがあるとわかっていたんですか？」

「最初はわかりませんでした。あまりにいろんなことが起こりすぎていて。でもあとで……そうじゃないかと……確信がなくて」

「いったいどうして、なにもいってくれなかったんです？」ヘレンの怒りはいまや、抑えが効かなくなりかけていた。

「それがどうしたっていうんです？　なにかと関係があるとでも？」

「この件が重要なのは、それがあなたを警察と……特にわたしと結びつけていたからです。どうしてなにもいってくれなかったんです？」

ダイアンはその話になるのをいやがって、かぶりを振った。

「わたしは知らなければならないんです、ダイアン。もしあなたがいま協力してくれたら、警察はサムを殺した犯人を見つけると約束しましょう。でも、もし協力してくれなければ……」

ダイアンはすすり泣きを押し殺すと、階段にちらっと目をやった。リチャードの気配はなかった――まだ。

「あの日わたしは、リチャードと一緒ではありませんでした。ほかの人とソールズベリーから車で戻ってくるところだったんです」

これでヘレンは理解した。

「不倫相手と？」

ダイアンはうなずいた――いまや涙はとめどなく流れ落ちていた。

「わたしが彼と会っていたのは……子どもができたからでした。それは彼の子でした。エイミーは……その人の子どもなんです。彼はわたしがリチャードと別れて自分と一緒になることを望んでいました……でも……わたしたちは帰り道で事故に遭って。彼は死にました。最初わたしは足を挟まれて出られなくて、このまま焼け死んでしまうんだろうと思っていたけれど……」

「わたしがあなたを引っ張り出した」

ヘレンは写真に目を落とした。よく見れば、彼女のお腹のあたりが膨らんでいるのがわかる。ヘレンはダイアンの命を救っていたが、より重要なのはエイミーの命を救っていたということだ。そう考えると胸が悪くなった――彼らが追っている殺人犯はヘレンが思っていたよりもいっそう、ひねくれてねじ曲がっていた。

「これはどういうことなんですか？　どうしてあの日のことを知りたがるんです？」

きわめて難しい質問だ。

「いまは話せないんです、ダイアン。でもわたしたちは、エイミーがさらわれた理由をあと少しで理解できそうなところまできています。もっとなにかつかんだら、すぐにお知らせしましょう。でもいまのところこの会話は、ここだけの話にしてもらうようお願いしなくてはなりません」

ダイアンはうなずいた――彼女に異存はなかった。

「わたしたちはサムを殺した犯人をつかまえるでしょう」ヘレンは続けた。「そしてエイミーは正義を手にします。これはお約束します。あとのことはあなた次第です。わたしには他人の結婚を台なしにする趣味はありません」

ダイアンに送り出されると、ヘレンはすぐに携帯の電源を入れた。チャーリーから何度かメッセージが入っていて、連絡するとミッカリーの状態について必要な最新情報を提供してくれた。ゲームは局面が変わるごとにどんどん奇妙なことになっていて、事態が計算され尽くしたクライマックスに向かっているようないやな感じがした。ヘレンは警官になってから大勢の不愉快な人間に出くわしており、いま必死でそのなかに犯人を探しながら、頭のなかで彼らをスクロールしていた。

「チャーリー、いまそっちに向かっているところだけど、まずあなたにやってもらいたいことがあるの」

「なんですか、ボス？」

「ルイーズ・タナーの居場所を調べてもらいたいの」

82

ハンナ・ミッカリーにはけっして爪を噛む癖はなかった。だが彼女の爪はいま、深爪になるほど噛みちぎられていた。それは実に皮肉なことだった。ミッカリーの仕事の多くは髪を抜いたり爪を噛んだりする癖がある人たちを、分別のある落ち着いた人間にすることだったのだ。だがいまの彼女はどうだろう。恐ろしい試練によって自制心をすっかり失い、わけのわからないことをまくしたてる廃人だ。

ヘレン・グレースはどこ？　こうして待っているのはゆっくりとした拷問だった。自分を誘拐した相手と取引したときには、すべてがとても単純だった。彼女はいわれたとおりにして、自由の身になるだろう。面白いことにミッカリーは取引のあとの高揚した一瞬、恐怖と絶望の向こうの人生を垣間見ていた。自らの恐ろしい経験を、そしてより具体的にいえばそこからの回復を、有効に活用できる人生。ほかの人たちを助けるため。自分自身を助けるために。

いまはそのすべてがまったくのたわごとに思えた。はかない空想の飛躍、混乱した精神の産物だ。ひょっとするとグレースに会う機会はないのだろうか？　ひょっとするとやり損なってしまうのだろうか？　拷問はまだ終わっていなかった。

そのとき突然グレースが部屋に現れた。ミッカリーは高揚感に満たされた。たとえ彼女の見た目に、相手が明らかにぎょっとしていたとしても。グレースは気の毒そうな顔をしようとしていたが、ミッカリーは爬虫類館《はちゆうるいかん》でじろじろ見られている、風変わりで醜悪な生き物になった気分だった。

ヘレンのほうは、自分が目にしたものに衝撃を受けていた。これまでの取り調べではとても冷静だったミッカリーは、無料食堂で毎日見かける気の触れた女たちのひとりのようだった。人生にひどく打ちのめされ、すっかり気が変になったホームレスの女たちのひとりだ。

「彼女には同席してほしくないわ」ミッカリーは非難がましくチャーリーをちらっと見て、嚙みつくようにいった。

「ブルックス巡査には手続き上ここにいてもらわ――」

「彼女はここにいてはだめなの。お願い」

いまやその求めには訴えるような響きがあり、泣きだしそうになっていた。全身が震えているようだ。ヘレンが一度うなずいてみせると、チャーリーは部屋を出ていった。

「あなたになにがあったの、ハンナ？　わたしに話せる？」

「わたしになにがあったかはわかってるでしょう」

「想像はつくけど、あなたの口から聞きたいの」

ミッカリーはかぶりを振って、床に目をやった。

「あなたは逮捕されているわけじゃないし、無理にやらされたことであなたを告発するつもりはない。もしサンディを殺したのなら……わたしに場所を――」

「サンディは死んでない」ミッカリーは遮った。「少なくともわたしは死んでるとは思わない。それにわたしは彼になにもしてないわ」

「だったら彼はどこに？　もしわたしたちが助けを呼ぶことができれば……」

「わからないの。わたしたちは金属のコンテナのなかにいた。たぶんドックのそばの貨物コンテナよ。引きずり出されたときに海のにおいがしたから」

「誰があなたを引きずり出したの？」

「彼女。キャサリンよ」

「そこのところをはっきりさせておきましょう。彼女はあなたを引きずり出して見逃した。サンディは無傷で生きていたのに？」

ミッカリーはうなずいた。

「銃に弾は入っていなかった。あの女はもともとわたしたちを死なせるつもりはなかったの。全部悪い冗談だったのよ」

ヘレンは椅子に深く腰かけて、この新しい局面を処理した。

「どうして、ハンナ？　なぜ彼女はあなたを見逃したの？」

「あなたにメッセージを届けさせたかったからよ」

「メッセージ？」

「わたしはブルックス巡査に連絡するよういわれたけど、メッセージはあなたに伝えることになってたの。あなただけに」

「それでそのメッセージというのは？」

「あんたはよくやってる」

ヘレンは続きを待ったが、なにも出てきそうになかった。

「それだけ？」

ミッカリーはうなずいた。そして「あんたはよくやってる」と繰り返した。彼女がほかにメッセージを隠しているはずはない、とヘレンは心のなかでつぶやいた。

「これはどういう意味なの？」ハンナ・ミッカリーの問いは、切羽詰まっていた。まるでヘレンの答えによって、自身の恐ろしい経験の意味が理解できるとでもいわんばかりに。

「わたしたちがあの殺人犯に近づいているということね」

「彼女は何者なの？」

ヘレンはいったん言葉を切った。彼女になんといえばいいだろう？

「はっきりとはいえないの、ハンナ。いまのところは」

ミッカリーが鼻を鳴らした——その顔には不信感がありありと表れていた。

「それであなたたちが鬼ごっこをして遊んでいるあいだ、わたしはなにをしていればいいのかしら？」

「わたしたちは安全な宿泊設備と身辺警護を提供できる。もしそれが――」

「おかまいなく」

「わたしは本気でいってるのよ、ハンナ。わたしたちにはあなたの面倒を見られ――」

「あなたは警察がなにか手を打てば、あの女を止められると思ってるのね？　彼女がやられることはないわ。彼女は勝つでしょう。それがわからないの？」

ミッカリーの目が燃え上がった。完全に取り乱しているようだ。

「医者を呼んであげるわ、ハンナ。わたしはほんとうに――」

「あなたが夜眠れることを願うわ」

ミッカリーがヘレンの腕をつかみ、指が食いこむほど強く握った。

「あなたがなにをしたにせよ、夜眠れることを願うわ」

署の医者を捜しに取調室を後にしたとき、ヘレンの耳にはまだミッカリーの言葉が響いていた。その非難は予言のようで、不安をかき立てられた。ヘレンは次々に浮かんでくる考えに耽るあまり、誰かに名前を呼ばれていることに最初は気づかなかった。

ウィテカーだ。こうなることは予想しているべきだったのに。心のなかでヘレンは、この微妙な状況に備えた戦略を持っていない自分自身を呪った。

「彼女はどんな様子だ？　なにか聞き出せたか？」

ウィテカーの口調は事務的だったが、ヘレンには相手が緊張しているのがわかった。ウィテカーは優秀な政治家でいい役者だったが、動揺していた。ミッカリーがどういう状態で、なにをしゃべっているのか、彼には知るよしもなかった。ミッカリーが二言三言しゃべれば、そのキャリアを台なしにすることができるのだ。

「彼女はひどい状態です、警視。ですが、なんとか頑張って協力してくれています」

「それはよかった」あまり説得力がない、とヘレンは思った。

「弁護士のほうは？」ウィテカーが続けた。「彼は……？」

「いまのところはっきりしません。どうも犯人は、ふたりとも解放したのかもしれません」

これを聞いたウィテカーは明らかに狼狽《ろうばい》した。

「よし、引き続き最新の情報を上げてくれ。われわれにはこれ以上この件を伏せておくのは無理だろうからな……」

そういうとウィテカーは立ち去った。今度はどうする？　ほとんど選択肢はないことが、ヘレンにはわかっていた。署内でどこか、ひとりになって自由に話ができる空間を見つけるのは難しかった。だが食堂のごみ箱の陰はそういう場所だった。そこでヘレンはすぐにそこへいき、汚職対策班に電話をかけた。

「いまからあなたたちにいうことは、ここだけの話にして、いい？」

ヘレンはいま捜査本部に戻っていた。チャーリー、ブリッジズ、グラウンズ、サンダーソン、マッカンドルー——全員がチームのブリーフィングに召集されて、緊張と期待の面持ちで耳を澄ましていた。彼らはヘレンの言葉にそろってうなずき、続きを待った。

「いまのところわたしたちが追っている殺人犯は、五組のふたり連れを標的にしてきた。彼らはそろって、なんらかの形でわたしとつながりがある」

明らかに反応はあったが、チームの誰もこの雰囲気のなかで話の腰を折る覚悟はなかったので、ヘレンは先を続けた。

「マリーとアンナ・ストーリー。わたしはあの親子をチンピラ連中から助けるのに手を貸した。ジェイムズ・ホーカーとして生まれたベン・ホーランドが錯乱した父親に殺されそうになっているところに、止めに入った。娼婦のマルティナは実際には男娼のマティ・アームストロングで、男たちに痛めつけ虐待されていた彼を、わたしと同僚が助けた」

またチームからつぶやき声が上がった。

「当時妊娠中だったダイアン・アンダーソンは、ポーツマスの近くで玉突き事故に巻きこまれた。交通警官だったルイーズ・タナーとわたしは、ダイアンと彼女のお腹にいた赤ん坊、エイミーを助ける手伝いをした。ダイアンがいっさい名乗り出なかったのは、そのとき一緒に旅行をしていた相手が夫ではなかったからで……でもいまはそれを認めてる」

「それでミッカリーは?」――ついに誰かが思いきって尋ねた。今回はマッカンドルーが、その勇敢な誰かだった。

「ミッカリーとモーテンはおまけ。わたしたちと彼らをだしにした、ちょっとした冗談よ。殺人犯は明らかにこちらのわかりが遅いと考えて、メッセージを送ることにした。ミッカリーが解放されたのは、わたしにこの言葉を伝えさせるためだった。『あんたはよくやってる』」

その言葉は重苦しく宙に浮いた。誰もあえて反応しなかった。

「わたしはいま挙げたほぼすべての事件で、正式な警察表彰を受けてる。名前が出ただけの一件をのぞいてね。わたしたちが追っている殺人犯は、故意にわたしが助けた人たちを狙い、彼らを破滅させようとしてきた。彼らが殺すか殺されるかは、犯人にとってはどうでもいいの。どちらにしても彼らは破滅する。彼女はその未知数なところを楽しんでいて、それはショー全体に意外性という味つけをしてる」

その殺人犯は何者なのかと尋ねられるのが当然の場面だったので、ヘレンはチャーリーがこう反応したのに感心した。

「ほかになにかで表彰されたことはありますか?」

チームがまたざわつき、それからヘレンは答えた。

「一度ある。ステファニー・バインズという若いオーストラリア人を助けたことで。彼女はサウサンプトンでバーテンダーとして働いていた。ドックの近くで人が撃ち殺されるのを目撃して裁判の証人に選ばれ、命を狙われた。あの日わたしたちが彼女を保護して襲撃犯を逮捕したことが、ギャングの一味をひとり残らず刑務所送りにするのに役立った。既に彼女の最新の住所に制服警官を送ってあるけど、あなたたちのうちふたりにすぐ向かってもらいたい。あなたは残って、チャーリー」

チャーリーが座りなおすあいだに、ヘレンはチームのほかのメンバーをふたり指名した。それからチャーリーを脇へ引っ張っていった。

「あなたにはほかにやってもらいたいことがあるの。できるだけ目立たないように注意深くやってほしい。わかった？」

チャーリーはうなずいた。

「ルイーズ・タナーはあの日わたしと一緒に勤務に就いていて、ふたりでエイミーやほかの人たちをバスの残骸から引っ張り出した」

ヘレンは少しのあいだ躊躇し——これは正しい手だろうか？——それから続けた。

「ルイーズは……彼女はそのあとで襲ってきた症状に、あまりうまく対処できなかった。完全に仕事に復帰することは二度となく、しばらくたつとすっかり姿を消してしまった。あなたにはルイーズがどこにいてなにをしていたのかを、可能なかぎりなんでも探ってわたしに、わたしだけに報告してほしい、いい？」

「もちろんです、ボス。すぐにかかります」

「でもあなたがいく前に、別のことを話しておかないといけない。じきにここは大変な騒ぎになるし、あなたにはそれに対処するのを手伝ってもらわなくてはならないから」

「どういうことですか？」

「マークは無実だった。彼はわたしたちを裏切っていなかった」

チャーリーは目を丸くしてヘレンを見た。彼女はマークの人生をめちゃめちゃにしてしまったのに、それが間違いだった？

「わたしたちを裏切ったのが誰か、わたしは知ってる。そしてその件でここは大騒ぎになる。みんなを落ち着かせて捜査に集中させておくために、あなたにそばにいてもらわなくてはならなくなるでしょう。汚職は問題だけど、わたしたちにはつかまえなくてはいけない殺人犯がいる。ここでなにが起ころうと、わたしは仕事が片づくまでみんなで前進しつづけたい。あなたをあてにして大丈夫？」

「百パーセント」

そしてヘレンは、自分にはやれると悟った。この捜査は悪夢のようで、最悪の部分はまだこれからだった。だがチャーリーは捜査の過程で自身の能力を発揮していたし、事の終わりに彼女がそばにいてくれると思うと嬉しかった。

いまチャーリーをわざと間違った方向へ誘導したことにひどく気が咎めたのは、そのせいだった。

83

鞭が空を切り、標的を見つけると引き締まった女の肉体に食いこんだ。女は体を弓なりにそらして跳ね上がり、その痛みを受け止めて全身に流れるにまかせた。いつもの鋭くひりひりする感覚がそれに続き、それから体がほぐれだした。もう十五回も打たれて疲れはじめていたが、それでも女はいった。

「もう一度」

ジェイクはいわれたとおりにしたが、そろそろセッションを終わりにする頃だというべきなのはわかっていた。それは充実した時間で——ほとんど以前のようだった——もし彼らが利口なら、うまくいっているあいだにやめておくところだ。

「もう一度」

ジェイクはほっとして鞭を振り上げ、いつもより少し速く力を込めて振り下ろした。女がうめいた——堪能した幸せなうめき声。ジェイクはいつのまにか、変化が起こりかけているのではないかと思っていた。彼女は受けている罰から性的喜びを感じはじめているのだろうか？　ジェイクに鞭打たれた女たちの多くは気まずい様子も見せずに彼の目の前で果て、彼が加えた残酷だが甘美な鞭打ちによってほぼオーガズムにまで達していた。女はあえてそこまでいくだろうか？　ジェイクには彼女をそこまで連れていくことができるだろうか？

ジェイクは女のことを考える時間がどんどん増えているのに気づいていた。前からずっと興味はあったが、けんかをして和解して以来、その心の動きを推し量ろうとする自分を止めるのが難しくなっていた。なぜ彼女はあれほど自分自身を憎むのだろう？　その話題を切り出すのに頭のなかで十余りの言い方を練習していたが、結局その質問はただぽんと口をついて出てきた——ふたりとも驚くような形で。

「帰る前になにか話したいことはないかな？」

女は動きを止めて、もの問いたげにジェイクを見た。

「つまり……知ってのとおりここで起こることはすべて内密で、口外されることはない。だからもし話したければ、心配はいらないということだ。ここで話した内容が外に漏れることはない」

「わたしがなんの話をするっていうの？」女の反応は興味を示しつつも、曖昧なものだった。

「たぶん、きみのことを」

「どうしてわたしがそんなことを？」

「もしかしたらきみがそうしたいかもしれないから。きみがここでくつろいだ気分になっているから。ひょっとするとここはきみにとって、自分がどう感じているかを話す理想的な空間かもしれない」

「わたしがどう感じているか？」

「そうだ。ここにくるとき、きみはどう感じる？　そして帰るときにはどう感じる？」

女は怪訝《けげん》そうにジェイクを見ると、持ち物をまとめながらいった。

「残念だけど、その時間はないわ」

そういって彼女はドアに向かった。ジェイクは前に出ると優しく、だが断固としてその行く手をふさいだ。

「どうか誤解しないでほしい。わたしは詮索はしたくないし、間違ってもきみを傷つけたいとは思わない。どうすればきみを助けられるか知りたいだけなんだ」

「わたしを助ける？」

「そうだ、きみを助けたい。きみは人に与えられるものをたくさん持った善良で強い人間だが、自分自身を憎んでいるし、それはまったく理屈に合わない。だからどうかわたしにきみを助けさせてくれ。きみにはこんなふうに自分を鞭打つ理由はないし、ひょっとしてわたしに話したければ……」

ジェイクの声は次第に小さくなって消えた。いま女がジェイクをにらみつけた目つきは、それほど凶暴だったのだ。それは怒りと癇癪《かんしゃく》と失望の有毒な混合物だった。

「くたばれ、ジェイク」

そういうと女は、前をふさいでいるジェイクを押しのけて立ち去った。ジェイクはどさりと椅子に座りこんだ——彼は完全にやり損なってしまい、そのつけを払うことになる。確実にいえるのはもう二度とヘレン・グレースに会うことはないだろう、ということだった。

84

誰にでも転機はある。越えてはいけない一線が。わたしはなにも変わっていなかった。もしあのばかに分別があれば、こんなことにはなっていなかっただろう。でもあいつは低能で欲深だったし、わたしがあいつを殺すことにしたのはそのせいだった。

その時点でわたしはぼろぼろになっていた。わたしは人生に見切りをつけていた――傷つけられ捨てられるのが自分の運命だとわかっていた。そしてそういうものだと受け入れていた――結局それは、わたしが知っている女たちの身に起こったことだった。彼女たちは誰も向こう側へ脱出することはできなかった。母親がいい例で――ほんとうに情けない人間の見本だった。彼女はドアマットで、サンドバッグだったが、さらに悪いことに共犯者だった。母さんはあいつがわたしになにをしているのか知っていた。ジミーやほかの連中がわたしになにをしているのかを。でもなんの手も打たなかった。見て見ぬふりをして、そのままやり過ごした。もしあいつに蹴り出されたらほかの誰にも拾ってもらえなくて、おそらく通りで野垂れ死にしていただろう。だから楽な道を選んだ。どちらかというとわたしは、あいつを憎む以上にあの女を憎んでいた。

少なくともこれが、あの日までわたしが考えていたことだった。あいつがわたしたちの寝室に入ってきて、ためらっているのを見たときまで。あいつはふつうならただ突進してきて、好きなだけむさぼった——手っ取り早く乱暴なやり方が好みだった。でもあの日は足を止め、初めてベッドの上の段に視線をさまよわせた。

わたしはその視線が意味していることを、どんな邪悪な考えがあいつの頭のなかでぐるぐるまわっているかを知っていた。奇妙なことにあいつは後ずさって出ていった。もしかしたらまだそこまでする心の準備ができていなかったのかもしれない。でも時間の問題にすぎないことはわかっていた。そしてその瞬間に、わたしの心は決まった。

わたしはその場で、あのくそ野郎を殺すことにした。

しかもそれを楽しんでやると。

85

「難しいことじゃない。やってみせようか？」

サイモン・アシュワースの頬にはこの数日間で初めて、少し血の気が差していた。ヘレンの部屋に身を隠した彼は、ろくに食べずにタバコばかり吸っている神経質で落ち着きのない生き物になっていた。だがいまヘレンは彼向きの仕事——しかもまともな犯罪捜査だ——を少し抱えており、アシュワースは活気づいていた。彼は自分の専門知識を見せびらかす機会が大好きで、まさにその機会を皿にのせて差し出されていたのだ。

ヘレンの突然の帰宅に、アシュワースは驚かされていた。彼女はすごい勢いで入ってくると、アシュワースに調子はどうかと尋ねることも、ウィテカーに関する最新情報をちゃんと教えてくれることもなく、質問を浴びせはじめた。彼女は動揺し、取り乱しているようだった。捜査の詳細を教えてもらったときにその理由がわかった。アシュワースはすべてを飲みこんだが、それでもまだびっくりするような話だった。しかし捜査は明らかに前進していた。グレース警部補は犠牲者たちが標的にされた理由を突き止めていて、いまは殺人犯がどういう手を使ったのか知りたがっていた。殺人犯はどうやって犠牲者たちの動きをあれほど詳しく知ったのだろう？　車に乗せてやろうと声をかけて誘拐するのに完璧なタイミングで、その場に居合わせることができるほどに。

そうした情報のなかにはベン・ホーランドの週に一度の会合のように、ふつうのストーカーでも簡単に突き止められるものもあった。それにマリーとアンナはけっして部屋から出なかった。だがエイミーは？　マルティナは？　彼女たちの動きは計画的ではなく、予測不能だった。どうすればその心のなかに入りこめるのだろう？

「彼らが自分たちの行動をあらかじめソーシャルメディアのサイトやなんかに投稿していないと仮定すると、その計画を監視するいちばんの方法は通信手段に侵入することだ」アシュワースははじめた。今回ばかりはヘレンは無言で、アシュワースは束の間の力関係の変化を堪能した。

「電話通信に侵入するのは、彼らの電話に手を触れてチップを挿入しなくてはならないから大変だ。可能だが危険を伴う。彼らのＥメールのアカウントに侵入するほうがはるかに簡単だ」

「どうやって？」

「第一歩は彼らの個人的な情報が載っているフェイスブックか、それと同様のなにかを見にいくことだな。ふつうはそこからＥメールのアドレスに——Ｇメール、ホットメール、なんでもいいが——加え、家族や誕生日、お気に入りの休暇旅行先などに関するたくさんの個人情報が手に入る。それから彼らのＥメールのプロバイダーに電話して、パスワードを忘れてしまったのでEメールにアクセスできないという。向こうはかなり標準的なたくさんの秘密の質問――母親の旧姓、ペットの名前、重要な日付、お気に入りの場所――をしてくるだろう。そのほとんどには、宿題をちゃんとやっていれば答えられるはずだ。それから向こうが古いパスワードを教えてくれて、そのままにしておきたいか変更したいかと尋ねられるだろう。そこでそのままにしておくといえば、実際のアカウントの持ち主には気づかれずに、こちらは自分のデバイスで彼らのすべてのEメールにアクセスできる。単純なことさ」

「それで、もし誰かのアカウントに複数のデバイスからアクセスされていたら、そうとわかる？」

「わかるよ。そのアカウントのプロバイダーを説得できれば、彼らには教えられるはずだ。そういうことに関してプロバイダーにはちょっと面倒くさいところがあるが、殺人事件の捜査だといえばおそらく協力してくれるだろう」

ヘレンはアシュワースに礼をいうと、署に戻った。彼はこの件において、ヘレンにはまったく予測できなかったほどきわめて重要な存在であることがわかっていた。エイミーはヒッチハイクで自宅に帰ろうとしていたとき、母親に細かいことまで正確にメールしていた。もし殺人犯がそれらのメールを見て、待ち伏せしていたら？　同様にマルティナは姉――彼女がいまだに連絡を取りつづけている、自らの過去とつながりのある人物――にメールして、サウサンプトンから訪ねていってもかまわないかと尋ねていた。殺人犯はそうやってマティの足取りをたどったのだろうか？　そして「シン」があのタイミングでふたりを誘拐したのは、もしマティ／マルティナがロンドンの姉のもとへ旅立てばその機会が失われるのを、恐れてのことだったのか？

答えより疑問のほうが多かったが、ようやくヘレンは真実に迫っている気がした。

86

「近づかないで」

ミッカリーが小声で怒ったようにいったが、ウィテカーはそれを無視して近づいた。

「わたしに指一本でも触れたら、この建物が倒れるくらいの悲鳴を上げてやるわ」

ミッカリーは朝までの予定で署の医務室に入れられていた。二十四時間年中無休で守られて、休むことができる場所だ。深夜勤の青二才の警官は、署長からタバコ休憩の許可を与えられたことをまったく不思議に思っていなかった。これもまた、彼がどんなに話のわかる上司かというしるしだ。ウィテカーは自分の持ち時間が最長五分だとわかっていて、それを最大限に生かすつもりだった。

「きみがなにをするつもりなのか聞いておきたいんだ」

「わたしは本気よ。それ以上近づかないで」

「頼むよ、ハンナ、きみを傷つけるつもりはない。わたしだ、マイケルだよ」

ウィテカーが手をのばしてなだめようとしたが、相手はすばやく身を退いた。

「これはあなたのせいよ。なにもかもあなたの――」

「ばかをいうんじゃない。話を持ちかけてきたのはきみだろう」

「どうしてわたしを見つけてくれなかったの？」

その声の無防備な響きに、ウィテカーはショックを受けた。

「わたしは地獄にいたのよ、マイク。どうしてわたしを見つけてくれなかったの？」

突然すべての怒りは消え失せて、ウィテカーの心は同情でいっぱいになった。不意に悲しみがこみ上げてきて、喉が締めつけられるのを感じた。彼が初めてハンナに会ったのは、現場でのキャリアに終止符を打った荒っぽい銀行強盗犯との撃ち合いの直後だった。ハンナが彼にカウンセリングをし、癒やして、やがてふたりは恋に落ちた。ウィテカーが彼女の存在を秘密にしていたのは精神分析医にかかっていることを世間に知られたくなかったからだが、ハンナに対する気持ちは偽りのないものだった。

「われわれは見つけようとしたんだ、ハンナ、ほんとうだよ。われわれはすべてを投入した。不審に思われずに割けるかぎりの制服警官をひとり残らず――」

ハンナがきっと顔を上げた。

「自分がボロを出さずにすむかぎりの？」

その口調にはほんとうに苦々しい響きがあった。

「わたしは見つけようとしたんだ、信じてくれ。ほんとうに、ほんとうに見つけようとしたんだ。だがきみの痕跡はなかった。サンディのも。きみたちは跡形もなく消え失せていた。この殺人犯が人間なのか……それともいまいましい亡霊なのか、わたしにはわからない。だがわれわれは犯人の足取りをつかむことができなかった。とても、とても残念だよ。もしきみと替われるものならそうしただろう、信じてくれ……」

「よしてちょうだい。よくもそんなことがいえるわね」

「だったらなんといってほしいんだ？」

その問いは宙に浮いた。残された時間はほんのわずかだと、ウィテカーにはわかっていた――なにもかもが立ち去れといっている。

「わたしがあなたから聞きたいのは、こんなことはいっさい起こらなかった、という言葉よ。あなたになんか会わなければよかった。恋に落ちたりしなければよかった。殺人犯のことはあなたの胸にしまっておいてほしかった。すべてなかったことにしたいの。もうわたしはここにいなければいいのに。存在しなければいいのに」

ウィテカーは彼女が吐き出す絶望に言葉を失い、じっと見つめた。

「だけど心配はいらないわ。あなたのことは話さないから。わたしは黙っているつもり。いわれたとおりにして、それからたぶん生きていくんでしょうね」

ハンナはベッドに戻り、壁のほうを向いた。

「ありがとう、ハンナ」

言葉足らずもいいところだったが、時間が迫っていたためウィテカーはそっと抜け出した。少しして若い警官が安物のタバコのにおいをさせてまた現れると、ウィテカーは彼の背中をポンと叩いてその場を離れた。自分のオフィスに戻ると、ウィテカーは大きく息を吐いた。元々の計画では銀行口座に何百万ポンドも持って、一緒に引退することになっていた。いまその計画はめちゃめちゃになっていたが、少なくとも危機は脱していた。すべてがほんとうにどうしようもなくまずいことになっていたが、きっと彼は大丈夫だ。ひと晩じゅう起きていたせいでへとへとだったが、太陽が昇りはじめるにつれ、ウィテカーは活力と楽観主義が湧き上がってくるのを感じた。

ドアを強くノックする音がしたのはそのときだった。返事をする間もなく、ヘレンが入ってきた——汚職対策班のふたりの警官に両側から挟まれて。

87

ステファニー・バインズはどこにも見つからなかった。職場を転々とする労働者の居場所を見つけるのはとても難しく、バーで働くものたちの場合は特にそうだ。バーテンダーというのは気紛れな職業で、少し高い給料を約束されればあっさりと鞍替《くらが》えするのが常だった。ステファニー・バインズはサウサンプトンのほとんどのバーで働いたことがあり――彼女は魅力的で面白いが、気紛れで移り気でもあった――しばらく誰もその姿を見かけていなかった。

例の裁判のあとでステファニーは故郷に帰ることも考えたが、訳あってオーストラリアから逃げてきていたので、尻尾を巻いて帰る――相変わらず金欠で、決まった相手もなく――という案には魅力を感じなかった。だからサウサンプトンからポーツマスに渡り、前にやっていたこと――働き、酒を飲み、セックスをし、眠る――をした。ステファニーは南海岸に打ち上げられた流木だった。

わかっている最新の住所に連絡しても返事はなかった。サンダーソンが訪ねていったが、そこは住人の出入りが激しい週払いの賃貸で、ステファニーの姿は何年も目撃されていなかった。所有者は警察を信用しておらず、自分が安値で貸している部屋から誰が、あるいはなにが見つかるか自信がなくて、協力に前向きではなかった——どこの部屋のドアも開ける前に令状を見せろと要求してきたのだ。捜査チームはすぐに令状を申請したが、下りるのには時間がかかるだろう。そこで彼らは町の中心のクラブやバー、地元の病院、タクシー会社などの捜索を再開した。だが相変わらず痕跡はなかった。

ステファニーは消え失せていた。

88

ウィテカーはじっとヘレンを見た。ふたりとも無言だったが――汚職対策班が正式に起訴内容を説明しているところだ――それでもヘレンは尋問を受けているような気分だった。ウィテカーの目つきは彼女の頭に穴が空きそうなほど険しく、まるでなにを考えているのか見抜こうとしているかのようだった。

「それにしてもきみには驚いたな、ヘレン。こんなばかなまねをするとは思わなかったよ」

汚職対策班のレスブリッジ巡査が、突然話を遮られたのに驚いて口を閉じた。

「この件はもう片がついたと思っていたんだがな」ウィテカーは続けた。「それがいま、わたしの目の前に置かれているわけだ。きみが全神経を集中させるべき進行中の捜査があることは、わざわざ指摘するまでもないだろう」

ヘレンは頑として目を伏せず、怖じ気づくまいとした。レスブリッジがふたたびしゃべりはじめたが、ウィテカーは声を大きくしただけだった。

「わたしに唯一推測できるのは、この件には野心が絡んでいるということだ。もしかしたらきみは、自分の昇進の早さが充分ではないと感じたのかもしれない。もしかしたらわたしがきみをこの署で最も若い女性警部補に昇進させたことは、充分な報酬ではなかったのかもしれない。だが一言いわせてくれ――上司の背中を悪意を持って刺すのは出世の手段ではない。きみはそれを知ることになるだろう」

ウィテカーはけっして彼女から目を離さなかった。先に視線をそらしたのはヘレンのほうだったが――良心の呵責、罪悪感――なぜ罪の意識を覚えなくてはならないのか、自分でもわからなかった。これがいつものウィテカーのやり口だ――遠まわしに脅しながら、自分にどんな恩義があるかを思い出させる。己の地位を脅かす相手は誰でも脅迫し、その力を削ぎにかかるが、一線を越えないようにすることに長《た》けていた。ウィテカーがヘレンを「見つけ」、前途有望な巡査として引き抜いて、ずっと出世の階段を上るのに手を貸し、警部補にまで昇進させたのは事実だった。その挙げ句にヘレンは彼に盾突いていた。しかしウィテカーがやったことはあまりにひどく――ミッカリーとの関係や重大な情報を漏らしたことだけでなく、マークとサイモン・アシュワースに罪をかぶせたことも――実際にはヘレンは軽蔑以外のなにも感じなくて当然だった。

わずか二十分で事情聴取が終了したことを、ヘレンは喜んだ。汚職対策班はウィテカーの警察側代理人と弁護士の立ち会いの下で調べを再開しなくてはならないだろうし、今後ヘレンはその過程から外されることになるはずだ。ウィテカーは予想どおりほとんど話さず、すべての嫌疑を否定していた。彼は口を割るだろうか？

単純にいって、火事を否定するには煙が立ちすぎていた。チャーリーは潔白のようだった。

誓ってマークも説得力のある主張をしていた。それにサイモン・アシュワースの説明は大いに納得のいくものだった。すべてがウィテカーの有罪を指し示している。しかしヘレンは管理職が公に罪を問われることはめったにないのを知っていた。そしてこの件の場合はますます、そういうことになりそうだった。ウィテカーが台なしにしてしまった捜査が、あまりに衝撃的なものだったからだ。この手の汚職事件は極秘裡《ごくひり》に何カ月か、ときには何年も引きのばされる傾向がある。そして最終的にウィテカーは、ほんとうの意味での非難や罰はなんら受けることなく、年金をもらって退職することになるだろう。そのすべてにおける現実政策《レアルポリティーク》を、ヘレンは嫌悪した。

その処理過程が完了するまでには時間がかかるだろうが、ふたつのことは考えるまでもなかった。第一に、ヘレンは臨時代行の立場でウィテカーの役割を引き継ぐことになるだろう。第二に、彼女はマークにチームに戻ってもらいたかった。

ヘレンはひとつ深呼吸をして、マークの部屋の呼び鈴を鳴らした。簡単にはいかないだろうが、ためらっている時間はなかった。チャーリーはまだルイーズ・タナーを追っているところで、ステファニー・バインズの足取りはつかめず、彼らはこの悪夢の終わりに少しも近づいていなかった。彼女は特に優秀な部下でまわりをかためる必要があった。

「ほら、早く出て」ヘレンはつぶやき、人の気配がないか耳を澄ました。一分が過ぎた。さらに一分。見切りをつけて立ち去ろうとしたそのとき、誰かが錠をいじっている音がした。ヘレンが振り返ったちょうどそのとき、ドアが開いてマークが現れた。あるいは、少なくともマークのなれの果てが。

その姿は哀れなものだった。無精髭を生やし、目は充血して、足元がおぼつかない。なにも——あるいは誰も——止めるものはなく、昼間から酔っ払っている。トレーニングウェアを着ていたが、運動はしていそうにない。マークはすっかり自分の殻に閉じこもっていた。ヘレンの胸は後悔に痛んだ。自分から助けると申し出ておきながら、また彼を酒瓶に追いやってしまった。驚きと軽蔑が入り混じった表情で見つめられ、ヘレンはいきなり本題に入った。

「マーク、さんざんいろんなことを一緒にくぐり抜けてきたあなたを相手に、探りを入れたりうわべを取り繕おうとしたりするのは無理だから、単刀直入にいう。わたしがあなたにかけたすべての嫌疑で、あなたが潔白なのはわかってる。わたしがとんでもない間違いを犯したのはわかってる。それでもわたしは、すぐあなたにチームに戻ってもらいたい。もしあなたにその気力がないか、わたしと同じ部屋にいるのには耐えられないというなら理解はできるけど、あなたに戻ってもらう方法を見つけたい——あなたみたいに有能な警官をごみの山に捨てるなんて、もったいなさすぎる。わたしは間違ってた。でも真犯人をつかまえたいま、償いをしたいの」

長い沈黙。マークは呆然としているようだった。

「誰だったんです？」

「ウィテカーよ」

マークは口笛を吹き、声を上げて笑った。半信半疑な様子だ。

「ミッカリーとの関係が金銭上のものだったのか、恋愛だったのかはまだわかっていないけど、わたしは彼が犯人だと百パーセント確信してる。彼はアリバイに関して嘘をつき、ほかの警官に嘘をつくよう圧力をかけ……ひどいものだわ」

「それで後任は？」

「わたし」

「それは、おめでとうございます」

マークはそれまでずっと礼儀正しかったが、その態度に初めて皮肉の気配がにじみつつあった。

「あなたを怒らせたことはわかってるわ、マーク。わたしたちの……友情を裏切ったことはわかってる。あなたを傷つけたくはなかったけれど、すべて正当な理由があってやったことだった。ただ、わたしは勘違いをした。どうしようもなくひどい勘違いを」

ヘレンは息を吸いこんでから、一気に続けた。

「でも事態は進展していて、わたしはあなたに戻ってもらいたい。いまは殺人犯の動機がわたし個人に対する憎しみだとわかってる。わたしたちは近づいているの、マーク。でもあと一歩踏みこむために、あなたの助けが必要なの」

ヘレンは手短に状況を説明した——被害者のこと、表彰のこと。マークはそのすべてを飲みこんだ。最初は受け身だったが、徐々に思い切って質問をするようになり、彼女の話にどんどん引きこまれていった。昔の本能が目を覚ましかけてる、とヘレンは密かに思った。

「チームのほかの連中には話してあるんですか？　おれが潔白だって」ヘレンから主導権を取り上げようと、マークは反撃に出た。

「チャーリーは知ってるし、ほかのみんなにも今日戻ってから伝えるつもりよ」

「まず絶対に最低限それはやってもらわないと、今日あなたがいったことを考える気にもなりませんからね」

「当然ね」

「それからあなたに謝罪してもらいたい。あなたがそういうことはあまり得意じゃないのはわかって——」

「ごめんなさい、マーク。ほんとうに、心から謝るわ。わたしはけっしてあなたを疑うべきじゃなかった。自分の直感に耳を傾けるべきだった。でも、そうしなかった」

マークは全面的な謝罪に驚いて、まじまじとヘレンを見つめた。

「わたしのせいであなたがこんなふうになってしまったことはわかってるけど、償いをしたいの。シャワーを浴びて、わたしたちが彼女をつかまえるのに手を貸して。お願いよ」

マークはその場ですぐに、はっきりそうするとはいわなかった。そうだろうとわかってはいたが、ヘレンは心のどこかでそうしてくれるかもしれないと期待していた。可能性は高くなくても、すぐに許しが得られればそれにこしたことはない。そこでヘレンは彼にじっくり考えさせておいて、仕事に戻った。いまさら関係を修復しようとしても、手遅れだっただろうか？　その答えは時がたてばわかるだろう。

89

チャーリー・ブルックスはアルコールが好きではなかった。昔からずっとそうだ。それに午前九時に開くパブは、チャーリーのふだんの行動圏内には入っていなかった。しかし今日はそうした店をくまなくまわり、異質なより暗い世界に足を踏み入れていた。なかにはナンパをするためにいくパブもあった。テーブルの上に立って歌うためにいくところも。飲み過ぎて死ぬためにいくところもある。まだ午前中だったが、〈アンカー〉は既にかなり混んでいた――年金生活者、アル中、ひとりでなければどこでもいいという連中でいっぱいだ。

禁煙なのにもかかわらず、タバコの煙のきついにおいがした。彼らはこの不健全な施設でほかのどんなことに見て見ぬふりをしているのだろう、とチャーリーは思った。議会は何年も前からこうした港の近くのパブを閉鎖させようとしていたが、醸造所の力は強く、度数の高いビールを一パイント一・九九ポンドで売るパブはいつまでも客に人気だろう。

捜索は既にひどく骨の折れる作業になっていた。サウサンプトンのドックの近くにはいかがわしい酒場がたくさんあり、チャーリーはそのすべてをまわらなくてはならないだろう。店に入った瞬間、なかにいる人たちがさっと彼女に目を向け、耳をそばだてる。ラフな格好はしていたが、それでもチャーリーはこうした場所にくるにはあまりに魅力的で初々しすぎ、常連客たちはたちまち興味をそそられ、なかには警戒するものもいた。温かく歓迎してくれるものはひとりもおらず、ようやく幸運をつかんだときにはチャーリーはやる気をなくしかけていた。

ルイーズ・タナー、地元ではルイとして知られている彼女は、〈アンカー〉の常連だった。いつかここに現れるだろう。座って待っているだけでいい。

これは前進といえるのだろうか？　なにもないよりはましだったので、チャーリーは飲み物を一杯買って奥の隅っこの席に腰を据えた。そこからは入口がよく見えるが向こうから姿を見られることはなく、見張りにはもってこいのはずだ。

チャーリーはルイーズがどんなふうになっているか想像しようとした。頼りにできるのは公式の警察協会の写真だけで、それは何年も前のものだった。当時のルイーズは筋骨たくましい警官で、ブロンドの髪を後ろできつく縛ってポニーテールにし、前歯のあいだにわずかな隙間があった。魅力的とはいえないだろうが、それでも堂々として印象的だ。その肉体的な強さはヘレンとふたりで事故に巻きこまれた人たちを安全なところへ引っ張っていったときに役立っていたが、そのあとに起きたことは明らかに精神的強さの欠如をあらわにしていた。トラウマになるような経験に対して人がどう反応するかはけっしてわからないものだが、ヘレン・グレースがどうにかそれを封じこめ、あるいは押し殺し、なんらかの形で対処したのに対して、ルイーズ・タナーにはそれができなかった。そのトラウマの元は、若い犠牲者の一部が負った火傷だったのだろうか？　バスと支柱のあいだで押しつぶされた運転手だったのだろうか？　暑さ、におい、恐怖、あるいは暗闇だったのだろうか？　それがなんであったにせよ、ルイーズは必死で後遺症を払いのけようとした。カウンセリングを受け、勤務時間を半分に減らし、考えられる支援はすべて受けたが、一年後に退職した。

同僚や友人たちは連絡を取りつづけようとしたが、ルイーズは次第に攻撃的になり、恨みがましくなった。大酒を飲み、軽犯罪に関わっている可能性まで取りざたされていたという話だ。やがて彼らはひとり、またひとりとルイーズとの接触を断ち、ついにはその居場所をはっきり断言できるものは誰も、家族のなかにさえいなくなった。ルイーズの人生はヘレンと比較すると、これ以上ないほど不運なものだった。ヘレンのほうはあっというまに出世して、いまや警部補という階級に伴う金と地位を謳歌《おうか》していた。タナーはどういうわけか自身の問題をヘレンのせいにして、ときどきサウサンプトン署に嫌がらせの手紙を送って寄こした。ヘレンは放っておいたが、いまその手紙が役に立つことが明らかになっていた。サウサンプトンの消印が、タナーがまだ地元で暮らしていることを証明していたのだ。その姿はときおりサウサンプトンで目撃されており、ヘレンの本能的直感は、ルイーズが自分のよく知っているものから遠く離れることはないだろうと語っていた。そんなわけでチャーリーはいま、これまでに入ったなかでも特に汚らしいパブの奥で、生ぬるいオレンジジュースのグラスを握りしめているのだった。

時間はのろのろと過ぎていった。これは手のこんだ冗談なのではないか、とチャーリーは思いはじめた。店の主人がなんらかの方法でルイーズに警告していたら？　ひょっとしたらいま頃はふたりそろって、能なしの巡査が無意味な張り込みをして時間をむだにしているのをくすくす笑っているのかもしれない。

だがそのとき、入口付近で動きがあった。ダウンジャケットにトレーニングパンツというポン引き紛いの格好をした女が、体を揺すりながら店に入ってきた。明らかに常連だ。ルイーズだろうか？

女は気取った足取りでカウンターに近づくと、店主に軽口を叩いた。相手が二言、三言返すと、彼女はすぐさまチャーリーに視線を向けた。明らかに店主になにかいわれたらしく、バーの奥の薄暗がりに目を凝らしている様子から、その女がルイーズなのは間違いなかった。チャーリーと目が合い、瞬時に状況を見て取ると、ルイーズ・タナーはくるりと向きを変えて逃げだした。

チャーリーはすぐさま後を追った。ルイーズは三十メートル近く前方を、死にものぐるいで走っていた。かつては中世風だった町並みを縦横に走る玉石で舗装された狭い通りを駆け抜け、大通りを渡り、ウエスタン・ドックスの貨物倉庫群のほうへ向かっていく。チャーリーは一段と加速し、既に肺が焼けるような感覚をおぼえはじめていた。ルイーズは明らかに調子がいいとはいえなかったが——おかしなよたよたした走り方から見て、なんらかの古傷を負っているようだ――それにもかかわらず死にものぐるいで走る速さは驚くほどだった。

チャーリーが残り十メートル弱まで迫ったとき、ルイーズはいきなり右に突進して第二十四倉庫に飛びこんだ。それはポーランドの貨物のための倉庫で、コンテナが見上げるほどの高さまで詰めこまれていた。チャーリーは進路を変えてなかに飛びこんだ。だがルイーズの姿はどこにも見当たらなかった。

チャーリーは毒づいた。ほとんど手の届く距離まできているのは間違いないが、コンテナのあいだにはあまりにたくさんの細い通路が走っているし、身を隠せる曲がり角も無数にあって、いったいどこから手をつければいいのかわからなかった。チャーリーは左に突進し、それからすぐに足を止めた。耳を澄ます。また聞こえた。くぐもった咳だ。ルイーズはヘビースモーカーで、全力疾走が喫煙者の肺にいい影響をもたらすことはないだろう。いちばん近くのコンテナの裏にそっとまわりこむと、チャーリーは押し殺されているがしつこい咳の音を頼りに、そっと忍び足で進んでいった。そしてルイーズの姿が見えた。チャーリーのほうに背を向けていて、そこまでたどり着きさえすれば、もうつかまえたようなものだ。

チャーリーがあと十メートル弱まで迫ったとき、ルイーズが目を血走らせ、自暴自棄になった様子でくるりと振り向いた。チャーリーがナイフを――ルイーズが突き出した太くて短いが物騒な代物を――目にしたのは、そのときだった。チャーリーは初めて自分が――そしてお腹のなかの赤ん坊が――身を置いている危険に気づき、本能的に後ずさった。

いまルイーズは彼女に近づいていた。チャーリーは足を速めて猛然と後ずさりながら、落ち着くように説得した。

「わたしはあなたと話がしたいだけなのよ、ルイーズ」

しかし相手はなにもいわず、まるで追っ手から身元を隠そうとするかのようにフードを頭にかぶった。どんどん近づいてくる。チャーリーの目は迫る刃物に釘付けになった。

ドン！　チャーリーはコンテナの金属の壁にぶつかった。角を曲がり、袋小路に入りこんでしまったのに気づいたときには手遅れだった。ルイーズに襟首をつかまれて背中を突かれたときは、振り向いて降参のしるしに両手を挙げるのがやっとだった。ナイフをチャーリーの喉に突きつけたまま、ルイーズは金目のものはないかと体を探りはじめた。警官のバッジと無線を見つけると、激しい怒りの表情が嫌悪に変わった。ルイーズはそれを床に投げ捨て、唾を吐きかけた。

「誰にいわれてきたんだい？」ルイーズは吠えるようにいった。

「わたしたちはある捜査をしてるところで――」

「誰にいわれてきたんだい？」

「ヘレン・グレース……グレース警部補よ」

一瞬間があってから、ルイーズが不意に隙間のある歯を見せてにやりと笑った。

「だったらあの女にわたしからのメッセージを届けてもらおうか？」

「もちろん」

それと同時にルイーズがチャーリーの喉をわずかに外して、胸をナイフで切りつけた。乳房のすぐ上にできた長い傷から血が染み出した。チャーリーはショックで立ちすくんでいたが、ルイーズの不快なくすくす笑いにわれに返った。

「まだ足りないかい？」

突然、投げ捨てられたチャーリーの警察無線に大きな雑音が入った。邪魔が入るのを恐れたルイーズがちらっと横に目をやった隙に、チャーリーは左腕を上に払って相手の手からナイフを叩き落とした。チャーリーは前に飛び出したが、そのときルイーズが振りまわした左の拳が喉に当たった。それはまるで一瞬、喉頭が叩きつぶされたかのような感覚だった。チャーリーは息が詰まり呼吸ができず、壁によりかからなくてはならなかった。顔を上げたときにはルイーズは既にドアの外にいて、自由に向かって立ち去ろうとしていた。チャーリーは追いかけはじめたが、すぐに立ち止まってもどした。もう一歩も進むことはできなかった。

チャーリーは無線で応援を要請すると、出口に向かってゆっくりと歩いていった。ショックがじわじわと広がりはじめ、新鮮な空気が必要だった。大きく息を吸って海辺の空気で肺を満たすと、ちょっとのあいだ気分がましになった。それから目を上げると、驚いたことに早くも制服警官たちが急いでやってくるのが見えた。彼らの向こうの第一倉庫付近に非常線が張られているのがちらっとうかがえた。その倉庫は何年も使われていなかった。いや、そう考えられていたわけだが、そこでなにかが起こっていた。制服警官に手当をしてもらいながら、チャーリーは詳しい話を聞いた。学校をずる休みした生徒たちが、今朝早くにひとりの中年男——死んではいないが死にかけの——が汚水まみれの貨物用コンテナのなかに昏睡状態で倒れているのを見つけていたのだ。

彼らが見つけたのはサンディ・モーテンだった。

90

地元の保護観察所は、ソウザン・ストリートにあるかつての学校を拠点としていた。ネットリーの警察訓練学校時代からの古い同僚、サラ・マイルズがそこで働いていて、いまヘレンが急いで向かっているのは彼女のところだった。いい友だちをだましたくはなかったが、ほかに道はなかった。絶対に間違いないと思えるまでは、自分が抱いている疑念を率直に打ち明けるわけにはいかなかったのだ。説明する時間ならあとで充分あるだろう。もしあとがあればの話だが。

ヘレンは連続して軽犯罪を犯しているリー・ジャロットについて、彼らが持っている資料を見たいと頼んであった。リーが保護観察の条件に違反しているかもしれないと仄めかしたのだ。サラに対してそんな手を使うのは卑劣なことだったし、ヘレンの知るかぎりではまったくなにも悪いことをしていないリーに対してもおそらくそうだったが、やむを得ない。サラがカードを読み取り機に通して地下の記録部に入っていき、ヘレンも後に続いた。部外者の警官がそこまで下りていくことは認められていなかったが、ヘレンが噂話やおしゃべりをするためにサラについていくのはよくあることだった。延々と続くファイルの列の前を歩きつづけ、Jの棚まであと半分のところまできたとき、ヘレンは車に携帯を置いてきたことに気づいた。

「二十四時間いつでも連絡可能だっていってきたの。ファイルを持って上がってきてもらえる？」

サラはあきれた顔をして歩きつづけた。彼女は時間をむだにするのが嫌いな、テキパキと行動する女性だった。

つまり迅速に動かなくてはならないということだ。入口に引き返す途中で、ヘレンはすばやく左にそれた。大急ぎで目を走らせる――Cの棚はどこ？　サラのヒールがコツコツ鳴る音がゆっくりになっていくのがわかった。きっとジャロットのファイルに近づいているにちがいない。

C。あそこだ。速く、もっと速く、ヘレンはファイルの列にすばやく目を走らせた。キャスパー、コットリル、クローリー……もうサラが引き返してくる。あとわずか数秒というとき……あった。ほかの状況でなら、彼女はそれに触れるのをためらっていただろう。そのことを考えるだけでも心の傷になるような代物だ。だがいまヘレンはそのファイルをひっつかみ、カバンに突っこんだ。

サラが入口に戻ってきたとき、ヘレンはそこで待っていた。

「最初からカバンに入ってたわ。まったく、ネジで留めておかないと自分の頭もどこかに忘れてしまうでしょうね」

サラ・マイルズがまたあきれた顔をし、ふたりは外に出た。ヘレンは密かに安堵の短いため息をついていた。

91

チャーリーの傷は浅いことが判明していたが、妊娠中だったので、状態を観察するため通常より長く医者たちに足止めされることになった。その結果、いまや署のほとんどの人間がチャーリーの妊娠を知っていた。彼女が捜査本部に入っていくと、チームのみんながまわりに集まってきて、気分はどうかと尋ね、家に帰ったらどうかと仄めかした――しかしチャーリーはとどまってチームの力になろうと心に決めていた。

まわりは彼女の冷静さに感心していたが、実のところ本人はタナーに襲われたことでひどく動揺していた。あのときチャーリーの頭には、あまりに気安く危険にさらしてしまったお腹の赤ん坊のことしかなかった。ふたりともあれほど長いあいだ待ち望んできた赤ん坊を亡くしていたら、どうやってスティーブに顔向けできただろう？　チャーリーはただひたすら、家に帰ってスティーブと一緒に丸くなり、存分に泣きたかった。だが、警察がいまだに徹底した男社会で、女が少しでも弱みを見せれば――いかにもっともなことであっても――男の同僚たちがそれに飛びついてくるのはわかっていた。足手まといのレッテルを貼られ、それに準じて扱われるだろう。もし仕事より赤ん坊を優先しようものなら、お気の毒様。過保護な母親として見下されるやいなや、切り捨てられてしまう。産休の延長を、あるいはパートタイムでの勤務を望むくらいなら、管理課への異動を申し出るほうがましだ。誰も前線にパートタイマーがいることを快くは思わない。

感傷の入る余地はなかった――中途半端は許されない。みながヘレン・グレースを尊敬しているのはそのためだ。どんなときも非番ということがなく、家庭の事情をけっして仕事に持ちこまない、完璧な女性警官だから。彼女のおかげでハードルが高くなりすぎ、ほかの女性警官たちにとってはとんでもなく大変なことになっていたが、それが現実だ。だからチャーリーは帰らなかった。たとえ心底動揺していても、あんなにがんばってここまでたどり着いたあとで切り捨てられるつもりはなかった。

マークはみなが散っていくのを待ちながら機会をうかがい、それから部屋を横切ってチャーリーを強くハグした。彼がなぜためらっていたのかはわかっていた――部屋のなかには疑い深い連中、ふたたびマークを信頼するにはしばらく時間がかかりそうなものたちがいたから、順番待ちの列の先頭にいてもいいことはないだろう。そんな連中はくそくらえだ、とチャーリーは思い、特にそこまでする必要はないほど長い時間、マークをぎゅっとハグしていた。チームのほかのものたちに見せつけたかったのだ。ひょっとすると少しはチャーリーの気高い印象が影響して、彼の救済が早まるかもしれない。

じきに彼らはマークに関する疑惑を飲みこみ、当てこすりをやめなくてはならないはずだ――いまはミッカリーが供述中だった。もちろんチャーリーは知るはずのないことだったが、壁に耳ありだ。署に連れてこられて以来、ミッカリーが医務室を出ることはほとんどなかった。そこは彼女の避難所で、汚職対策班とのやりとりはすべてそこで行われていた。そしてチャーリーには、ミッカリーに目を光らせている退屈したおしゃべり好きの女性警官の友人がたくさんいた。彼女たちは嗅ぎつけたことや、ウィテカーがミッカリーのセラピーを受けたあと、彼女と恋愛関係にあったという噂を伝えていた。殺人事件がはじまったとき、ふたりはまだ寝ていたのだろうか？　それに私腹を肥やすための計画を思いついたのはどちらだったのだろう？　実際にはそれはどうでもいいことだった。マークの疑いが晴れつつある――大事なのはそこだ。

大きな問題は、ヘレンが部屋にいるときにマークがどういう反応をするかだろう。もしふたりがうまくやっていく道を見つけられれば、マークの復権は確実だ。もしそれができなければ、彼は大いに厄介なことになる。

ちょうどそのときヘレンが入ってきた。彼女はマークが戻っているのに気づいたそぶりは見せず、かわりに仕事を割り振るため全員を集合させた。

「さて、もうみんな知ってのとおり、サンディ・モーテンが心臓発作を起こした」ヘレンははじめた。「彼はミッカリーに傷つけられてはいなかった――肉体が置かれた状況に対処できなかっただけ。いまはＩＣＵで懸命に闘ってる。でもまさかと思うかもしれないけれど、彼は幸運だった。もしあの少年たちがあのとき彼を見つけていなければ、わたしたちはまたひとつ死体を抱えこむことになっていたでしょう。医者は彼がなんとか持ちなおすだろうと考えてる。ここからわかることは？」

「彼は計画には含まれていなかった」ブリッジズ巡査が答えた。

「そのとおり。犯人はミッカリーとモーテンを見逃した。けっして本気で彼らを殺そうとはしていなかった。あのふたりのことは彼女のちょっとした冗談にすぎなかった。ゲームの進行を急がせる彼女なりのやり方ね」

ヘレンはチームの面々を見渡し、かたい決意が入り混じった怒りの表情に満足した。警官は追い立てられるのをいやがるものだ。

「だからそろそろこちらがギアを上げて、流れを変えるために犯人の一歩先をいくときよ。最優先課題はステファニー・バインズを見つけること。次に狙われるのは明らかに彼女だし、その死によってわたしたちが良心の呵責を覚えることになるのは避けたい。チャーリー、この件の作業を調整してもらえる？　必要なものは誰でも、なんでも使って――わたしたちは彼女を見つけなくてはならない。マーク、あなたにはルイーズ・タナーを見つけることに集中してほしい。彼女はとても危険な相手で、わたしに対して特別な敵意を持ってるし、既にわたしたちの仲間のひとりを殺そうとしてる。だから男性をふたり選んで彼女をつかまえて、いい？」

チームのみなの視線が注がれるなか、マークはうなずいた。ちょうどいい具合に演じている、とヘレンは思った——生真面目に、気まずい様子も見せず、決然として。マークは超人的な努力を払っていた——同僚たちに、自身の見た目に（たしかにまだひどい有様だったが、身ぎれいにしていたし、素面だった）、そして彼女に対して。ヘレンは大いに感謝し、彼がもう一度自分を信じようと決めてくれたことを喜んでいた。

チームは急に活気づいた。いまやヘレンは事実上の署長であり、部下たちは彼女の賞賛を得ようといっそう決意をかためていたし、男女関係なく殺人犯を連行したものが、警部補としてヘレンの後釜に座るのに有利な立場になるだろうという空気があった。だからみなが栄誉のにおいを嗅ぎつけて、いっそう努力していた。

ヘレンはひとりになるためにウィテカーのオフィスに引っこんだ。たとえ目下のところ停職中で、実際には二度とこの署に戻ってくることはなくても、そこはまだ彼のオフィスのような感じがした。だからいまのところ彼の椅子に座るのは避け、デスクの横に立って、盗んできたばかりのファイルにもう一度すばやく目を通した。

それから受話器を取り上げて社会福祉課に電話をかけ、すぐに必要な住所を手に入れた。

チームのほかのものたちはバインズとタナーの追跡に出ていたため、ヘレンには数時間の猶予があった。だがそれでもまだ足りないだろうし、遠出をしなくてはならなかったので、彼女はクランクをまわしてスロットルを開け、スピードを上げて道を急いだ。M25はいつものように渋滞していたので、そこから離れてM11に入ったときには少しほっとした。じきにヘレンのバイクはA11に入り、ノーフォークを目指していた。

ベリーセントエドマンズへの標識をたどっていくうち、いつのまにかなじみのない地域に入っていた。目的地に注意を集中するにつれ、ヘレンは自分が神経質になっているのに気づいた。そこは彼女にとって居心地の悪い場所で、そういうところに戻るのはパンドラの箱を開けるようなものだった。

その家はよく手入れされた庭があり快適そうな、湾に面した建物だった。厳密にいえば簡易宿泊所だが、それよりもずっと上等に見える。地元の人間は気を許してはならない場所だと知っていたが、通りすがりのものなら魅力的で快適そうなところだと思うだろう。

あらかじめ電話してあったので、ヘレンはすぐになかに通され、宿泊所の所長のところに案内された。彼女は自らの認証情報の確認を行い、最新の写真を提示して、もっともらしい作り話を自信たっぷりに披露した。大きな賭けだということはわかっていたが、それでも所長からスザンヌ・クックなら一年以上見かけていないと聞かされたときには、意気消沈した。スザンヌはけっして心からなじむことはなかった、と所長は打ち明けた。彼らが用意したプログラムに取り組むことにはまったく興味がないようだった。スザンヌが姿を消したあと、当然彼らは保護観察所に注意を促していたが、人員削減と組織再編の影響で同じ人物について二度言及することはけっしてなく、彼女の件で追跡調査が行われることはいっさいなかった。

「できるものならもっと丁寧《ていねい》にやりたいのですが、わたしたちにできることは限られています。ここは現状で手いっぱいなんですよ」所長はそう締めくくった。

「わかります——大変ですね。スザンヌについて、もう少し教えてください。ここにいたとき、彼女はなにをしていたんですか？　友だちはいましたか？　誰か信頼していた相手は？」

「わたしの知るかぎりではいませんでしたね。彼女は溶けこんでいるとはいえませんでした。徹底して人づきあいを避けていたんです。たいていは好んで運動をしていました。とても体格がよく筋肉質で、運動が得意でした。盛んにボディービルをやっていて、ジムにいないときは間引きの手伝いをしていました。たいていの男よりも力が強かったという話です」

「間引き？」

「セットフォードフォレストで。ここからほんの三、四キロのところにあって、毎年わたしたちは本人の希望があれば、ここの住人を何人か夏の間引きの手伝いにやることが認められているんです。当然銃のことがありますから厳重に監督されていますが、なかにはいきたがるものもいます——きつい肉体労働ですが、一日じゅう外で新鮮な空気を吸うことができますから」

「なにをするんですか？」

「たいていはセットフォードのアカシカを間引くんです。朝早く、たいていは森の奥のほうで撃ちます。まず車は入れない場所なので、それを荷台に積みこめるようにいちばん近くの道まで引きずってこなくてはなりません」

「どうやって？」

「狩猟用のハーネスを使うんです。シカの脚をひとつにまとめて縛り、そのまわりにキャンバス地のひもを巻きつけて留めます。そのひもは両肩にまわしてつけたハーネスに——登山家のハーネスに少し似ています——取りつけられています。それからシカを引きずっていく。抱えて運ぼうとするよりは、はるかに簡単ですよ」

ジグソーパズルのピースがまたひとつはまっていた。

92

チャーリーは緊張に胃を締めつけられる思いで、コンピュータの画面を見つめていた。スカイプのさえずるような呼び出し音が鳴っていて、チャーリーは誰かが出てくれるよう祈っていた。ステファニー・バインズの運命はどちらに転ぶかわからない状態にあった。

ひどく骨の折れる捜索だったが、チャーリーはけっして希望を捨てることはなかった。ブリッジズとグラウンズ巡査を伴い、サウサンプトンやその向こうの家賃の安いパブやカフェ、ナイトクラブを一軒残らず徹底的に捜しまわっていた。会話はいつも同じように進んだ。

「ええ、ステファニーなら知ってますよ。二、三カ月前にここで働いてました。特に男連中には、とても人気がありましたね」

「それで彼女がいまどこにいるかご存じですか？」

「見当もつきませんね。ある日ぱったり仕事に出てこなくなったんです」

最初はこういわれると、チャーリーはひどく神経質になった。突然の失踪と聞くと、今回の件ではいかにも起こりそうなことに思えた。だが次第に、生まれつき根無し草の若い女の姿を心に思い描くようになった。自分自身に満足しておらず、人や場所に強い愛着を持つことがない女だ。彼女は旅人で南海岸に錨《いかり》を下ろしていたが、なんとなく一時的に停泊しているだけのような気がした。そこでチャーリーは足で稼ぐのはやめて、海外への渡航者を調べるために捜査本部に戻った。ステファニーが最後にサウサンプトンで確認されたのは九月だったので、まずはそこから取りかかった。巡査たちを助手に、カンタス航空、ブリティッシュ・エアウェイズ、エミレーツ航空と電話をかけまくったあと、ついにシンガポール航空で大当たりを引き当てた。十月十六日、ステファニー・バインズ、メルボルン行きの片道切符。さらに調べると、ステファニーにはメルボルン郊外に住んでいる女きょうだいがいること、そしてその足取りをたどると彼女は——どうやら生きていて元気なようだ——そのきょうだいの家に向かったことがわかった。

だがチャーリーは念には念を入れて、スカイプをつないだのだった。人を惑わし欺く殺人犯の能力を考えると、自分の目でステファニーを見るまでは気を緩めるつもりはなかったし、緩められなかった。

そして彼女が出た。以前より日に焼けて、より明るいブロンドになっていたが、たしかにステファニーだった。チャーリー、ヘレン、そしてチームにとってのささやかな勝利だ。彼らは少なくともひとりは救っていた。ステファニーが突然故郷に帰ろうと決めたことが、犯人のよく練られた計画をくじいたのだろうか？

ステファニーをまた旅に出る気にさせるのに、たいした理由は必要なかったようだ。故郷でまだそれほど過ごしていないというのに、彼女は既に息が詰まり、軽く見られていると感じていた。チャーリーはとっさに、ステファニーが片をつけるのに協力した犯罪組織の裁判に関するちょっとした安全上の問題を、でっちあげなくてはならなかった。穏やかな、相手を安心させるような態度を取りつつ、こちらで自分たちが事の真相を究明するあいだ、ちょっとした旅行をするのが――クイーンズランド、レッドセンター、どこへでも――ステファニーとその家族にとってはいちばんかもしれないと提案した。

チャーリーは楽天的な気分でスカイプのセッションを終わらせた――ひょっとしたらこの犯人は、結局それほど無敵ではないのかもしれない。

突然、マークが彼女に合図しながら捜査本部を横切ってやってくるのが目に留まった。チャーリーはそちらへ急いだ。

「たったいま署に電話があった。タナーがスパイア・ストリートの古い小児病院の近くで物乞いをしているのが見つかった」

「いつ？」

「五分前だ。ベビーカーを押した母親から通報があった。タナーに一ポンド恵んでやったら、おまけに財布を丸ごと盗《と》られそうになったらしい」

ふたりは車を走らせ、町の中心部に向かっていた。タナーが彼らの追っている殺人犯なのだろうか？　それはじきに明らかになるだろう。マークとともに現場に急いでいると、チャーリーは脈が速くなるのを感じた。また一緒に仕事に戻り、とどめを刺しにかかっているのはいいものだった。

93

平均的な人生には、己をさらけ出すか深くしまいこむかの判断を迫られる瞬間が、数え切れないほどある。恋をしているとき、職場で、家庭で、友人との関係で、ほんとうの自分を見せる覚悟があるかの判断を迫られる瞬間がある。

ヘレンはわざと謎めいた存在を演じてきた。世間に見せる分厚い甲羅を持っていて、それが彼女だということになっていた――タフで立ち直りが早く、疑念や後悔とは無縁。本人には真実からほど遠いとわかっていたが、びっくりするほど大勢の人たちがそれを信じていた。人は常に他人よりも自分自身に疑いを抱いていて、ヘレンの同僚や、ときたまできる恋人たちのほとんどは、ショックを受けたり怯えたり怖じ気づいたりすることのない、タフで献身的な警官というイメージを信じているようだった。彼女がその見せかけを長く維持すればするほど、より多くの人たちがそれを信じた。ヘレンが特に制服警官たちのあいだで超然としたオーラをまとっているのはそのためだ。

ヘレンにはそうしたことがすべてわかっており、これまでつくりあげてきた偶像を叩き壊す一歩手前で、立ち止まってひと息ついているところだった。いまほかのものたちを巻きこむのは正しいことだし、命を救うことができるが、それによってヘレンは、胸の奥にしまいこんできた事柄や決断をさらけ出すという犠牲を強いられていた。

ブリッジズ巡査が入ってきて、自らの心の内を省みることに没頭していたヘレンは、はっとわれに返った。ブリッジズは彼女が頼んでいた事件ファイルを持参していた。目立たないように彼女のオフィスに引っこみ、ふたりでそのページを詳しく調べながら、ヘレンは絶えず鎖のつなぎ目をひとつひとつ評価し、自身の仮説を二重、三重にチェックした。疑いの余地はなかった。

そのとき突然、ヘレンの心臓が止まった。

「戻って」

「所持品のページですか？　それとも――」

「鑑識報告。モーテン家の分」

サンディ・モーテンの失踪を受けて、鑑識班が彼の家を徹底的に調べていた。誘拐犯がその場にいてモーテンやミッカリーと一緒にシャンパンを飲んだことはわかっていたので、そのどんな痕跡も見落とすまいと時間をかけて詳細な捜索が行われていた。

「あそこにはなにもありませんでしたよ、ボス。ＤＮＡはたくさん見つかってますが、それはミッカリー、モーテン、彼の妻、主立った――」

「二ページ目よ」

「ただの不完全なサンプルです。ほとんどは警察関係者のものと正式に承認された……」

ヘレンはブリッジズから報告書をひったくり、まじまじと見つめた。もはや疑問の余地はなかった。彼女には殺人犯が何者で、なぜ殺しているのかがわかっていた。

タナーの姿はどこにも見当たらなかった。しかし閉鎖された小児病院の近くに捨てられていたハンドバッグが、さっきまで彼女がここにいたこと、そしてひょっとすると狙った獲物をとらえたのかもしれないことを示唆していた。その場から立ち去ろうとしていると物音がして、ふたりは途中で足を止めた。放置された建物のなかから、まるでなにかが落ちたかのような鋭い金属質の音がしたのだ。

マークがチャーリーに合図した。ふたりとも本能的に無線と携帯を切り、建物に忍び寄った。窓に打ちつけられた板の一枚が緩んでいた——気づかれずに出入りしたい人間にとっては、ここは完璧な隠れ家になるだろう。

チャーリーとマークは両手で体を支えながら可能なかぎり音を立てないように腐りかけた窓敷居を越え、建物のなかに入りこんだ。内部はぼろぼろで人気がなく、新しい町の中央病院によって運命を変えられる前の、かつてのにぎやかで活気に満ちた場所の抜け殻だった。チャーリーはベルトから警棒を外して行動を起こす準備を整えた。その手は震えていた——こんなことをする覚悟はできているのだろうか？　もう手遅れだ。いつ飛びかかられてもおかしくないと思いながら、ふたりは足音を忍ばせて前進した。

そのとき突然、動きがあった。パーカーにトラックスーツのパンツという格好のタナーがいきなり隠れ場所から飛び出して、スイングドアをいくつか通り抜けた。マークとチャーリーは必死に後を追って廊下に飛び出し、獲物を追跡した。バタン！　ふたりは突き破るようにドアをくぐったが、既にタナーから二十メートル近く遅れていた。

吹き抜けに飛びこみながら見上げると、タナーが階段を一度に三段ずつ駆け上がっているのが見えた。ふたりは全速力で追いかけ、彼女をとらえようとかたく決意したマークが前に出た。上へ、上へ、上へ。そしてまた大きな音が響き渡った。

ようやく追いつきかけた頃には五階にいた。タナーは左へ、それとも右へいったのだろうか？　左へ向かうスイングドアがわずかに揺れていた。それなら左だ。マークがゆっくりとドアを開け、ふたりはそっとなかに入った。

誰もいなかった。だが突き当たりにはドアが複数あり――どれも動いていない――四つの部屋に通じている。タナーはそのどこかにいる可能性があった。もしそうなら、いまや袋のネズミだ。ふたりはドアをひとつ開けてみて、それからもうひとつ試した。そしてもうひとつ。残るはひとつだけだ。

ガン！　すべてがあまりに突然のことで、チャーリーにはほとんど理解できなかった。背後から金属パイプで頭を殴られ、マークが床に崩れ落ちた。チャーリーはタナーに向かって力いっぱい警棒を振るった――それは耳障りなカーンという音を立てて金属パイプに当たった。何度も繰り返し打ちかかり、その攻撃は相手にかわされた。

ただしそれはタナーではなかった。そのことは追いかけられて飛ぶように階段を駆け上がっていく様子を見れば、明らかだったはずだ。そしてふたりに間違った廊下を選ばせ、背後から忍び寄った狡猾《こうかつ》さから。それはタナーではなく彼らが追っている殺人犯で、チャーリーはいま彼女と対峙《たいじ》していた。


敵に戦いを仕掛けるときだ。驚いているブリッジズにチームを召集するよう指示しながら、ヘレンは携帯を取り出してチャーリーの番号にかけた。留守電だ。悪態をつきながらマークの番号にかけた。また留守電。いったいあのふたりはなにをやっているんだろう？　ヘレンは急いでメッセージを残してから、捜査本部に向かった。

特に優秀なふたりの部下抜きではじめるのは気が進まなかったが、選択の余地はなかった。たとえ彼らがいなくてもチームには二十名の有能なメンバーがそろっていたし、チームの活動を効果的に組織するために、マッカンドルーやサンダーソン、ブリッジズをあてにすることができるだろう。

ヘレンはできるだけ早くなにもかもさらけ出してしまいたかったので、単刀直入に切りだした。

「わたしたちが捜している女はスザンヌ・クックと呼ばれている」

スザンヌの写真がチームの全員に行き渡るまで、列に沿ってまわされた。

「裏には彼女の事件記録簿をつけてある。ふたりを殺害した罪で二十五年間服役。十二カ月前に保護観察簡易宿泊所を無断で離れてる。ノーフォーク地域にいたけれど、いまはおそらくハンプシャーにいて、この連続殺人に関与している可能性がある」

捜査本部にざわめきが広がった。ヘレンは間を置いてから続けた。

「被害者の選択の仕方から、彼女が故意にわたしを標的にしていることは間違いない。いまのところステファニー・バインズは無事なようだけど、身の安全を保てるようにオーストラリア側の担当者と密に連絡を取り合いたいと思ってる。ステファニーは狙われる恐れがある最後のひとりだけれど、ミッカリーを誘拐したことからわかるようにスザンヌは想像力が豊かで、計画にないこともできる。だから手の空いているもの全員に、この件にあたってもらいたい。マスコミの相手はわたしがする——あなたたちは彼女を見つけることに全力を注いでほしい。ブリッジズ巡査、制服警官たちに知らせてもらえる？　全員に通りに出て聞きこみをするように。スザンヌ・クックはいまやわたしたちの第一容疑者で、わたしは国じゅうの警官に彼女を捜してもらいたい。いいわね？」

「どうしてあなたなんですか、ボス？」グラウンズ巡査が、みなが考えていることを代弁して尋ねた。「なぜ彼女は故意にあなたを標的にしているんですか？」

ヘレンはためらった。秘密にしておく時期は過ぎたが、この期に及んでもなお、彼女は答える前に深呼吸をした。

「それは彼女がわたしの姉だからよ」

チャーリーは死闘になることを覚悟して神経を張りつめた。しかし敵は向かってこようとせず、かわりに金属パイプを握る手を緩めた。パイプは派手な音を立てて床に落ち、その音が人気のない建物にこだました。チャーリーは罠ではないかと疑い、凍りついた。だが殺人犯はかぶっていたフードを脱いで、険しいが魅力的な顔をあらわにしただけだった。一瞬チャーリーはその顔に、妙に見覚えがある気がした。しかしその印象は浮かんだのと同じくらい早く消えた。この女は何者だろう？　体格がよく肩の筋肉が盛り上がっているが、たとえ化粧で飾っていなくてもほっそりした魅力的な顔立ちをしている。おそらく化粧をしないことで、タナーにできるだけ似せようとしたのだろう。

「どうしてわたしたちをここに連れてきたのか知らないけど、平和的に終わらせることができるわ。後ろを向いて壁に両手をつきなさい」

「あんたと戦うつもりはないわ、チャーリー。わたしたちがここにいるのはそのためじゃない」

殺人犯の口から自分の名前が出るのを聞き、チャーリーはひどく心を乱された。しかしさらに悪いことが待っていた。殺人犯はいま、笑みを浮かべながらさりげなくポケットから銃を取り出してチャーリーに向けた。

「こういうものでなにができるかは知ってるでしょう？　わたしの記憶が正しければ、あんたはスミス&ウェッソンを使う訓練をしてたわね？」

なぜかチャーリーはうなずいていた。この女には奇妙な力があった――これは本人の個性なのか、それとも単純にこちらのことをなんでも知っているせいだろうか？

「それなら警棒を置いてベルトを外しなさい。同僚を下の階へ引っ張っていくなら、身軽にいきたいでしょう」

殺人犯はハーネスのようなものを放って寄こし、体につけるよう身振りで指示した。チャーリーはただ相手を見つめていた。動くことができなかった。

「さっさとして！」殺人犯が怒鳴り、優しげだった顔が憤怒《ふんぬ》の表情に変わった。

チャーリーは警棒を床に落とした。彼らは巨大な罠に足を踏み入れてしまっていた。おそらくタナーを「目撃」したと署に電話してきたのは、彼女だろう。そして彼らはそれにひっかかってしまった。タナーは厄介な相手だったが、今回はそれよりもはるかにまずいことになっていた。

部下たちはヘレンを質問攻めにし――なかには腹立たしげな質問もあれば、興味本位のものもあった――ヘレンはそれに対して一歩も退かず、可能なかぎり正直に落ち着いて答えた。

「いつから疑っていたんですか？」

「いつから知っていたんですか？」

「彼女の狙いは？」

「彼女はあなたを直接襲うでしょうか？」

しかしまだわからないことがあまりに多く、いまのところ推測するのがせいぜいだった。そこで嵐のような三十分の後、ヘレンはミーティングの終了を告げた。彼らには外へ出てスザンヌを捜してもらわねばならなかった。

待ちかまえているマスコミのほうへ廊下を歩きながら、ヘレンは自分の手が震えていることに気づいた。これだけ長いあいだ過去を隠してきたのにいまになってそれを明かすのは、古傷を開くようなものだった。部下たちはまだついてきてくれるだろうか？　まだ信じてくれるだろうか？　ヘレンはそうであることを祈った——最悪の事態はまだこれから起こりそうな、いやな予感がした。

94

「一般市民が危険にさらされているということですか、警部補？」エミリア・ガラニータは最初に質問する機会を誰にも譲らなかった。全国版のタブロイド紙や高級紙の記者たちもきているなかで、仕返しをする好機を逃すつもりはなかったのだ。ウィテカーにこっぴどくやられた記憶は、まだ彼女のなかではひどく生々しかった。

「われわれは一般人が危険にさらされているとは考えていませんが、容疑者に近づかないよう促すつもりです。犯人は武装しているかもしれませんし、その行動は予測のつかないものです。スザンヌ・クックを見かけたかたがいれば、ただちに９９９に電話するべきです」

「最近サウサンプトンで起きた複数の死亡事件と彼女は、どう関係しているんでしょう？」タイムズの記者からの鋭い質問だ。

「われわれはまだ事実関係の完全な裏付けを取ろうとしているところです」エミリアが皮肉っぽく眉を上げるのに気づきながら、ヘレンはそう答えた。「ですが、彼女がサム・フィッシャーとマルティナ・ロビンスの殺害教唆に積極的に関与した可能性があると考えています」

ヘレンは心のなかで気を引き締めた。会見でマルティナのことに触れるかどうかは難しい判断だった。もしマスコミがこの件を嗅ぎつけてキャロラインを見つけ出せば、万事休すだ。これらの殺人事件でスザンヌが果たした残忍な役割について、事細かに説明せずにすむ方法はないだろう。

「あなたが昇進されたというのはほんとうですか、警部補？」エミリアが無理やりまた話に入ってきた。「ウィテカー警視が停職になり、収賄の容疑をかけられているという噂がありますが」

この発言で部屋は騒然となった——質問に次ぐ質問がヘレンに降り注いだ。激しい攻撃が長く続いたが、ヘレンはなんとかうまく切り抜けるほかなかった。しかしそれらの質問は聞くのもつらい、あるいは挑発的なものだった。一般の人々に目を光らせてもらう必要があったので、ヘレンはマスコミを味方につけねばならなかった。受け入れがたいことだが、いまや状況は危機的だった。ときに人生には、恩を仇《あだ》で返すものに餌をやらねばならないことがあるものだ。

95

焼けるような痛みが全身に走った。激しい痛みに襲われたマークは目をつぶり、それから崩れ落ちた。いったいぜんたいなにがあったのだろう？　本能的に後頭部に手をやり、指で深い血まみれの傷を探るとたじろいだ。頭が猛烈に痛かったが、実際にはほかの部分も同様だった――容赦なく延々と殴られつづけたような感覚だ。

ゆっくりと記憶がよみがえってきた。タナーを捜したこと、病院のなかで彼女を追いかけたこと、それから……不快な空白。マークはほんの一瞬はっとしたこと、なにか、あるいは誰かの気配を背後に感じたことをぼんやりと思い出した。ばかめ――彼はタナーに背中を向けてしまい、その代償を払ったにちがいなかった。

マークは周囲に目を走らせた。そこは消毒薬のにおいがしたが、かび臭くもあった。薄暗がりに目を慣らしながら、ふたたび頭を持ち上げようとする。そこはある種のボイラー室のようなところだった。あの病院の地下だろうか？　もしそうなら、どうやってここまできたのだろう？

「マーク？」

チャーリーだ。ありがたい。動くたびに鋭い痛みが走るのを無視してゆっくりと首をのばしてまわすと、隅でうずくまっているチャーリーが見えた。彼女は使い古されたランタンを抱えていて、それがふたりにとって唯一の明かりだった。

この奇妙な光景を理解しはじめているあいだにも、マークの頭のなかで警報が鳴りだした。

「彼女につかまってしまったのよ、マーク」

「タナーか？」

しかしチャーリーは首を横に振り、両手で頭を抱えただけだった。それからついにつぶやいた。

「罠だったの。彼女につかまってしまったのよ」

突然マークは部屋を見まわしながら、よろよろと立ち上がった。しかしあまり速く立ち上がりすぎたせいで目がくらみ、それから床にどさりと倒れこむのを感じた。

意識を取り戻したとき、マークの頭はチャーリーの膝に乗せられて、顔に息を吹きかけられていた。暑いのに悪寒がして、汗ばみ——それに喉がひどく痛かった。心安らぐチャーリーの膝の感触が嬉しかった。礼をいおうと目を上げたが、彼女は泣いていた。

「彼女につかまってしまったのよ、マーク」

さっきのは錯覚だった。ここに安らぎはなかった。

96

グロックはヘレンの手にしっくりなじんでいた。銃を手にするのは久しぶりだったが、いまこうして握っていると力強く頼もしかった。サインしてそれを持ち出すと、割り当て分の弾薬を受け取るために先へ進んだ。申請書には、命の危険にさらされる可能性を考慮した護身用、と記入していた。だがそうだろうか？　それともいま彼女を武装に駆り立てるような、より暗い欲求があるのだろうか？

危険の度合いを考えれば、規則ではもう単独行動をしてはならないことになっていたが、これは他人を同行できるような旅ではなかったので、ヘレンは明らかになりつつある状況を説明するよう地域本部から求められたのだと嘘をついた。部下たちはそれを信じたが、ほかのものたちはそれほど簡単にはだまされてくれなかった——北へ向かって加速していたとき、ヘレンはエミリアの赤いフィアットがエンジン音を響かせてついてくるのに気づいた。それほどあからさまではないが——相手は素人ではなかった——明らかにそれとわかる。ヘレンは怒りがこみ上げるのをおぼえ、スロットルグリップを強く手前にまわした。制限時速六十五キロの区間を百十キロ以上で飛ばし、ついてこようとする民間人の追っ手を挑発する。ありがたいことにエミリアは法を犯して警官を追いかけても見込みはないと悟り、追跡をあきらめた。フィアットが視界から消えると、ヘレンはUターンして環状道路のほうに引き返し、そこからロンドンに向かった。

ヘレンが子どもの頃によくいった場所は数えるほどしかなく、チャタム・タワーが解体予定になっていることを知ると、まずそこに向かうことにした。スザンヌの手口を考えれば、あそこは利用するのに完璧な場所だった。それは重要なことにちがいない。おかしなことにヘレンは、ずっと彼女のことをスザンヌと考えていた。そうすれば本名を使うよりも、なぜか痛みがましになるとでもいわんばかりに。とはいえ、ヘレン自身がいまでは自分の新しい名前にすっかりなじんでいて――グレースという姓を選んだのはそれが贖罪《しょくざい》を連想させるからで、ヘレンというのは母方の祖母の名前だった――いま誰かに本名で呼ばれたら、相当奇妙で落ち着かない気分になるだろう。

ヘレンは時速百五十キロで走っているのに気づき、スロットルを戻した。なんとか平静を保たなくてはならない。このゲームがどんなふうに終わるよう意図されているのか見当もつかなかったが、もし自分の思いどおりに終わらせるつもりなら冷静さを失わない必要がある。

いまになって思えば、ヘレンは姉が今回の殺人事件に関わっているかもしれないという考えを長いあいだ否定し、繰り返し押しのけてきた。姉とは二十五年以上も連絡を取っておらず、その生き方を気に入っていた。去る者は日々に疎《うと》し。だがサンディ・モーテンの家の鑑識報告を見たときには、もはや否定できなかった。鑑識係は汚染されたＤＮＡの断片、指紋のごく一部を見つけていた。どうにかしてそこからなにかを検出し、それがヘレンのDNA塩基配列と一致するようだったので、彼らは署名して正式に彼女のものだと承認していた。犯罪現場での警官の不注意によって無駄骨を折らずにすむように、鑑識係はいつもそうしている。しかしひとつだけ問題があった。ヘレンは一度もサンディ・モーテンの家にいったことがなかったのだ。この異常は見落とされていた――だがヘレンの目には飛びこんできて、彼女がなによりも恐れていたことをすべて裏づけていた。

ヘレンのバイクはいま、サウスロンドン郊外のよりみすぼらしい地区にいた。ほどなくチャタム・タワーが目に入ってきた。六十年代の理想郷として設計された建物だが、いまは取り壊しが決まっている。夢はついえていた。現場を警備しているアロー・セキュリティーにはあらかじめ連絡してあったが、それでも鍵を持った人間が到着するのを待たねばならなかった。不機嫌な警備員が木製の現場のドアを開けているあいだに、ヘレンは放置された建物を囲む板塀に侵入されそうな箇所はないか質問した。警備員はこれまでなにも起こっていない――悪ガキたちは地元のショッピングセンターで刺し合いをするのに忙しくて、わざわざこんなところまではやってこない――と主張したが、それでもヘレンは板塀のまわりを一周し、隙間や弱くなっている箇所がないか徹底的に調べた。そして結局問題ないと認め、警備員と一緒になかに入っていった。誰かが梯子を使って塀をよじ登ることはできるだろうか？　その可能性はある。

エレベーターが使用禁止になっていたので十二階まで歩いて上ることになり、重い足取りでついてくる連れをよそに、ヘレンは足早に進んでいった。気がつくとヘレンは一一二号室の前に立っていた。彼女が壁に手をついて体を支えているあいだに、警備員がドアを開けようとした。ドアに鍵はかかっておらず、軽く開いた。なかに入ろうとした彼を、ヘレンは制止した。

「ここで待ってて」

警備員は驚いたようだったが、態度をやわらげた。

「お好きにどうぞ」

ヘレンはそれ以上なにもいわず、部屋に足を踏み入れて警備員の視界から消え、なかの闇に飲みこまれた。

97

「気をしっかり持たなくちゃ、マーク。もしわたしたちが気をしっかり持っていれば、わたしたちが結束していれば、彼女が勝つことはないわ」

マークはうなずいた。

「わたしたちは打ち負かされはしない。そんなことをさせるもんですか」チャーリーは続けた。

マークがチャーリーの助けを借りてやっとのことで立ち上がると、ふたりは一緒に周囲の状況を探った。もし彼らがいるのが病院なら、誰の耳にも声を届かせる術はない。地方議会は何年も前からこの建物を開発業者に強引に売りつけようとしてきたが、うまくいっていなかった。それは町の荒廃し、忘れられた地域にぽつんと立っていた。

彼らはコンクリートの壁に囲まれていた。窓はなく、ドアは最近大々的に強化されていた――改修されているのはそこだけで、荒れ果てた部屋のなかでは浮いている。ふたりは蝶番に取りかかろうとしたが、なにか道具がなくてはしっかりつかむのも難しかった。それでも取り組まねばならなかった。もしなんとか蝶番を緩めることができれば……。

マークがずきずき痛む頭や上がってくる体温を無視してせっせと蝶番を緩めようとしてい

るあいだ、チャーリーは拳でドアをガンガン叩いていた。何度も繰り返し殴った。それはどんどん激しさを増し、そのあいだずっと助けを求めて声を限りに叫んでいた。死人でも目を覚ましそうなほどの騒々しさだ――だが誰かの耳に届いているのだろうか？

既に渦となって舞い上がった大量の埃がふたりを包みこみ、その耳や目や喉に忍びこんでいた。声がかすれかけてきても、チャーリーはあきらめなかった。彼らは休まず続け、おたがいあきらめないように挑発しあっていたが、実りのない努力が一時間を超えると疲れ果てて床にへたりこんでしまった。

チャーリーは泣くまいとした。ふたりはこれ以上は考えられないほど最悪の悪夢のただなかで身動きが取れなくなっていたが、弱気になるわけにはいかなかった。生きのびる可能性が少しでもあるとすれば、それはきわめて重要なことだ。

「アンディー・ファウンディングを覚えてる？」チャーリーはできるだけ明るい調子でいったが、かすれた声は陽気な口調には似合わなかった。

「ああ」マークが戸惑った様子で答えた。

「どうも彼はハンプシャー州警察を訴えているらしいの。女性警官たちからセクハラを受けてたって主張してるのよ」

マークはそれに対して鼻を鳴らして短く笑った。アンディー・おさわり《フォンドリング》の愛称で知られるその人物はポーツマスの内勤の巡査部長で、彼のさまよえる手は伝説になっており、特に若手の女性警官たちに不快な思いをさせていたのだ。チャーリーの噂話は続き、強い眠気に襲われたマークは少しそっとしておいてほしくてしかたなかったが、自分たちが絶望を追い払わねばならないのは彼もわかっていて、チャーリーの話につきあった。

噂話をやりとりするあいだ、どちらも自分たちのあいだの床に落ちている銃のことには触れなかった。

98

きっとふたりが目を覚ましてわたしのお楽しみをやめさせようとするだろうと思っていたのだが、七パイントのシードルの効き目はびっくりするほどだった。父親は前からずっと大酒飲みだったし――ビール、シードル、ほんとうのところ手に入るものならなんでも――母親もそのまねをするようになっていた。酒を飲めば殴られても我慢しやすくなるし、考えるのをやめることができた。もしそれなりの時間素面でいれば、自分の人生はどうしようもない汚物だめだと気づいてオーブンに頭を突っこんでいただろう。いろんな意味でわたしは、そうしてくれればよかったのにと思っている。

わたしはほんとうにたくさんのいろんなやり方で、この瞬間を計画していた。夢のなかではいつもナイフを使った。動脈を切断し、壁に血が飛び散るというのは魅力的だったが、実際にはその度胸はなかった。わたしはしくじるのが心配だった。切りつける力が足りなくて動脈に届かないことが。やるのならちゃんとやらなくては。さもないと間違いなく自分が死ぬことになる。向こうもじっくり時間をかけるだろうから――あいつがなにをするかは神のみぞ知るだ――しくじるわけにはいかなかった。

わたしは管理人の事務所に粘着テープが備蓄してあるのを見つけ、三つ取ってきた。結局ひとつしか使わなかったが、神経質になっていて、絶対に途中で切らさないようにしたかったのだ。わたしはまず父親に取りかかった。その手首を持ち上げて、そっとテープを巻きつけた。まるで傷に包帯を巻いているようで、もう少しで愛情深い行為のような気がしそうだった。何重にも巻くと、今度は腕を持ち上げて鉄製のベッドヘッドの脇に置き、金属製の支柱にテープをぐるぐる巻きつけてしっかり縛りつけた。それからもう片方の腕も同じようにした。

心臓が破裂しそうなほど激しく打っていた。彼は既に寝心地の悪さにもぞもぞしていたから、手早くやらねばならなかった。

母さんの左腕はすばやく片づけたが、右腕にかかっているときに彼女が目を覚ました。つまり、少なくともわたしはそう思ったということだ。彼女は目を開けてまっすぐわたしを見た。そしてなにが起こっているのかを見て、観念したのだと思いたい。わたしに同意したのだと。いずれにせよ彼女はすぐまた目を閉じて、それ以上厄介をかけることはなかった。

いまはふたりともしっかりつないであったから、わたしはキッチンに走っていった。もし騒々しい音を立てても、もう問題なかった。スピードがすべてだ。わたしはラップをひっつかみ、ふたりの寝室に小走りで駆け戻った。この方法は映画で見たことがあり、いつもどうすれば実現できるだろうと思っていた。わたしはラップを大きく引き出してちぎると、さらに何枚か重ねて二倍、三倍丈夫にした。それからベッドによじ登り、眠っている父親の胴体にまたがると、そっと頭を持ち上げた。それから用意したものをさっと顔にかぶせてすばやく後ろにまわし、目、鼻、口が弾力のあるぴんと張ったラップに完全に包まれるまで何度も繰り返した。

そしていま、父親がひどくもがきはじめた。彼は目を開け、気が触れたのかとでもいいたげにじっとわたしを見た。叫び声を上げようとし、手をひねって自由にしようとした。彼の体が跳ね、わたしは必死でまたがっていなくてはならなかったが、勝利を手放すつもりはなかった。わたしはいっそう強く押さえつけた。いまや彼の目はふくれあがり、顔は赤黒かった。その隣で母さんが、いらいらと気怠《けだる》げにゆっくりと起き上がりかけていた。

いまや抵抗はやみつつあった。わたしはラップをいっそう強く押さえつけた。端をあまり強く握っていたので手が痛かった。だがそれが相手の計略ではないことをたしかめる必要があった。このジジイにとどめを刺さなくてはならない。

そのとき突然、彼が動かなくなった。母さんはいま目を覚まし、すっかり混乱した様子でわたしを見ていた。わたしは彼女に笑いかけると、その顔にラップを押しつけた。今回は一枚だけだった。今度はたいした抵抗は予想していなかった。

じきにすべてが終わった。わたしは起き上がり、汗びっしょりになっていることに気づいた。わたしは震えはじめた。幸せな気分ではなく、そのことにがっかりしていた——そうなると思っていたのに。しかし片はついた。それだけのことだ。

99

ヘレンは寝室のなかに立ち、その荒れ果てた様子を見まわした。かつて貼ってあった安っぽいポスターや中古の家具はとうになくなっていた――いまは、この建物が居住に適さないと判定されて以来、そこでしばらく過ごしてはまた出ていったホームレスやヤク中の残したごみやがらくたがあるだけだ。

この部屋にはほんとうにたくさんの思い出があった。いいこと、悪いこと、恐ろしいこと。この部屋を思い描くたび、ヘレンは二段ベッドの下の段で姉がレイプされているのに耳を澄ましながらじっと横になっていたときの、恐怖や戸惑い、無力感を思い出した。そうした思いがヘレンのまわりで渦巻いていた。子どもの頃はずっと、あまりに弱くあまりに無力だったので、いま大人の女性として――銃を手にした大人の女性として――ここに立っているのはとても奇妙な感じがした。当時大人になった自分が一緒だったら、どんなによかっただろう。秩序を生み出し、苦しみをやわらげ、正義を行うことができる誰かが一緒だったら。ひょっとしてもし誰かが――誰でもいいから――助けを求める彼女の叫びに耳を傾けてくれていたら、今度のことはすべて避けられたのかもしれない。

かつて二段ベッドは、部屋の奥の隅に押しつけて置かれていた。いまそこにはなにもなくて、最近サインペンで落書きされたぼろぼろのブリトニー・スピアーズのポスターが貼ってあるだけだった。ヘレンはいつのまにか足早に部屋を横切って、端がめくれたポスターを引きはがしていた。その裏のざらざらした漆喰《しっくい》を手でなで、捜していたものを見つけた。「J. H.」彼女のイニシャル。遠い昔、学校で使っていたコンパスで壁に彫ったものだ。それは子ども時代の恐ろしい絶望のしるしであり、それを彫ったのは——たとえ自分は生きのびられなくてもそのイニシャルは消えずに残ることを願ったからだった。

暗い思いがどっと押し寄せてきて、ヘレンは急いで寝室を出た。そしてもうひとつの寝室、悪臭を放つキッチン、それからカビの生えた居間に飛びこんだ。だがそこは既に空っぽで、手がかりになるものはなにもなかった。ここを訪ねればきっと収穫があると確信していたのだが、不首尾に終わっていた。

この場所を見るのはこれが最後になるだろう。ヘレンは一瞬立ち止まり、すべてを目に収めた。あの夜、あんなことが起こったあとでさえ、まったくなんの問題もなく貸し出されていたとはおかしなものだ。貧乏なときには、人は神経質になったり迷信深くなったりする余裕がない。ここには事件から一週間もたたないうちに新しい家族が入居していた。そしてこの部屋の床や壁は長い年月をかけてゆっくりとぼろぼろになり、ついにはここに似合うのは動物だけになっていた。ふさわしい最後といえるのかもしれない。

ヘレンは急いでアパートを後にし、警備員は不機嫌そうに足を引きずりながら冷めたお茶を飲みに戻っていった。ヘレンは束の間バイクにまたがって、次になにをすべきか思案した。彼女の勘はいつも役に立ってくれていたが、今回は期待外れだった。別の可能性を追うよりしかたない。すべての関係先をたどるのだ。

携帯の電源を入れたヘレンはすぐに、出そびれた電話の数にどきりとした。ブリッジズ巡査が何度も残していたメッセージの最初のひとつを聞くと、不安は恐怖に変わった。

マークとチャーリーが姿を消していた。

100

束の間、彼女は自由だった。ショッピングモールにいて、エスカレーターのほうへ走っていた。エスカレーターを上った先では母親が警備員と話をしているところで、ちゃんと仕事をするよう説教していた。母さんが見えたのがこんなに嬉しくて全速力で駆け寄ったことは、これまで一度もなかった。近づいていくと警備員がこちらを向いたが、妙なことに彼は口をきくことができず、ただこちらを見つめながらうめいて、うめいて、うめいて……。

チャーリーははっと目を覚ました――残酷な現実がのしかかってきた。隣に横たわっているマークがうんうんうなっている……チャーリーは不意にこみ上げてきた怒りを抑えこんだ――悪いのは彼ではない。マークの頭の傷はひどく、彼らにはそれを手当することはできなかった。最初チャーリーは唾とシャツの袖を使って傷口をきれいにしていたが、いまでは汚れをいっそうすりこんでしまっただけではないかと心配になっていた。ふたりが拉致される前でさえマークは体調が悪かったのが――飲み過ぎ、眠れない夜を多く過ごしすぎたせいで――血を失ったためにますます弱っていた。いま彼のひどい傷は本格的な感染症の第一段階にあった。熱が出はじめているようだ。もし深刻な状態になったらどうすればいいのだろう？

そんな考えを押しのけながら、チャーリーは腕時計を確認した。どのくらい眠っていたのだろう。充分な長さではなかった。希望を捨ててしまうと、時間の進み方はとてもゆっくりになる。最初の朝はふたりとも活動的で希望さえ抱いており、この墓場から出る方法を編み出すことに熱中していた。彼らは、夜は眠り昼は働くことに決めた。二日目の朝、ふたりはベルトのバックルを使ってドアのどっしりした蝶番に挑み、爪痕を残そうとした。しかしあらゆる努力が無になっても続けるのは難しい。結局バックルが折れて、監禁されて二日目の午後には既に、無気力と絶望が根を下ろしはじめていた。

チャーリーはこれほど汚れて、これほど不愉快で、これほど徹底的に無力な気分になったのは初めてだった。自分たちの牢獄の狭さには、既に嫌悪感を抱くようになっていた。排便と嘔吐（彼女の場合は）をするのは部屋の隅とふたりで決めていて、チャーリーはそれをかたく守り、つわりに襲われると胃を空にするために急いでひどいにおいのする場所へ急いだ。マークは既に取り決めを守るには弱りすぎているか、無頓着になりすぎているようだった。いまもちょうど漏らしたばかりで、その悪臭がチャーリーの鼻孔を満たした。

たちまち吐き気に襲われたチャーリーは汚い隅へ急ぎ、長く糸を引く酸っぱい胆汁をもどした。彼女の胃は二度、三度と痙攣し、ようやく落ち着いた。突然喉に焼けつくような感覚をおぼえた――ほかのことは考えられないような激しい喉の渇き。チャーリーはなにか水分を摂れるものはないかと部屋をぐるぐるまわり、その間ずっと塩辛い涙をなめられるように目を細めて泣こうとしていた。だがなにも出てこなかった——既に涙は涸れていた。すべてが——

動き。視界の端でなにかが動いた。見るのが怖くて——なにが見つかるか不安で——チャーリーはそろそろと頭の向きを変えた。するとそこにいた。大きくて太ったネズミだ。それはどこからともなく現れていた。チャーリーにとっては希望をもたらす奇跡的な光景——砂漠のオアシスのような——だった。食べ物だ。頭のなかでは既にそれに歯を立て、骨から肉を噛みちぎり、うめく胃の痛みを鎮めていた。あの大きさなら充分ふたり分になるかもしれない。

慎重に。慌てないで。これが生死を分けることになるかもしれない。チャーリーはそっと上着を脱いだ——立派な網ではなかったが、これで間に合わせるしかないだろう。

一歩前へ。ネズミが突然顔を上げ、薄暗がりに目を凝らした。チャーリーは凍りついた。それからすばやくにおいを嗅いだネズミが食い意地に負けて、またもぐもぐやりはじめた。

さらに一歩前へ。今回はネズミは動かなかった。

もう一歩。チャーリーはすぐそこまで迫っていた。

また一歩。いまはもう見下ろしているといってもいいほどだ。

チャーリーは一気に飛び出し、ネズミの頭に上着をかぶせた。ネズミが猛烈な勢いでもがき、チャーリーはうごめく膨らみに拳の雨を降らせた。ついに動きが止まった。仕留めただろうか？　念のためにもう一発殴ると、確認のために握っていた手を少し緩めた。ネズミが死にものぐるいで逃げようとして上着から飛び出した。すばやく尻尾に手をのばし、あと少しでつかめるところだったが、ネズミは彼女の両手からすり抜けて逃げていった。安全な壁のひび割れのなかへ。

　チャーリーはやっとのことで立ち上がった。ネズミはあまりに必死で、ほとんどおかしいくらいだった。胃が食べ物を求めてうずき、喉は焼けるようだ。なにか口に入れなくてはならなかった。なにか救いになるもの。なにか命を維持するものを。

　チャーリーは屈服し、そんな恥ずかしいことはするまいと誓っていたことをした。ショーツを下ろし、くぼめた手のなかに小便をすると、その温かい液体を一気に飲み干した。

101

どうも責められている気がするのは思い過ごしか、それとも実際にそうなのだろうか？　チャーリーとマークは四十八時間以上行方不明で、捜査員たちの不安は動揺と苦悩に変わりつつあった。いなくなった同僚の捜索にあたるチームを編成しているいま、いたるところでヘレンを責めるような厳しい視線が目につきはじめていた。あたかもこれはすべて彼女のせいだ、とみながそろって判断したかのように。

三角測量で割り出された携帯の最後の位置情報によれば、マークとチャーリーはスパイア・ストリートにいた。これは彼らをその地域に向かわせるきっかけとなった、タナーに関する匿名の情報と一致した。だがその後、足跡は途絶えた。ふたりは携帯と無線の電源を切り、警察の同僚の誰とも連絡を取っていなかった。はじめのうち捜査員たちは、タナーの目撃情報は本物で、どういうわけか――どこかで――マークとチャーリーがまだその件で動いていることを願っていた。しかし例の電話は偽物だったことが、徐々に誰の目にも明らかになっていった。強盗未遂はなかった――マークとチャーリーは故意にその場所へ誘導されたのだ。罠のにおいがする。誰もが同じことを考えていた――ふたりは彼女につかまったのだろうか？

捜索チームはスパイア・ストリートから範囲を広げながら、あらゆる建物を調べ、店主や通行人全員に話を聞き、かつての小児病院を再度調べたときに、目ざとい巡査が窓に打ちつけられた板の一枚が緩んでいるのを見つけていた。その窓敷居には、最近誰かがそこからもぐりこんだかのように新しい泥がついていた。ヘレンはただちに巡査たちをなかに送りこみたかったが、上は戦術支援部隊抜きでやらせようとはしなかった。

武装部隊の動員にはもどかしいほど時間がかかったが、ヘレンは文句をいう連中を黙らせ、いまは銃器専門司令部《SO19》を引き連れてその古い病院に急行しているところだった。それは出口が複数ある大きな建物で、ヘレンはスザンヌに自分たちの手をすり抜けさせたくなかった。もちろん、もしスザンヌがそこにいればの話だが。

彼らはできるだけ慎重に、できるだけ音を立てないように入っていった。SO19が先頭に立ち、ヘレン、ブリッジズ巡査、そして十名あまりの警官がそのすぐ後ろに続いた。捜索場所は広範囲にわたっていたが、扇形に広がれば、常に無線で連絡を取りあいながらかなりすばやく全体を調べられるだろう。

ヘレンの全身は張りつめていた。なんとか神経の高ぶりを抑えなくてはいけないことはわかっていた――過度の神経の高ぶりは、まずい判断につながるものだ。特にグロックを手にしているときには。風の強い日で、壊れた窓を風がヒューヒュー音を立てて吹き抜ける様子は、建物全体に不気味な、幽霊が出そうな雰囲気さえもたらしていた。しっかりしろ、とへレンは自分に言い聞かせた――なにもない場所に影や幽霊を見るな。

だがこれだけ多くのことがかかっているときに緊張を緩めるのは難しい。こんなことになったのは、すべてヘレンのせいだった。彼女は殺人事件のきっかけとなったばかりでなく、マークに仕事に戻ってくれるよう泣きついていた。もしヘレンが放っておいただけなら、マークは哀れだが危険な目に遭うことはない落伍者《らくごしゃ》だっただろう。彼は非難の色も、怒りの気配も見せずに仕事に戻っていた。自分のすることに信念を持っていたから、そして――あれだけいろいろあったにもかかわらず――ヘレンを信頼していたから。そしてその献身から彼が得たのは、なんと苦い収穫だったことか。

ヘレンは手順に違反して単独行動をし、そっと階段を上っていった。そして最初の部屋のなかに目を凝らした。そこは寂しく忘れられた、暗くて埃っぽい場所だった。ヘレンは銃の安全装置を外した。彼女の勘は、姉が特殊部隊のなかにのこのこ出ていくような不注意なまねをすることはないだろうといっていた。向こうの狙いはヘレンだった。ヘレンは銃を持ち上げ、隣の部屋の戸口に頭を突っこんだ――じきに自身の復讐の女神と向きあうことになるだろうと確信して。

突然無線がガーガー鳴った。それはブリッジズ巡査だった。警戒しているというより、興奮しているような声だ。彼は物音を耳にしていた。階下から。ブリッジズはいま、そちらへ調査に向かっているところだった。ヘレンはくるりと向きを変えると、全速力で階段を駆け下りた。

バタンバタンという音がするほうへ懸命に走っていたブリッジズ巡査は、ヘレンに先を越されたのを見て驚いた。彼はいつも足が速いのを自慢にしていたが、上司の警部補はなにかに取り憑かれていた。彼女はいっさい表に出さないように努めていたが、ブリッジズにはきつく巻かれたバネのようになっているのがわかった。いまヘレンは恐怖や不安、怒りに突き動かされ、事態を自らの筋書きに合わせようとしていた。己の手で悪夢に終止符を打ちたがっていた。

階段を下りきると、廊下が四方向に分かれていた。ふたたび無線がガーガー鳴り、ヘレンにきつい目つきでにらまれたブリッジズが音量を絞ると静かになった。ふたりは耳を澄ました。

まっすぐ前方だ。その物音はたしかに彼らの正面の廊下から聞こえていた。ふたりは全速力で突進した。最初のドアには鍵がかかっていたが、音はもっと先から聞こえた。彼らはふたたび動いていた。繰り返し、しつこい音が聞こえる――バタン、バタン、バタン。隣の部屋からだ。部屋のドアには鍵がかかっていた。しかし彼らは突破するだろう。突破しなくてはならない。

返事があることを期待してヘレンがドアごしに叫んだとき、ひとりの警官がバールを取りに脱兎のごとく走っていった。彼は一分足らずで、さらに大勢の警官を引き連れて戻ってきた。そしてバールに肩を押しあて、どっしりした金属製のドアの錠前に取り組んだ。前に後ろに、前に後ろにと動かすうち、ついに抗議するようなゴキッという音がしてドアが開いた。その警官を押しのけて、ヘレンとブリッジズは突入した。

見つかったのは空っぽの部屋だった。

蝶番から外れかけている壊れた窓が、風に吹かれて怒ったようにバタバタ揺れ、しつこいリズムを刻んで金属の窓枠を叩いていた。

102

彼は死にたかった。

いまやマークにとって死は祝福であり、肉体を責めさいなむ苦痛から救ってくれるものだった。熱と戦おう、いまこの瞬間に集中しよう、どうすれば自分とチャーリーがなんとか脱出できるか考え出そうとしてきたが、そうするとますます頭が痛くなったので、無気力に屈していた。

飢え死にするにはどのくらいかかるのだろう？　長すぎる。時間の感覚はなくなっていたが、とらわれてからもうほぼ三日になるのはたしかだった。マークの胃は絶えず痙攣し、喉は腫れてひりひりし、体を起こすだけの力もほとんどなかった。時間をつぶすために子ども時代の思い出を呼び覚まそうとしたが、学校のことを考えていると中学で勉強した（勉強するのがいやだった）叙事詩、『失楽園』が頭に浮かんできた。いまはあの悪夢のような情景の登場人物になったような気分で、夜の凍てつく寒さと終わりのない昼間にまとわりつくすさまじい汗に、際限なく苦しめられていた。そこから解放される術はなかった。

熱がひどくなっているのはわかっていた。調子のいいときと悪いときが交互に訪れた。頭がはっきりしてチャーリーと話ができるときもあれば、いつのまにか支離滅裂なことをぶつぶついっているときもあった。いつか完全に正気をなくしてしまうのだろうか？　マークはその考えを頭から押しのけた。

傷の状態を探るために後頭部に手をまわした。傷口は広くて深く、いまそれを彼の汚い指が探っている。

「触っちゃだめ、マーク」チャーリーの声が薄暗がりのなかに響いた。煉獄さながらの状態で三日間過ごしてきたあとでも、彼女はまだマークに気を配っていた。「そんなことをしたらひどくなるだけよ」

しかし指になにか動くものが触れたので、マークは彼女を無視した。その傷は生きていた。指を引っこめて、目の前に持っていく。ウジ虫だ。傷口にウジが湧いていたのだ。

マークは指を口元に運び、小さな虫を舌で舐め取った。それが喉を滑り落ちていくのは奇妙な感覚だった。奇妙だがいい気分だ。傷口からさらに何匹かつまんで口に押しこんだ。

チャーリーは既にふらふらと近寄ってくるところだった。彼女はマークの隣に腰を下ろした。マークが手を止めた——ふたりの友情と常識的な礼儀がふたたび意識に上ってきた。マークは苦労して頭の向きを変えると、彼女のほうに差し出した。チャーリーがおずおずと彼の傷口から指二本分ほどのウジ虫をつまんで、口に放りこんだ。彼女はそれが舌の上で溶けるのを堪能し、さらに指一本分取った。

それはあっというまになくなった。ウジ虫の食事は終わった。いまふたりの胃は、飢えにどきどきと脈打っていた——彼らが口にしたほんのちょっぴりのごちそうは、自分たちの胃袋がどれだけ完全に空っぽかを思い出させただけだった。もっと。もっと。もっと。ふたりの胃はもっと多くをほしがっていた。彼らの胃はもっと多くを必要としていた。
しかしそれ以上与えてやれるものはなかった。

103

古い病院の半径三キロ圏内を隅々まで細かく調べていたが、まだマークの気配もチャーリーの気配もなかった。病院の五階の廊下で新しい血痕が見つかり、その後の検査でマークのものだということが確認されていた。マッカンドルー巡査は涙を流し、チームのメンバーで目に見えて取り乱したのは彼女ひとりではなかった。ヘレンはいまになって初めて、マークが捜査員たちにどれだけ人気があったかに気づいた。彼女が嫌われたのも不思議はなかった。

つまりマークとチャーリーはまんまと病院に誘いこまれて襲われ、それからよそへ連れていかれたということだ。病院の近辺に防犯カメラはなかった。往来の激しい近くの通りの防犯カメラには、ちょうどそれくらいの時間帯に付近を通ったトランジットバンがたくさん映っていたが、どれが彼らの乗っていたものだろう？　犯人はふたりをどこへ連れ去ったのか？　この地域には使われていない建物や倉庫が、間違いなくたくさんあった。既に制服警官たちが、ヘレンが要請しておいた警察犬の助けを借りてしらみつぶしにあたっているところだ。彼らはなにか見た可能性のある人たちや通行人全員に話を聞いてまわり、広範囲にわたって一軒一軒聞きこみを行っていた。誰であろうと怪《あや》しい動きをしたものは徹底的に家を捜索される——もし必要なら引っかきまわされる——だろう。彼らはふたりを見つけなくてはならなかった。

ヘレンはふたりがまだ近くにいるだろうという考えに、すべてを賭けていた。スザンヌがよそへ移した可能性もあるが、今度の獲物は警戒している警察官で、ほかの被害者たちよりも手強《てごわ》いはずだ。計画を台なしにしたくはないだろう——いまは安全策をとっているにちがいない。ヘレンたちにはサウサンプトン、ポーツマス、そしてその向こうをくまなく調べる目と耳が——できるかぎりたくさん——必要だった。既に近隣の警察から臨時に警官を派遣してくれるよう要請し、警察補助員を動員して、サウサンプトン・セントラル駅から出発する全員を足止めしてあった。だがそれでも充分ではなかった。

さらにもうひとつ、手を打たねばならない明らかな問題があった。エミリア・ガラニータが、かつての小児病院の手入れが失敗に終わったという噂を嗅ぎつけていたのだ。すぐに情報をもらえなかったことに苛立ったエミリアは、しつこくヘレンに電話してきて、その手入れはなにに関するものだったのか、そしてなぜそれ以来あれだけ大々的な活動が行われているのかを知ろうと躍起になっていた。警察はスザンヌを捜しているのか？　それともさらなる犠牲者を？

危険を伴う手だったが、ヘレンには選択の余地はなかった。捜索は四日目になり、彼らはまだなにもつかんでいなかった。そこでヘレンは受話器を取り上げ、彼女の番号にかけた。

104

エミリア・ガラニータは自分の仕事がとても気に入っていた。長時間労働で、給料はお話にならないほど安く、当局者の多くは地方紙の記者に対してあからさまに不作法な態度を取ったが、そんなことはエミリアにはどうでもよかった。彼女は自分の仕事が日々もたらすアドレナリンや予測不可能な出来事、そして興奮の中毒になっていた。

それに力。政治家や警官、議員たちは彼らを無視したが、それと同じくらい誰もが記者を恐れていた。そういう連中は出世のために世間の好意を大いにあてにしていて——世間の人たちになにを考えるべきか教えるのは、エミリアのような記者たちだった。ヘレン・グレースと向かいあわせに座っているいま、エミリアはその力を感じていた。会う場所を決めたのはエミリアで——ヘレンではなく——いま議題を決めているのも彼女だった。グレースは彼女の協力を必要としていたから、もう嘘もごまかしもしないだろう。

「うちの署員がふたり、行方不明になってる」グレースは事務的にはじめた。「チャーリー・ブルックスとマーク・フラー——彼らのことは知ってるでしょう。ふたりは拉致された可能性があり、彼らを捜すためにわたしたちにはあなたの協力が——あなたの読者の協力が——必要なの」

グレースが話を続けるにつれ、エミリアはおなじみのぞくぞくする感覚をおぼえた。これは記者をやっていることのもうひとつの素晴らしい点だ――どんなときでも興味をそそるネタや本物の特ダネが、労せずして転がりこんでくる可能性がある。せっせと働くのはこういう日のためだ。治安判事裁判所で扱われる事件――暴力行為、けんか、強盗――の取材に費やした失われた時間はすべて、本物のネタをつかむために支払わねばならない代償なのだ。そしてそういうネタが転がりこんできたときのために、準備は怠らないことだ。こうしたネタは名を上げてくれる。

エミリアは速記術を使っていたが、それでも書くのが追いつかないほどだった。この話の展開には驚くばかりで、既に頭のなかには見開きページが浮かんでいた。それにこの手の事件で全国紙を出し抜くこと――それはほんとうにめったにない貴重な機会だった。

エミリアが自分にできることはなんでもすると約束すると、グレースは帰っていった。自分たちの「おしゃべり」の結果に満足しているといっていたけど、むしろ顔色がさえないようだったわね、とエミリアは思った。気軽にほかの女子に協力を求めたり、その脇役を務めたりする女はいない。女子学生クラブはこれまでだ。

エミリアは急いでオフィスに戻った。さっき感じていた緊張と興奮が入り混じった感覚はもう消えて、妙に落ち着いた気分だった。なにをするかは正確にわかっていた。

己の職業人生を通じて、エミリアはジャーナリズムを武器として使ってきた――そうされて当然の連中をさらし者にし、傷つけ、破滅させるために。
今回もそれは変わらないだろう。

105

午前六時半、太陽はなかなか昇ってこようとしなかった。分厚くじめじめした霧がサウサンプトンを包みこんでいた――まさにヘレンの気分そのものだ。彼女は玄関のドアをバタンと閉めるとバイクにまたがり、必要以上にスロットルを開けて町の中心へと急いだ。

さらに三十六時間が経過していたが、相変わらずなんの情報もなかった。いや、それは違う。「情報」はたくさんあったが、どれも役に立たなかったのだ。エミリアと別れて以来ずっと、ヘレンはひどい間違いを犯したのではないかと悔やみ、恐れていた。それほどたくさんの選択肢があったわけではなかったし、マスコミに情報を流す必要はあったが、それでも事態は悪化しただけだった。エミリアに会ったのは夜遅くだったので、翌朝の記事は扇情的ではあるものの詳細には軽く触れた程度だった。今日のイブニング・ニュースはかなり違ったものになることが予想された。

署に到着すると、ヘレンの机に新聞が一部置かれていた。チームのメンバーが気を利かせたのか、それとも誰かのあてつけか？　ヘレンはどぎつい見出しを飛ばして、さっそく中面の詳しい記事を読んだ。それはおぞましい内容だった。事実上のトーチャーポルノだ。徹底的かつ劣情を刺激する詳細な記事で、飢えと脱水の様々な段階を読者に経験させ、どちらの警官がより長く持ちこたえるか、考えられる死因はなにかとあれこれ推測している。頭の鈍い読者のために、わかりやすい図表——肉体的、精神的衰えの予定表——まで載せて、チャーリーとマークがどんなふうに感じるかを概説していた。一日目。二日目。三日目。四日目。五日目。それより先の日にちの上には大きな疑問符が書かれていたが、それが意味していることはひとつしかなかった。

そうしたどぎつい記事の真ん中に埋もれているのが、警察の直通番号、徹底した報道の狙いらしきものだった。予想どおりそのせいで電話がひっきりなしにかかっていた。この尋常ではない話が引き起こした興奮を思えば、当然のことだ。電話の大部分はなんとか警察の注意を引こうとするたわごとで——ヘレンははらわたが煮えくりかえる思いだった。

チャーリーのボーイフレンドやマークの両親と一緒に腰を下ろしたとき、ヘレンは彼らに慰めとなるものをなにも差し出せなかった。イブニング・ニュースの扇情的な記事のせいで心配のあまり気も狂わんばかりになった彼らは、ヘレンに対して怒りを爆発させた。ヘレンは彼らの愛するものが生きのびる可能性について率直に語らなくてはならず、その一方でふたりを家に連れて帰るためにできることはなんでもすると約束した。彼らは精神的に参っており、ほんとうに事態を受け入れられているわけではなかった。まるでこれが、すぐには目を覚ますことができないなにかの恐ろしい悪夢であるかのように。

ヘレンはその人たちになにかを、苦痛を終わらせるためのなにかいい知らせを伝えたくてたまらなかったが、嘘をついても意味がない。マークとチャーリーがタフなのはわかっていたが、もうほぼ一週間、誰もその姿をちらりとも見ていなかった。ふたりがどんな状態か誰にわかるだろう？　彼らがどのくらい持ちこたえられるかも。結局あのふたりだって人間なのだ。

いまも時計は時を刻んでおり、一刻を争う状況だった。

106

チャーリーは立ち上がろうとした。しかし背筋をまっすぐ起こそうとすると頭がくらくらした。めまいがし、酔っ払ったような感じがして、また尻餅をついて座りこんだ。またもや吐き気がして、横を向いた。しかし吐くものはなかった——この二日間ほどそうだった。

チャーリーは飢え死にしかけていた。ほんとうにたびたび、気軽に口にしてきた言い回しだ——いまはその恐ろしい意味を、余すところなく味わっている最中だった。繰り返し襲ってくる下痢《げり》の発作、痙攣する節々、体を埋め尽くす赤い発疹《はっしん》、口元や肘、膝のあたりの気が変になりそうなほどひび割れた皮膚。まるで脱皮している——崩壊している——最中のようだった。そのうち骸骨と変わらなくなるだろう。ウジ虫はとうにいなくなっていた。たぶんマークはまたウジが湧く前に死んでしまうだろう。

部屋の向こうでマークが伴奏がわりに、「ぼくは小さな実のなる木を持ってる（マザーグース）」とぶつぶついいはじめた。ここ数日、マークはでたらめな童謡を歌っていた——ひょっとしたら母親に歌ってもらったのか、それとも彼が娘に歌ってやったのかもしれない。

とにかく歌詞は間違いだらけだし、節はごちゃ混ぜだった。実際には雑音を立てて、自分がまだ生きていることを己に証明しているだけだ。いったいなにを考えてるんだろう？

チャーリーはこれまでに幾度となく、自分たちの牢獄を見まわした。そして同じ四方の壁にじっと見つめ返されていた。いまはにおいがすさまじく、六日分の排泄物と汗と吐瀉物《としゃぶつ》が混ざって耐えがたい混合物になっていた。それにふたりはひどい冷えを感じるようになりつつあった。熱のせいで歯をガチガチ鳴らしているマークをチャーリーはボイラーの断熱材でくるもうとしたが、ちくちくするのでいやがられたし、どのみち脱げ落ちてしまった。

チャーリーはそれを食べようかとも考えたが、胃に収まらないのはわかっていたし、もうむだに吐くことには耐えられなかった。だからただ座って、陰鬱な考えに浸った。

チャーリーはかたく冷たい壁に頭を預けた。一瞬、石の冷たさが心を慰めてくれた。ここが彼女の墓になるのか。二度とスティーブに会うことはないだろう。二度と両親に会うことはないだろう。最悪なのは、けっして自分の赤ん坊を見られないだろうということだ。

もう救出されることはないだろう。チャーリーはもはや救助隊がくることを期待していなかった。いまふたりにできるのは、死を待つことだけだ。

ただし。チャーリーは頭をきつく壁に押しつけたまま、ぎゅっと目をつぶった。銃が近くにあることはわかっていたが、それを見ようとはしなかった。ただそこまで歩いていってそれを拾い上げるのは、とても簡単なことだろう。マークには止められないし、すべてはあっというまに終わるはずだ。

チャーリーはきつく唇を噛んだ。なんでもいいからその考えから気をそらすために。彼女はそんなことをするつもりはなかった。そんなことはできなかった。
でも突然、それしか考えられなくなった。

107

壊滅的状況だった。ほかの警察官なら批判の嵐をうまくさばくために身代わりを何人か送りこんで、務めを避けることができたかもしれない。しかしヘレンにはこの状況が自ら招いたものだとわかっていたから、生《い》け贄《にえ》の子羊《こひつじ》になるしかなかった。

マークとチャーリーの二枚の巨大なクローズアップ写真を脇に、ヘレンは全国紙に概略を説明し、怪しいと思ったら誰でも連絡してくれるよう促した。イブニング・ニュースに掲載されたエミリアの見開き記事のせいで、マスコミが殺到しはじめていた。満員の記者会見場にはイギリスの主要なタブロイド紙や高級紙すべてが記者を送りこんでおり、同様にヨーロッパやアメリカ、さらに遠くからもジャーナリストたちが詰めかけていた。

もはや隠し立てはなしだ。彼らが追っているのはシリアルキラーだった。これはエミリア・ガラニータが待ちかまえていた公的な告白であり、いま彼女はわざとつらそうに、ヘレンの辞職を要求していた。そしてこの件におけるヘレンの指導力に関して、公式の調査を行うよう主張した。イブニング・ニュースはまた別の大々的な見開き記事を掲載中で、そこには警察の嘘と中途半端な事実と言い逃れ、それに無能さが並べ立てられており、それらがいまのところ捜査を特徴づけているというのが彼らの見解だった。ヘレンは激しい批判にさらされるままになっていた――そこでメッセージを発信しているかぎり、職業上の犠牲は取るに足りないことだった。

ヘレンは怒りと苛立ちを解消するためにひと晩じゅう仕事の現場にとどまるつもりだったが、心配した部下たちにうちに帰るよう――せめて一時間か二時間だけでも――説き伏せられた。誰もが身を粉にして働いていたが、彼女はガス欠の状態で走りつづけていたのだ。ヘレンは安定した速度を保ちながら、バイクを自宅へ走らせた――まだ体が震えて感情的になっていた。いったん帰り着くと、シャワーを浴びて服を着替えた。さっぱりした気分になるのはいいもので、たちまち活力が、そしてさらにばかばかしいことに希望が湧き上がるのを感じた。

束の間の爽快な瞬間、ヘレンは自分がふたりを生きて無事に見つけるものと確信した。しかし窓の外の暗い夜景をじっと見ていると、この短い突発的な楽観主義は徐々に消えはじめた。捜索チームはいたるところを調べてきたが、なんの成果もあがっていなかった。ハンプシャー州警察が行方不明の警官たちを捜してサウサンプトンを引っかきまわしているあいだに、ヘレンはロンドン警視庁時代の同僚に連絡を取っていた。ひょっとして姉の監禁場所の選び方には、なにか個人的なことが関わっているのではないだろうか？　ことによると最後に笑うために、どこか「面白い」場所を選んだのではないか？　ふたりでよく窓を割りにいった放置された倉庫、よく酒を飲んだ共同墓地、ずる休みをした学校、スケートボードをしている男の子たちを眺めていた地下道。ヘレンはそのすべてを捜査してくれるよう頼んでいた。

しかしいまのところ収穫はなかった。相変わらずの圧倒的な沈黙。そして体を衰弱させる焦燥感《しょうそうかん》。マークとチャーリーは窓の外のどこかにいて、ヘレンにはふたりを助けるためにできることはなにもなかった。

ヘレンは自分の部屋で十分間過ごしてから足早に外に出ると、急いで捜査本部に戻った。どこかに手がかりがあるにちがいない。そしてヘレンはそれを見つけなくてはならなかった。

108

赤ん坊はわめくのをやめようとしなかった。

チャーリーはずっと頭のなかにその姿を思い描いていた。なぜか女の子なのはわかっていた。そしてその赤ちゃんを思い描くとき、それはただの細胞のかたまりというよりも、既に人格や欲求をそなえた人間だった。チャーリーはお腹の赤ちゃんが食べ物を求めて金切り声を上げ、どうして母親からなにも得られないのだろうと困惑し、苦しんでいるところを思い描いた。ほんとうならそんなことはないはずなのだ。その小さな胃は、チャーリーの胃と同様に飢えて痙攣しているだろうか？　赤ん坊にはまだ胃さえないかもしれないと思ったが、そのイメージを頭からぬぐい去ることはできなかった。わたしはお腹の赤ちゃんを飢えさせている。わたしはお腹の赤ちゃんを飢えさせている。

マークとチャーリーは自らこの状況に身を置いた。自業自得だ。でも彼女の赤ちゃんにはなんの罪もなかった。清らかで汚れを知らない。どうして彼女の赤ちゃんが報いを受けなくてはならないのだろう？　自分たちの愚かさに対する怒りが、チャーリーの心に火をつけた。痩せ衰えて役に立たない肉体とは違い、少なくとも意志は弱っていなかった。

チャーリーは激しい怒りをぐっとこらえようとした。眠ろうとした。しかし夜は長かった。

それに寒かった。そして静かだった。眠ろうとしたが、赤ん坊は叫ぶのをやめようとしなかった。

彼女に銃を取れと叫ぶのを。

109

チームは手短に説明を受けて捜索に派遣されていた。ブリッジズ、サンダーソン、それにチームの残りのメンバーが郊外とその向こうまで展開しているあいだ、ヘレンは捜査本部にとどまっていた。誰かが大規模な捜索の調整をしなくてはならなかった。それになにかを見落としているようないやな感じがして、もう一度証拠を検討しなおしたかったのだ。

ヘレンはあらゆるちっぽけな手がかりを入手しようとしてきた。連絡を受けた南イングランドのすべての地方議会ではいま、改装や解体を待っている利用されなくなった用地のリストを事務職員たちが詳しく調べている最中だった。港湾管理委員会では、稼働していない倉庫や船舶のリストがまとめられているところだ。賃貸物件にもあたっていたが、調べられたのは直近の借り主だけで、スザンヌが数週間前にそこを借りていなかったとは誰にもいえなかった。

捜索は大々的かつ包括的に行われていたが、それにもかかわらずヘレンにはすべてがむだに思えてならなかった。もしふたりの監禁場所が気紛れに選ばれていたとしたら、そこを見つけられる確率はどの程度あるだろう？　失敗する恐怖と、答えが自分の鼻先にぶら下がっているような感覚に突き動かされて、ヘレンは子ども時代に姉とともに過ごした重要な場所を、ふたたび見なおした。当時の彼女はいつも、自分より強いマリアンヌを尊敬して影のようについてまわっていた。マリアンヌが見つかればジョディも見つかる、ふたりはよくそういわれていた。名前を変え、暮らしを変えて、ヘレンはその影から踏み出そうとしていたが、いまその影がふたたび彼女の上に落ちてきて、闇と絶望をもたらしていた。

新しい手がかりの前触れとなる興奮と高揚に体が震えるのを感じたのは、アロー・セキュリティーに関するファイルを読んでいたときだった。この男女平等の時代に彼らの雇用者リストに載っているひとりの女性警備員の存在が目立つのは、本来ならおかしなことだった。しかし実際には、女性の警備員を見かけることはめったにない。さらに重要なのは、この女性警備員が二カ月前にアローに入ったばかりだということだ。彼女は自分が住んでいるクロイドンとブロムリー周辺の不動産の監視を手伝う仕事を割り当てられていた。しかしその身元保証書はあてにならず――偽造されたもので――事務職員のすばやいチェックによって、住所は偽物だとわかっていた。

ヘレンがマリアンヌの元の顔写真と、コンピュータが描き出した「年を重ねた」マリアンヌの似顔絵をアローにファックスすると、驚いた会社からすぐに答えが返ってきた。似顔絵の女性は、グレース・シールズと呼ばれている新しい従業員の可能性があった。

グレース。疑いの余地はいっさいなかった。しかしこれは「くたばれ」という意味なのか、それとも「こっちにおいで」という意味なのか？　ヘレンは後者の解釈を選び、いままたチャタム・タワーに急いでいるところだった。姉がこの関連性をヘレンに見つけさせるつもりだったのか――あるいはいつ見つけさせるつもりだったのか――確信はなかったが、心は決まった。チャタム・タワーのどこかにマリアンヌがいるか、マークとチャーリーがいるかのどちらかだ。そしてヘレンは彼らを見つけるつもりだった。

北へ急ぎながら、ヘレンは胸の内に希望が湧き上がるのを感じた。終盤戦がはじまっていた。

110

連行されたときには雨が降っていた。

引きずり出されてパトカーに連れていかれたときは気づかなかったが、ふつうの犯罪者のように後部座席に座ると、通りの水たまりに青いライトが規則正しく反射しているのに気づいた。

わたしは呆然としていた。心理学者なら殺人を犯した後のショック状態だというだろうが、けっしてそんなことは信じない。たしかにショックは受けていたが、殺人とは関係なかった。連中はわたしに口を開かせようとしたが、一言も話すつもりはなかった——話せなかったのだ。わたしは既に活動を停止しつつあった。それはわたしにとって終わりのはじまりだった。

わたしは顔を上げ、戸口からじっとこちらを見つめているあの子を見た。毛布にくるまれて、そのまわりをソーシャルワーカーがひとり、せかせかと動きまわっている。でも彼女は、まるで起こっていることが信じられないとでもいいたげに、ただまっすぐ前を見つめていた。しかしそれは起こっていて、そうさせたのは彼女だった。家族をバラバラにしたのはあの子で、わたしではなかった。

わたしはさんざんマスコミにたたかれ、服役し、唾を吐きかけられ、ののしられた。でも本物の罪を犯したのは彼女で、本人もそれがわかっていた。

連中に車で連れていかれるとき、わたしはあの子の目にそれを見て取ることができた。彼女はユダだった。いや、それより悪い。ユダは友人を裏切っただけだ。彼女は自分の姉を裏切っていた。

111

さあ、すばやくやるんだ。けりをつけろ。

動くんだ、最後の力を振り絞ってすべきことをしろ、とマークは己を叱咤《しった》した。しかし熱がひどく、体が痛んで、脚を動かすのは難しかった。だがどうしてもやらなくては――彼は行動しようとした。

チャーリーは部屋の向こうで横になっていた。いまは涙を流し、叫んでいる。正気を失いかけているのだろうか？　いつもはとても穏やかでとても温かいのに、いまのチャーリーは怒りと激しさにあふれ、シューシューうなりながら狂っていくうるさい女だった。その頭になにが去来しているのかは、誰にもわからないだろう。

銃はふたりのちょうど真ん中あたりにあった。マークはどうしてもそれを見てしまうのをやめられなかった。脱出するための試みをすべてやり尽くしてしまったいま、銃は彼らにとって最後の解決策だった。

マークは両肘をついて体を起こした。体重を支えきれなくなった肘がたちまちがくりと折れ、彼は床に倒れて冷たい石にあごを激しく打ちつけた。怒り狂ったマークはふたたび試み、骸骨のような骨格を床から持ち上げるために全筋肉を酷使した。今回はどうにか成功し、その好機を利用して両膝を持ち上げ胸の下にたたみこんだ。胸や脚、腕のあたりに鋭い痛みが走った——肉体は反旗を翻していたが、勝たせてやるつもりはなかった。

ふたたびちらっと銃に目をやった。さあ、慎重にいけ、急に動くんじゃないぞ。マークはゆっくりと上体を起こし、また座った姿勢に戻った。突然起き上がったせいで頭がずきずきし、思いがけない記憶が一気によみがえってきた——新年の二日酔いをやわらげようと、エルシーが頭に冷たいタオルをのせてくれていた。あの子はいつも小さな天使だった。彼の小さな天使。

銃までの距離は一メートル半。それをどれだけすばやく詰められるだろう？　いったんやりはじめたら、後戻りすることは許されない。一瞬の遅れで決意は鈍るだろう。一瞬の躊躇で体がいうことを聞かなくなるかもしれない。心を決めたいま、土壇場で生じたどんな迷いにも邪魔をさせるわけにはいかなかった。

マークは四つん這いの姿勢で、急いで床を横切った。痛みは耐えがたかったが、なんとか前に進みつづけた。チャーリーが物音に気づいてすばやく向きを変えたがもう手遅れで、マークはそこにたどり着いていた。彼はさっと銃を拾い上げ、撃鉄を起こした。殺しの時間だ。

112

いまは雨が激しく降っていた――急な嵐になり、チャタム・タワーに向かって急ぐヘレンの頭上から雨水が叩きつけている。まるでヘレンを前へ突き動かしているのと同じ激しい怒りに満ちているかのような天候だ。

ヘルメットのバイザーを流れ落ちる水のせいで視界がぼやけていたため、初めて見たときにはその姿は、幻かなにかのようで幽霊じみていた。最初はアローの代理人が迎えにやってくるのかと思った――だがやがて、それが女だと気づいた。たちまちヘレンは神経を張りつめ、バイクの速度を緩めて銃に手をのばした。

それから突然息ができなくなった。ヘレンはぎゅっと目をつぶり、見間違いであることを願ってふたたび目を開いた。だが間違いではなかった。彼女はバイクを横滑りさせて止めると飛び降り、びしょ濡れで半裸の人影のほうへ走っていった。

チャーリーはまるでヘレンに気づいていないかのように、よろよろと通り過ぎた。ヘレンは彼女の腕をつかみ、ぐいと引き戻した。振り向いたチャーリーがどう猛な怒りを目に浮かべて、顔に嚙みつこうとした。ヘレンは相手を強く叩いて押しのけた。その一撃にびっくりしたらしく、いまチャーリーはがくりと膝をついた。びしょ濡れでまともに服も着ていないその様子は、少し前までヘレンが知っていた陽気な警官とはとても思えない、悪夢に出てきそうな姿だった。

「どこなの？」ヘレンの質問は、ぶっきらぼうで思いやりに欠けていた。

チャーリーは彼女を見ることができなかった。

「彼がやったんです。わたしじゃありません。彼はわたしを助けるために……」

「どこなの？」ヘレンは怒鳴った。

いまチャーリーの頬を涙が伝い落ちていた。彼女は右腕を持ち上げてチャタム・タワーを指さした。

「地下です」かすれた弱々しい声で、そういった。

ヘレンは膝をついているチャーリーをその場に残し、タワーに向かって駆けだした。銃の安全装置を外しながら、鍵のかかっていない建物の玄関を駆け抜ける。こうなったら作戦を立てたり用心したりしている余裕はない。マークを見つけなくてはならなかった。

彼が既に死んでいる可能性を、ヘレンは胸の奥に押しこめた――きっと彼を救う時間はある、そうでしょう？　絶対にあるはずよ。一瞬にしてヘレンは、マークに対して抱いていた気持ちに気づいた。まだ愛ではなかったが、愛に育っていたかもしれないなにか温かくて優しいものに。もしかしたらふたりが知り合ったのには理由があったのかもしれない。もしかしたらふたりはおたがいを救い、過去に負った傷を癒やすことになっているのかもしれない。

ヘレンは一気に玄関を駆け抜けて、荒々しく周囲に目を走らせた。それから中央の吹き抜けを全力疾走し、エレベーターの横のドアを蹴り開けた。下へ下へ下へ、二段飛ばしで下りていく。

いまヘレンは地下にいた。最初のドアを蹴り開けるとそこは……空の物入れだった。いや、これは違うだろう。そのドアはマリアンヌが必要とするような、誰かをなかに閉じこめておけるほど頑丈なものではなかった……そのときそれが見えた——蝶番を軸に揺れている補強された金属製のドアだ。ヘレンは廊下を走っていき、ドアの内側に駆けこんだ。

なかに入ると膝の力が抜けて、ヘレンは床に崩れ落ちた。彼女はマークを目にしていた。そして最悪なものを。ゆっくりと頭を上げたが、もう一度見てもましにはならなかった。マークが自分の流した血だまりに横たわっていた。マークは死んでいて、その命を奪った銃はまだ手に握られていた。ヘレンは汚い床を横切って駆け寄り、その頭を抱きかかえた。だがマークは冷たく、動かなかった。

大きなバタンという音がして、ヘレンは顔を上げた。誰だと思っていたというのだろう？　チャーリー？　ブリッジズ？　もちろん考えるまでもなく、それはマリアンヌだった。

「こんにちは、ジョディ」

彼女は微笑んで背後のドアに鍵をかけた。

「久しぶりね」

113

勝利はなかった。喜びはなかった。安堵感すらなかった。チャーリーは生きのびていた。彼女は生きていくだろう。お腹の赤ん坊は生きていくだろう。しかし昔のチャーリーは死んで、葬られた。もう元には戻れない。

チャーリーは降りしきる雨のなか、ターマック舗装の上に横たわっていた。頭が混乱していた。ショックと嫌悪感が入り混じっている。疲労がゆっくりと根を下ろした。チャーリーは目を閉じ、口を開けた。干からび血まみれになった口のなかに、雨が勢いよく流れこんだ。一瞬、安堵感と生きているという感覚が全身を駆け巡り、やがて忘却の彼方《かなた》へと消え去った。目を閉じ、朦朧とした状態で、チャーリーは水中に吸いこまれていくような、体を衰弱させるだけでなく心が安まる暗闇に引きこまれていくような感覚をおぼえた。

そのとき声がした。奇妙な遠い機械的な声だ。なんとか奈落の底から抜け出そうとしたが、疲労が彼女をつかんで離さなかった。また聞こえた。せき立てるようなしつこい声。チャーリーはどうにか片目を開けた。しかしそこには誰もいなかった。

「いまどこですか？　応答してください」必死な声がいま、鮮明になりつつあった。

チャーリーはもう片方の目を開けて、なんとか地面から頭を持ち上げた。

ヘレンの警察無線が乗り捨てられたバイクのそばに落ちていた。そしてその声は……その声はブリッジズ巡査だ。ヘレンを捜している。

もしかしたらすべて終わったわけではないのかもしれない。ひょっとすると結局チャーリーには、贖罪の望みがあるのかもしれない。やってみなくてはならないのはわかっていた。チャーリーは体を引っ張り上げ、それからがくりと膝をついた。体が震え、歯がカチカチ鳴っている。物が二重に見えた。だが彼女はどうしても無線機までたどり着かねばならなかった。

114

「よくこんなことができたものね」

マリアンヌは笑った。ジョディの問いかけに対する素晴らしい皮肉のこもった笑いだ。それはまさにマリアンヌが、長年彼女に投げかけてきた言葉だった。マリアンヌの顔に満面の笑みが浮かんだ——すべてがこれほど完璧にうまくいくなんて、誰に予測できただろう？

「あんたが思ってるより単純だったわ。男たちは簡単だった——きれいな顔を見た男がどんなふうかは知ってるでしょう。それに女の子たちは、そうね、あの子たちはとても……お人好しだった。骨が折れたといいたいとこだけど、見てのとおり大変なところはほかの人間にやらせたから」

マリアンヌはマークの死体にちらっと目をやった。

「ところでチャーリーには会った？」彼女は続けた。「どんな様子？　扉を開けたらこっちには目もくれずに通り過ぎていったから、わたしはちゃんと見てないの」

「あなたは彼女を壊してしまった……」

「ちょっと、そんな芝居がかったことをいうものじゃないわ。チャーリーは元気になるでしょう。回復してボーイフレンドと一緒になり、赤ちゃんを産む。その子の目を見ることができるかどうかは別問題だけど、彼女は勝った。生きのびた。わたしはチャーリーが手を下すだろうと思ってたんだけど、マークが引き受けてしまったわね」

「どうしてわたしをあっさり殺さなかったの？」ヘレンは問い詰めた。

「あんたを苦しめたかったからよ」

そういうことだ――赤裸々な混じりけのない動機。

「わたしは当然のことをした。そしてまた同じことをするでしょう」激しい怒りにとらわれるにつれて、ヘレンの声は次第に大きくなっていった。そして初めて、マリアンヌの目になにかが――怒りか？――閃いた。

「わたしがどんなにひどい目に遭ってるか、あんたは一度だってほんとうに気にしたことはなかった、そうよね？」マリアンヌが吐き捨てるように言い返した。

「そんなことないわ」

「あんたはわたしを苦しめたかったわけじゃない。わたしが苦しもうとどうでもよかっただけ。よけいに悪いわ」

「いいえ、けっしてそんなふうに感じたことも思ったことも――」

「わたしは二十五年間ムショに入ってた。連中はわたしを若い犯罪者たちのなかで打ちのめそうとし、それからホロウェイでもそれをまた一からやりなおそうとした。あんたには手紙で知らせたんだから、なんのことかわからないふりをしたってだめよ。閉じこめられ、罵声を浴びせられ、折檻《せっかん》された。そういうことを全部、それに相手がどんな報いを受けたかも書いた。ホロウェイではある女の目玉を、そのろくでもない頭からむしり取ってやったわ――覚えてる？　もちろん覚えてるはずよね。でも相変わらずあんたは手紙を寄こさず、面会にもこなかった。あんたがいっさいわたしを助けようとしなかったのは、わたしを朽ち果てさせたかったから。しわくちゃになって死んでほしかったからよ。自分の姉さんにね」

「あなたはずっと前に、わたしの姉であることをやめたでしょう」

「わたしがあいつらにしたことのせいで？　少なくともわたしにはいくらか度胸があったわ、この恩知らずのくそ女」

ついに恨みがにじみ出てきた。

「わたしはあんたを救ったのよ。次はあんたの番だった。あんたみたいに小さな女の子は、やつらに壊されてたでしょうね」

たしかにマリアンヌの非難は当たっていて、そのことがヘレンの良心を大鎌《おおかま》のように切りつけた。

「わかってるわ。あなたがわたしを助けてるつもりだったことは――」

「わたしたちは一緒に、あんたとわたしで幸せにやっていけたのに。ふたりでどこかへいって路上で生きていけた、新しい生活をはじめられたのに。連中に見つかることは絶対にならかったはずよ。もしふたりで協力しあってたら、いまもまだ元気にやってたでしょうね」

「本気でそんなことを信じてるの、マリアンヌ？　なぜってもしそうなら、あなたはわたしが思っていたよりもずっと気が――」

突然マリアンヌが目に炎を燃やして部屋を横切り、足早に近づいてきた。ヘレンがすぐさまグロックを構えると、マリアンヌは不意に足を止めた。いまふたりのあいだの距離は、わずか九十センチほどだった。

ヘレンはじっと姉の顔を見た。輪郭や目鼻立ちにはとてもなじみがあったが、その表情はまったく見慣れないものだった。まるで怪物が彼女のなかにもぐりこみ、外に向かって食べ進んでいるかのようだ。

「わたしを見下すのはよして」マリアンヌが押し殺した声で脅すようにいった。「わたしを……裁かないで。ここで裁判にかけられているのはあんたで、わたしじゃない」

「わたしが正しいことをしたから？　まともなことを？　あなたはわたしたちの両親を殺したのよ、マリアンヌ。冷酷に彼らを殺した」

「それで、あんたはあいつらが恋しかった？　あのあとで？　あの強姦魔どもが恋しかった？」

一瞬ヘレンは言葉を失った。彼女はこれまで一度も、その問いを自分自身に投げかけたことはなかった。あのあとマリアンヌのことはなにかとついてまわってきたし、里親の家や社会福祉施設をまごつきながら転々とするのに手いっぱいで、一度も本気で嘆き悲しむ余裕はなかったのだ。

「ねえ、どうなの？」マリアンヌがたたみかけた。ふたりのあいだに長い沈黙が落ちた。

「いいえ」

マリアンヌが顔をほころばせた。勝利の笑みだ。

「ほら、そうでしょう。あのふたりは取るに足りない存在、取るに足りないよりも悪い存在だった。そしてあれよりも、もっとひどい運命にふさわしかった。わたしは慈悲深かったのよ。それともあんたは、やつらがしたことを忘れてしまったの？」

マリアンヌはかぶっていたブロンドのウィッグをむしり取り、頭皮をあらわにした。父親に三本のバーがついたヒーターへ押しつけられた箇所には二度と髪は生えず、その頭のてっぺんには奇妙な見栄えの悪い痕が残っていた。

「これはただの目に見える傷よ。あいつは最後にはわたしたちを殺してたでしょうね。だからわたしはやらなきゃいけないことをした。あんたは死ぬほど感謝するべきなのよ」

ヘレンはじっと姉を見た――裁判のあいだ見せていたのと同じ反抗的な態度、同じ怒りは、これだけの歳月が流れたあとでもまだ変わらずにあった。彼女のいうことには真実味があったが、それでもやはりその言葉は正気をなくした女のたわごとに聞こえた。ヘレンは突然、この恐ろしい部屋から出たい、この強烈な憎しみから離れたいという強い思いに駆られた。

「これはどんなふうに終わるの、マリアンヌ？」

マリアンヌはその言葉を待っていたとでもいわんばかりに笑みを浮かべた。

「はじまったときのように終わるのよ。選ぶことで」

そしていま、すべてが腑に落ちはじめた。

「昔あんたはひとつの選択をした」マリアンヌは続けた。「あんたは自分の姉さんを裏切ることを選んだ。あんたを助けてくれた姉さんを。あんたのために人殺しをした姉さんを。あんたは自分の身を守り、わたしを見捨てることを選んだ」

「それであなたの犠牲者たちはみんな、選択を迫られたのね」マリアンヌの企みの恐ろしさがすっかり明らかになったとき、ヘレンはそう言い返した。

「人間は善良だって、あんたは思ってるでしょう、ジョディ。この世の楽天家たちのひとりね。でもそんなことはない。人間は意地悪で利己的で残酷なの。あんたがそれを証明してみせた。そしてわたしが誘拐した自己中心的なつまらない連中もみんなね。結局わたしたちはみんな、生きのびるために相手の目をひっかきあってるただの獣なのよ」

マリアンヌが一歩近づいた――ヘレンは本能的に銃の引き金にしっかり指をかけた。マリアンヌが足を止めて笑みを浮かべると、スミス&ウェッソンをヘレンの目の高さに持ち上げた。

「そしてあんたは、いままた選択をするのよ、ヘレン。殺す？　それとも殺される？」

するとこれで終わりか。ヘレンとマリアンヌは彼女が仕掛けた命懸《いのちが》けのゲームの、最後のプレイヤーになるのだ。

115

ブリッジズ巡査は横たわっているチャーリーをその場に残し、全速力で建物に向かった。ＳＷＡＴの装備に身を固めた銃器専門司令部《SO19》が出動し、救急隊員が現場に駆けつけているところだったが、待っている時間はなかった。ヘレンはあの殺人鬼――スザンヌ、マリアンヌ、なんと呼ばれていようと知ったことではないが――と一緒にあのなかにいて、生きのびられる見込みがあるとは思えなかった。これは最初からずっと、流血の結末を迎えるべく意図された計画だったのだ。

ブリッジズはロビーを駆け抜けた。エレベーターは止まっていたが地下へ続くドアが少し開いていたので、そちらに向かって走った。階段を駆け下り、廊下を進んでいく。武器は持っていなかったが、そんなことは関係なかった。いまは一秒を争う事態なのだ。

ここだ。鍵のかかった金属のドア。それをドンドン叩くと、後ろに下がるようにいうヘレンの声がはっきりと響き渡った。「かまうもんか」ブリッジズはそう思い、なにか道具はないかと必死であたりを見まわした。

廊下にはなにもなかったが、突き当たりの最後のドアは物入れで、使いかけの漂白剤や消毒薬のボトルがまだ散らかっていた。そして床には消火器が捨てられていた。七十年代に使われていた旧式の重くてずんぐりしたやつだ。ブリッジズはそれをぐいと持ち上げた。

彼は廊下を全速力で駆け抜け、数秒で金属のドアの前に戻った。そしていったん動きを止めて歯を食いしばると、消火器を錠前に投げつけた。

116

衝撃でドアが震え、甲高い金属音が廊下に響き渡ったが、マリアンヌはまばたきしなかった。その目は妹に、銃の引き金に軽く触れている相手の指に向けられていた。

ガシャン。また錠前に重い一撃があった。外にいるのが誰にせよ、明らかにあきらめるつもりはないようだ。しつこい攻撃を受けてドアがうめいた。

「決断のときよ、ジョディ」マリアンヌは笑みを浮かべていった。「わたしはドアが開いた瞬間に発砲する」

「こんなことはやめて、マリアンヌ。なにもこんなやり方をする必要はないでしょう」

「いまさらやめさせようとしても手遅れよ。あんたの部下が入ってくるわ。だから選びなさい」

ドアが屈服しはじめていた。ブリッジズの作業ははかどっていた。

「あなたを殺したくないの、マリアンヌ」

「だったら答えは出てるわね。ほんとうに残念よ――あんたならチャンスに飛びつくだろうと思ってたのに」

ドアが不吉にきしんだ――もうあと数秒しかない。

「わたしはあなたを助けたい。銃を置いて」

「あんたには選択の機会があったわ、ジョディ。そしてわたしと手を切った。あんたはあの連中をみんな救った。あの見ず知らずの連中をみんな救ったのに、わたしとは手を切った」

「そしてわたしがそのことに罪の意識を感じてるとは、思わないの？　あなたがわたしになにをしてきたか見せてあげるわ。いまだにわたしになにをしてるかを」

ヘレンは着ているシャツをはぎ取って、背中の傷をあらわにした。一瞬マリアンヌは自分が目にしたものに衝撃を受けて、動きを止めた。

「わたしは一日二十四時間、毎日罪の意識にさいなまれてる。当然そうよ。でもわたしは十三だった。あなたはふたりの人間を殺してた。わたしの母さんと父さんを彼らのベッドで殺したのよ。あなたはわたしたちの両親を殺した。わたしはどうすればよかったっていうの？」

「あんたはわたしを守るべきだった。あんたは喜ぶべきだったのよ」

「わたしはあのふたりを殺してほしいなんて、一度も頼まなかった。彼らを殺してほしいなんて、まったく望んでなかった。あんなことはけっして望んでなかった。それがわからないの？　あなたは全部自分自身のためにやったのよ」

「本気でそう信じてるっていうの？　心からそう信じてるって？」

「ええ、そうよ」

「だったらもういうことはないわ。さよなら、ジョディ」

ちょうどそのときブリッジズがドアからいきなり飛びこんできて、一発の銃声が鳴り響いた。

117

横なぐりの雨を透かして、チャーリーはちらりとふたつの人影をとらえた。男が女の先に立ってタワーのほうからやってくる。チャーリーはこれまでけっして信心深いほうではなかったが、この十分間は奇跡が起こることに一縷の望みをかけて祈っていた。そしていま、その答えが出ようとしていた。

手当てをしている救急隊員を押しのけて、チャーリーは前に飛び出した。十メートルもいかないうちに脚の力が抜けて、水浸しの地面にがくりと膝をついた。額に手をかざして雨を遮りながら、チャーリーは薄暗がりの向こうを見ようと目を凝らした——ブリッジズはその女に力を貸しているのだろうか、それとも拘束しているのだろうか？

そのとき突然日が差し、一瞬あたりが明るくなった。

それはヘレンだった。彼女は生きのびたのだ。既に救急隊員が彼女に駆け寄り、同僚たちがまわりを囲んでいた。だがヘレンは彼らを押しのけた。チャーリーが呼びかけたが、ヘレンは聞こうとせずに通り過ぎた。

ブリッジズを振り払い、ヘレン・グレース警部補はひとり雨のなかを歩いていた。事件は終わった。ヘレンは生きていた。だが勝利を収めたわけではない。彼女の試練ははじまったばかりだった。マリアンヌにはいやというほどわかっていたように、最も近い存在の血を流したものに心の安らぎはないからだ。今度はヘレンがその汚《けが》れを背負って生きる番だった。

訳者あとがき

はじまりは一件の拉致・監禁事件だった。ロンドンのライブ会場からヒッチハイクで帰ろうとしていたひと組の若いカップルが、バンで拾ってくれた女に薬を盛られ、使われなくなった深い飛び込みプールの底で意識を取り戻す。よじ登って這《は》い出すことはできず、いくら叫んでもあたりは静まりかえっていて誰にも気づいてもらえない。と、そのとき、プールの底で携帯が鳴る。そしてそのかたわらには弾が一発だけ入った一丁の拳銃が。電話をかけてきた犯人は、生きてそこから出たければふたりのうちどちらかがその銃で相手を殺すしかないと告げる。携帯はすぐに充電切れになり、食料も水もなく、おまけに季節は冬。飢えと渇きに加え、寒さが彼らを苦しめる。婚約中のふたりは協力して懸命に脱出を図り、抱き合って寒さをしのぎ、おしゃべりをして気を紛らし、きっとみんなが捜してくれているはずだと励ましあう。だが、日がたつにつれて相手を気遣《きづか》う気持ちは次第に薄れ、善悪の基準は揺らぎ、銃のことが頭から離れなくなっていく。あんなに愛し合っていたのに、もう心から相手を信じることはできない。とにかくこの悪夢のような状況から抜け出したいという思いだけが、日に日に膨らんでいく……。

やがてこの事件は、サウサンプトン中央署のヘレン・グレース警部補の知るところとなる。犯人に解放された生存者が、恋人を殺したと告白したのだ。通常の殺人事件として取り調べにあたったヘレンは、痛々しいほど瘦せ細り、狂気にとらわれ錯乱した容疑者の様子に衝撃を受けるが、当初はきっと恋人どうしのもめ事にちがいないと思い、その証言を真に受けようとはしない。いったい誰が、なんのためにそんなことをするというのだろう? しかも彼らを拉致したのはひとりの女だという。だが容疑者の証言は明確で終始揺らぐことがなく、さらに監禁されていたというプールやふたりの体の状態を調べた結果、彼らが少なくとも二週間はそこにいたことが明らかになる。当初の予想に反して、どうやら容疑者の話は事実らしい。

結局容疑者は拉致・監禁事件の被害者として解放され、捜査が開始されるが、これは一連の事件のはじまりに過ぎなかった。この後も同様の事件が相次いで発生。狙われるのはいつもふたり組で、誰にも気づかれないような場所に監禁され、弾が一発だけ入った拳銃を一丁与えられて、相手を殺すか自分が殺されるかという究極の選択を迫られていた。*Eeny Meeny*(英語圏の子ども向けの数え歌、Eeny, Meeny, Miny, Moe の略。日本の「どちらにしようかな」にあたる)という原題のとおり、いわば被害者たちは、この残忍な命懸けのゲームに無理やり参加させられていたのだ。自らは手を下さず常に高みの見物を決めこんでいる前代未聞のシリアルキラーを相手に、捜査は難航。たしかな手がかりといえるものはなにも見つからず、動機も不明。被害者どうしのつながりも特に見当たらない。ふたりのうちどちらが犠牲になるかがあらかじめわかっていたとは思われず、苦しむ被害者たちを眺めて楽しむこと自体が目的とも考えられるが、やがて事件は思わぬ展開を見せはじめる。

主人公のヘレン・グレース警部補は四十手前。家族を持たず、酒も飲まず、仕事一筋でやってきた甲斐《かい》あって、ハンプシャー州警察で最年少の女性警部補に昇進。後輩の女性警官たちからはもちろん、周囲の誰からも一目置かれる存在だ。タフで献身的だが、仕事以外で他人と深く関わることはなく、バイク用の革ジャンとヘルメットを鎧《よろい》のように身につけて愛車のカワサキを飛ばすその姿は、どこか超然としたオーラを感じさせる。しかしそれは長年かけてつくりあげてきた虚像で、実際のヘレンは心に深い闇を抱えており、生き残った被害者たちが苦しむ罪悪感は彼女にとってなじみのある感情だった。捜査が進むにつれて彼女の心は激しく揺さぶられ、ずっと保ってきた見せかけの姿にひびが入りはじめる。果たして犯人は何者なのか？　その狙いは？　そしてヘレンがひた隠しにしてきた秘密とはなんなのか？　長いあいだ過去を封印してきた彼女もまた、最後には究極の選択を迫られることになる。

この作品に登場する人物の多くは、過去や現在になんらかの問題を抱えながらもなんとか生きている。ヘレンの右腕となって働く巡査部長のマークは優秀な警官だが、妻の浮気が原因で離婚したのになぜか自分が家を追い出され、最愛の娘の親権まで奪われて、アル中といってもいい状態だし、ヘレンをしつこく追いまわす地元のタブロイド紙の記者エミリアは、幼い頃から父親に麻薬の運び屋をやらされた挙げ句、雇い主とのいざこざで顔の半分を硫酸で焼かれ両足首の骨を折られたせいでいまだに足を引きずっている。拉致された被害者のなかには過去の壮絶な体験をやっとの思いで乗り越えてきたものも少なくない。だがなんといっても今回の事件のきっかけとなった犯人の（そしてヘレンの）過去は、あまりに凄惨《せいさん》だ。拉致された人たちの監禁場所が、再開発の波に取り残された時が止まったような施設ばかりなのも印象的で、物語の要所要所で降りしきる雨とともに、過去の呪縛から逃れられないものたちの心象風景のようにも見えてくる。

本書のいちばんの特徴は短い章を連ね、語り手が変わるたびに視点を切り替える、そのテンポのいい語り口だろう。このまますぐに映像化できそうだと思ったら、それもそのはず。著者のM・J・アールリッジは長年、イギリスの犯罪ドラマシリーズの制作に携わってきた人物。いわば見せるプロが書いた読ませる小説で、リーダビリティが高く、特に終盤のたたみかけるような展開では、その手腕が遺憾《いかん》なく発揮されている。また、終始当事者の視点から描かれていることで、読んでいるものがその場に立ち会っているかのような生々しさが生まれ、飢えに耐えかねて傷口に湧いたウジまで口にする痩《や》せこけた極限状態の被害者の姿がありありと目に浮かぶばかりか、監禁されたプールのタイルのかたく冷たい手触りや、骨身に染みる寒さ、汚物の臭気など、触覚や嗅覚まで刺激されるような独特のイヤな雰囲気が全編に漂っている。そしてこのことは、追い詰められた被害者たちの心理描写にもぞっとするほどの説得力を与えている。一緒に拉致された相手に対する愛情や友情、不信感、生きのびた瞬間の歓喜。拉致されたふたり組は、恋人どうし、仕事仲間、親子等いろいろで、両者の関係性によって実に様々な感情が各々《おのおの》の胸の内で渦巻く。しかも生きのびたものにとっては解放されて終わりではなく、そこからが地獄の日々のはじまりだ。いくらそうするしかなかったのだと自分に言い訳しても日に日に罪悪感は募り、さらには周囲の好奇の目にさらされ、自分で殺しておきながら先に死んだ相手を恨んだり、なかには自ら命を絶つものも現れる。まさに生きるも地獄、死ぬも地獄。章と章のあいだにときどき挟まる何者かの悲惨な回想が、また一段と陰鬱な雰囲気を醸し出している。

最後に著者と〈ヘレン・グレース〉シリーズについて。著者のM・J・アーリッジは一九七四年生まれ。ロンドン北部のハムステッドで育つ。英文学や映画・テレビ制作を学んだ後、BBCでドラマの制作に携わる。二〇〇七年にふたりの同僚とともに自身の制作会社TXTV Limitedを設立し、イギリスの犯罪ドラマシリーズの制作を手がけるかたわら、B

ＢＣの長寿人気ドラマ「法医学捜査班」等も執筆。その一方で、二〇一四年に本作で作家デビュー。この〈ヘレン・グレース〉シリーズは中編も含め計十一作が発表されており、海外でも広く翻訳・出版されている。いわゆるイヤミス好きには大いに好評を博しているらしい本シリーズ。版権さえ取ってもらればまだまだ紹介できるので、まずはシリーズ一作目の本書を試しに読んでみていただきたい。

二〇二〇年六月　佐田千織《さだちおり》

〈シグマフォース〉シリーズ⓪
ウバールの悪魔　上下
ジェームズ・ロリンズ／桑田 健［訳］

神の怒りで砂にまみれて消えた都市〈ウバール〉。そこには、世界を崩壊させる大いなる力が眠る……。シリーズ原点の物語！

〈シグマフォース〉シリーズ①
マギの聖骨　上下
ジェームズ・ロリンズ／桑田 健［訳］

マギの聖骨――それは〝生命の根源〟を解き明かす唯一の鍵。全米200万部突破の大ヒットシリーズ第一弾。

〈シグマフォース〉シリーズ②
ナチの亡霊　上下
ジェームズ・ロリンズ／桑田 健［訳］

ナチの残党が研究を続ける〈釣鐘〉とは何か？　ダーウィンの聖書に記された〈鍵〉を巡って、闇の勢力が動き出す！

〈シグマフォース〉シリーズ③
ユダの覚醒　上下
ジェームズ・ロリンズ／桑田 健［訳］

マルコ・ポーロが死ぬまで語らなかった謎とは……。〈ユダの菌株〉というウィルスが起こす奇病が、人類を滅ぼす⁉

〈シグマフォース〉シリーズ④
ロマの血脈　上下
ジェームズ・ロリンズ／桑田 健［訳］

「世界は燃えてしまう――」〝最後の神託〟は、破滅か救済か？　人類救済の鍵を握る〈デルポイの巫女たちの末裔〉とは？

〈シグマフォース〉シリーズ⑤
ケルトの封印　上下
ジェームズ・ロリンズ／桑田 健［訳］

癒しか、呪いか？　その封印が解かれし時
――人類は未来への扉を開くのか？　それとも破滅へ一歩を踏み出すのか……。

〈シグマフォース〉シリーズ⑥
ジェファーソンの密約　上下
ジェームズ・ロリンズ／桑田 健［訳］

光と闇の米建国史――。アメリカ建国の歴史の裏に隠された大いなる謎……人類を滅亡させるのは〈呪い〉か、それとも〈科学〉か？

〈シグマフォース〉シリーズ⑦
ギルドの系譜　上下
ジェームズ・ロリンズ／桑田 健［訳］

最大の秘密とされている〈真の血筋〉に、ついに辿り着く〈シグマフォース〉！　組織の黒幕は果たして誰か？

〈シグマフォース〉シリーズ⑧
チンギスの陵墓　上下
ジェームズ・ロリンズ／桑田 健［訳］

〈神の目〉が映し出した人類の未来、そこには崩壊するアメリカの姿が……「真実」とは何か？「現実」とは何か？

〈シグマフォース〉シリーズ⑨
ダーウィンの警告　上下
ジェームズ・ロリンズ／桑田 健［訳］

南極大陸から〈第六の絶滅〉が、今、始まる……。ダーウィンの過去からの警告が、明らかになるとき、人類絶滅の脅威が迫る！

〈シグマフォース〉シリーズ⑩
イヴの迷宮　上下
ジェームズ・ロリンズ／桑田 健［訳］

〈聖なる母の遺骨〉が示す、人類の叡智の根源とその未来――なぜ人類の知能は急速に発達したのか？ ΣVS中国軍科学技術集団！

〈シグマフォース〉外伝
タッカー&ケイン 黙示録の種子　上下
ジェームズ・ロリンズ／桑田 健［訳］

〝人〟と〝犬〟の種を超えた深い絆で結ばれた元米軍大尉と軍用犬――タッカー&ケイン。〈Σフォース〉の秘密兵器、遂に始動！

〈シグマフォース〉シリーズⓍ
Σ FILES 〈シグマフォース〉機密ファイル
ジェームズ・ロリンズ／桑田 健［訳］

セイチャン、タッカー&ケイン、コワルスキのこれまで明かされなかった物語＋Σをより理解できる〈分析ファイル〉を収録！

THE HUNTERS
ルーマニアの財宝列車を奪還せよ　上下
クリス・カズネスキ／桑田 健［訳］

ハンターズ――各分野のエキスパートたち。彼らに下されたミッションは、歴史の闇に消えた財宝列車を手に入れること。

THE HUNTERS
アレクサンダー大王の墓を発掘せよ　上下
クリス・カズネスキ／桑田 健［訳］

その墓に近づく者に禍あれ――今回の財宝探しは最高難易度。地下遺跡で未知なる敵が待ち受ける！ 歴史ミステリ×アクション!!

タイラー・ロックの冒険①
THE ARK 失われたノアの方舟 上下
ボイド・モリソン／阿部清美［訳］

旧約聖書の偉大なミステリー〈ノアの方舟〉伝説に隠された謎を、大胆かつ戦慄する解釈で描く謎と冒険とスリル！

タイラー・ロックの冒険②
THE MIDAS CODE 呪われた黄金の手 上下
ボイド・モリソン／阿部清美［訳］

触ったもの全てを黄金に変える能力を持つとされていた〈ミダス王〉。果たして、それは事実か、単なる伝説か？

タイラー・ロックの冒険③
THE ROSWELL 封印された異星人の遺言 上下
ボイド・モリソン／阿部清美［訳］

人類の未来を脅かすUFO墜落事件！　全米を襲うテロの危機！　その背後にあったのは、1947年のUFO墜落事件――。

タイラー・ロックの冒険④
THE NESSIE 湖底に眠る伝説の巨獣 上下
ボイド・モリソン／阿部清美［訳］

湖底に眠る伝説の生物。その謎が解き明かされる時、ナチスの遺した〈古の武器〉が発動する……。それは、終末の始まりか――。

13番目の石板 上下
アレックス・ミッチェル／森野そら［訳］

『ギルガメシュ叙事詩』には、隠された〈13番目の書板〉があった。そこに書かれていたのは――〝未来を予知する方程式〟。

イヴの聖杯　上下
ベン・メズリック／田内志文［訳］

「世界の七不思議」は、人類誕生の謎を解く鍵だった‼『ソーシャル・ネットワーク』の作者が壮大なスケールで描くミステリー。

ロマノフの十字架　上下
ロバート・マセロ／石田 享［訳］

それは、呪いか祝福か——。ロシア帝国第四皇女アナスタシアに託されたラスプーチンの十字架と共に死のウィルスが蘇る！

クリス・ブロンソンの黙示録①
皇帝ネロの密使　上下
ジェームズ・ベッカー／荻野 融［訳］

いま暴かれるキリスト教二千年、禁断の秘密！　英国警察官クリス・ブロンソンが歴史の闇に埋もれた事件を解き明かす！

クリス・ブロンソンの黙示録②
預言者モーゼの秘宝　上下
ジェームズ・ベッカー／荻野 融［訳］

謎の粘土板に刻まれた三千年前の聖なる伝説とは——英国人刑事、モサド、ギャング・遺物ハンター……聖なる宝物を巡る死闘！

クリス・ブロンソンの黙示録③
聖なるメシアの遺産（レガシー）上下
ジェームズ・ベッカー／荻野 融［訳］

イギリスからエジプト、そしてインドへ——迫り来る殺人神父の魔手を逃れ、はるか二千年前に失われた伝説の宝の謎を追え‼

どっちが殺す？

2020年7月29日　初版第一刷発行

著　者　M・J・アーリッジ
訳　者　佐田千織《さだちおり》
イラスト　サイトウユウスケ
デザイン　坂野公一《さかのこういち》（welle design）

発行人　後藤明信
発行所　株式会社 竹書房
〒102-0072
東京都千代田区飯田橋2-7-3
電話：03-3264-1576（代表）
03-3234-6383（編集）
http://www.takeshobo.co.jp
印刷所　凸版印刷株式会社

ISBN978-4-8019-2339-3　C0197
Printed in Japan